KB044425

이상문학상 작품집

2021년 제44회 이상문학상 작품집

대상 수상작 이승우의 〈마음의 부력〉 외 5편

2021년

제44회 이상문학상 작품집

마음의 부력 외 5편

문학사상

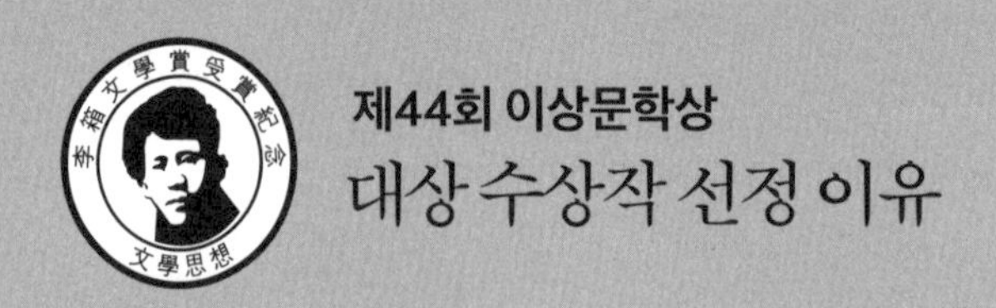

제44회 이상문학상
대상 수상작 선정 이유

대상 수상자 : 이승우
대상 수상작 : 〈마음의 부력〉

이상문학상 심사위원회는 2021년 이상문학상 대상 수상작으로 이승우 작가의 〈마음의 부력〉을 선정합니다.

이승우 작가는 1981년 문단에 등단한 후 《세상 밖으로》를 비롯한 많은 창작집을 발간했고, 장편소설 《에리직톤의 초상》, 《가시나무 그늘》, 《생의 이면》, 《식물들의 사생활》 등을 통해 기독교적 구원의 문제를 시대의 고뇌와 연결시켜 그 주제 의식을 심화하는 데 힘써왔습니다. 인간 심리의 저변에 자리하고 있는 원죄의식과 그로 인한 불안을 세밀하게 추적하고 있는 이승우 작가의 소설 세계는 궁극적으로는 지상의 삶과 천상의 세계 사이의 조화로운 화해를 지향하고 있다고 할 수 있습니다.

이승우 작가의 〈마음의 부력〉은 소설적 구도와 성격의 창조라는 관점에서만이 아니라 인물의 내면에 대한 정밀한 묘사와 유려한 문체에 있어서 단편소설 양식의 전형을 잘 보여주고 있습니다. 이 작품은 일상적 현실에서 흔히 볼 수 있는 짤막한 가족 이야기를 담아내고 있지만, 아들과 어머니 사이의 부채 의식과 죄책감이라는 다소 무겁고 관념적인 주제를 사회윤리적 차원의 여러 가지 현실 문제와 관련지어 소설적으로 결합해내는 데 성공하고 있습니다.

이상문학상 심사위원회는, 그 주제의 관념성을 극복하면서 감동적인 예술미를 구현하고 있는 〈마음의 부력〉의 소설적 성취를 높이 평가해 2021년 제44회 이상문학상 대상의 영예를 드립니다.

2021년 1월

이상문학상 심사위원회

권영민, 윤대녕, 전경린, 정과리, 채호석

차례

2021년 제44회 이상문학상 작품집

1부

대상 수상작

그리고

작가로서의 **이승우**

이승우

1959년 전남 장흥에서 태어났다. 서울신학대학교를 졸업하고 연세대학교 연합신학대학원을 중퇴했다. 1981년 《한국문학》 신인상에 〈에리직톤의 초상〉이 당선돼 등단했다. 소설집 《구평목씨의 바퀴벌레》《일식에 대하여》《미궁에 대한 추측》《목련공원》《사람들은 자기 집에 무엇이 있는지도 모른다》《나는 아주 오래 살 것이다》《심인 광고》《신중한 사람》, 장편소설 《생의 이면》《식물들의 사생활》《그곳이 어디든》《캉탕》《독》, 산문집 《당신은 이미 소설을 쓰기 시작했다》《소설을 살다》《소설가의 귓속말》 등을 펴냈다. 대산문학상, 현대문학상, 동서문학상, 황순원문학상 등을 받았다.

2021년 제44회 이상문학상

대상 수상작

마음의 부력

1

아내는 자기 모르게 돈 쓸 데가 있었느냐고 물었다. 늦은 저녁 식사가 끝나갈 무렵이었다. 나는 무슨 말이야? 하고 물었다. 아내는, 돈, 나 몰래 무슨 돈이 필요했느냐니까, 하고 내 얼굴을 빤히 쳐다보며 덧붙였다. 정말로 궁금해서 묻는다는 투였지만 순간 나는 추궁당하는 것 같아 불편해졌다. 그녀가 평소보다 가라앉은 목소리를 내면 내용과 상관없이 긴장부터 하게 된다. 아내는 감춰둔 잘못이 있기 때문에 그러는 거 아니냐고 하지만, 나는 그 의견에 동의하지 않는다. 우리 부부는 언젠가 이 문제로 제법 심각하게 언쟁을 벌인 적이 있는데, 잘못한 일이 없으면 긴장할 이유가 없지 않느냐는 아내의 주장에 대해 나는 잘못한 일과 긴장 사이에 직접적인 인과관계가 있는 것은 아니라고, 긴장을 잘 하지 않는 사람은 잘못한 일이 없는 사람이 아니라 둔하거나 대범한 사람일 가능성이 높다고 반박했다. 잘못을 인지하지 못할 정도로 둔하거나 잘못을 인지하고도 버틸 정도로 대범한 사람일 거라고.

대범한 건 아니라는 뜻이니, 그럼 둔한 거야, 당신? 하고 아내가 공격했고, 나는 공연히 말을 덧붙여 상황을 난처하게 만들고 있다는 후회가 생겼지만 하던 말을 멈추지 못하고, 뭘 잘못해서가 아니라 혹시 하지도 않은 잘못이 들춰내져 심란한 상황이 생길까 봐 마음을 졸이는 거야, 하고 대답했다. "하지도 않은 잘못이 어떻게 들춰내진다는 거야?" 아내는 피식 웃은 다음, 별일도 아닌데 정색을 하고 막아서는 걸 보니 뭔가 수상하다며 놀렸다. 나는 살다 보면 자기가 하지 않은 일을 추궁당하는 어처구니없는 경우가 있다고 항변하려고 했지만, 그 말을 입증하기 위해 들여야 하는 수고가 꽤 번거롭게 여겨졌으므로 그만뒀다. 그 대신 나는, 그런 오해를 받을까 봐, 그런 오해에 의해 생길지도 모르는 마음속의 시끄러움을 예방하려고, 왜냐하면 그런 일에 마음을 낭비하고 싶지 않으니까, 그래서 지레 긴장하는 거라고, 당신의 남편이 그런 사람이라고 덧붙였다. 당당한 주장처럼 내지른 그 말들은 실은 하소연에 가까웠다. 알지, 그런 사람이지, 당신, 하고 서둘러 마무리 지으려는 것으로 보아 그녀는 내가 주장이 아니라 하소연을 하고 있다는 걸 알아차린 게 분명했다. 그러나 내 뜻이 받아들여졌다는 만족감은 찾아오지 않았다. 오히려 어딘가 찜찜하고 불편했다. 그 이유가 내 말이 주장으로 받아들여지지 않고 하소연으로 받아들여졌기 때문이라는 사실을 모른 체하기가 어려웠다. 주장에 대한 동의라면, '당신이 그런 사람이라는 걸 안다'는 문장은 인정과 수긍의 표현일 테고, 그러므로 '당신'의 기대를 만족시킬 것이다. 그러나 그것이 하소연에 대한 동의라면, 그 문장은 무엇을 의미하는 것일까. 분명하게 말해지지 않은, 애매하기 짝이 없는 표현인, '그런'이 함축하고 있는 것은 무엇일까. '그런 사람'이라고 불린 '당신'이 마음 쓰지 않아도 된다고 할 수 있을까. 나는 소심한, 옹졸한, 치졸한, 같은 단어들을 떠올리지 않으려고 안간힘을 써야 했다. 나는 모든 종류의 불화를 꺼려하는 세심한 평화주의자라는 명분을 앞세워 소심한, 옹졸한, 치졸한, 을 눌렀다.

"뜬금없이 웬 돈 이야기야?" 나는 이번에도 까닭 없이 곤두서는 신경을 애써 잠재우며 아내의 진의를 헤아리려고 머리를 굴렸다. 내 목소리는 얼버무리는 것처럼 나왔다. 누가 들어도 의혹을 불러일으킬 만한 내 말투가 나는 신경 쓰였다. 아내는, 무슨 돈인지 묻는 건 난데, 하는 눈빛으로 나를 한번 곁눈질하고는, 낮에 어머님이 전화해서 한 말이야, 하고 덧붙였다. 나는 곧바로, 당신이 건 게 아니고? 하고 물었다. 전화를 거는 사람이 주로 아내라는 걸 알기 때문이었다. 어머니가 아내에게 전화를 걸어왔다는 건 의외였다. 그게 돈과 관련돼있다면 더 의아스러운 일이 아닐 수 없었다. 어머니가 전화를 걸어 무슨 이야기를 했는지 모르지만, 나는 아내와 상의하지 않고 돈을 쓰는 사람이 아니었다. 매달 초 어머니께 자동이체 되는 금액이 얼마인지 아내도 알고 있었다. 명절이나 생신, 어버이날 같은 때 옷이나 가방을 선물하는 것은 내가 아니라 아내였다. 가끔 어머니를 뵙고 오는 길에 얼마간의 용돈을 봉투에 넣어 드리긴 했지만, 대단치 않은 금액이었고, 그 역시 군이 아내에게 숨기지 않았기 때문에 그녀가 모르고 있을 리 없었다. 설령 몰랐다고 하더라도 그것을 문제 삼을 아내가 아니었다. 그런데도 나는 혹시 아내 모르게 어떤 돈을 어머니께 드린 적이 있는지 더듬어봤다. 더듬어지는 것이 없었다. 더구나 지난달 어머니를 뵈러 갔을 때는 따로 봉투를 드리지도 않았었다. 그러므로 나는 움츠러들 이유가 없었다. "내가 어머니께 돈을? 당신이 모르는 돈은 없어." 내 말이 어이없다는 듯 아내는, 어머님께 드린 돈 말고, 어머님으로부터 가져온 돈에 대해 말하는 겁니다, 하고 또박또박 말했다. 나는 너털웃음을 터뜨렸다. 엉뚱한 변명을 늘어놓아야 하는 터무니없는 상황이 생길까 봐 잔뜩 조이고 있던 긴장이 풀어지면서 나온 헛웃음이었다. "그런 게 없다는 걸 당신이 잘 알잖아." 아내는 웃지 않고 자기가 그걸 어떻게 아느냐고 곧바로 되받았다. 이어서 누르듯 가라앉은 특유의 목소리로, 도통 자기에게 전화하는 법이 없는 어머니가 손수 전화를 걸어왔다는 사실을 강조했다. "그 말을 하려고 그 무거운 전화기를 드신 거라고, 어머님께서."

자격지심이 분명할 테지만, 추궁을 넘어 취조하는 것 같은 분위기를 풍기는 아내의 눈빛이 너무 억울해서 나는, 도대체 어머니가 뭐라고 했길래 그러는지 들어나 보자고 목소리를 높였다. "쓸 데가 있으시대. 이제 우리 형편이 돈을 돌려줄 만해지지 않았느냐고 하시던데." 아내는 목소리를 높이지 않았다. 나는 헛웃음을 이어가며, 대체 무슨 말이야? 하고 따져 물었다. 나를 놀리고 있는 건가 싶어 아내의 표정을 유심히 살폈으나 그런 것 같지 않았다. 그럼 어머니가? 어머니는 더욱 그럴 리 없었다. "그러니까 어머니가 내게 돈을 꿔줬다고 했다는 거야? 당신 몰래? 허, 참, 도대체 언제 얼마를?" 나는 얼토당토않은 지적을 받은 사람이 지을 법한 표정을 지었다. 실제로 나를 향한 그녀의 지적이 얼토당토않은 것이었으므로 내 표정은 부자연스럽지 않았을 것이다. 그런데도 나는 내 표정이 혹시 부자연스럽게 보이지 않을까 은근히 마음 쓰였다. "언제 얼마인지는 말씀하시지 않으셨어. 그거야 꿔간 사람이 잘 알겠지 뭐." 아내는 그렇게 말하며 내 얼굴을 빤히 쳐다봤다. 그만 사실대로 털어놓으라고 다그치는 것 같은 얼굴이었다. 나와는 달리 그녀의 표정은 부자연스럽지도 않았다. 상상하지 못한 경로를 통해 마음이 시끄러워질지 모른다는 애초의 염려가 현실이 되는 것 같아서 신경이 곤두섰다. 그런 일 없다는 걸 당신이 잘 알지 않느냐는 말을 되풀이하는 내 목소리는 여전히 부자연스러웠고, 그것은 자연스러운 상태라고 할 수 없었고, 그래서 나는 언짢았다. "내가 아는 한 그런 일이 없지. 그래서 나 모르게 돈 쓸 데가 있었느냐고 물은 거야." 아내의 다그침에 나는 와락 짜증을 냈다. 다그치는 그녀를 향한 것이 아니라 그 다그침에 부자연스럽게 대응하는 나를 향한 짜증이었다. "그런 일 없다니까 그러네." 아내는 내 짜증을 받아주는 대신, 참 이상하네, 어머니가 빈말하시는 분이 아니잖아, 하고 중얼거렸다. 의심을 거둘 수 없다는 뜻이 그대로 전해졌다. 나보다 어머니를 더 믿겠다는 의지가 분명했다. 섭섭함을 호소할 상황이 아니었다. 어머니가 빈말하는 분이 아니라는 데는 나 역시 이견이 없기 때문이었다. 그것이 내가 곤란한 이유였다. 내 말을 믿게 하려면 어머니가 빈말을 한 거라고 말해야 하는데, 어머니는 그럴 분이 아니었다. 나는 침착해지려고 애쓰며 질문을 만들었다. "그런데 어머니가 그런 전화를 왜 당신에게 한 걸까, 나에게 하지 않고. 당신은 모르는 돈인데 말이야. 이상하지 않아?" 그게 왜 이상하다는 거냐고 반문하는 아내의 표정은 흐트러지지 않았다. "어머님은 그 돈을 며느리인 내가 모른다고 생각하지 않는 거겠지. 당신이 나 몰래 그 돈을 쓰고 있다고 생각하지 않으신 거지. 그러니까 나에게 전화를 하셨겠지. 나에게 말을 하는 것이 곧 당신에게 하는 것이나 마찬가지라고 생각하셨겠지. 왜 그러셨는지 확실히는 모르지만 착한 아들에게 빚 독촉하는 게 어머님도 좀 껄끄러웠던 모양이지. 며느리에게 하는 게 더 편했을 수도 있고. 나는 하나도 이상하지 않은데. 나는 이상하지 않은데 당신이 이상하다고 생각하는 것은 그 돈이 내가 모르는 돈이라는 사실을 어머니가 알고 있을 거라고 당신이 믿기 때문이겠지." 나는 말문이 막혔다. 그러나 입을 닫아버리면 꼼짝없이 아내 몰래 나쁜 짓을 하고 다니는 사람으로 몰릴 상황이었다. 나는 오해를 잘 견디는 사람이 아니었다. 나는 당장 결백을 증명해보이겠다고 씩씩거리며 곧바로 어머니께 전화를 걸었다. 어머니는 전화를 받지 않았다. 밤 열 시가 가까워지는 시간이었다. 어머니는 아마 잠들었을 것이다. 5시에 시작하는 새벽기도회를 가기 위해 새벽 4시에 일어나는 어머니는 보통 저녁 9시면 잠자리에 들었다. “전화를 안 받으시네.” 아내는 벽에 걸린 시계를 힐끗 쳐다보는 것으로 내 행동을 간접적으로 비난했다. 그렇게 느끼자 마음이 한층 심란해졌다.

2

우리가 다음 날 아침 어머니를 뵈러 간 것은 그 일을 확인하기 위한 것이 아니었다. 그날 일정은 예정돼있었다. 우리 부부는 몇 년 전부터 한 달에 한 번씩 어머니를 찾아뵈오고 있었다. 마지막 주 토요일이 아내와 내가 정해놓은 날이었다. 공공기관의 지방 이전이 추진되면서 내가 속해있는 부서가 지방으로 옮겨간 이후 나는 서울에서 150㎞ 떨어진 신생 도시를 오가는 처지가 됐는데, 어찌어찌하다가 석 달이 넘도록 어머니를 뵈러 가지 못한 것을 확인한 아내가 내키면 찾아가는 식으로 하지 말고 정기적으로 날짜를 정해놓자는 제안을 먼저 해왔다. 여간해서는 그런 말을 하지 않는 분이 요새 바쁘냐고 묻고, 총각김치 담가뒀으니 가져가라고 하더라고 어머니와 나눈 통화 내용을 전하면서였다. “상황이 이전 같지 않잖아.” 이전 같지 않은 상황이 무엇을 뜻하는지 모르지 않았으므로 나는 다른 의견을 내지 않았다. 그 무렵 나는 두 주에 한 번꼴로 금요일 밤에 서울에 왔다가 일요일 밤이나 월요일 새벽에 집을 나서는 생활을 하고 있었다. 주말에는 서울에서 할 일이 있었고 만날 사람도 있었다. 그렇지 않은 날은 꼼짝하기가 싫어 소파에서 뒹굴었다. 어머니가 계신 곳이 그리 멀지 않은데도 선뜻 나서지지가 않았다. 어디든 일단 움직이면 어쨌든 하루를 다 써야 했다. 그러나 아내가 내 통근 일정을 가지고 상황이 이전 같지 않다고 언급한 게 아니라는 걸 나는 알고 있었고, 내가 그걸 안다는 사실을 그녀 또한 알고 있었다.

형의 죽음은 너무 갑작스러워서 받아들이기 어려웠다. 장례를 치른 후에도 믿어지지 않아서 가끔 전화를 걸다가 화들짝 놀라 끊곤 했다. 형이 어머니와 함께 지낸 것이 아니었는데도, 어머니를 뵈러 가면 집 안이 텅 빈 것 같은 느낌을 받곤 했다. 문득 찾아오는 예사로운 침묵이 자칫 유다른 감상을 불러낼까 봐 어머니 앞에서는 아무 말이나 주절거리는 일이 잦았다. 반대로 어머니는 부쩍 말수가 줄어들었고, 내가 실없는 소리를 해도 웃지 않았다. 더러는 귀찮다는 표정을 지어 머쓱하게 하기도 했다. 혼자 사는 어머니가 가끔 느끼고 자주 빠져들 우울을 아내는 걱정했다. 어머니께 전화 거는 횟수가 많아진 것도 그 때문이었다. 나는 아니었다. 나는 전보다 전화를 자주 걸지 못했다. 근무지가 지방으로 바뀌고 자리 이동까지 이뤄지는 바람에 바빠진 탓도 있었지만 그게 진짜 이유가 아니었다. 전화를 걸려고 하면 전과는 확연하게 다른 어머니의 시큰둥한 반응이 먼저 떠올라 머뭇거리고 포기하게 되는 일이 많았다. 어머니는 적어도 표면적으로는, 내게 이

전과 같은 반가움을 표현하지 않았다. 내 목소리가 이 세상에 없는 형을 떠올리게 하기 때문이라는 사실을 짐작할 수 있었으므로 섭섭하지는 않았다. 사람들은 형과 내 목소리를 자주 착각했다. 특히 전화기를 통해 나온 음성을 잘 구별하지 못했다. 어릴 때부터 형의 친구들은 나를 형인 줄 알고 내 친구들은 형을 나로 착각했다. 어머니는…… 이제는 착각할 수 없을 것이다. 착각하는 대신 연상할 것이다. 어머니에게 형을 연상하게 해선 안 된다고 생각했으므로 나는 전화기 앞에서 자주 물러났다. 그 사실을 어렴풋이 알아챈 아내가 전보다 자주 전화를 건다는 걸 나는 눈치챘다. 어머니는 나보다 아내와 대화하는 걸 편해하는 것처럼 보였다. 더 길게 통화하고 더 많은 말을 주고받았다. 그것 역시 섭섭하지 않았다. 섭섭할 이유가 없었다. 힘들어하는 어머니를 위해 신경 써주는 아내가 고마울 따름이었다. "목소리만으로는 채워지지 않는 거야. 백 번 전화해도 한 번 얼굴 보는 것만 못한 거라잖아. 그래서 그런 말씀을 하신 거겠지. 총각김치라니. 전에 언제 올 거냐고 물으신 적이 있기나 했어? 그러니까 우리가 한 달에 한 번 정기적으로 날을 정해서 찾아가자고." 아내가 그렇게 제안했을 때 내 안에서 무언가가 울컥 하고 올라왔고, 의식하지 못하는 사이에 입 밖으로 미안해, 라는 말이 튀어나왔다. 아내는 눈을 동그랗게 뜨고 내 얼굴 앞에 손바닥을 흔들어 보였다. 나는 어색한 웃음으로 내 민망함을 감췄다. 아내는 그때 내가 그녀가 아니라 형과 어머니의 얼굴을 마주하고 있었다는 사실을 알지 못했다.

집은 비어있었고, 어머니의 핸드폰은 꺼져있었다. 평소에도 어머니가 핸드폰 사용을 거의 하지 않는다는 걸 아내가 상기시켰다. 몇 해 전에 기능이 단순한 핸드폰을 구해서 전화 걸고 문자 주고받고 사진 찍는 방법 등을 설명해줬는데 어머니는 자기에게 무슨 급한 일이 있겠느냐며 거의 사용하지 않았다. "아마 목욕하러 가셨을 거야. 내일이 주일이잖아." 아내가 말했고, 나는 고개를 끄덕였다. 토요일은 어머니가 목욕탕에 가는 날이었다. 염색이나 파마도 토요일에 했다. 그것이 어머니 나름의 주일 준비였다.

반쯤 열린 안방 문 사이로 독서용 테이블이 놓여있는 것이 보였다. '주의 말씀은 내 발의 등불이요, 내 길의 빛입니다'라는 〈시편〉의 한 구절과 어머니가 다니는 교회 이름이 적힌 작은 테이블 위에 큰 성경책이 놓여있었다. 독서용 테이블은 어머니가 다니는 교회 목사가 심방 오면서 선물한 것이고, 글씨가 큰 성경책은 몇 해 전에 내가 구해준 것이었다. 그때까지 보던 성경책의 표지가 낡고 해지기도 했지만 어머니가 눈이 어두워져서 글씨가 잘 안 보인다고 했기 때문이었다. 어머니는 방 한가운데 꼿꼿한 자세로 앉아 성경을 읽고 쓰고 외우며 하루의 대부분을 보냈다. 어느 해인가는 연말 성경암송대회에서 1등을 했다며 상품으로 받은 지역사랑 상품권으로 밥을 사주기도 했다. "새파랗게 젊은 것들이 돌아서면 잊어먹네, 머리가 안 돌아가네, 하며 말씀 외울 생각을 하지 않으니 한심하지 않냐. 머리를 안 쓰니까 안 돌아가지, 돌아서니까 잊어먹는 거고. 돌아서길 왜 돌아서. 한번 쓱 읽고 외워지냐? 자꾸 읽어야지. 매일 성경을 끼고 살아야지. 저절로 되는 게 어딨어?" 그 말을 할 때 어머니의 나이는 77세였고, 어머니가 나무라는 새파랗게 젊은것들의 대부분은 육칠십 대였다. 77세 노인의 남다른 체력과 총명함을 '새파랗게 젊은' 육칠십 대 교인들은 부러워했다.

나는 어머니의 큰 글씨 성경책이 놓인 독서용 테이블 앞에 앉아봤다. 성경 옆에는 두툼한 노트가 있었는데, 〈예레미야서〉를 받아 적은 어머니의 반듯한 글씨가 눈에 들어왔다. 지난번에 〈잠언〉의 어느 부분인가를 쓰고 있었던 것을 생각하면 속도가 꽤 빠르다고 할 수 있었다. 어머니는 성경을 필사한 노트들을 장롱 서랍에 넣어뒀다. 그 서랍에 형의 사진도 들어있다는 걸 나는 알고 있었다. 어머니는 영정으로 쓴 형의 사진을 자신이 보관하겠다고 했다. 어머니는 여러 장의 가족사진이 걸린 거실 벽에 걸어놓을 거라는 예상을 깨고 장롱 서랍 속 여러 권의 성경 필사 노트들 옆에 뒀다. 형의 기일이 되면 그 사진을 꺼내 독서용 테이블 위에 세웠다. 그 앞에서 우리는 추모예배를 드렸다. 어머니는 길게 기도하고 짧게 울먹였다. 그 사진을 언제 또 꺼내 보는지, 얼마나 자주 꺼내 보는지는 알 수 없었다.

안방에서 나온 나는 어떤 충동에 이끌려 부엌 옆 방으로 들어갔다. 아내는 곁눈질해서 나를 보더니 식사 준비를 하겠다며 시장바구니를 열었다. 오는 길에 마트에 들러 사온 생선과 두부와 대파와 버섯 들이 식탁 위에 펼쳐졌다. 명절을 쇠러 온 형이 사용하던 부엌 옆 작은방은 잘 쓰지 않는 잡동사니 물건들을 모아둬 빈 공간이 거의 없었다. 한 사람이 요를 깔고 누우면 꽉 차는 정도로 좁았다. 추석과 설 연휴 내내 형은 그 방에 들어찬 잡동사니들 가운데 하나인 것처럼 틀어박혀 책을 읽으며 지냈다. 벽에 기대고 앉아 뭔가를 쓰기도 했지만 대개 배를 깔고 누워 책을 읽었다. 나는 가끔 형이 들고 온 책들 가운데 한 권을 빌려 읽었다. 그러나 얼마 읽지 못하고 곧 텔레비전을 틀었다. 나는 거실에서 밤늦게까지 특선 영화를 보고 형은 자기 방에서 밤늦게까지 책을 읽었다. 오랜만에 만났으면서도 별 대화를 나누지 않고 각자 다른 공간에서 딴 일을 하다 돌아가는 우리를 아내는 이상한 형제라고 했지만 젊을 때부터 그렇게 지내온 우리는 조금도 이상하지 않았다.

방이 한 달 전에 왔을 때와 달라져있다는 걸 한눈에 알아볼 수 있었다. 가득하던 잡동사니 물건들을 어디로 치웠는지 보이지 않았고, 그래서 그 좁던 방이 꽤 넓어 보였고, 바닥에는 명절 연휴 때처럼 한가운데 요가 깔려있었다. 그리고 나는 형의 얼굴과 마주했다. 어머니의 장롱 서랍에 성경 필사 노트와 함께 보관돼있던 형의 사진이 한쪽 벽면을 차지한 채 웃고 있었다. 마흔일곱 살의 형이 그 방이 자기 방이라고 선언하고 있는 것 같았다. 그 사진은 어머니의 칠순을 맞아 남해로 떠난 가족 여행에서 찍은 것이었다. 가족이라고 해봤자 어머니와 형, 그리고 우리 부부가 전부였다. 형은 결혼을 한 적이 없으니 데리고 올 가족이 없었고 유학 중인 내 딸은 학기 중이어서 귀국하지 않았다. 갑작스러운 형의 비보를 받고 허둥지둥하는 나를 대신해서 아내가 자신의 핸드폰 사진첩에서 그 사진을 찾아내 영정사진으로 쓰게 했다. 형은 자주 웃었지만 한 번도 환하게 웃지는 않았다. 그래서 웃는 형은 늘 쓸쓸했다. "면목이 없다, 내가." 나는 그 말을 몇 번이나 들었는데(주로 명절을 쇠고 돌아가는 차 안이었을 것이다) 그 말을 할 때마다 그는 옅은 미소를 어색하게 지었다. 내가 세상에서 가장 쓸쓸하다고 생각하는 웃음이었다. 왜 그런 말을 하느냐고 손을 저으면, 내가 영 자식 노릇을 못 한다, 하며 허공을 올려다보거나, 너라도 어머니 마음 구겨지지 않게 하니 다행이다만, 하고 말끝을 흐렸다. 그 말을 들을 때 내 마음은 마구 구겨지고 심하게 헝클어졌다. 누가 자식 노릇을 제대로 하느냐 마느냐의 문제가 아니었다. 형이 진심으로 하는 말이라는 걸 알면서도, 아니, 알기 때문에 더 그 말을 듣는 것이 힘들었다. 그 말을 할 때 짓는 그 웃음을 대하는 것이 힘들었다. 그 말을 듣지 않은 것으로 하고 싶었다. 그 미소를 보지 않은 것으로 하고 싶었다. 형이 자식 노릇을 제대로 하지 못한다거나 내가 그 노릇을 제대로 하고 있다는 생각을 한 번도 해본 적 없지만, 없는데도, 그런 노릇을 제대로 할 수 있는 조건을 갖지 못한 자신의 처지와 감정에 대해 말한다는 것을 모를 수 없었으므로 그 자리가 불편하고 마음 쓰였다. 자기와는 달리 그런 조건을 가졌다고 생각하는 동생에 대한 형의 마음이 헤아려져서 어쩔 줄 모르는 상태가 됐다. 어떤 말을 해도 마음이 제대로 전달되지 않으리라는 생각이 들어 어떤 말도 하지 못했다. 형이 잘못하고 있는 게 아니야, 내가 잘하는 것도 아니고, 그런 말 하지 마, 제발, 하고 속으로만 말했다. 나는 언제나 그랬듯 이번에도, 제발 그런 말 하지 말라고 속으로만 말하고 형의 방을 나왔다.

식사 준비를 마친 아내가 점심상을 차려놓았는데도 어머니는 돌아오지 않았다. 목욕탕에 갔다면 벌써 돌아왔어야 할 시간이었다. 114에서 알려준 번호로 전화를 걸었는데 어머니의 단골 미용실 미용사는 오지 않았다고 했다. 연락해볼 다른 곳이 없었다. 식탁에 앉은 아내는, 이상하네, 우리가 오는 날인 줄 아실 텐데, 하고 중얼거리며 기다리고, 나는 여기저기 서성이다가 부엌 옆 방으로 다시 들어가 형의 얼굴을 한참 동안 쳐다봤다. 그 방이 자기 방이라고 선언하면서도 형은 좀 수줍어하는 것 같았다. 나는 눈길을 피하고 바닥에 깔린 1인용 요 위에 누웠다. 내려다보는 형과 다시 눈이 마주쳤다. 눈을 감자 핸드폰이 요란하게 울리던 어느 명절 전날 일이 떠올랐다. 벨 소리는 형의 방에서 울리고 있었다. 나는 형이 잠들어서 듣지 못하는가, 하고 방 안을 들여다봤다. 형은 누워서 책을 읽고 있었다. 나는 전화기가 울린다는 걸 알려줬다. 형은 울리게 내버려두라고 했다. 무슨 전환데 안 받아? 하고 묻자, 뻔하지, 빚 갚으라는 독촉 전화겠지 뭐, 하며 대수롭지 않게 대꾸했다. 나는 질문을 더 하려다가 대화를 원치 않는 것 같은 형의 완고한 등을 보고 가만히 물러났다. 그와 비슷한 옛 기억들이 스치듯 떠올랐다가 사라졌다. 그러다가 어느 결에 잠이 들었던 것 같다. 선명하지 않은 꿈을 꾼 것으로 보아 깊은 잠을 잔 것은 아니었다. 나를 깨운 건 아내였다. 그녀는 벽에 걸린 시계를 가리키며 우리가 도착한 지 두 시간 반이 지났다고 알려줬다. 걱정이 안 되느냐고, 어떻게 태평하게 잠을 잘 수 있느냐고 야단치는 것 같아 무안했다. "시간이 벌써 그렇게?" 일부러 크게 기지개를 켜며 일어나 앉는데, 깨기 직전의 꿈속 장면이 덩달아 일어나 머릿속 한 자리를 차지하고 앉았다. "그렇게 날짜를 안 지키면 어떻게 하냐? 사람이 신용이 있어야지. 두 시간 반이나 지났다." 혀를 끌끌 차며 그렇게 말한 사람은 어머니였다. 나는 어머니로부터 신용이 없다고 야단맞고 있었다. 내가 돈을 꾼 사람인 것은 분명했으나 어머니가 돈을 꿔준 사람인지 아닌지는 확실하지 않았다. 채권자로서 내게 화를 내는 것 같기도 하고 채무자인 나의 보호자 신분으로 충고를 하는 것 같기도 했다. 어느 쪽이든 터무니없긴 마찬가지지만, 두 시간 반이 지났다는 말은 더 맥락을 알 수 없어 황당했다. 아내가 나를 깨우면서 한 말이 꿈속의 어머니 목소리와 뒤섞였다는 사실을 깨달았지만 찜찜한 기분은 사라지지 않았다. 나는, 두 시간 반이나 지났구나, 하고 중얼거렸다. "걱정 안 돼? 대체 어머님이 어딜 가셨을까?" 나는 황당한 꿈의 터럭들을 털어버리려고 머리를 흔들었다. 아내는 곧 어두워질 텐데, 하며 창밖으로 시선을 줬다. 나도 창 쪽을 바라봤다. 곧 어두워질 것 같지는 않았으나 그렇게 시간이 흘렀는데도 연락도 없이 돌아오지 않고 있는 어머니가 걱정되기 시작했다. 우리가 찾아오는 날이라는 걸 알고 있다면 더욱 이해할 수 없는 일이었다. 이제까지 우리가 오는 날 어머니가 집을 비운 적은 한 번도 없었다. "목사님께 연락해볼까?" 생각에 잠겨있던 아내가 물었다. 어머니가 이렇게 오래 시간을 보낼 곳이 교회 말고는 없다는 걸 아내도 알고 있다는 뜻이었다. 어머니에게 혹시 무슨 일이 생기면 연락하기로 하고, 어머니가 다니는 교회 목사의 전화번호를 내 전화기에 입력해두고 그분에게도 내 전화번호를 알려준 것이 몇 해 전이었다. 다행히 그동안 목사도 나도 연락할 일은 없었다. 드디어 연락할 일이 생긴 건가. 나는 주섬주섬 전화기를 꺼내 주소록에서 '열린교회 목사님'을 찾았다.

내 이름을 듣고도 목사는 내가 누구인지 바로 알아차리지 못했다. 어머니 이름을 대자, 그때서야 아, 신 권사님, 하고 알은척했다. 나는 어머니를 뵈러 왔는데 집이 비어있고, 두 시간 반 동안 연락이 안 돼서 혹시 교회에 계시는가 하고 전화를 했노라고 사정 이야기를 했다. "아, 그러시구나. 근데 날을 잘못 잡아서 오셨네." 나는 우리가 매달 마지막 주 토요일에 찾아오는 걸 어머니가 알고 있을 거라는 말은 하지 않았다. "교회에 계시나요? 그러면 다행입니다만." 목사는 교회에 계시면 문제가 아니지요, 하고는 어떤 지명을 이야기했는데 머리에 쉽게 입력이 되지 않는 고유명사였다. 거기가 어디냐고 묻자 기도원이라고 했다. 교회에서 한 시간 떨어진 거리의 산속 기도원인데, 어머니가 속해있는 여선교회 회원들이 월례회 겸 기도회를 위해 와있는 것이라고 했다. 오전에 교회에서 출발했고, 저녁 늦게 돌아갈 예정이라고 했다. 나는 별일 없는 거지요? 하고 물었고, 목사는 그럼요, 기도하러 온 건데요, 했다. "염려하지 마세요. 교회 차로 모셔다드릴 겁니다." 나는 별일 없으니 다행이라고 말했지만, 그러나 어머니가 마지막 주 토요일에 우리를 기다리지 않고 집을 비운 것을 별일 아니라고 할 수 없다는 생각은 내쫓지 못했다. 목사는 어머니를 바꿔줄 테니 통화해보라고 했다. 나는 송화기를 한 손으로 가리고 아내에게 어머니가 좀 멀리 가계신다고 말해줬다. 어디? 하고 아내가 물었다. 나는, 무슨 기도원이래, 목사님이랑 교회 분들이 함께 가셨다는데 오늘 밤늦게나 돌아오신다고 하네, 하고 알려줬다. 밤늦게? 그럼 못 뵙는 거야? 하고 아내가 다시 묻는데, 여보세요, 하는 어머니의 음성이 들렸다.

저예요, 어머니, 하고 인사를 하자, 누구냐, 성준이냐, 하는 물음이 돌아왔다. 성준이는 형의 이름이었다. 순간 목에 무엇이 걸린 것처럼 숨이 막혀 어떤 말도 나오지 않았다. 그러나 침묵은 길지 않았다. 어머니가 곧 자신의 실수를 정정했기 때문이다. "내 정신 좀 봐라. 성준일 리가 없지. 그런데 어쩐 일이냐?" 나는 일단 안도했지만, 어머니가 어쩐 일이냐고 물었기 때문에 다시금 몸과 마음이 서서히 경직되는 걸 피할 수 없었다. 어머니는 오늘이 우리 부부가 어머니를 뵈러 오는 날이라는 걸 기억하지 못하는 것이 분명했다. 단지 날짜를 착각했을 수도 있지만 그렇게 단순하게 넘길 일이 아닌 것 같다는 생각이 들었다. 어젯밤 아내가 한 말을 비롯해 몇 가지 에피소드들이 연달아 떠올랐다. 나는 경직된 목소리로 내가 누구인지 아느냐고 물었다. 어머니는 웬 실없는 소리를 하느냐며 웃었다. "네가 누구인지 네가 제일 잘 알지, 그걸 왜 나한테 묻냐?" 옳은 말이지만 그건 내가 듣고자 하는 답이 아니었다. 나는, 내가 성준이에요, 성식이에요? 하고 되물었다. 어머니는 내 물음에 아무 답도 하지 않았다. 나는 내처 다그쳐야 한다는 내부의 목소리와 어머니를 괴롭히면 안 된다는 다른 목소리 사이에서 갈등했다. 어머니가 질문에 대답하지 않고 침묵하는 까닭을 헤아리는 일이 중요했으나 갈등을 오래 지속할 수 있는 상황도 아니었다. 그리고 그런 상황이라면 일단 물러나는 것이 현명한 방법이었다. 나는 두 시간 반 전에 도착해서 기다리고 있다고 말했다. "그렇구나. 그런데 어쩌냐?" 어머니는 교회 차를 타고 기도원에 왔는데 저녁 늦게나 돌아갈 거라고 설명했다. 목사로부터 이미 들은 내용이었다. 이번에도 무슨 기도원인지 이름이 들어오지 않았다. 어머니는 자고 갈 거냐고 물었다. 나는 아내를 쳐다보며, 자고 갈래? 하고 입 모양으로 물었다. 아내는 손을 흔들고 엑스 자를 그려 보였다. 저녁 약속이 있잖아, 하고 아내 역시 입 모양으로 말했다. 어떤 약속인지 생각나지 않았지만 아내는 늘 나보다 바쁘고 나보다 만나는 사람이 많으니까 내가 모르는 약속이 있다고 해도 이상한 일은 아니었다. 나는 저녁에 약속이 있어서 서울로 돌아가야 한다고 어머니에게 말했다. “그럼 할 수 없지.” 어머니는 조심해서 돌아가라고 말하고 전화를 끊으려 했다. 나는 통화를 마치기 전에 어젯밤에 아내로부터 들은 내용을 확인해야 한다는 마음에 내몰려 다급하게 물었다. “잠깐만요, 얼마 전에 집사람이랑 통화했지요? 그때 어머니가 저한테…….” 거기까지 말한 다음 적당한 단어를 찾느라 잠시 멈춘 사이에 어머니가 빠르게 말을 이었다. “며느리하고야 자주 통화하지. 그 애가 워낙 자주 전화를 걸어오지 않냐. 전화해서 별 이야기를 다 한다. 그런 애가 없지. 나 심심할까 봐 그럴 테지만 그러지 않아도 된다. 나는 잘 지낸다. 심심할 시간도 없다. 화초들 돌보지, 교회 가지, 청소하지, 빈 시간이 별로 없다. 화초들이 얼마나 수다스러운지 아냐. 그것들 말 들어주고 대꾸해주고 그러려면 하루가 모자란다. 그러니까 내 염려는 하지 마라. 나는 잘 지낸다.” 어머니는 갑자기 기분이 좋아진 듯 말을 많이 했지만 마지막까지 돈 이야기는 하지 않았다. 하는 수 없이 내가 꺼내지 않을 수 없었다. 나는 혹시 돈을 써야 할 곳이 있느냐고 물었다. “돈이 필요하시면…….” 어머니는 내 말을 자르고 곧바로, 노인이 돈 쓸 일이 어디 있겠느냐고 했다. 며느리와 통화하면서 돈 쓸 데가 있다고 하지 않았느냐고 물으려는데 어머니가 이제 어딘가로 이동하는 모양이라며 전화를 끊어야겠다고 했다. 나는 이야기를 더 이어가려고 했지만 서둘러 작별 인사를 하는 어머니의 목소리에 지고 말았다. “내 걱정은 말고 냉장고에 파김치 해놓은 거 있으니 갖고 가라. 파란 통에 든 거다. 조심해서 가고 감기 조심하고 오가며 차 조심해라. 끊는다."

"뭐라셔?" 전화를 끊고 베란다를 가득 채우고 있는 어머니의 화분들을 가만히 바라보고 있는데 아내가 물었다. 여러 종류의 크고 작은 화분에 심긴 나무들이 생기발랄했다. 꽃을 피운 놈들도 여럿이었다. 잎은 윤기가 돌아 반질반질하고 꽃은 밝고 환했다. 잎이며 꽃의 모양이 제각각이었다. 똑같은 모양의 잎이나 꽃은 없었다. 한참 바라보고 있자니 그것들이 내 눈길을 받고 발돋움하며 일어나는 것 같은 착각이 들었다. 그러나 그럴 리가 없었다. 나는 그것들의 이름을 하나도 알지 못했다. 내게는 그것들의 고유함에 대한 인식이 없었다. 화초들이 사람의 눈길을 받으면 발돋움하며 일어선다고 말한 사람은 어머니였다. "아이고, 이 예쁜 것, 하고 눈으로 쓰다듬으면 내 눈길을 받고 발돋움하며 일어난다, 이 애들이. 얼마나 기특한지 모른다." 어머니는 그들과 대화했다. 어머니 집 베란다의 식물들은 모두 자기만의 고유한 이름을 갖고 있었다. 어머니는 생물을 분류하는 단위로서의 종의 이름에는 관심이 없었다. 어머니가 산세비에리아나 행운목 같은 식물들의 이름을 모를 리 없었다. 그러나 어머니는 그들을 그런 이름으로 부르지 않았다. 파랑이나 쭉쭉이나 하늘이가 어머니가 부르는 식물들의 이름이었다. 꽃의 색깔과 잎의 생김새와 줄기의 질감에 따라 각기 다른 이름이 붙여졌다. 어머니는 파랑이나 쭉쭉이나 하늘이의 이름을 부르며 손자에게 하듯 화초들을 쓰다듬고 어루만지고 대화했다. 예부터 그랬지만 아버지가 돌아가신 후 혼자 살게 되면서 더 그래졌다. 나는 어머니처럼 식물들의 이름을 불러주고 싶은 마음이 문득 들었지만 어떤 놈이 파랑이고 어떤 놈이 쭉쭉이고 어떤 놈이 하늘인지 구분할 수 없어 그러지 못했다. 뭐라시냐니까? 하고 아내가 큰소리로 다시 물었다. 나는, 이놈들이 아주 수다스럽다는데, 이놈들 말 들어주느라고 시간 가는 줄 모른대, 하고 대답했다. "무슨 뚱딴지같은 소리야?" 나는 베란다의 화분들을 손가락으로 가리켰다. "농담 말고." 그녀는 즉각적으로 그렇게 말했지만 곧 농담이 아니라는 걸 깨달은 듯, 그것 말고, 하고 수정했다. 나는 소파로 돌아와 앉으며 노인이 돈 쓸 일이 어디 있느냐고 하신다고 알려줬다. 아내는, 제대로 물었어야지, 내가 여쭤봤어야 하는데, 하며 입을 삐죽였다. 하지만 곧 언짢은 기분을 표현한 것으로 여겨질 수 있는 그 표정을 거둬들였다. 내가, 돈 이야기는 꺼내지 않았어, 근데 형 이름을 불렀어, 나한테, 하고 말했기 때문이었다.

3

사람들이 내 목소리와 형의 목소리를 잘 구분하지 못한 것은 사실이었다. 어머니조차 간혹 내 목소리와 형의 목소리를 헷갈려했다. 그러나 부언할 것이 있다. 어머니가 형의 목소리를 내 목소리로 착각하긴 했지만, 내 목소리를 형의 목소리로 착각한 적은 없었다. 형에게는 성식이냐? 하고 가끔 물었지만 나에게 성준이냐? 하고 물은 적은 없었다. 이상한 말 같지만, 나는 어머니가 내 목소리는 확실히 알아듣는데 형의 목소리는 그러지 못한다고 막연하게 생각했었다. 형의 목소리는 나를 닮았지만 내 목소리는 형의 목소리를 닮지 않았다는 식으로. 애매하고 흐리멍덩한 것을 견디지 못하는 아내가 지적할 때까지 나는 이런 생각이 이상하다는 것도 의식하지 못했다. "정말 해괴한 말인 거 알아? 비슷하게 생겨서 헷갈리는 매화꽃하고 살구꽃을 예로 들어 생각해보자고. 당신의 그 말은 매화꽃은 살구꽃을 닮았는데 살구꽃은 매화꽃을 닮지 않았다는 거잖아. 살구꽃은 매화꽃과 헷갈리지만 매화꽃은 살구꽃과 헷갈리지 않는다? 말이 되나?" 아내는 어이없다는 뜻으로 그 예를 들었지만 나는 고개를 갸웃하며, 말이 안 되나? 하고 중얼거렸다. 살구꽃을 매화꽃으로 착각한 적은 많아도 매화꽃을 살구꽃으로 착각한 경우는 없다는 사실이 떠올랐기 때문이었다. 내가 확신 없는 목소리로 그 사실을 언급하자 아내는 중요한 뭔가를 깨달은 사람처럼 고개를 크게 끄덕이며 손뼉까지 쳤다. 뚱한 표정을 짓고 있는 내게 아내가 덧붙였다. "매화꽃을 보자마자 당신은 그 꽃이 매화꽃이라는 걸 알아. 매화꽃이 아닌 다른 꽃일 수 있다는 생각을 아예 하지 않지. 매화꽃이 더 흔하다고 할까, 더 보편적이라고 할까, 아니면 더 대표적이라고 해야 할까, 암튼 더 친근하지. 거기다가 사람들은 매화꽃을 보려고 매화꽃이 피어있는 곳을 일부러 찾아가기도 하잖아. 매화꽃 필 때 맞춰 축제를 열기도 하고. 그러니까 매화꽃은 다른 꽃으로 오인될 수가 없는 거지. 반면에 살구꽃은 흔하지 않고, 어쩌다, 대개는 우연히 발견될 거란 말이야. 살구꽃을 보러 어디로 간다는 말은 못 들어봤어. 살구꽃 축제가 있다는 말도 못 들어봤고. 그러니까 대개 살구꽃은 그 꽃이 거기 있을 거라고 기대하지 않은 상태에서 발견되는 경우가 많겠지. 그러다 보니 살구꽃은 살구꽃으로 바로 인식되지 않고, 모양이 닮은 어떤 꽃, 더 대표적이고 더 흔하고 더 친근한, 예컨대 매화꽃으로 오인될 수 있을 거야. 어머님이 당신의 목소리는 아주버님의 목소리로 착각하지 않으면서 아주버님의 목소리를 당신의 목소리로 착각하는 현상도 마찬가지 아닐까. 말하자면 당신의 목소리가 더 흔한 거야. 대표적이라고 해도 되고. 더 친밀하게 느낀다는 뜻이기도 하겠지. 당신의 목소리가 아주버님의 목소리를 닮지 않아서가 아니야. 매화꽃이 살구꽃을 닮지 않은 것이 아니듯이." 아내는 어머니에게 거의 전화를 하지 않았던 형과 자주 전화를 하고 뵙기도 더 자주 하는 내 목소리에 대한 어머니의 자동적이고 자연스러운 반응으로 이 문제를 풀어 설명했다. 아내의 설명은 그럴듯해서 반박하기가 힘들었다. 그렇지만 온전히 수긍해서는 아니었다. 꼭 그것 때문이라고 말할 수는 없을 것 같았다. 아니, 그 말 속에 숨어있는 발톱을 보고 싶지 않아서라고 할 수도 있었다. 내 속에서 어렴풋이 떠올랐다 가라앉았다 하는 생각들을 말로 옮길 수는 없었다. 그것은 나만 느끼는 종류의 감정일 수 있었다. 설명하기 어려운 자격지심이나 일종의 자책감

같은 것이 입을 틀어막았다고 할 수도 있었다. 어머니가 나를 더 친밀하게 느낀다는 뜻이기도 하다는 아내의 말이 귓가에서 맴돌았다.

그리고 마침내 나는 내가 형에게 돌아갈 몫을 부당하게 차지했을 수 있다는 생각에 사로잡히지 않으려고 무진 애를 쓰고 있는 자신을 외면하지 못했다. 의도와 상관없이 혜택을 더 받은 사람이라는 생각은 편애의 대상이었음을 인정해야 하므로 위험했고, 그래서 회피해야 했다. 편애의 대상이 된 사람이 느끼는 마음의 불편함을 사람들은 간과한다. 그들은 한쪽으로 치우친 사랑에서 제외된 사람의 아픔에 주목할 뿐, 주목하느라, 한쪽으로 치우친 사랑의 대상이 되어있는 사람의 마음이 어떤지는 헤아리려 하지 않는다. 이쪽이든 저쪽이든 이 사랑의 실행에 전적으로 수동적이라는 점에서 다르지 않다. 치우친 사랑에서 제외된 자만이 아니라 그 사랑의 선택을 받은 자 역시 비자발적이다. 그렇지만 결과적으로 혜택을 더 받은, 더 받았다고 느끼는 사람이 덜 받은, 덜 받았다고 느끼는 사람을 향해 갖게 되는 마음의 부담감을 피해 갈 수는 없다. 형의 입을 통해 '면목 없다'는 말을 들을 때 내가 느끼곤 했던, 어딘가로 달아나고 싶은 부끄러움과 난처함을 나는 아무에게도 말하지 못한다. 누군가에게 말해야 한다면 그 첫 번째(어쩌면 유일한) 대상은 형일 것이다. 형이어야 할 것이다. 그러나 나는 말할 수 없었고, 말하지 못했고, 이제는 영원히 말할 수 없게 돼버렸다. 형은 이 세상에서 사라짐으로써 그런 기회를 앗아가버렸다. 형의 그 말이 나를 견딜 수 없게 한다는 사실을, 아마 형은 알지 못했을 것이다. 면목 없다는 형의 말이 나를 면목 없게 한다는 사실을, 아마 형은 몰랐을 것이다. 그러니까 그런 말을 했을 것이다. 그에게 나를 괴롭히려는 무슨 의도가 있었겠는가. 아니, 알았다고 하더라도 어쩔 수 없었을 거라는 생각이 지금은 든다. 알면서도 하지 않을 수 없어서, 그것 말고 달리 할 말이 없어서 했을 거라는.

돌아오는 차 안에서 나는 어머니의 편애를 받았던 〈창세기〉의 인물 야곱이 느꼈을 마음의 짐에 대해 아내에게 이야기했다. 혼돈하고 공허한 채로 내 마음속에 떠돌던 무정형의 어둠을 끄집어낸 순간이었다. 어머니는 야곱을 사랑했다. 어머니 리브가가 큰아들인 에서를 미워한 것은 아니었다고 생각한다. 그녀는 단지 작은아들을 사랑했을 뿐이다. 한 사람을 사랑했을 뿐인데 다른 누군가가 사랑받지 못하는 일이 일어나는 것이 세상 이치다. 사랑이 차별을 만들어내는 것은 역설이다. 누군가의 이름을 부르는 행위는 다른 누군가의 이름을 부르지 않은 행위와 같은 것이 된다. 이긴 사람이 호명되면 진 사람이 누구인지 알게 되는 것과 같은 이치다. 사랑하는 사람의 이름이 호명되면 사랑하지 않는 사람이 누구인지 저절로 알게 된다. 리브가는 사랑하는 아들 야곱을 에서처럼 꾸며 장자가 받을 아버지의 축복을 받게 했다. 이 과정에 술수와 속임수가 동원됐다. 눈먼 남편/아버지를 속이고 순진한 큰아들/형의 것을 빼앗았다. 속이고 빼앗으려는 의도는 이 이야기의 원인이 아니다. 사랑이 있을 뿐이다. 사랑이 속이고 빼앗는 사건을 만들어낸 것뿐이다. 사랑이 어떻게 이럴 수 있는가. 사랑이 사랑하는 이를 선택하는 일이면서 동시에 사랑하지 않는 이를 선택하지 않는 일이 되기 때문이 아닌가. 에서가 느꼈을 박탈감이 어떨지는 말하지 않아도 알 수 있다. 그렇지만 야곱은? 야곱은 아무렇지 않았을까? 자발적인 어떤 행위를 하지 않았음에도 불구하고 결과적으로 자기 때문에 형을 소외시키고 형에게 박탈감을 준 셈이 된 동생의 마음속은 어땠을까? 형을 사랑에서 배제하는 이 드라마에 어떤 적극성도 없이, 그러나 어쩔 수 없이 참여한 꼴이 되고 만 동생이 형 못지않게, 어쩌면 형보다 더 괴로웠을지 누가 아는가. 어쩌면 어머니의 사랑이 부담스러워 거부하고 싶을 때도 있지 않았을까, 하고 나는 생각한다. 자기를 사랑하는 어머니가 싫어서가 아니라 자기를 사랑하는 어머니의 사랑을 받지 못하는 형을 볼 낯이 없어서. "어머님이 편애를? 당신에게? 내가 겪은 어머님은 그런 분이 아닌데. 누구를 더 사랑하는 분이 아니잖아." 아내는 〈창세기〉의 두 형제에 대한 내 이야기를 나와 형의 이야기로 옮겨왔다. 아내의 관찰이 아마 맞을 것이다. 어머니는 누구를 더 싫어하거나 더 사랑하는 분이 아니었다. 형으로부터 그런 불만을 들어본 적도 없었다. 그러나 나는 긍정도 부정도 하지 못했다. 아마 나를 위로하려고 그랬겠지만, 아내는 어렸을 때부터 사냥을 좋아하고 밖으로만 쏘다니다가 결국 제 갈 길을 간 에서와 집 안에서 가족들과 어울려 지내기를 좋아했던 야곱을 비교했다. 독립적인 사람은 사랑받는 것을 간섭으로 여길 가능성이 있지 않겠느냐고 아내는 말했다. 그렇게 말함으로써 그녀는 이 문제를 사랑을 받는 위치에 있는 사람의 성향으로 전환하려 했다. 나는 그 말을 듣는 것이 좀 괴로웠다. 그녀의 말을 인정하고 싶은 내 마음을 향해 혐오의 감정이 끓어올라왔다. "에서에게 그런 성향이 있었다고 쳐. 그런데 그런 성향은 언제 생기는 걸까? 혹시 그가 독립적인 성향이 있는 사람이어서 사랑을 받지 않거나 사랑을 거부한 것이 아니라 사랑을 받지 못해서 독립적인 성향의 사람이 된 건 아닐까, 어쩔 수 없이? 그렇게 생각할 수도 있지 않을까?" 말을 하면서도 나는 내 말에 설득력이 없다는 걸 의식했다. 그건 아마, 적어도 〈창세기〉의 그 인물에 대해서는, 사실이 아닐 것이다. 하지만 나는 에서에 대해 말하는 것이 형에 대해 말하는 것과 거의 구별되지 않는 심리 상태에 들어가있었고, 따라서 자학의 감정으로부터 자유로울 수 없었다. 내 감정을 눈치챘는지 아내는 입을 다물고 앞만 쳐다봤다.

형을 독립적인 사람이라고 할 수 있는지는 모르겠다. 하지만 상대적으로 자유롭고 주체적으로 살았다는 말은 할 수 있을 것 같다. 주변 사람들의 평가에 의하면, 나는 좀 답답할 정도로 규칙적이고 틀에 박힌 사람인 반면 형은 융통성이 있고 무엇에 얽매이는 것을 죽도록 싫어하는 사람이었다. 가령 나는 아무리 하기 싫어도 하도록 주어진 일은 하는 편이지만 형은 하기 싫은 일은 절대로 하지 않으려고 했다. 나는 막판까지 눈치 싸움을 벌이며 지원한 학과가 내 적성에 맞지 않다는 것을 한 학기가 지나기 전에 깨달았지만 어차피 들어간 대학이라 군말하지 않고 끝까지 공부했고, 심지어 좋은 성적으로 졸업했고, 공무원이 됐다. 형은 눈치 싸움도 하지 않고 소신껏 선택했으면서 학과가 적성에 맞지 않는다며 두 번 학교를 옮겼고, 그러고도 졸업은 하지 않았다. 내가 행정공무원이 되어 여기저기 옮겨 다니며 호봉을 높여가는 동안 형은 연극과 문학에 빠져 젊은 시절을 다 보냈다. 몇 군데 직장을 다니긴 했지만 1년 이상 근무한 곳은, 내가 기억하는 한 없었다. 광고 회사와 대형 서점과 영화사와 커피 전문점과 이삿짐센터와 백화점 경비실을 옮겨 다니면서 형은 늘 소설을 쓰고 싶어 했다. 실제로 여러 편의 소설을 썼고, 무슨 문학상 공모전에서 당선작 없는 가작으로 입상한 적도 있었지만 이 세상을 떠날 때까지 자기 책은 한 권도 갖지 못했다. 그렇지만 의욕이 없거나 게으른 건 아니었다. 언제나 무엇인가를 열심히 했다. 특히 읽고 쓰는 데 열성적이었다. 기울인 수고에 맞는 성과가 나오지 않은 것을 누구 탓이라고 해야 할까. 애쓰지 않고 이룰 수 있는 것은 없지만 애쓴 것이 반드시 이뤄지는 것도 아니라는 세상의 이치를 형이 몰랐을 것 같지 않다.

나는 때때로 나와 다른 형의 그런 기질을 부러워했다. 나도 내가 하고 싶은 일만 하고 하기 싫은 일은 하지 않으며 살고 싶다는 생각을 가끔 했지만, 그 생각은 길게 이어지지 않았다. 내가 하고 싶은 일과 하기 싫은 일이 무엇인지 잘 떠오르지 않았기 때문이다. 막연하게 생각하면 하고 싶은 일도 있고 하기 싫은 일도 있었다. 있는 것 같았다. 그러나 정작 밖으로 끄집어내려고 하면 손에 잡히지 않았다. 없는 것 같았다. 그것들이 겸연쩍어서 숨은 거라고 할 수 없으니 내가 귀찮아한 거라고 해야 할 것이다. 하고 싶어하거나 하기 싫어하지 않기 위해 필요한 적극성을 피한 거라고. 그렇다면 나야말로 태만한 사람이 아닌가. 삶에 대한 의욕도 사랑도 없는 사람이 아닌가. 그런 생각 때문에 나는 자주 열등감에 시달렸다. 면목 없다는 형의 말이 내 마음을 쪼그라들게 했던 이유 가운데 하나였다. 친척들이 간혹, 어려운 환경 속에서도, 편모슬하에서, 탈선하지 않고, 끈기와 성실로, 어쩌고 하며 나를 추켜세울 때, 특히 형이 곁에 있을 때는 더욱, 그들의 입을 틀어막거나 어딘가 구멍을 파고 내 몸을 숨기고 싶었다. 내 어쭙잖은 이른바 '출세'가 실은 삶에 대한 의욕과 사랑의 결여, 즉 태만의 결과며, 따라서 전혀 칭찬받을 일이 아닌데도 칭찬을 늘어놓는 것은 형만이 아니라 삶을 망신 주는 것이고, 내 마음까지 할퀸다는 사실을 그들은 알지 못했다. 내가 이룬 알량한 성취라고 하는 것이 적극성의 결여로 인해 주어졌다는 것을 어떻게 이해해야 할까. "그들은 당신의 성실함을 칭찬하는 거야. 그것뿐이야. 그건 사실이잖아." 아내는 그런 말로 어쩔 줄 몰라 하는 나를 달래려 했다. 선뜻 동의되지 않는 찜찜함에도 불구하고 나는 사실이 아니라고 말하지 못했다. 나는 무엇을 동의할 수 없는지, 무엇이 찜찜하게 하는

지, 무엇을 부정해야 하는지 정확하게 알지 못했다. 그럴수록 내 모든 생각과 감정의 자장 안에 늘 형이 있었다는 사실이 분명해졌다. 그가 나에게 어떤 일도 하지 않았음에도 불구하고 나는 언제나 어떤 식으로든 형을 의식하며 살았다.

"당신 말대로 자유롭고 독립적인 성향의 에서와 달리 야곱은 사랑이 필요한 사람이었을 수 있어. 누군가의 사랑이 없으면 아무것도 할 수 없는 사람이 있지. 그런 사람은 사랑을 받아야 살지. 사랑을 받아야 살 수 있는 사람을 사랑하지 않을 수는 없겠지. 사랑이란 게 그렇게 생기는 거겠지. 그러니까 리브가는 야곱을 사랑하지 않을 수 없었던 거겠지. 불가피했다고 해야 할까. 강요됐다고 해야 할까. 그러면 이 편애 사건의 실제 주체는 어머니가 아니라 아들이 되고 말아. 의식적이진 않지만 어머니의 사랑을 이끌어낸 아들로 인해 발생한 거니까. 사실이 그렇다면 야곱이 형에 대해 심리적 부담감을 느끼는 건 지극히 자연스러운 거겠지. 안 그래?" 야곱에 대해 한 내 말을 아내는, 당신은 말썽부릴 줄 모르는 아들이었대, 하고 슬그머니 끼어듦으로써 이번에도 나에 대한 말로 옮겨왔다. "한곳에 눕혀놓으면 한나절 내내 그 자세 그대로 있었다고 하더라. 어찌나 순한지 칭얼거릴 줄도 몰랐다며? 아주버님과는 달랐대. 어머님이 그러시더라." 나도 여러 번 들은 이야기였다. 늘 심상하게 들었던 그 이야기가 그날따라 어쩌자고 다르게 들린 것일까. 나는 내 편을 들어주기로 작정한 아내를 믿고 더 구부러진 길로 나아갔다. "칭얼거리지 않은 이유가 혹시 칭얼거릴 틈이 없이 보살폈기 때문이 아닐까? 그래서 까다로워질 이유가 없었던 것이 아닐까?" 내 안에 그런 말이 들어있는 줄 몰랐기 때문에 나는 말해놓고 움찔했다. 당신도 참, 하고 아내는 입을 다물어버렸다. 아내가 내 편을 들어주는 걸 멈췄기 때문에 내 자학도 멈췄다. 묘한 실망감이 입 안을 쓰게 했다.

우리는 집에 도착할 때까지 아무 말도 더 하지 않았다. 아내는 차창 밖에 시선을 준 채 풍경을 바라봤고, 나는 정면을 응시한 채 운전만 했다. "되도록 빨리 어머님을 봬야 할 것 같아. 아무리 자기 관리를 잘하시는 분이라고 해도 연세가 있으시니…… 걱정이 되네." 주차장에서 엘리베이터를 기다리며 아내가 말했고, 나는 긍정도 부정도 하지 않은 채 명멸하는 숫자판만 바라봤다.

4

다음 날 저녁, 근무지인 N시로 가는 기차를 타기 위해 일주일치 식량과 옷가지들을 가방에 집어넣고 있는데 어머니가 전화를 걸어왔다. 벨이 울린 건 아내의 핸드폰이었다. 아내는 화면에 뜬 번호를 확인하고, 어머님이다, 하고 화들짝 놀란 얼굴을 했다. 나는 가방 꾸리는 일을 계속하며 귀를 열어뒀다. 그렇지 않아도 내일 어머님을 뵈러 가려던 참이었어요, 하는 말 후에 한참 동안 아내의 목소리가 들리지 않아서 나는 고개를 들어 그녀를 봤다. 난처한 기색이 역력한 표정으로 그녀가 나를 보고 있었다. 그렇겠지요, 네, 그러니까요, 같은 군더더기 말을 되풀이하던 아내가 어느 순간 송화기를 손으로 가리고 내게 속삭였다. "또 돈 이야기 하셔. 왜 꼭 나한테 말씀하시는지 몰라. 들어볼래?" 아내가 내 앞으로 전화기를 내밀었고, 나는 엉겁결에 받아들었다. 그러자 어머니의 차분하고 또렷한 목소리가 귓속으로 쏟아져 들어왔다. "늙은이가 어디 돈 쓸 데가 있겠냐. 오해하지 말고 들어라. 성식이는 대학 졸업하고 대학원도 다니고 결혼도 하고 집도 샀다. 물론 너도 알다시피 그놈이 제 힘으로 다 했지. 장한 아들이다. 누가 그걸 모르겠냐. 그런데 성준이는 대학원은커녕 대학도 졸업 못 하고 결혼도 안 하고 집도 없이 산다. 어렵게 산다. 딱해 죽겠다. 그런데도 돈 달라는 소리 한번 안 했다. 딱 한 번 빼놓고는. 딱 한 번, 지방 어느 소도시에서 연극을 하고 지낼 때였는데, 카페를 하겠다고 도와달라고 했다. 그때 성식이 대학원 등록금을 마련해야 할 때라 내가 좀 난처한 표시를 했다. 그땐 진짜로 여유가 없었다. 더 이상 손 벌릴 데도 없더라. 제풀에 기분이 언짢아져서 아마 좀 듣기 싫은 소리를 했던 것 같다. 나이가 몇인데, 언제까지 그러고 살래? 성식이 사는 거 좀 봐라……. 세상에! 내가 미쳤지. 왜 그런 소리를 했을까? 엄청 섭섭했을 텐데도 그냥 해본 말이라며 허허 웃고는 얼른 말을 돌리더라. 그리고는 다시 그 이야기를 꺼내지 않았다. 나도 그날 이후 그 이야기를 하지 않았고. 그런데 요새 그 일이 왜 그렇게 마음에 걸리는지 모르겠다. 성식이는 대학원도 보냈잖아요, 하는 그 애 목소리가 자꾸 들린다. 아니, 그 애가 그런 말을 할 리가 없지. 그런 말을 할 애가 아니다. 그런데도 그런 목소리가 자꾸 들리는 걸 어떻게 하냐. 이제라도 성준이한테 카페 차릴 돈을 좀 해주고 싶다. 그래서 그런다. 그래서 돈을 달라는 거지 내가 어디 다른 데 쓰려고 그러는 게 아니다. 그러니까 성식이한테 이야기를 잘 해서 너무 늦지 않게 돈을 좀 마련해서…….”
내 바로 앞에서 눈을 동그랗게 뜨고 지켜보던 아내가 작은 소리로, 숨 좀 쉬어, 얼굴이 창백해, 하고는 전화기를 빼앗아갔다. 나는 소파에 털썩 주저앉았다.

돈이 얼마나 필요한지 조심스럽게 형에게 물은 적이 있었다. 빚 갚으라는 독촉 전화를 회피하던 날 저녁, 형과 둘만 있는 자리에서였다. 형은 아주 재미있는 이야기를 들은 것처럼 크게 소리 내 웃었다. 그렇게 크게 웃는 모습을 본 건 아마 그때가 유일했을 것이다. “왜? 네가 갚아주게?” 나는 웃지 않고 고개만 끄덕였다. 형은 말없이 나를 바라보더니, 어머니가 자기에 대해 무슨 말하더냐고 물었다. 나는 고개를 저었다. “아까 전화, 빚 독촉이라고…….” 형은 내 말을 막으며 자기 걱정은 하지 말라고 손을 내저었다. 이어서 누구에게든 걱정 끼치고 싶지 않다고 말했다. 어머니에게는 더욱 그렇다고 했다. 그리고는 특유의 쓸쓸하고 어색한 미소를 지으며 중얼거렸다. “이상하지. 늘 돈에 쪼들리면서도 왜 돈 버는 일에 시큰둥한 걸까.” 나는 가만히 앉아있다가 조심스럽게 계좌번호를 물었다. 형은 한숨을 크게 내쉬고는 속에서 끌어올리는 것 같은 목소리로, 내가 네 형이다, 하더니 밖으로 나가버렸다.

아내는 나의 당혹스러움을 이해했다. 나에게 어떤 설명을 요구하지 않은 것으로 보아 그녀 역시 나 못지않게 충격을 받은 모양이었다. "좀처럼 흐트러지지 않던 분이, 세상에! 어쩌면 좋아." 아내는 더 이상 자기 몰래 돈 쓸 데가 어디 있었느냐고 내게 묻지 않았다. 어머니로 인해 생긴 오해가 어머니에 의해 자연스럽게 해소된 셈이었다. 그러나 전혀 고맙지 않았고 안도감도 찾아오지 않았다. 곧 쓰러질 것처럼 마음이 산만하고 어질어질했다. 나는 이를 악물었다. 혼자 계시면 안 될 것 같지 않아? 하는 아내의 물음이 나를 현실로 되돌려놓았다. 형의 갑작스러운 사고 후 나와 아내는 어머니를 서울로 모셔오기로 합의했었다. 내 근무지가 서울일 때였다. 혼자 있는 시간이 위태로울 거라고 판단했었다. 그러나 오랜 세월 혼자 살아온 어머니는 아직 수족을 움직일 수 있고 살던 데서 사는 것이 편하다며 서울로 오는 것을 거절했다. "너희들이 무슨 생각하는지 안다만, 공연한 걱정 하지 말아라. 속이 아무렇지 않다는 말이 아니라 속을 다스릴 줄 안다는 뜻이다. 살면서 관계 맺은 사람들 대부분이 여기에 있다. 거기 가면 말벗할 사람이나 있겠냐? 난 여기서 할 일이 많다. 저 파랑이, 넓적이, 쭉쭉이와 놀다 보면 하루가 금방 간다. 새벽에는 교회도 가야 한다. 나는 죽을 때까지 이 교회를 다니고 싶다. 나는 괜찮다. 나는 아무렇지 않다. 나는 끄떡없다." 어머니를 끄떡없게 한 것이 파랑이나 넓적이나 쭉쭉이와 같은 식물만이 아니라 교회라는 것을 알고 있었으므로 우리는 어머니의 의견을 받아들였다. 그 대신 어머니가 다니는 교회의 목사님을 만나 전화번호를 교환하고 따로 부탁을 했다. 최소한 한 달에 한 번은 뵈러 가고 더 자주 전화한다는 원칙도 세웠다. 그리고 특별한 일이 없는 한 그 원칙을 지켰다. 어머니도 본인의 말대로 힘든 시간을 잘 이겨냈다.

잘 이겨내기에 끄떡없는 줄 알았다. 아무렇지 않은 줄 알았다. 어머니의 화초들과 종교가 어머니를 굳건히 지키고 있다고, 그러니 괜찮은 거라고 생각했다. 그렇게 생각한 것은, 이제 알겠다, 아들을 잃은 어머니의 상실감과 슬픔만을 고려했기 때문이다. 어머니의 화초와 종교가 상실감과 슬픔을 너끈히 이기게 할 거라고 믿었기 때문이다. 내가 느껴온 것처럼 어머니가 수시로 느껴왔을, 그렇지 않다면 언젠가 느끼게 될 깊은 회한과 죄책감에 대해서는 생각하지 못했다. 상실감과 슬픔은 시간과 함께 묽어지지만 회한과 죄책감은 시간과 함께 더 진해진다는 사실을, 상실감과 슬픔은 특정 사건에 대한 자각적 반응이지만 회한과 죄책감은 자신의 감정에 대한 무자각적 반응이어서 통제하기가 훨씬 까다롭다는 사실을 의식하지 못했다. 상실감과 슬픔은 회한과 죄책감에 의해 사라질 수도 있지만, 회한과 죄책감은 상실감과 슬픔에도 불구하고 사라지지 않는다는 사실을, 오히려 그것들에 의해 더 또렷해진다는 사실을 이해하지 못했다. 나는 사랑의 대상인 야곱이 져야 했을 마음의 짐에 대해서는 제법 깊이 생각하면서 그 사랑의 주체인 리브가가 져야 했을 마음의 짐에 대해서는 깊이 헤아리지 못했다는 사실을 인정하지 않을 수 없었다.

내일 당장, 혼자서라도 어머님을 뵈러 가서 같이 사는 문제를 상의해보겠다고 아내가 말했다. 그래야지, 그래야겠지, 하면서 나는 어머니에게 전화를 걸고 있었다. 무슨 이야기를 할지 확실하게 정하지 않은 상태에서 신호가 가고 어머니가 전화를 받았다. 어머니, 저예요, 하고 인사를 하는데, 이번에도 어머니가, 성준이냐? 하고 물어왔다. 어제 들었을 때는 인식하지 못했는데 무척 반가워하는 목소리였다. 성식이냐? 하고 물을 때의 목소리에도 똑같은 감정이 묻어있었는지 기억나지 않았다. 어머니 목소리에 들어있는 감정의 결을 헤아려본 적이 없었다. 그럴 필요를 느끼지 않았기 때문이었다. 나는 성준이 아니었으므로 어머니의 오해를 바로잡아줘야 했다. 어제처럼, 아니에요, 성식이에요, 하고 말하면, 어머니는, 내 정신 좀 봐라, 성준일 리가 없지, 그런데 어쩐 일이냐? 하고 받을 것이다. 그러면 잠깐이나마 안심할 것이다, 어제처럼. 그런데 문득 어제와 같이 말해도 될지 자신이 없어졌다. 어머니가 어제처럼 반응해올지 확신이 생기지 않았다. 자신의 실수를 곧장 알아차리고 바로잡으면 괜찮지만 그렇지 않으면? 하는 의문이 들자 뒷목이 뻐근해졌다. 어떤 두려움이 마음속을 휘저으며 요란한 감정의 소용돌이를 만들었다. 나는 잠깐 비틀거렸고, 그 짧은 순간에 내가 할 역할을 선택했다. 그 역할은 내가 결정한 것이 아니라 누군가로부터 부여받은 것 같았다. 배역을 위해 일부러 목소리를 바꿀 필요는 없었다. "네, 성준이에요. 별일 없지요? 교회도 여전히 잘 다니시고, 파랑이, 쭈글이, 하늘이와도 잘 지내고요? 찾아뵌다 하면서도 통 시간을 못 내네요. 요새 좀 바빠요. 새로운 연극을 맡았거든요. 그런데 어머니, 지난번에 내가 말한 거요. 조건이 괜찮은 카페가 싸게 나왔다는 거. 그거 이번 주에 계약을 하려고 하는데……."

대상 수상 작가 **이승우**

자선 대표작

부재 증명

1

결정적인 일의 서두가 대개 그러하듯 그 일의 시작 역시 아주 사소했다. 아마도 나는 무시해도 괜찮다고 생각했었던 것 같다. 지금 생각해보면 경솔한 면이 없지 않지만, 다르게 대했다고 해서 사정이 바뀌었을지는 장담하기 어렵다. 징후라는 게 대단하지 않았으므로 일의 전개를 미리 예측하지 못했다는 추궁을 받는 건 사리에 맞지 않다는 게 내 생각이다. 일이 커지기 전에 좀 더 신중하게 대처했어야 한다는 후회가 없는 건 아니다. 하지만 그건 어디까지나 현재의 시점에서 그렇다는 것이고, 일이 이 지경이 될 줄 꿈에도 생각하지 못했던 그때의 상황에서는 다른 선택의 여지가 없었다. 이 지경이 된 사태의 전말을 고스란히 인정하고 받아들인다는 의미는 물론 아니다.

김가을 씨, 지난주에 남천에 갔었지요? 라는 질문을 받았을 때 나는 아무것도 예감하지 못했다. 무엇인가를 예감해야 했을까? 그러기엔 그 말은 너무 평범했다. 그 평범한 말의 배후에 감춰진 엄청난 파괴력을 미처 눈치채지 못한 건 명백하게 나의 실수다. 그게 시작이었던 것이다. 그러나 나는 무엇인가 시작되고 있다는 사실을 깨닫지 못했다. 누군들 그러지 않았을까? 아니, 그때 내가 무언가를 눈치챘다고 한다면 상황이 달라졌을까? 그랬을 거라는 확신이 생기지 않는다. 나에게 자신 있게 말할 수 있는 무엇이 남아있는지 모르겠다.

질문을 던진 사람은 '라이트 레프트'라는 동호회의 회장이었다. 그는 왼손잡이고 나도 왼손잡이다. 나는 그와 통신으로 처음 만났다. 그가 나에게 메일을 보내서 조심스럽게 라이트 레프트를 아느냐고 질문해온 건 이 년 전이었다. 어떤 시민 단체의 게시판에 《마틴 가드너의 양손잡이 자연세계》라는 책에 대해 쓴 내 글이 발단이었다. 물리학적 지식의 기초 위에 여러 분야에 걸친 다양한 자료들을 동원해 오른쪽과 왼쪽, 대칭과 비대칭의 문제를 자유롭게 다루고 있는 과학 저널리스트의 그 책은 참신하고 인상적이었다. 그 책에는, 아직까지 왼손잡이가 정상으로 통하는 사회를 단 한 군데도 발견하지 못했다는 구절이 나온다. 한 장의 제목은 아예 '소수파로 몰린 왼손잡이'였다. 오른손잡이들이 지배하는 세상에서 왼손잡이들이 겪는 불편과 부당한 차별과 근거 없는 박해에 대한 기록은 그다지 새로운 건 아니다. 그러나 그 문제에 대한 대안을 자연계로부터 얻어내려는 지은이의 진지하고 끈질긴 탐색은 각별하게 느껴졌다. 지은이는 끊임없이 '자연은 양손잡이인가?'를 묻는다. 아쉽게도 대답은 '그렇다'가 아니다. 하지만 자연이 오른손잡이라는 주장은 근거 없다. 그렇다고 왼손잡이라는 것도 아니다. 자연은 어느 쪽인가를 선택하지만, 그건 단지 상황에 따른 선택일 뿐이라고 저자는 말한다. 어느 한쪽이 옳기 때문이거나 어느 한쪽이 그르기 때문이 아니라는 것이다. 마틴 가드너의 책을 거의 그대로 소개한 내 우스꽝스러운 글의 제목은 '자연은 왼손잡이기도 하다'였다. 그 글을 나는 김가을이라는 이름으로 발표했다. 김가을은 내가 사용하는 많은 이름들 가운데 하나다.

통신에 글을 올릴 때면 가면을 쓰듯 이름을 바꿔 썼다. 내가 쓰는 글이 다양한 것처럼 이름도 다양한 게 좋다고 나는 생각했고, 지금도 그렇게 생각하고 있다. 예컨대 남한강변의 가볼 만한 찻집과 음식점에 대해 쓸 때와 유아기 노이로제에 관한 프로이트의 이론을 소개할 때 똑같은 이름을 사용하는 건 어딘지 부자연스럽고 무성의하지 않느냐는 게 나의 입장이다. 그래서 나는 여러 개의 이름을 사용한다. 나는 김가을인가 하면 이세계고 장융인가 하면 까마귀다. 김가을이라는 이름을 쓸 때 나는 완벽하게 김가을이 되고, 이세계라는 이름을 쓸 때는 철저하게 이세계가 된다. 이름들과 나의 존재 사이에 틈은 없다. 그러니까 그것들은 단순한 가면이 아니다. 각각의 이름에 맞는 자아가 독립적으로 존재할 때는 이미 가면이 아닌 것이다. 가면을 쓴다는 건 주체 숨기기지만, 여러 개의 아이디를 갖는다는 건 주체의 분열에 가깝다. 삼위일체라는 기독교의 교리를 이해하는 사람이라면 내 말에 이의를 제기하지 않을 것이다. 한 존재가 셋이고, 세 존재가 하나다. 삼위일체만

해도 소박하다. 왜 칠위일체나 십위일체는 안 된단 말인가.

그가 보낸 편지는 김가을을 수신인으로 하고 있었다. 그것은 내 이름이었다. 그것은 내가 사용하는 여러 개의 이름 가운데 하나였다. 그것은 내가 인문학적인 내용의 글을 쓸 때 사용하는 내 이름이었다. 라이트 레프트를 아세요? 그 사람의 편지는 그렇게 시작하고 있었다. 라이트 레프트라니? 그 말을 처음 듣는 순간 맨 먼저 머리에 떠오른 건 권투 시합을 중계하는 아나운서의 다소 격앙된 목소리였다. 권투 선수들은 몸을 쉼 없이 흔들며 상대방 선수를 향해 주먹을 날린다. 그 장면은 중계방송을 하는 아나운서에 의해 라이트 레프트로 단순화된다. 훅이나 어퍼컷, 혹은 잽 같은 단어들이 끼어들긴 하지만, 그리고 아나운서에 따라 조금씩 개인차가 있긴 하지만 대개는 라이트와 레프트가 주종을 이룬다. 하지만 그 사람이 그런 걸 묻고 있지 않다는 건 명백했다. 편지를 보내온 사람이 누군지는 몰라도 설마하니 날더러 권투를 하자고 제안하는 건 아닐 터였다. 편지의 문맥에서 나는 그 사람이 예의를 갖추고 있다는 느낌을 받았고, 분명하진 않지만 그 속에 일종의 경계심이 은밀하게 깔려있는 것 같다는 인상도 함께 받았다. 적어도 권투를 하자고 덤비는 사람의 어투는 아니었다. 그는 먼저 내가 쓴 글을 잘 읽었다고 한 다음, 지금 막 마틴 가드너의 책을 서점에 주문했다고 썼다. 그리고는 곧장, 저는 라이트 레프트의 회장입니다, 로 이어졌다.

생소할지 모르겠지만, 라이트 레프트는 정당한 왼손잡이라는 뜻으로 지어진 이름입니다. 저희는 왼손잡이들입니다. 왼손잡이들끼리의 동질성을 확인하고 친목도 도모하고, 또 왼손잡이들에 대한 부당하고 근거 없는 사회의 차별을 막아보자는 취지로 삼 개월 전에 만들었습니다. 현재 회원은 약 쉰 명 정도지만, 계속 늘어나는 추세에 있습니다. 정년퇴임을 앞둔 분도 있고 초등학교에 다니는 어린이도 있습니다. 장사를 하는 사람도 있고 교사도 있고 신문사에 다니는 사람도 있습니다. 남자 여자도 가리지 않습니다. 주로 밤 열 시에 모입니다. 물론 사이버 공간에서. 시간이 있는 사람들이 들어와서 이런저런 이야기를 나눕니다. 한 달에 한 번 정도는 얼굴을 보려는 계획도 가지고 있습니다. 어젯밤에는 김가을 님의 글이 화제에 올랐습니다. 우리 회원 가운데 한 사람이 그 글을 우리 사이트에 올렸습니다. 반응들이 아주 좋았습니다. 실례가 될지 모르겠지만, 회원들 간에 그 글을 쓴 김가을 님이 왼손잡이인지 아닌지에 대한 추측이 분분했습니다. 어떤 사람의 아이디어로 다섯 시간 동안 즉석 투표가 실시됐는데, 투표에 참가한 서른두 명 가운데 스물아홉 명이 김가을 님이 왼손잡이일 거라는 쪽에 표를 던졌습니다. 저희들의 경박한 행동을 너무 나무라지는 말아주십시오. 결코 악의가 있었던 건 아닙니다. 김가을 님이 왼손잡이든 오른손잡이든 그건 그렇게 중요한 문제가 아닙니다. 어느 쪽이든 김가을 님의 글이 저희들에게 큰 공감을 불러일으켰고, 격려가 됐다는 점을 말씀드리고 싶어서 이렇게 편지를 띄우게 됐습니다. 시간이 나면 저희 동호회에 한번 들러주십시오. 언제든지 문을 열어놓고 기다리겠습니다.

그 편지를 읽는 순간 나는 내가 왼손잡이라는 사실을 자각했고, 마틴 가드너의 그 책을 인용해가며 그런 종류의 글을 쓰게 한 것도 어쩌면 내 안의 왼손잡이 의식이었을지 모른다는 생각을 했다. 환언하면 평소에 나는 왼손잡이라는 걸 별로 의식하지 못하고 지냈다는 뜻이고, 그럼에도 불구하고 내 정신의 안쪽에는 왼손잡이로서의 정체성이 도사리고 있었을 거라는 뜻이었다. 다시 환언하면, 실제로는 왼손잡이로서의 정체성에 붙들려있으면서도, 겉으로는 그 사실을 드러내지 않으려고 조심했다는 뜻이고, 그것은 그만큼 일상 속에서 나의 왼손잡이 신분을, 어떤 뜻으로든 자랑스럽거나 떳떳하게 여기지 않고 있다는 의미일 수 있었다. 오른손잡이들이 주도하는 세상의 논리와 규칙에 그만큼 잘 적응하고 있기 때문이라고 한다면 그건 필시 비난이기 쉽다. 그래서 그랬던가, 나는 별 망설임 없이 라이트 레프트에 접속했고, 그날로 회원이 됐다. 왼손잡이들은 신입 회원을 따뜻하게 맞아줬고, 동질감 때문인지 나도 그곳에서 편안한 기분을 느꼈다. 회원들은 단지 왼손을 주로 쓴다는 혹은 오른손을 주로 쓰지 않는다는 공통점만으로 혈육 같은 친밀감을 주고받았다. 동질감이 그렇게나 갈급한 것인지 알게 된 건 가외의 소득이었다. 한 달에 한 번 정도는 얼굴을 보려고 계획하고 있다는 회장의 말대로 라이트 레프트의 멤버들은 한 달에 한 번씩 정기적으로 모임을 가졌다. 모임이라고 해봤자 별다른 게 없었다. 저녁밥을 먹고, 차를 마시거나 생맥주를 마시면서 두서없이 세상 돌아가는 이야기를 나누고, 그러다가 누군가 흥을 돋우면 노래방에 가서 마이크를 잡고 노래를 몇 곡 뽑는 게 전부였다. 밤을 새우며 술을 마시기도 했지만 그런 경우는 아주 드물었다. 왼손잡이들이라고 노는 모양이 다를 순 없는 것이다. 다만 한 테이블에 앉은 사람들이 모두 왼손으로 맥주잔을 들어 올리고 왼손에 담배를 쥐고 피우는 모습은, 그렇지 않은 습관을 가진 사람의 눈에는 좀 부자연스럽게 보였을 것이다. 실제로 나는 그 모임에 세 달에 한 번 꼴로 참석했는데, 분명 왼손잡이임에도 불구하고 그런 모습이 어딘가 이상하고 어색했다. 그러나 그런 느낌은 오래가지 않았다. 나는 평소에 오른손을 사용해서 담배를 피우고 맥주잔을 들어 올리지만, 그 모임에 나가서는 왼손을 사용해서 담배를 피우고 맥주잔을 들어 올렸다. 나는 아무런 심리적 거부감도 느끼지 않았다. 아무래도 나는 적응력이 뛰어난 것 같다.

지난주에 남천에 가지 않았느냐는 질문을 받은 것도 라이트레프트의 정기 모임에서였다. 이런저런 이야기 끝에 화제가 음식 쪽으로 흐르자 누군가 나서서 음식 하면 단연 남쪽이 아니겠느냐고 말했고, 그러자 건너편에 앉아있던 사람이 생각난 듯 남천 가봤어요? 하고, 누구에게랄 것 없이 질문을 던졌다. 남천이 어디냐고 반문하는 사람이 있었고, 거기, 강 따라 흐르는 천 리 길이 죽인다지? 하며 아는 체하는 사람도 있었고, 그 말을 받아, 천 리면 몇 킬로야? 사백 킬로 아냐? 그런 뻥이 어딨어? 하고 흐물흐물 웃어 넘기는 사람도 있었지만, 그곳에 갔다 왔다는 사람은 나오지 않았다. "천 리는 물론 뻥이지만, 백 리는 되겠던 걸. 강변도로가 환상적이긴 하지. 하지만 남천의 진짜 명물은 그게 아니고, 해산물을 위주로 차린 그 지방 특유의 식탁이야. 반찬이 얼마나 많은지 그걸 한 번씩이라도 맛보려면 밥이 세 공기도 더 있어야 한다니까. 누가 나더러 남천엘 가고 싶냐고 묻는다면 그렇다고 대답할 것이고, 왜 가고 싶냐고 묻는다면 단연 그 감동적인 식탁 때문이라고 대답할 거야." 그렇게 말을 한 사람은 배거번드라는 아이디를 가진 라이트 레프트의 회장이었다. 그는 오래전에 유행했던 방랑자라는 노래를 좋아했다. 술이 취하면 그는, 그림자 벗을 삼아 걷는 길은 어쩌고 하는 노래를, 눈을 지그시 감고 몸을 앞뒤로 흔들면서 불렀다. 그럴 때면 까닭 없이 슬펐다. 지금 생각해보면 그 노래를 부를 때 그의 얼굴에 묻어나던 어쩔 수 없는 세월의 흔적이 슬픔의 정서를 내뿜고 있었던 게 아닌가 싶기도 하다. 눈앞에 그 풍성한 해안 지방의 식탁을 떠올리는 듯 게슴츠레해진 눈빛으로 음식들을 하나하나 열거하며 감탄에 마지않던 그는 간장으로 담근 게장의 독특한 맛을 설명하는 대목에 이르러서는 거의 경외의 수준에 이르렀다. "서울 음식점에 흔하게 나오는, 그 고추장에 버무린 시뻘건 게장은 게장도 아니야. 그건 고추장 무침이지. 여러 번 오래 끓인 장을 살아있는 게에게 붓는다는 거 알아? 거기서 게장의 그 오묘한 맛이 나온다는 거 알아? 살아 움직이는 게의 살 속으로 장이 스며들면서 독특한 맛을 만들어내는 거겠지. 판타스틱! 말 그대로 환상적이야.” 그는 좀 흥분한 것 같았다. 그렇지만 보기 싫을 정도는 아니었다. 이야기를 듣는 동안 비밀스럽게 입 안에 고인 군침이 그의 언설의 효과를 준거하고 있었다. 아닌 게 아니라 끓인 장을 부어 만든 그 게장을 먹으러 언제 한번 남천엘 가봐야겠다는 생각을 하고 있던 참이었다.

그 순간 회원들 가운데 누군가 불쑥, 남천이라면 대낮에 모녀를 욕보이고 살해했다는 그 희한한 사건이 일어난 데 아냐? 하고 이야기의 머리를 돌렸다. 뭐야? 게장 맛 떨어지게, 하고 투덜거린 사람은 배거번드였고, 진짜 악독한 놈이에요, 벌건 대낮에 어떻게 그런 짓을……, 하고 몸을 부르르 떤 사람은 두 명의 여자 가운데 한 명인 삼십 대 후반의 대학 강사였다. 나는 그 무렵에 신문을 거의 보지 않았으므로 그런 사건이 일어난 걸 알지 못했다. “그런 일이 있었어요?” 나는 왼손으로 맥주잔을 들어 올리며 한마디 했다. 이 친구, 사는 게 보통 재밌는 게 아닌 모양이지, 세상 돌아가는 걸 통 모르는 걸 보니……, 하고 농을 건넨 사람이 누구였는지는 기억나지 않는다. 내가 기억하는 건 남천 이야기를 처음 꺼냈던 라이트 레프트의 회장이 언젠가부터 내 얼굴을 물끄러미 쳐다보고 있다가 그제야 할 말이 생각났다는 듯 혹은 아까부터 그 말을 할 기회를 노리고 있었다는 듯, 그때 불쑥 질문을 던졌다는 것이다. “김가을 씨, 지난주에 남천에 갔었지요?” 사람들의 시선이 나에게로 집중하는 걸 느끼며 나는 입안으로 가져가던 오징어 다리를 내려놓았다. "남천이요? 내가?" 그것은 사실이 아니었다. 내 입가에는 나도 모르게 흐린 웃음이 번졌다. 나는 지난주에 서울을 떠나지 않았고, 남천은 아직 가본 적이 없었다. 남해안에 있다는 건 알지만 그곳의 정확한 위치도 모르는 터였다. "봤어요. 밖이 환히 내다보이는 이 층 찻집에 앉아 커피를 마시고 있는데, 김가을 씨가 마침 횡단보도 앞에서 신호를 기다리고 있더군요. 반가웠죠. 여행 중에 우연히 아는 사람 만나는 게 얼마나 신나는 일이에요? 마침 나도 일행이 없었거든요. 서둘러 밖으로 나왔는데 벌써 길을 건너가버렸더군요. 신호가 바뀌어서 쫓아갈 수가 없었어요. 그래서 큰 소리로 이름을 불렀는데, 뒤도 돌아보지 않고 골목으로 들어가버리더라고요. 무슨 일로 거기 갔어요?" 나는 손을 저었다. "잘못 봤겠죠. 저는 남천엘 간 적이 없는 걸요." 그는 그럴 리가 없는데, 하며 시선에 의혹을 가득 담고 나를 쳐다봤다. 그 눈빛은 그곳에 간 걸 숨겨야 할 어떤 사연이 있느냐고 추궁하는 것 같았다. 그 순간 나는 그래야 할 이유가 도무지 없었는데도, 무언가 떳떳하지 않은 일을 하다 들킨 것 같은 기분에 사로잡혔다. 상대방의 오해를 풀어야 한다는 조급증이 그의 말을 강하게 부정하게 했고, 그런 과정에서 나는 말을 더듬거렸다. 얼굴도 화끈거렸다. 나의 그런 과도한 방어 반응은 상대방의 의심을 잠재우는 대신 오히려 확산시키는 쪽으로 작용했다. 내가 왜 이러지, 이럴 필요가 없는데, 나는 그곳에 가지 않았고, 그가 잘못 본 게 분명한데, 하고 생각을 하면서 애써 마음을 가다듬으려고 했지만 상황을 돌이키기가 쉽지 않았다.

음식 이야기에 빠져있던 다른 회원들도 더 좋은 먹이를 발견한 개미들처럼 우르르 내 쪽으로 시선을 몰고 왔다. 정말이에요, 정말로 거기 안 갔어요, 지난주에 난 서울에 있었어요, 하고 말할 때 나는 저지르지 않은 범죄 행위를 추궁하는 취조관 앞에서 확인할 길 없는 알리바이를 제시하기 위해 안간힘을 쓰는 사람의 절망적인 표정을 짓고 있었다. 가지 않은 게 사실이긴 하지만, 갔으면 또 어떻단 말인가. 거기 간 게 무슨 허물이란 말인가. 내 안의 이성은 그렇게 주장했지만, 누명을 벗어야 한다는 조급한 갈망은 내 표정과 눈빛을 불안하게 했다. 어, 진짜 수상하네. 그런 일 가지고 왜 저렇게 흥분하지? 흥분이 아니라 긴장인 것 같은데……. 무슨 일 있는 거 아냐? 솔직히 털어놔봐. 거기 가서 뭐 했어? 사람들이 한 마디씩 거들고 나선 게 내 기분을 더욱 사납게 만들었다. 부정하면 할수록 내가 지난주에 남천에 갔다는 사실이 기정사실로 굳어져갔고, 나는 그게 억울해서 더욱 완강하게 손을 내저었다. 나도 모르게 얼굴색이 붉으락푸르락해지고 숨결이 거칠어졌다. 아마도 내가 의식하는 것보다 더 붉으락푸르락하고 더 거칠어졌을 것이다. 그러나 사람들은 전혀 수긍하는 태도를 보이지 않았다. 오히려 나의 그런 흥분과 불안과 조급을 즐기는 것 같은 표정들이었다. 툭툭 농담을 건네며 재미있다는 듯 혹은 믿을 수 없다는 듯, 묘한 눈빛을 교환하는 사람들의 눈길 앞에서 나는 시종 몰매를 맞는 기분이었다.

"누가 뭐라고 그랬어요? 남천에서 가을 씨를 봤다는 것뿐인데, 그게 뭐 숨길 일이라고……. 알았어요. 그럼 내가 잘못 봤겠지 뭐. 내가 잘못 봤다고 합시다." 처음 말을 꺼냈던 라이트 레프트의 회장이 그만 화제를 덮겠다는 의중을 그런 식으로 나타냈지만, 소란스런 분위기는 쉽게 가시지 않았다. 아니, 회장의 그런 식의 말은 소란스런 분위기는 물론 내 기분도 가라앉힐 수가 없었다. 아니, 그의 말은, 의도와는 상관없이 겨우겨우 사그라들려는 불길 속에 바짝 마른 짚단을 던진 것과 같은 효과를 냈다. 그의 말투 속에는 내 말에 대한 여전한 불신이 도사리고 있었다. 불행하게도 나는 그걸 눈치채지 못할 만큼 둔하지가 않았다. "잘못 봤다고 합시다? 그게 아니라 명백하게 잘못 본 거라니까요. 나는……." 나는 왼손을 뻗어 그를 가리키며 소리쳤다. "이 친구 이거 진짜, 왜 이래?" 이해할 수 없다는 감정을 노골적으로 드러내며 배거번드는 사람들을 둘러봤다. 다른 사람들의 동조를 구하는 듯한 그의 그런 태도가 마침내 나의 분노를 폭발시켰다. 그 순간 나는 그가 아주 야비하다고 느꼈고, 무엇 때문인지는 모르지만 나를 모함하고 있다고 느꼈고, 저런 자의 가슴팍에 주먹을 꽂지 않는다는 건 수치스러운 일이라고 느꼈다. 나는 몸을 일으키기 위해 탁자를 짚었다. 그 순간 탁자 위에 세워져있던 맥주잔이 옆으로 쓰러졌다. 흰 거품을 일으키며 쏟아진 맥주는 탁자 밑으로 흘러 내 바지를 적셨다. 불쾌감이 혈관을 타고 정수리까지 솟구쳐 올랐다. 둘러앉은 사람들은 어두운 숲 속의 나무들처럼 흐릿했다. 나무들은 단지 배경에 불과했다. 나는 배경은 무시하기로 했다. "나는 남천에 안 갔어. 안 갔다고." 고함 소리와 함께 내 왼손을 앞으로 쭉 뻗었다. 그러나 내 왼손은 목표물을 맞히지 못했다. 내 옆자리의 누군가가 내 몸통을 끌어안아버렸기 때문이었다. 배경을 무시하는 게 아니었다. 나는, 이거 놔, 이거 놓으란 말야, 하고 소리 지르며 발버둥을 쳤다. 그러나 내 몸통을 끌어안은 사람의 팔에 더 힘이 들어갔으므로 나는 자리에 맥없이 주저앉혀졌다. 그 바람에 탁자 위에 올려져있던 맥주잔과 안주 그릇들이 와르르 소리를 내며 바닥으로 떨어졌다. 종업원들이 달려오고, 사람들이 서둘러 자리를 털고 일어나는 게 느껴졌다. "저 친구, 몰랐는데 주사가 꽤 심하구만……." 뒤에서 누군가 그렇게 투덜거리는 소리가 들렸다. 그 말도 거슬렸다. "주사가 아니야, 주사가 아니라고……." 나는 뒤쪽으로 고개를 돌리고 소리 질렀다. "알았어, 알았어, 주사 아냐, 주사 아니라고 해줄게." 빈정거리는 소리가 들려왔지만, 나는 더 이상 뒤를 돌아볼 수 없었다. 어느새 내 앞에 멈춰 선 택시 속으로 몸이 짐짝처럼 밀어 넣어졌다. 탕 소리를 내며 택시 문이 닫혔다. 문을 열려고 해봤지만 마음대로 되지 않았다. 운전사가 재빠르게 문을 잠갔거나 밖에서 나를 밀어 넣은 누군가가 힘을 주고 있거나 둘 중 하나였다. 아니면 둘 다인지도 몰랐다. 택시가 화라락거리며 빠르게 그 자리를 벗어나자 머릿속으로 찬물 한 바가지가 부어진 것 같은 냉기가 덮쳤다.

2

그리고 나는 라이트 레프트 동호회에 나가지 않았다. 탈퇴를 한 건 아니지만 탈퇴를 한 것이나 마찬가지였다. 밤마다 드나들던 동호회 사이트를 기웃거리지 않았고 한 달에 한 번씩 있는 정기 모임에도 물론 얼굴을 보이지 않았다. 내 메일함에는 라이트 레프트의 동호회원들이 보내온 메일이 쌓였다. 요즘 통 안 보여서 궁금하다든지 어디 이민이라도 가버린 거 아니냐는 식으로 안부를 묻는 편지는 그날 그 술집에 없었던 사람의 것이었다. 현장에 있었던 회원들은 컨디션이 어떠냐고 물었고, 그날 자기들이 좀 실수를 했는지 모르겠다고, 피차 술이 취해있었지 않았느냐고, 그러니까 마음에 남겨두지 말고 훌훌 털어버리자고, 그런 일로 마음을 상하지는 말았으면 좋겠다고, 무엇보다 우리 왼손잡이들끼리 서로 믿고 돕고 살아야 하는 거 아니냐며 어르고 달래는 글을 써 보냈다. 나를 흥분시킨 당사자였던 회장의 편지도 끼어있었다. 그의 편지는 다른 사람의 것보다 훨씬 정중했다.

나는 그들의 편지 공세에 침묵으로 일관했다. 화가 나있어서는 아니었다. 마음이 여전히 불편하긴 했지만 화가 나있던 건 아니었다. 혹시 내 자신에 대해 화를 내고 있었다면 몰라도 그들 가운데 누구에게 화를 내고 있지는 않았다. 다음 날 해가 뜨기 전에, 아직 남아있는 취기의 혼몽한 여진 속에서 나는 내 행동을 후회했었다. 그럴 필요는 없는 일이었다. 왜 그렇게 민감하게 반응했었는지 아무리 생각해봐도 납득이 가지 않았다. 아직 오지 않은, 그러나 곧 들이닥칠 재난에 대한 예감과 그에 대한 본능적인 거부가 그런 식으로 거칠게 표현됐는가, 짐작할 뿐이다. 남천에서 나를 봤다는 그 사람의 진술은 명백하게 잘못된 것이지만, 그 잘못을 반박하고 추궁한 나의 반응도 꼴사나운 것이었다. 그게 이유라면 이유였다. 그렇게 사나운 꼴을 해가지고는 라이트 레프트에 얼굴을 내밀 수가 없었던 것이다. 나에게는 언제나 내 기분이 가장 중요했다. 나는 내 기분을 엉망으로 일그러뜨리는 일은 하고 싶지 않았으므로 왼손잡이들과의 접촉을 피했다. 그래도 그들의 편지는 계속 들어왔다. 며칠 후부터 나는 그들이 보낸 편지를 읽지 않았다. 그리고 얼마 지나지 않아 아예 그들로부터 오는 메일의 수신을 차단해버렸다.

비교적 평온한 시간이 얼마간 흘러갔다. 그러나 그 기간은 길지 않았다.

전혀 연락을 하지 않고 지내던 사람에게서 전화가 걸려오는 경우는, 특히 그 사람이 친척일 때는, 그 이유가 세 가지 중 하나다. 누군가 결혼을 하거나 죽었거나 아니면 돈을 빌려달라고 하거나. 귀찮고 번거롭다는 점에서 그것들은 다르지 않다. 외삼촌이 어느 날 문득 내게 전화를 걸어왔을 때, 나는 누군가 결혼을 하거나 죽었을 거라고, 그렇지 않으면 외삼촌에게 급히 돈 쓸 일이 생겼을 거라고 단정했다. 그리고 어느 쪽이든 귀찮고 번거로운 일이라고 미리 판단했다. 그럴 때 나는 축지술과 다름없는 통신수단의 발전을 증오하게 된다. 전화가 없다면 외삼촌이 사는 곳에서 내게 어떤 소식이 전해지려면 한 달이 걸릴 것이고, 외삼촌은 한 달이나 걸려서 전해야 할 소식인지를 따질 것이고, 결론은 아마도 거의 대부분 '아니다'일 것이다. 친척들 가운데 누군가 죽었든 결혼을 하든, 아니면 돈이 급히 필요하든 마찬가지일 것이다. 편리한 것들이 때때로 우리를 불편하게 한다.

"너, 왜 사람을 보고 아는 체를 안 하냐?" 외삼촌은 대뜸 첫마디를 그렇게 꺼냈다. 나는 처음에 그가 누구인지를 몰라 얼른 대꾸하지 못했다. 라이트 레프트의 일원인가, 그 술자리에 함께 있던 사람 가운데 한 명이 새삼스럽게 그때 일을 상기시키며 시비를 걸어오고 있는 건가, 싶었다. 조금 긴장한 것도 사실이었다. 누구세요? 내 어눌한 목소리에는 경계심이 가시처럼 돋아났다. 이놈이 점점, 외삼촌 목소리도 못 알아듣겠다는 거냐? 하고 그가 호통을 쳤으므로 나는 잠시 수화기를 귀에서 떼야 했다. 외삼촌은 정말로 화가 난 것 같았다. 하지만 내가 그분의 목소리를 못 알아들어서가 아니었다. 전화를 걸기 전부터 화가 나있었거나, 화를 내기로 작정하고 전화를 건 게 분명했다. 어느 쪽이든 황당하고 어이없었다. 외삼촌은 태어나고 자란 지방에서 이십 년째 당구장을 하고 있었다. 이삼 년에 한 번씩, 그것도 결혼식장 같은 데서 잠깐씩 스치듯 만나온 게 전부인 그의 목소리를 내가 어떻게 기억한단 말인가. 마땅히 항의를 해야 옳았지만, 나는 참았다. 그 대신 결혼식이든 장례식이든, 아니면 돈이든 용건을 빨리 꺼내주기를 바라는 마음이 되어 어쩐 일이세요? 하고 물었다. "어쩐 일? 이놈이…….” 외삼촌은 옆에 있으면 당구대로 어깨라도 후려칠 기세로 사납게 소리쳤다. 외삼촌의 목소리는 메마르고 끝이 갈라져서 듣기가 괴로웠다.

“아무리 입장이 난처해도 그렇지, 외삼촌을 모른 체해? 그럴 수 있는 거냐? 버르장머리 없는 자식 같으니라고…….” 외삼촌은 빠르게 쏘아댔다. 영문을 알 수 없는 나로서는 무슨 일인데요? 하고 반문하는 게 당연했다. “무슨 일이냐고? 이놈이, 나를 우롱하겠다는 거냐?” 그는 더욱 흥분해서 몰아붙였다. 그를 흥분시킨 게 무엇인지 파악하지 못하고 있는 나에게 그의 흥분이 이해될 리가 없었다. 난감하기 짝이 없는 일이었다. 나는 입을 닫았다. 내가 입을 여는 건 그의 흥분을 고조시키는 일이었다. “못된 놈! 그게 무슨 짓이냐? 해도 덜 떨어진 시간에 술 취해서 여자를 끌어안고 난잡하게…… 정말 얼굴이 화끈거려서 혼났다. 너 같은 놈이 내 조카라는 사실이 정말 창피하다. 그건 그렇다 치자. 아무리 술에 취해 여자를 끼고 있었다고 해도 그렇지, 어떻게 삼촌에게 인사를 안 하냐? 어쨌든 삼촌이 아니냐? 얼마나 오랜만에 만난 건데…… 용서할 수가 없다, 너 같은 망나니는…….” 무슨 말을 하는 걸까, 무슨 말을 하는 걸까? 그 순간 문득 얼마 전 라이트 레프트 모임에서 겪었던 악몽이 되살아나는 듯했고, 머리끝이 쭈뼛 일어서려 했다. “잠깐만요. 외삼촌, 잠깐만요.” 나는 제 분에 못 이겨 숨도 쉬지 않고 쏘아대는 외삼촌의 말허리를 자르고 끼어들기 위해 여러 차례 손짓을 했다. 물론 그는 내 손짓을 볼 수가 없었고, 그렇기 때문에 말을 멈추지도 않았다. 나는 외삼촌의 말을 중단시키는 게 불가능하단 사실을 곧 깨달았으므로 상관하지 않고 내질렀다. "무슨 말을 하는 건지 하나도 못 알아듣겠어요. 내가 알아들을 수 있게 차근차근 말씀을 해보세요. 무조건 윽박지르지만 말고요."

내가 필요 이상 목소리를 높인 건 그 순간 내 정신에 검불처럼 달라붙는 불안한 기운을 어쩔 수가 없어서였다. 나의 무의식은 라이트 레프트 모임 때의 불미스런 사태가 재현되지 않을까 우려하고 있었다. 그렇지만 외삼촌은 나의 불안을 이해하지 못했고, 물론 보이지도 않는 검불이 떨어질 리도 만무했다. 삼촌은 버르장머리 없는 호래자식, 하고 더 크게 소리를 질렀다. "무슨 말인지를 모르겠다는 말이냐? 내가 네놈의 이름을 부르며 여긴 어쩐 일이냐고 묻기까지 했는데, 모르겠단 말이냐? 지난주에 볼일이 있어서 남천시에 갔었다. 그리고 중앙로에서 너를 봤다. 이제 생각나느냐? 인사도 않고 내 얼굴을 빤히 쳐다보기만 하길래 삼촌이다 삼촌, 하고 확인까지 시키지 않았느냐? 그랬더니 내 낯을 피해 슬금슬금 뒷걸음질을 쳐놓고, 뭐가 어째? 아무것도 몰라? 예끼, 이 호래자식 같으니. 그래, 네놈이 누구 새낀데, 그 피가 어디 가겠냐?" 삼촌은 나에게 변명할 기회를 주지 않았다. 어떻게 된 영문인지를 알고 싶어 하는 내 질문도 묵살했다. 그는 자기가 할 말만 했다. 나의 무례와 무성의를 나무라던 외삼촌은 마침내 험한 말로 나의 아버지를 헐뜯기 시작했다. 외삼촌은, 그놈이 우리 누이를 얼마나 고생시켰는지, 그 생각만 하면 잠이 안 온다, 는 말로 시작했다. "네놈의 아비 되는 작자는 세상에서 제일 나쁜 놈이었다. 무책임하고, 뻔뻔하고, 부도덕하고, 배은망덕하고, 추잡하고, 파렴치한 놈이었다. 죽는 순간까지 돈 한 푼 벌지 않았다. 그런 놈은 처음 봤다. 우리 누이, 그러니까 너의 모친이 그 사기꾼 같은 놈을 먹여 살리느라고 얼마나 고생한 줄 아느냐…… 그런데도 그 배은망덕한 놈은 은혜를 원수로 갚았다. 걸핏하면 술을 처먹고 와서 때리고 부수고, 그 주제에 계집질은 또 얼마나 많이 했는지, 우리 누이가 식당에서 허리 굽히고 벌어서 갖다 준 돈으로…… 생각만 해도 치가 떨린다."

나는 아버지가 그렇게 나쁜 사람인지 알지 못했다. 너무 일찍 세상을 떠나 같이 보낸 시간이 거의 없는 아버지에 대해 오히려 나는 일종의 연민 같은 걸 품고 있었다. 외삼촌이 희생자라고 강조해 마지않는 어머니로부터 정작 들은 이야기가 아무것도 없었으므로 외삼촌의 그런 비난은 더욱 의아스러웠다. 살아있는 동안 아버지가 돈을 벌지 못했다는 건 아마도 사실일 것이다. 어린 시절의 내 기억에 의하면 우리 집에서 돈을 버는 사람은 어머니였지 아버지가 아니었다. 나는 어머니에게 용돈을 탔고, 아버지도 그랬을 것이다. 아버지가 자주 집을 비웠다는 것도 아마 사실일 것이다. 아버지와 관련된 일화가 나에게는 전혀 없었다. 우선은 아버지가 너무 일찍 세상을 떠났기 때문이지만, 꼭 그것 때문이라고 할 수는 없었다. 아버지는 대체로 집에 없었다. 그렇지만 어머니가 아버지를 어떻게 생각했는가는 다른 문제라고 나는 생각한다.

어머니가 식당을 했고 고생을 했다는 건 사실이지만, 어머니가 아버지를 원망했다는 건 아마도 사실이 아닐 것이다. 외삼촌에게 아버지는 악질일지 모르지만 어머니에게도 그런 건 아닌 것 같다. 그런 이유로 외삼촌의 입에서 나온 증오와 원망과 경멸의 말들은 내 마음을 크게 움직이지 못했다. 그럼에도 나는 그의 기세에 눌린 나머지 반론은커녕 숨소리도 제대로 내지 못한 채 듣고만 있었다. 아버지를 하늘 아래서 최고로 나쁘고 저열하고 파렴치하고 부도덕한 사람으로 몰아붙이던 외삼촌은 어느 순간 호흡장애를 일으킨 듯 꺽꺽 이상한 소리를 내더니 잠잠해졌다. 전화기를 떨어뜨리고 바닥에 쓰러져버린 게 아닐까, 그런 생각을 잠깐 했다. 그런 생각이 들자 더 이상 외삼촌의 목소리가 들리지 않았지만 전화기를 내려놓을 수가 없었다. 외삼촌이 전화기를 잡고 있던 손으로 자신의 굵은 목을 잡은 채 밑동이 썩은 늙은 나무가 풀썩 쓰러지듯 힘없이 바닥에 드러눕는 장면을 눈앞에 그려봤다. 그게 네가 마음속으로 바란 것이었겠구나, 하고 누군가 나에게 묻는다면 나는 그렇다거나 혹은 그렇지 않다고 명쾌하게 대답하지는 않을 것이다. 하지 못할 것이다.

온 신경을 귀에 모으고 제법 오래 기다렸지만 외삼촌의 목소리는 들려오지 않았다. 다시금 밑동이 썩어 들어간 늙은 나무 한 그루가 떠오르면서 정말로 내가 상상한 일이 벌어진 게 아닐까, 이상하게 흥분이 됐다. 여보세요, 하고 나지막하게 목소리를 낸 건 그곳에서 벌어지고 있는 현실을 확인해보려는 시도였다. 그러나 외삼촌은 내 편이 아니었다. 한 번도 내 편에 서본 적이 없는 그가 마지막 순간에 자신의 목숨을 내놓고 내 편이 돼주리라 기대할 순 없는 노릇이었다. 그렇게 쉽게 죽을 사람이 아니었다, 그는. 더구나 다른 사람을 위해서. 더구나 나 같이 버르장머리 없는 호래자식을 위해서.

"너 지금 뭐하고 사냐?" 외삼촌의 목소리는 언제 꺽꺽거렸느냐는 듯 혹은 부지불식간에 꺽꺽거린 조금 전의 실수를 만회하겠다는 듯, 더 세차고 앙칼졌다. 나는 뜨끔해서 수화기를 조금 뗐다가 다시 붙였다. 그럴 리가 없는데도 외삼촌이 조금 전의 나의 속생각을 꿰뚫어보고 있었을지 모른다는 생각이 들었다. 이놈! 하고 호통치는 목소리를 들은 것도 같았다. 나는 얼른 대답을 하지 못했다. "직업이 뭐냐고. 네 인생을 어디다 걸고 사느냐 말이다." 당구장 주인의 질문은 턱없이 당당하고 야멸차서 희극적이기까지 했다. 나는 그의 자부심에 경의를 표하고 싶어졌다.

내가 하는 일을 이해시킬 수 있을까? 나는 글 쓰는 사람이에요, 하고 말하면, 인터넷사이트 곳곳에 글을 써요, 이런 주제 저런 주제 가리지 않고, 이 이름 저 이름으로……, 하고 말하면 그는 콧방귀를 뀔 것이다. 아니, 콧방귀도 뀌지 않을 것이다. 미친놈으로 몰아붙이지 않으면 다행이겠지. 그 아버지에 그 아들이라고 빈정대겠지. 나는 아무 대답도 하지 못했다. 혀를 끌끌 차는 소리가 들려왔다. 그의 혀에 묻은 침이 내 귓속으로 튀어 들어오는 느낌에 나는 다시 전화기를 뗐다가 붙였다. "오죽하겠냐? 누구 아들인데…… 네 나이가 몇인데 여태 직업도 없이 빈둥빈둥이야? 너는 누구 등을 쳐먹고 살려고 그러는 거냐? 그렇게 살지 마라, 제발. 네 아버지처럼은 살지 말라고, 제발.” 그 순간 불쑥 짜증이 났던가. 아마도 그랬던 것 같다. 그런 식의 근거 없는 인신공격과 모멸과 험한 욕설을 무방비 상태로 감당해야 할 이유가 어디 있느냐는 반발심이 그제야 새삼스럽게 달라붙었다. 그는 과음을 한 걸까? 그러나 그건 이유가 될 수 없었다. 어떤 삼촌에게도 술주정으로 조카를 모욕할 권리는 주어져있지 않았다. 그가 나의 외삼촌이고 내가 그의 조카라는 사실 역시 이유가 될 수 없었다. 나를 조롱하고 힐난하고 모욕하게 한 직접적인 근거는, 여자를 끼고 흥청거리는 나를 남천에서 봤는데 아는 체하지 않았다는 것이었다. 그러나 그건 사실이 아니었다. 그런 게 내가 모욕 받아야 할 구실이 되냐는 문제는 차치하고라도 남천에서 나를 봤다는 진술 자체가 사실이 아니었다. 외삼촌은 틀린 사실에 근거해 나를 비난하고 모독하고 조롱한 것이다. 잘못된 전제로부터 도출된 결론은 명백하게 잘못이라고 하지 않던가. 그러니까 외삼촌에게는 나를 비난하거나 모독할 이유가 없고, 나는 그로부터 비난이나 모독을 당할 이유가 없다. “그만하세요. 외삼촌은 남천에서 나를 봤다고 말하지만, 나는 남천이라는 데를 꿈속에서도 가본 적이 없어요.” 그 말을 끝내고 전화기를 내려놓는 데는 그다지 큰 용기가 필요하지 않았다.

전화벨은 곧 다시 울렸다. 이런 버르장머리 없는 호래자식 같으니, 어쩌고 소리를 지르며 씩씩거리면서 전화기의 숫자판을 급히 누르는 외삼촌의 붉으락푸르락해진 얼굴이 눈앞에 선했다. 나는 주저하지 않고 전화기의 코드를 잡아 빼버렸다. 모처럼 통쾌한 기분이 들었다. 외삼촌이 곧장 자동차를 몰고 내가 사는 도시까지 달려올지 모른다는 생각이 들지 않은 건 아니었다. 외삼촌이라면 얼마든지 그럴 수 있는 사람이었다. 그러나 어쩐 일인지 그다지 조급한 마음은 생기지 않았다. 그러라지……. 나는 입을 앞으로 쑥 내밀고 중얼거렸다. 외삼촌은 내가 살고 있는 집에 한 번도 와본 적이 없었다. 주소를 알고 있다고 해도 쉽게 찾지는 못할 것이다. 그러저러한 사정을 고려하면 그가 내게로 오는 데 걸리는 시간은 빨라야 다섯 시간이다. 다섯 시간이면 싱가포르까지 날아갈 수 있다. 나는 그런 생각을 해낸 내 자신이 흐뭇해서 히힛, 혼자 웃었다.

모처럼 기분이 좋아진 나는 컴퓨터 앞에 앉아 원고지로 25매 분량의 글을 단숨에 썼다. 제목은 '당신 집을 방문하려는 귀찮은 친척 어른, 이를테면 외삼촌을 지혜롭게 따돌리는 방법'이라고 붙였다. 그 글에서 나는 여러 가지 핑곗거리를 만들었다. 가령 이런 식이었다. 곧 이사를 간다고 하고, 새집으로 옮기면 그때 모시겠다고 말하라. 그런 말을 할 때는 최대한 정중하게, 예의를 다해서 하라. 다시 연락이 와서 이사를 해놓고 왜 부르지 않느냐고 물으면, 갑작스럽게 일이 생겨서 이사를 못 했다고 말하라. 그럴 때 둘러댈 수 있는 구실로는 현재 세 들어있는 집주인의 형편과 새로 이사 갈 집에 세 들어있는 사람의 형편을 적당히 이용하는 방법이 좋다. 그 친척 어른에게 부담을 줘서 스스로 피하게 하는 방법도 있다. 예를 들어 예상했던 돈이 들어오지 않아서 이사를 할 수 없게 됐다고 말하는 식이다. 천만 원이나 이천만 원쯤이 필요하다고 말해보라. 당신 집에 찾아오겠다는 소리가 쑥 들어가버릴 것이다. 어쩌면 영원히……. 그런 방법들을 서른세 개나 발굴했다. 별로 머리를 짜내지도 않았는데, 마치 평소에 그런 것들을 생각해오기라도 한 것처럼 아이디어가 쏟아졌다.

그 글은 내가 회원으로 가입해있는 열 개의 커뮤니티 가운데 '도시락都市樂'에 가장 잘 어울릴 것 같다고 판단됐으므로 나는 그곳에 그 글을 올렸다. 도시락에서 내 이름은 이세계다. 이세계라는 이름으로 도시락에 올린 글이 열 편쯤 된다. 비교적 호응이 좋았던 건 '첫 키스를 하려는 사람에게 권하는, 알려지지 않은 서른세 군데 명소'라는 것이었다. '첫 키스를 했다면 이곳으로 가라'도 반응이 나쁘지 않았다. 그 두 편의 글로 나는 도시락에서 최고의 조회수를 자랑하는 필자가 됐다. 그런 류의 글을 계속 써달라는 주문이 이어졌고, 본격적으로 기획을 해서 책을 내보는 게 어떻겠느냐고 제안해온 출판사도 있었다. 주저할 필요가 없었으므로 나는 출판사 사람을 만났고, 이어질 원고의 내용에 대해 의견을 나눴고(그중에는 서울 근교의 러브호텔에 대한 종합적 자료 정리와 평가 작업이 끼어있었다), 몇 월 며칠까지 원고를 넘기겠다는 계약서에 이세계의 이름으로 서명을 했고, 그 계약의 증표로 흰 봉투에 든 몇십만 원의 돈을 받았다. 출판사 사람은 책이 나오면 10만 권은 팔릴 거라고 장담했고, 나는 그렇게 말하는 그 남자를 향해 10만 권짜리 책을 쓸 필자에게 계약금을 이 정도밖에 주지 않는 것을 나로서는 도무지 이해할 수 없다고 받아쳤다. 출판사 사람은 요즘 출판 시장이 워낙 어려워요, 오죽하면 우리가 이런 걸 다 해보려고 기웃거리겠습니까? 하고 말함으로써 나와 내가 쓰는 원고에 대한 노골적인 비하의 감정을 토로했다. 나는 비위가 상했지만, 내가 비위 상한 표정을 짓기도 전에 그가 먼저 자신의 실수를 눈치채고 내뱉은 말들을 주워 담으려고 허둥지둥했으므로 못 들은 척 해주기로 했다. 그러고 보면 나도, 라이트 레프트의 회장이나 외삼촌은 인정하지 않겠지만, 너그러움이 아주 없는 편은 아니다. 이틀날 내 예금 통장에 추가로 입금된 몇십만 원의 돈이 그 너그러움의 대가였다.

남자와 여자가 만나는 데 있어서 공간적 요소가 차지하는 비중을 필요 이상으로 강조하면서 특정 공간의 자료를 구체적이고 실제적으로 제공하게 될 그 기획물을 위해 나는 요즘 자주 교외로 차를 몰고 나간다. 남천까지 포함한다는 건 역부족이고, 그러므로 남천에 갈 이유도 없는 것이다. 나를 남천에서 봤다고? 이거 왜 이러는 거야, 대체?

3

'당신 집을 방문하려는 귀찮은 친척 어른, 이를테면 외삼촌을 지혜롭게 따돌리는 방법'을 꽤 많은 사람이 읽었다. 나에게도 그런 외삼촌이 한 명 있어요, 정말 짜증나지요, 하고 동감을 표해온 사람도 있었고, 이런 방법은 어때요, 하고 새로운 의견을 덧붙여 보낸 사람도 있었다. 그 글에 대한 사람들의 즉각적이고 적극적인 반응은 이 세상에 얼마나 많은 귀찮은 '외삼촌'들이 존재하는지를 새삼 일깨워줬다. 그자들은 얼마나 강압적이고 무례하고 제멋대로인가. 그자들이 행사하는 그렇듯 난폭한 권리는 도대체 누구에게서 받은 것인가……. 나는 내 아버지를 헐뜯고 나를 모욕한 외삼촌에 대한 복수를 그런 식으로 해냈다. 죽는 순간까지 그의 얼굴을 보지 않을 거라는 다짐도 했다. 그 글을 통해 내가 얻은 심리적 자족감은 상당한 것이었다. 철 지난 겨울 외투의 갑갑함 외에 대체 혈육이란 게 무엇이란 말인가. 이 화창한 봄날 우중충한 겨울 외투를 걸치고 어쩌자는 것인가. 나는 나를 둘러싸고 있는 인연들을 거치적거리는 것으로 인식했고, 그러므로 할 수 있는 한 한갓지게 벗어던져버릴 작정이었다. 나는 스스로를 대견하게 여겼다. 그렇게 함으로써 라이트 레프트의 회장에 의해 처음 제기되고 외삼촌에 의해 다시 불거진 그 해괴한 우연(남천에서 나를 봤다니!)이 흩뿌리는 막연하고 기분 나쁜 불안감을 털어버릴 수 있게 된 것만으로도 큰 수확이었다.

그러나 그 낙관은 성급한 것이었다. 우연의 골은 아직 덜 깊어진 상태였다. 그리고 그 상태에서 골이 더 깊어지지 않았다면 그저 해괴한 우연쯤으로 치부할 수도 있었다. 그럴 수 있었으면 좋았을 것을. 하지만 이해할 수 없는 일이 되풀이 일어난 다음에는 그럴 수가 없었다. 우연의 반복이 필연이라는 언설은 좀 진부하지만 이 경우에 어울린다. 우연이 깊으면 운명이 된다는 말도.

이번에 남천에서 나를 본, 봤다고 한 사람은 미경이었다. 그녀는 일 년 정도 나와 가까이 지냈지만, 그것은 벌써 육 개월쯤 전의 일이었다. 육 개월 전에 우리는 서로를 아무 거리낌 없이 연인이라고 인식했다. 헤어진 연인들의 사연이 대체로 그러하듯 우리들도 사랑이 모자랐다기보다는 서로에 대한 이해가 모자랐던 게 아닌가 싶다. 그것은 비슷한 것 같지만 아주 다른 문제다. 그렇다고 지금 그녀와의 재회를 기대하고 있다는 뜻은 아니다. 그녀는 떠났고, 나는 그다지 불편하지 않다. 그 점은 그녀 역시 나와 다르지 않으리라고 생각해왔다.

당신이 어떤 여자와 함께 있는 걸 봤어요. 그녀의 편지는 그렇게 시작하고 있었다. 이어서 대단한 미인이더라고 했고, 한눈에 보기에도 자기보다 나은 여자인 것 같더라고 했다.

……그렇지만 당신이 매력적인 여자와 봄 햇살처럼 행복한 웃음을 지으며 거리를 활보하는 모습을 보고 있자니 솔직히 기분이 이상하더군요. 맨 먼저 섭섭한 마음이 들었어요. 오해였다는 것이 증명되고 말았지만, 나는 당신이 나와 헤어지고 난 후 어떤 여자도 만나지 않을 거라고 생각했거든요. 어쩌면 그건 나의 기대였을까요?

당신 말이 맞아, 하고 나는 편지를 읽다 말고 중얼거렸다. 마치 그녀가 내 앞에 있는 것처럼 나지막한 목소리로 덧붙이기까지 했다. "당신 말이 맞아. 난 당신과 헤어지고 난 후 어떤 여자와도 사랑 같은 건 하지 않을 거라고 마음먹었고, 지금까지 어떤 여자도 만나지 않았어. 그런데 무슨 소릴 하는 거지? 내가 뭘 어쨌다는 거야?"

그때 이미 나는 나를 휘어 감고 도는 우연의 골이 깊이를 더하고 있다는 조짐을 받고 있었다. 엄습하는 불안을 피할 길이 없었다. 그러나 나는 애써 불안을 걷어내며 그녀와의 마지막 밤을 떠올렸다. 그녀와 나는 내 방에 있었고, 함께 비디오를 보면서 맥주를 서너 병 마셨고, 자주 이용하는 중국집에 전화를 걸어 우동과 탕수육을 시켜 먹었다. 가벼운 농담을 주고받았고, 인스턴트커피를 타서 마셨다. 밤이 제법 깊었을 때, 그녀는 샤워를 하겠다고 했고, 나는 그러라고 했다. 그녀는 욕실에 십 분쯤 있다가 나왔고, 나는 프로야구 하이라이트를 보고 있었다. 그녀가 알몸인 채 수건으로만 앞을 가리고 나왔기 때문에 나는 옷을 입으라고 했다. 그녀는, 내 몸이 탐나지 않아요? 하고 어쩐지 안으로 잦아들어가는 목소리로 물었고, 나는 텔레비전에서 눈을 떼지 않은 채 피식 웃었다. 그녀는 수건을 방바닥에 내던지고 내 뒤에서 등을 안았다. 귓가에 그녀의 가쁜 숨결이 느껴졌으므로 나는 갑자기 불안해졌다. "왜 이래?" 나도 모르게 목소리가 튕겨져 나왔다. "나를 원하지 않아요?" 그렇게 말할 때 그녀의 한층 뜨거워진 숨결이 목덜미에 전해졌다. “내가 이런 거 싫어하는 거 몰라? 몇 번을 말해야 하는 거야, 대체?” 나는 그녀의 팔을 뜯어내며 얼굴을 찡그렸다. 나는 원해, 당신의 몸을 원해, 당신과 섹스를 하고 싶어, 하고 그녀가 도발적으로 내 몸을 껴안았다. 나는 원하지 않아, 나는 당신의 몸을 원하지 않아, 나는 섹스에 관심 없어, 하고 그녀의 몸을 밀어내며 소리 질렀다. 왜? 왜 우리는 섹스를 하면 안 된다는 거야? 우리가 동성이야, 근친이야? 하고 그녀도 지지 않고 외쳤다. “그냥 싫어. 남자와 여자가 만나면 어쨌든 섹스를 한다는 거 혹은 섹스를 하기 위해 남자와 여자가 만난다는 거, 그거 유치하고 원시적인 고정관념이야. 난 그런 거 싫어.” 나는 텔레비전의 채널을 다른 곳으로 돌리면서 말했다. “사랑하는 사람이 상대방의 몸을 원하는 거, 섹스를 하고 싶어 하는 거, 그거 자연스러운 거예요. 이상한 게 아니라고.” 그녀의 목소리는 덜덜 떨려서 나왔다. “난 부자연스러워. 난 이상해. 나에게 부자연스러운 걸 강요하지 마.” 나는 그녀를 외면한 채 말했다. 그녀는 어이가 없다는 듯 잠깐 아무 말도 하지 않았다. 그러다가 몸을 부르르 떨면서 날 사랑하지 않는 거야, 하고 나지막하게 중얼거렸다. 그건 아니야, 하고 나는 얼른 대답했다. 하지만 내 목소리에는 어쩔 수 없이 짜증이 섞여들었다. “믿을 수 없어, 사랑한다면서 어떻게…… 사랑하지 않는 거야. 그렇게밖에 생각할 수 없어. 날 사랑하지 않는 거야.” 나는 울컥 솟구치는 격한 감정을 주체하지 못하고 받아쳤다. “다시 말하지만 그건 아니야. 널 사랑하지 않는 건 아니야. 단지 섹스를 하고 싶지 않은 것뿐이야. 하지만 네가 그렇게 믿고 싶다면 그렇게 믿어. 네가 그렇게 우긴다면 나도 할 말이 없어. 더 말하고 싶지도 않고." 그녀는 내 진심을 파악하기라도 하려는 듯 한동안 내 얼굴을 노려봤다. 그러다가 그제야 수치심을 느낀 듯, 아니면 더 희망이 없다는 판단이 선 듯 주섬주섬 옷을 챙겨 입고는 말없이 내 방을 나갔다. 그녀는 은근히 바랐는지 모르지만 나는 그녀를 붙잡지 않았다. 나는 텔레비전 화면을 뚫어져라 응시할 뿐 꼼짝도 하지 않고 앉아 그녀를 보냈다.

그렇게 내 방을 나간 그녀는 다시 오지 않았고, 나도 다시 그녀를 부르지 않았다. 그녀는 그날의 일을 내가 자기를 사랑하지 않았다는 움직일 수 없는 증거라고 제시할지 모르지만, 나는 그 주장에 동의할 마음이 없다. 섹스를 원하지 않았다든지 그녀가 떠나간 후 내가 아무런 부담감이나 불편을 느끼지 않았다는 사실로부터 나에게 불리한, 그렇다고 그녀에게 유리할 것도 없는 어떤 증거(예컨대 사랑의 부재에 대한)를 확보한 양 으스댄다면 그건 그녀의 명백한 오산이다. 섹스에 대한 거부나 그녀와의 재회를 위해 어떤 시도도 하지 않은 점을 허물로 치부한다는 건 두말 할 것 없이 억지다.

다행히 그녀는 그런 억지를 부리지 않았다. 행간에 약간의 여운을 흘리긴 했어도 시간을 돌이켜 보려는 의도 같은 건 내비치지 않았다. 그녀 역시 구질구질해지고 싶지는 않았을 거라고 나는 생각했다. 하지만 차라리 그녀가 구질구질해지는 편이, 구질구질해진 그녀를 견디는 편이 백 번 낫지 않았을까. 그녀가 남천이라는 지명을 언급하는 지점에서 나는 그만 숨 쉬는 것을 잊어버렸다.

갑자기 백지장이라도 뒤집어쓴 것처럼 눈앞이 하얗게 되고, 정신이 아득해졌다.

……내가 얼마 전부터 남천에 살고 있는 걸 알고 있었나요? 알면서 남천에 나타났나요? 그 여자를 보여주려고? 설마 그러진 않았겠지요. 그랬다고 하더라도 상관은 없지만 말예요. 당신과 헤어지고 바로 이 도시로 이사를 왔어요. 아마 기억하지 못하겠지만, 내가 태어나서 다섯 살까지 산 곳이 이곳이에요. 부모님도 물론 이곳에 살고 계시고요. 그리고 별일 없다면 앞으로도 이곳에서 꽤 오래 살게 될 것 같아요. 왜냐하면 남천에 와서 만난 남자와 두 달 후에 결혼하기로 했거든요. 내 결혼식에 올 생각은 말아요. 초청하지 않을 거니까.

그녀의 편지는 그렇게 이어지고 있었다. 나는 아니야, 하고 소리 질렀다. "아니야. 내가 아니야, 그건."

누군지 알 수 없는 사람들이 내가 알 수 없는 이유 때문에 나를 해치려고 작당을 하고 있는 게 분명하다는 생각을 하지 않을 수 없었다. 그렇지 않다면 이렇게 얼토당토않은 일들이 계속해서 일어나는 현상을 어떻게 설명할 수 있을까. 나는 자리에서 벌떡 일어나 거실을 왔다 갔다 했다. 내 안절부절못하는 심정을 가라앉혀 주기에는 내가 혼자 먹고 자고 일하고 뒹구는 원룸의 오피스텔은 너무 좁았다. 나는 냉장고 문을 열어 찬물을 벌컥벌컥 들이켰다. 이가 시렸지만 속은 차가워지지 않았다. 창살 안에 갇힌 짐승처럼 불안하게 배회하며 나는 이게 뭘까, 이게 무슨 일일까를 궁리하고 중얼거렸다. 질문만 있을 뿐 대답은 좀처럼 떠오르지 않았다. 나는 거의 충동적으로 컴퓨터 앞에 앉아 그녀에게 답장을 보냈다. 기분 같아서는 당장 만나서 해명을 하고, 나를 향해 나 몰래 진행되고 있는 음모의 실체를 추궁해보고 싶은 마음이 간절했지만, 추궁을 한다고 해서 음모의 실체를 벗겨낼 수 있으리라는 확신이 서지 않았고, 또 미련이라도 남은 것 같은 불필요한 오해를 불러일으킬 일을 굳이 할 이유가 없다고 판단했으므로 시도하지 않았다. 제목을 쓰게 돼있는 칸에 남천엘 간 적이 없다, 하고 쓰고 나자 더 이상 쓸 말이 없었다. 그래서 본문에도 같은 문장을 한 번 더 썼다. 그리고는 멍하니 앉아있다가 당신이 잘못 본 거다, 하고 한 줄을 더 썼다. 메일을 발송하고 나자 결혼을 축하한다는 말을 쓰지 않은 게 생각났다. 편지를 다시 쓸까 하다가 그만뒀다. 이미 보낸 편지를 회수할 길이 없는 데다가 다시 쓴다는 게 번거롭고 귀찮기도 했다. 그녀의 결혼을 진정으로 축하하는 마음이 내 안에 있었느냐 없었느냐, 하는 건 다른 문제였다. 경황이 없었다면 몰라도 그녀의 결혼 소식이 새삼스럽게 나를 흔들었다는 건 말이 안 된다.

이해할 수 없는 일을 이해해보려는 시도가 여러 가지 추측과 괴상한 공상을 산출한다. 그러나 어떤 추측이나 공상도 이해할 수 없는 일을 충분한 이해의 장으로 이끌어내지는 못한다. 다만 여러 가지 추측과 괴상한 공상들 가운데 가장 그럴 듯한 어느 하나 혹은 둘이 선택될 뿐이다. 진실을 말하면 그것 혹은 그것들이 그럴 듯해서 선택되는 것도 아니다. 선택은 거의 우연에 의해 이루어지고, 선택됨으로써 그럴 듯한 게 되는 것이다. 과정이야 어떻든 일단 그럴 듯한 것으로 판단이 내려지면 이해할 수 없는 일을 이해하려는 나름대로의 최선의 강구가 뒤따르게 마련이다. 나의 경우, 여러 가지 추측과 괴상한 공상 끝에 나를 꼭 빼닮은 타인의 존재를 상정한 건 어떤 의미로는 자연스러운 일이었다. 라이트 레프트의 회장과 외삼촌과 미경이 일면식도 없는 사이라는 사실을 감안하면 그들이 작당해 나를 놀리고 있거나 곤경에 빠뜨리려고 한다는 가정은 그다지 설득력 있는 것 같지 않았다. 결과가 그렇다는 것으로 그들을 싸잡아 매도할 수는 없는 노릇이었다. 우연의 반복이 필연이라는 명제에 공감할 때, 더 큰, 보이지 않는 어떤 힘을 음모의 주체로 지목한다면 몰라도, 그들 세 사람이 작당한 것이라고 몰아붙이는 것은 아무래도 무리가 아닐 수 없었다. 거기다가 그들 세 사람이 거짓말을 하고 있다고 단정할 근거도 없었다. 그들이 사람을 잘못 본 게 분명했다. 하지만 한 명도 아니고 세 사람이 똑같이 잘못 본 것이라면, 잘못 본 그들에게만 책임이 있다고 우길 수만은 없는 노릇이었다. 그들로 하여금 잘못 보게 한 어떤 요인이 있어야 했다. 나를 꼭 닮은 누군가가 남천이나 그 근처 어디에 살고 있을 거라는 생각이 떠오르자 갑자기 가슴이 뛰고 머리끝으로 열이 올랐다. 흥분한다는 건, 적어도 그때의 기분을 감안하면 확실히 좀 어색한 일이었다. 그렇지만 그건 사실이었고, 나는 영문을 알 수 없는 흥분이 조금은 민망했다.

혹시 내가 모르는 쌍둥이 형제가 있는 게 아닐까? 생각은 그쪽으로 길을 내고 달려갔다. 불쑥 떠오른 생각이긴 하지만 있을 수 없는 일이라고 잘라 말할 수는 없었다. 그 생각보다 더 적절하게 나에게 닥친 사태의 실상을 설명할 수 있는 게 있을 것 같지 않았다. 경험에 의하면, 세상에는 내가 아는 일보다 알지 못하는 일이 훨씬 많았다. 내가 아직 알지 못한다고 해서 있는 것을 없는 것이라고 우길 수는 없는 노릇이었다. 그것이 내 주변, 더 분명하게는 나의 가족, 심지어는 내 자신에 대한 일이라고 해서 제외시킬 수는 없었다. 나의 가족에 대해서 내가 알고 있는 게 모르고 있는 것보다 더 많다고 말할 자신이 없었다. 내 자신에 대해서도 마찬가지였다. 사람들, 예컨대 라이트 레프트의 회장이나 외삼촌이나 미경이는 내가 모르는 나를 알고 있는지도 모를 일이었다.

유쾌하지 않은 상상이지만, 그런 가능성을 인정하는 쪽으로 급격하게 마음이 경사를 이뤘다. 당장 남천으로 달려가서, 그 도시가 얼마나 큰지는 모르지만, 도시 전체를 샅샅이 뒤져서라도 사람들로 하여금 나라고 착각하게 만든, 나를 빼닮은 그 작자를 찾아내야 했다. 그 작자와 마주 앉아 대체 나와 어떤 관계가 있는 자인지를 낱낱이 밝혀내고 싶었다. 그자를 만나기만 한다면 이 문제를 푸는 건 일도 아닐 것이었다. 생각이 거기에 미치자 마음이 급해졌다. 한 순간도 지체할 이유가 없었다. 나는 누명을 벗어야 했고, 그러기 위해서는 그자를 찾아야 했다. 나는 당장 옷을 갈아입고 노트북을 챙겼다. 커튼을 치고 응답전화기의 녹음 버튼을 누른 후 현관 앞에다 '우유 아저씨, 연락드릴 때까지 당분간 우유 넣지 마세요'라고 쓴 메모지를 붙였다. 되도록 빨리 돌아올 생각이긴 했지만, 막상 그곳에 가보면 어떻게 될지 알 수 없는 일이었다.

문을 잠그려다 말고 문득 외삼촌을 떠올렸다. 내게 남은 유일한 혈육이며 어머니의 오빠인 외삼촌은 무언가 내가 모르는, 나와 우리 가족에 대한 비밀스런 정보를 가지고 있을지 모른다는 생각이 들었다. 외삼촌은 아버지에 대해 헐뜯으면서, 주제에 계집질은 또 얼마나 많이 했는지, 라고 말한 바 있었다. 네놈이 누구 새낀데, 그 피가 어디 가겠냐? 하고 힐난하기도 했다. 그게 무슨 뜻일까? 아버지의 바람기를 두고 한 말이라는 건 명백했다. 그렇지만 그것뿐일까? 나는 문을 잠그려다 말고 다시 방으로 들어와 전화기를 집어 들었다. 움찔 뒤로 물러앉으려는 마음이 전화기의 숫자를 얼른 누르지 못하게 했다. 외삼촌이 나에게 가했던 폭언과 힐난과 조롱이, 그에 대한 내 증오와 다시는 연락을 하지 않으리라고 몇 번이나 되뇌었던 내 가련한 각오가 수화기를 든 손을 겸연쩍게 했다. 그러나 그 망설임은 나를 둘러싼, 혹시 있는지도 모르는 비밀에 대한 호기심을 이겨내지 못했다. 나는 끝내 외삼촌에게 전화를 걸었고, 곧 후회했다. 외삼촌은, 혹시 나에게 내가 모르는 형제가 있었느냐고 질문을 던지자 그건 왜? 하고 퉁명스럽게 받았다. 그 순간 나는 벌써 전화 건 걸 후회하기 시작했다. 친절을 기대한 게 아니었는데도 막상 외삼촌이 그렇게 반응을 보이자 마음이 심란해졌다. 한 번 짹짹 하고 우는 새는 열 번 백 번을 울어도 짹짹거린다. 천 번쯤 운다고 컹컹거리겠는가? 아무리 성급하기로 너무나 당연한 그 이치를 어떻게 망각할 수 있었는지. 공연한 짓을 했다는 후회는 그러나 돌이킬 수 없다는 각성의 벽에 부딪쳐 부서졌다. 나는 억지로 쓴 음식을 삼키는 기분으로 이 년 전에 헤어진 여자로부터 보내온 메일의 내용을 주섬주섬 주워섬겼다. 외삼촌은 내 말을 끝까지 듣지 않았다. "잘한다. 누가 제 아비 아들이 아니랄까 봐 머리에 피도 안 마른 게 벌써부터 계집들을 울리고 다닌단 말이지? 거기다가 여기저기서 증인이 나타나는데도 끝까지 거길 가지도 않았다고 우겨? 나도 봤다는데? 정말 구제 불능이구나. 구제 불능이야……." 동정심을 기대한 건 아니었다. 이해를 바란 것도 아니었다. 나는 그저 내 문제를 해결하는 데 도움이 될 만한 약간의 정보를 구하고자 한 것뿐이었다. 외삼촌의 반응은 전혀 예상하지 못한 건 아니지만 그래도 좀 실망스러운 게 사실이었다. 마음 같아서는 그냥 전화를 끊어버려야 했지만 그럴 수도 없어서 외삼촌의 입에서 터져 나오는 온갖 험한 소리를 다 들어야 했다. "교활한 놈 같으니! 네놈이 한 번 한 거짓말을 계속 이어가려고 잔재주를 부리는 모양인데, 그래, 그럴 수도 있겠지. 네놈의 아비 되는 그 작자라면 그러고도 남지. 조선 팔도 안 돌아다닌 데가 없는 위인인데, 어디다 그 잘난 씨를 얼마나 뿌리고 다녔는지 어떻게 알겠냐? 계집이 한둘이 아니었으니 그 피를 받은 자식새끼들도 여럿 있었겠지.

워낙에 제멋대로고 무책임한 위인이니 저질러놓고 건사하지는 않았을 게 뻔하고. 충분히 그럴 수 있을 거야. 그래, 길을 가다가 닮은 사람을 만나게 되면 혹시 네 아비가 내지른 자식이 아닌가 의심해 봐야 할 거다……. 그렇긴 하지만, 그걸 빙자해서 지난번에 내가 남천에서 너를 본 게 착각이었다고 말하려고 하는 거라면 네놈은 진짜 구제길이 없이 나쁜 놈이다. 그때 내가 본 건 너를 닮은 사람이 아니라 바로 너였다. 내가 노망든 줄 아느냐. 이 교활한 놈아. 이 호래자식아." 나는 수화기를 귀에서 조금 멀리 떨어뜨렸다가 나를 향해 퍼붓는 외삼촌의 길고 지루한 욕설들을 관에 쓸어 넣고 닫는 기분으로 소리 나지 않게 가만히 내려놨다. 나의 무례하고 발칙한 행동을 용서할 리 없는 외삼촌이 씩씩거리며 다시 전화를 걸어올 거라는 사실이 불을 보듯 뻔했으므로 나는 서둘러 집을 나왔다. 현관문의 잠금장치에 열쇠를 넣고 돌리는데 닫힌 문의 안쪽에서 전화벨이 시끄럽게 울어대기 시작했다.

4

남천은 낯설었다. 유형지에 발을 내딛은 것 같다는 느낌은 무엇이었을까. 그곳에 도착했을 때의 우중충하고 서늘한, 어딘지 이국적인 기후가 그런 생각을 갖게 했을까. 아니면 그동안 내 안에서 생성되고 숙성된 남천이라는 지명에 대한, 결코 우호적일 리 없는 남다른 이미지 때문이었을지 모르겠다. 그것도 아니라면 결국은 맞이하게 될 낯선 운명에 대한 낯익은 예감 같은 거? 아무래도 좋다. 이제 와서 그런 걸 되짚어 무얼 하겠는가.

나는 그 근사하다는, 강 따라 흐르는 남천의 천 리 길을 달려보지 못했다. 해산물을 중심으로 차린 그 지방 특유의 식탁도 받아보지 못했고, 당연히 라이트 레프트의 회장이 입에 거품을 물고 예찬해 마지않던 간장게장의 맛도 보지 못했다. 내가 남천에 간 건 강 따라 펼쳐진 천 리 길을 달려보기 위해서도 간장게장의 환상적인 맛을 보기 위해서도 아니었다. 강변 천 리 길이나 간장게장 따위에는 마음이 없었다. 그런 건 아무래도 좋았다. 내가 원하는 건 라이트 레프트의 회장인 배거번드와 외삼촌과 미경이를 통해 제기된 의문을 풀고 나에게 씌워진 혐의를 벗는 것이었다. 어떻게 해야 한다는 구체적인 방안이 마련돼있는 건 아니었다. 일단 그 도시에 가보면 어떤 식으로든 길이 보이지 않겠느냐는 막연한 기대가 나를 이끌었다. 그러나 나의 기대는 지나치게 막연한 것이었고, 막연한 만큼 터무니없이 낙관적인 것이었다.

남천역을 빠져나올 때 역사의 처마 밑에 촌스럽게 들러붙어 세월의 먼지를 가득 뒤집어쓰고 있는 대형 시계는 자정이 지났음을 알리고 있었다. 워낙 낡고 지저분해서 시간이 맞는지 의심스럽긴 했지만, 여행 시간을 대충 어림해봐도 자정은 지나있을 시간이었다. 피부에 닿는 밤공기는 서늘했고, 물기가 배어있는지 축축했다. 하늘에 별이 초롱초롱 떠있는데도 그랬다. 마치 파충류의 피부를 만진 것과도 같은 섬뜩한 한기, 그게 남천의 첫인상이었다.

그리고 이어서 찾아온 황량한 기분. 나는 별로 넓지도 않은 역 광장에서 잠시 어디로 갈지를 몰라 서성였다. 무슨 일인가를 하기 위해 이곳에 왔다는 느낌보다는 어떤 일도 할 수 없어서 그곳으로부터 내쫓겼다는 느낌이 앞섰다. 근무지가 아니라 귀양지라는 생각은 나의 정신을 으스스하게 했다.

나는 몸을 움츠리고 터벅터벅 걸어서 광장을 빠져나왔다. 그런 기분으로는 어디로도 갈 수 있을 것 같지 않았다. 그런 기분으로는 무슨 일도 할 수 있을 것 같지 않았다. 우선 잠을 자고 볼 일이었다. 잠을 자고 일어나면 상황이 달라질 거라는 기대가 나에게는 있었다. 해 아래 새로운 게 없다는 걸 알고 있지만, 새로운 것에 대한 기대는 언제나 있었다. 나는 역 광장을 가로지르고 큰길을 건넜다. 차들이 속도를 내며 지나갔다. 그 시간까지 불을 밝히고 있는 간판들은 대개 술집이거나 여관이었다. 나는 맨 처음 발견된 여관의 문을 밀고 들어갔다. 프런트에 딸린 방에서 꾸벅꾸벅 졸며 텔레비전을 보고 있던 중년의 여자가 하품을 물고 나와 방을 안내했다. 여자는 며칠 묵을 거냐고 물었고, 숙박계를 쓰라고 했고, 선불이라고 했고, 여자가 필요하지 않느냐고 물었다. 나는 며칠을 묵게 될지 지금으로서는 분명하게 말하지 못하겠다고 했고, 주인 여자가 건네준 검은 표지의 숙박계에 이름과 주소와 주민등록번호 따위를 썼고, 지갑을 꺼내서 하루치 숙박비를 건넸고, 여자는 필요하지 않다고 대답했다. 여관집 여자는 내 얼굴을 빤히 쳐다본 다음 돈을 세며 한 번 더 하품을 하고 계단을 내려갔다. 나는 노트북을 꺼내서 전원을 연결하고 나에게 온 메일을 체크했다. '당신 집을 방문하려는 귀찮은 친척 어른, 이를테면 외삼촌을 지혜롭게 따돌리는 방법'을 읽고 편지를 보내온 사람이 여섯 명이나 있었다. 그들은 하나같이 내 글의 배경을 이루고 있는 친척 어른, 혹은 자신의 의지와 상관없이 맺어진 혈육이라는 폭군에 대한 불편한 심정에 공감을 표시했다. 그중에는 '외따방'이라는 이름의 동호회를 하나 만들 것을 진지하게 제안한다는 내용의 편지도 있었다. '외따방'은 '이를테면 외삼촌을 지혜롭게 따돌리는 방법'의 약자였다. 아닌 게 아니라 그럴듯한 아이디어라는 생각이 들었다. 나는 그런 제안을 해온 사람에게 동감의 편지를 보낼까 하다가 그만뒀다. 성급하게 시도할 일이 아니라는 판단 때문이었지만, 그럴 기분이 아니기 때문이기도 했다. 라이트 레프트의 회장인 배거번드의 이름으로 보내온 편지도 한 통 있었다. 내가 모르는 이메일 주소를 이용해 편지를 보낸 그는 언제나 나를 라이트 레프트의 회원으로 간주하고 있노라고, '양손잡이 세계'에 대한 나의 글을 처음 읽었을 때의 반가움을 어제 일처럼 선명하게 기억하고 있노라고, 다시 온다면 언제든 환영이라고 밝히고 있었다. 그 작자에게도 무언가 해줄 말이 있을 것 같았지만 참기로 했다. 역시 성급할 필요가 없다고 생각돼서였다.

노트북을 덮기 전에 여관집 여자가 노크도 없이 불쑥 문을 열고는 물주전자와 칫솔과 컵과 수건을 내밀었다. 나는 물주전자와 컵과 칫솔과 수건이 담긴 쟁반을, 왼손을 내밀어 받았다. "열한 시

전에 방을 비워주셔야 해요. 더 묵을 거면 미리 말씀을 하시고요. 그런데 왼손잡이시네요?" 그녀는 내 무릎 위의 노트북을 힐끗 쳐다보며 물었다. 왼손잡이인 건 사실이지만, 쟁반을 받을 때 왼손을 내민 건 왼손잡이여서가 아니었다. 오른손이 마우스를 쥐고 있었기 때문에 왼손을 내밀 수밖에 없었다. 그게 이유였다. 나는 마침 컴퓨터를 끝내려던 참이었으므로 전원을 껐다. 그녀는 쭈뼛거리며 문가에 서있다가, 내가 안 가요? 하고 묻는 듯한 눈빛으로 쳐다보자 입을 씰룩거렸다. 나는 그녀가 여자를 소개하는 일에 대해 아직 미련을 가지고 있는 거라 생각했다. 요사이 여관들이 수입의 상당 부분을 여자 소개에 의존하고 있다는 사실을 모르는 사람은 없었다. 내가 섹스를 거부한다는 이유로 꽤 오랫동안 사귀어온 애인과 헤어졌다는 사실을 알 리 없는 그녀로서는 어쩌면 당연한 일이었다. 그렇다고 구태여 내 입으로 그 점을 밝힐 이유는 없었다. 나는 여관집 여자의 천박함에 기분이 상했다. 하품을 하고 겉옷의 단추를 풀기 시작한 건 그런 내 기분을 전하기 위해서였다. 여자는 무슨 말인가를 할 듯 입술을 달싹거리다가 몸을 돌렸다. 남천이라는 데를 오긴 왔는데, 이제 어떻게 한담! 제기랄! 침대 위에 몸을 던지는데 나도 모르게 그런 소리가 입 밖으로 빠져나왔다. 무얼 어떻게 해야 할지 막막하기만 했다.

나는 애절하게 외삼촌을 불렀다. 나예요, 외삼촌. 나라고요. 그는 완고하게 고개를 저었다. 나는 모른다. 나는 너를 모른다. 나는 그에게 매달렸다. 나예요. 잘 보세요. 내가 틀림없어요. 외삼촌은 나를 뿌리쳤다. 네가 아니다. 내가 아는 너는 네가 아니다. 외삼촌은 문을 열고 들어가버렸다. 나는 애원하면서 문을 잡아당겼다. 그러나 문은 열리지 않았다. 있는 힘껏 밀어봐도 마찬가지였다. 나는 닫힌 문을 두드리며 외쳤다. 나예요, 나라고요. 내가 아니면 누구겠어요. 대답이 없었다. 나는 계속 문을 두드렸다. 계속 두드려도 문은 열리지 않았다.

나를 깨운 건 문을 두드리는 소리였다. "나예요. 외삼촌. 나요." 내가 두드린 문소리에 놀라 깨어 일어나면서 나는 꿈속의 대사를 반복했다. 내 목소리는 꿈과 현실의 경계를 왔다 갔다 했다. 야릇한 꿈이구나, 싶었다. 외삼촌에게 나의 존재를 알아달라고 애걸복걸하는 내 모습이 이해되지 않았다. 내가 무엇 때문에 그렇게 간절하게 그에게 나의 존재를 알리려고 한 것일까. 덜컹거리는 가슴은 내가 아직 꿈의 영향권으로부터 완전히 벗어나지 못했다는 신호겠지만, 다른 뜻에서는 그 꿈이 예고하는, 내가 맞이하게 될 알 수 없는 미래에 대한 불안감의 표출일 수도 있었다. 천장에 매달린 형광등 불빛이 내 눈을 쐈다. 나는 겨우 눈을 떴다. 이불도 덮지 않고 침대에 웅크린 채 잠들었던가 보다. 입술 가장자리에 끈끈한 침이 묻어있었다. 손바닥으로 침을 닦는데 얇은 패널을 이어붙인 방문이 흔들렸다. 가슴이 다시금 덜컹거렸다. 문을 두드리는 소리는 꿈속에서 들린 게 아니었던가. 나는 벽돌색 칠이 벗겨진, 그래서 녹이 슨 것처럼 보이는 나무 문을 노려보며 누구세요? 하고 물었다. 그럴 이유가 없는데 목소리가 떨려서 나왔다. "주무셨어요?

잠깐 문을 열어보세요." 여관집 여자의 목소리였다. 문을 잠근 기억이 나지 않았으므로 나는 열려있을 걸요, 하고 퉁명스럽게 받았다. 몇 시나 됐을까? 나는 무의식적으로 오른쪽 손목을 들어 올렸다. 대부분의 오른손잡이들이 왼쪽 손목에 시계를 차는 것처럼 왼손잡이인 나는 오른쪽 손목에 시계를 찬다. 그러나 내 오른쪽 손목에는 손목시계가 채워져있지 않았다. 나는 집을 떠날 때 손목시계를 차지 않았다는 사실을 깨달았다.

문이 왈칵 소리를 내며 열리는 순간 나는 한가하게도 저렇게 급하게 문을 열고 들어올 필요는 없는데, 하고 생각했다. 심지어는 교양 없는 여자 같으니, 하고 속으로 욕까지 했다. 그때까지도 사태를 제대로 파악하지 못하고 있었다는 증거였다. 문이 왈칵 열림과 동시에 여관집 여자 대신 세 명의 건장한 남자들이 뛰어 들어왔다. 한 사람의 손에는 가스총인지 권총인지 무기도 들려있었다. 세 명의 건장한 남자들이 뛰어 들어왔다고 느낀 순간 벌써 그들의 몸은 내 뒤에 가있었다. 그들의 억센 손이 내 팔을 한쪽씩 붙들었다. 나는 그들에게 꼼짝없이 붙잡힌 채 허리를 꾸부렸다. 머리 박아, 하고 한 사람이 소리쳤다. 그 사람의 명령이 아니더라도 내 머리는 저절로 방바닥에 닿아있었다. "뭐야? 왜 그러는 거야?" 나는 고개를 돌려 그자들의 얼굴을 확인하려고 애쓰면서 소리 질렀다. 내 목소리는 밭은기침을 하는 것처럼 들렸다. 문밖에서 얼굴만 내민 채 이쪽을 살피고 있던 여관집 여자가 나와 눈이 마주치자 얼른 얼굴을 감추는 게 보였다. 나를 해하려는, 내가 알 수 없는 모종의 음모가 진행되고 있는 것 같다는 애초의 불안한 예감이 현실로 나타난 것일까? 그렇게 비현실적인 일이 현실로 나타난 것일까? 눈앞이 아찔했다. 내 팔을 뒤에서 결박한 사람이 머리채를 잡아당겼다. 그가 자신의 동료에게 얼굴을 자세히 봐, 하고 말했다. 내 왼쪽에 있던 사람이 내 앞으로 나왔다. 그의 손에는 손수건보다 작은 종이 한 장이 들려 있었다. 호주머니에 들어있었던 듯 절반이 접힌 그 종이를 들여다보고 내 얼굴을 들여다보던 작자가 고개를 끄덕였다. "몽타주 사진이 이렇게 실제 얼굴하고 똑같은 건 이 생활 십 년 만에 처음이네. 더 볼 것도 없어. 이 작자가 틀림없어. 콧잔등에 흉터까지 그대론데 뭐. 이 새끼, 간덩이도 크네. 여태 남천을 떠나지 않았다는 거야? 거기다가 어떻게 변장도 안 하고 다녀? 하기야 대낮에 그 짓을 한 놈인데……." 무슨 날벼락일까? 이자들은 나를 어떤 범인으로 지목한 것 같은데, 어이없다. 내가 무슨 범죄를 저질렀다는 것일까. "도대체 당신들 누구예요? 내가 뭘 어쨌다고 이래요?" 그러나 그들은 나의 궁금증을 풀어줄 만큼 친절하지가 않았다. "가서 이야기하지." 내 손을 뒤에서 비틀어 잡은 남자가 나를 일으켜 세웠다. 나는 저항할 수 없었다. 그자가 조금만 비틀어도 팔이 떨어져나가는 것처럼 아팠다. 그는 힘을 어떻게 가하면 상대가 얼마나 고통스러워하는지를 알고 있었다. 그는 기술자였다. "이자 소지품들 다 챙겨. 저 가방하고 노트북도. 그리고 아까 그 아줌마에게 말해서 이 방 봉쇄하라고 하고……."

그렇게 붙잡혔다, 나는. 해명도 제대로 하지 못하고. 내가 뭘 잘못했는지도 알지 못한 채. 그 이후는 더 황당했다. 알 수 없는 세력들이 작당해서 나를 죽이려 한다는 것 말고 다른 무슨 상상을 한다는 게 불가능했다. 그렇지만 왜 누가 그런 짓을 한단 말인가. 나를 경찰서에 신고한 사람은 나에게 물주전자와 컵과 수건과 칫솔과 치약을 가져다주고 또 여자가 필요하지 않느냐고 물었던 여관집 여자였다. 나는 그녀가 내 얼굴을 빤히 쳐다보며 머뭇거리고 있을 때 내가 여자를 사주지 않은 걸 아쉬워한다고 생각했었다. 그러나 그것이 오해였다는 게 밝혀진 셈이었다. 그녀는 내 얼굴에서 어떤 용의자의 몽타주를 보고 있었던 건데 나는 그걸 몰랐다. 몽타주 사진 속의 남자는 대낮에 어떤 집에 침입해서 여자와 여자의 딸을 함께 강간하고 살해했다. 아, 그 사건. 나는 라이트 레프트의 회원들과 함께한 술자리에서 화제에 올랐던 한 사건을 떠올렸다. 배거번드가 남천의 기막힌 간장게장 맛을 예찬하고 있을 때 누군가 마치 그가 예찬해 마지않는 간장게장에 고추장이라도 한 대접 퍼 넣겠다는 심사였는지 그 사건을 입에 올렸었다. "나도 그 사건 들어서 알고는 있어요." 형사는 어처구니없다는 듯 혹은 속 보이는 짓은 하지 말라는 듯, 입을 조금 벌리고 이상하게 웃었다. "다들 알고 있지. 자네만 그걸 모른다는 건 말이 안 되지. 말해주겠는데, 나 이 생활 십 년째야. 알아들어? 얕잡아보지 말란 뜻이야, 새끼야." 그게 나에게 돌아온 반응이었다. "정말이에요. 정말로…… 그 사건이 났을 때 나는 서울에 있었어요. 그때까지 남천에 와본 적이 없어요. 이번이 처음이에요. 어젯밤에 여기 처음 내려온 거라고요." 나는 진실을 말했다. 그러나 나의 진실은 무력했다. 그들은 아무 영향도 받지 않았다. "우리도 술술 불 거라고 생각한 건 아니야. 하지만 충고하는데, 피차 고생하지 말자고. 금방 드러날 일이니까."

그들은 나의 신분증을 빼앗아갔다. 그들은 빼앗아간 신분증을 앞에 놓고 나의 이름과 주소와 직업을 물었다. 주민등록번호도 물었다. 그들은 내가 내 주민등록번호를 잘못 말하기를 바랐는지 모르지만 나는 그 열세 자리 숫자를 또렷이 기억하고 있었으므로 그들의 기대를 만족시킬 수가 없었다. 그들은 내가 일하는 직장을 알고 싶어 했다. 그들은 내가 하는 일이 컴퓨터 안에서 글쓰기라는 사실을 이해하지 못하거나 이해하지 않으려고 했다. 나는 하루 종일 컴퓨터를 끼고 앉아 가상의 바다를 떠다니면서 여러 개의 이름으로 여러 개의 사이트에 글을 올린다고 말했다. 그들은 내가 농담을 하는 것으로 오해했는지 너하고 장난칠 시간 없어 새끼야, 하고 꽥 소리를 질렀다. 나는 장난을 친 게 아니었으므로 정색하고 대답했다. "나 장난치는 거 아니에요." 그들은 내 얼굴을 노려봤다. 그들이 내 말을 믿는 것 같지 않았으므로, 그리고 나는 다른 사람이 내 말을 믿지 않는 걸 견디지 못하는 성미였으므로(생각해보면 내가 남천에까지 오게 된 것도 그런 성미 때문이라고 할 수 있었다) 내가 인터넷상에서 글을 쓸 때 사용하는 이름이 열 개나 된다고 알려줬다. 그중 몇 개의 이름을 불러주기까지 했다. 김가을과 이세계와 장융과 까마귀가 그것들이라고, 당장이라도 컴퓨터 안에 들어가서 확인해보라고. 그러자 그제야 조금 믿어주겠다는 표정을 지었다. 그렇다고 나에게 유리한 쪽으로 상황이 바뀐 건 아니었다. 오히려 사정이 더 나빠졌다고 할 수 있었다. 그로 인해 그들이 나에 대해 품고 있던 기왕의 혐의가 더욱 견고해졌다는 사실을 뒤늦게 알았다. 공연히 불필요한 말을 한 셈이었다. "이름이 열 개나? 여기선 이 이름 대고 저기선 저 이름 대고 그런단 말이지? 그럼 외고 있는 주민등록번호도 열 개겠네." 그들은 득의의 미소를 지으며 눈빛을 교환했다. 아차, 싶었지만 돌이킬 수 없는 일이었다. 나는 실책을 만회할 생각으로 사건이 있었다는 날의 알리바이를 증명할 수 있다고 했다. 어떻게? 하는 표정으로 그들이 나를 봤다. "그날도 어딘가에 글을 올렸을 거예요. 그날 올린 글이 있을 거라고요." 그들 중에 한 사람이 아직 한 번도 울린 적이 없는 책상 위의 전화기를 들어 누군가에게 연락했다. 내 노트북을 조사해보라고 하는 것 같았다. 그리고는 전화기를 든 채 나에게 인터넷상에서 사용하는 이름을 모두 대라고 명령했다. 나는 열 개의 이름을 알려줬다. 내 이름들은 그 사람의 입을 통해 전화기 너머의 사람에게로 전달됐다. "되도록 빨리 알아봐." 전화를 끊기 전에 그가 한 말이었다. "한 번 더 충고하는데, 우리 괜한 고생하지 말자고. 허튼 수작은 안 통하니까. 나 그렇게 인내심이 많은 사람이 아냐." 형사는 으르렁거리며 협박했다. "나는 진실을 말하고 있어요. 제발 좀 믿어주세요." 나의 목소리는 거의 울 것 같았다. 진실이 나를 지켜줄 거라는 믿음은 생기지 않았지만, 나는 진실 말고 다른 방편을 알지 못했다.

나는 내가 남천에 오게 된 사연을 이야기하기 시작했다. 라이트 레프트의 회장과 외삼촌과 옛 애인이 며칠 차이를 두고 남천에서 나를 봤다고 했다는 것, 그렇지만 나는 그때까지 남천에 와본 적이 없었다는 것, 그러니까 그들이 작당해서 나를 함정에 빠뜨리려고 한 게 아니라면 남천에 나와 아주 많이 닮은 사람이 살고 있다고밖에 생각할 수 없다는 것, 그래서 그자를 찾으려고 남천에 오게 됐다는 것……. "당신들이 찾고 있는 자가 아마 그자일 겁니다. 당신들만큼이나 나도 그자를 찾기를 바랍니다. 나는 그자가 아니에요. 나는 나예요. 내가 여기 있는데 어딘가 다른 곳에 내가 있을 수는 없지 않아요?" 내 말을 듣고 있던 형사가 그렇지만 너는 열 개나 되는 가짜의 이름으로 살지 않느냐, 하고 물었다. 나는 그건 가짜가 아니라고 대답했다. 나는 김가을이라는 이름을 쓸 때는 다른 누구도 아닌 김가을이고, 이세계라는 이름을 쓸 때는 다른 누구도 아닌 이세계고, 장융이라는 이름을 쓸 때는 다른 누구도 아닌 장융이라고 대답했다. 형사는 그러니까 너는 어디서는 김가을이고 또 다른 데서는 이세계고 또 어떨 때는 장융으로 행세하는 게 아니냐, 하고 답답하다는 듯 되물었다. 나는 그게 아니라고 대답했다. 김가을이면서 이세계고 장융인 게 아니라, 완전한 김가을이고 완전한 이세계고 완전한 장융이라고 대답했다. 어떤 종교에서 이야기하는 이른바 삼위일체 교리를 예로 들어 완전한 셋으로서 완전한 하나고, 완벽한 하나가 완벽한 셋이라고 설명했을 때 나를 취조하던 형사의 울화가 폭발했다. 그는 몸을 날려 탁자 위로 올라가더니 발로 내 머리를 짓이겼다. "이 새끼가 갖다 붙이기는." 아마도 기독교 신자인 모양이라고 나는 생각했다. 그렇지만 그렇다고 그렇게까지 화를 낼 일이었을까? 밖에서 들어오다가 그 장면을 목격한 다른 형사가 이 사람 왜 그래? 하고 말리는 시늉을 했지만 느물거리는 표정으로 봐선 진짜로 말릴 생각이 있는 것 같지는 않았다. 오히려 그렇게 해서 사람이 죽겠나? 하고 이죽거리는 것만 같았다.

"조회를 해봤는데 사건이 나던 날 이 작자가 어느 사이트에도 글을 올린 적이 없어. 심지어는 인터넷에 접속했다는 사실을 증명할 근거도 없어. 더욱 흥미로운 점은 이 작자가 왼손잡이라는 거야." 밖에서 들어온 남자는 손에 들고 있던 서류를 탁자 위에 휙 던졌다. "왼손잡이? 그건 이 작자가 벌써 고백했어." 내 목을 구둣발로 짓이기고 있던 남자가 손바닥으로 구두코를 닦으며 말했다. 이어서 그는 시나리오가 이렇게 완벽한데 더 버틸 거야? 하고 물었다. "내가 왼손잡이라는 게 어째서요?" 내 질문은 무력했다. "현장의 여러 가지 정황들로 보아 그 사건의 범인이 왼손잡이라는 사실이 드러나있거든." 내 무력한 질문에 대한 형사의 대답은 빠르고 분명했다. "이제 더 버텨봤자야. 이만하면 구속 요건을 충분히 갖춘 셈이니까. 그만 자백하라고. 피해 당사자가 이리로 오고 있어. 피해자 증언이면 넌 끝이야." 경력이 십 년째라는 형사는 빙글빙글 웃었다. 표정에서 벌써 관록이 느껴졌다. 나는 그의 상대가 될 수 없을 것이다. "피해자라뇨? 그 사람들 죽었다고 하지 않았어요?" 나는 자꾸만 헛발질만 했다. 형사는 그런 반응이 나올 줄 예상하고 있었다는 듯 피식 웃었다. "네가 죽였지. 죽였으니까 죽은 줄 알았지? 그런데 그 딸이 살았어, 짜샤. 저 몽타주가 어떻게 나왔을 것 같애? 그 여자애가 얼마나 치가 떨렸으면 네놈 얼굴을 그렇게 사진 찍듯 정확히 기억하고 있겠냐? 다른 짓 할 생각 마. 넌 끝난 거야."

얼마 있지 않아 휠체어를 타고 나타난 여자는 젊다기보다 어려 보였다. 얼굴을 보호하려는 듯 모자를 눌러쓰고 코까지 덮는 사각형의 크고 흰 마스크를 쓰고 있었다. 형사가 휠체어 앞에 무릎을 꿇고 앉아서 자세히 보고 기억을 더듬어봐, 하고 말했다. 그러나 그런 부탁을 할 필요도 없었다. 여자는 내 얼굴을 보자마자 몸을 부들부들 떨었다. 손을 뻗어 나를 가리키면서 무슨 말인가를 하려고 하는 것 같았지만, 그녀의 입에서는 말이 나오지 않았다. 그녀는 거친 숨만 몰아쉬었다. 형사들이 그녀의 휠체어를 밀고 나갔다. 그리고 잠시 후에 취조실로 들어온 형사가 나의 뺨을 사정없이 갈겼다. "개새끼. 넌 사람도 아냐, 새끼야."

5

형사들은 라이트 레프트의 회장과 외삼촌과 미경이를 인터뷰했다. 그들의 진술은 피해 소녀의 증언을 뒷받침하는 매우 중요한 자료가 됐다. 라이트 레프트의 회장이 나에게 유리한 증언을 할 까닭이 없었다. 그는 내가 왼손잡이이면서도 왼손잡이라는 사실을 숨기려 했으며, 자신들의 권유에 못 이겨 왼손잡이들의 모임에 들어왔다가 금방 탈퇴를 했다고 증언했다. 또 그는 남천에서 나를 봤던 날의 정황을 구체적으로 증언했다. 그가 나를 봤다고 증언한 날은 남천에서 모녀를 폭행하고 살해한 사건이 일어나기 이틀 전이었다.

외삼촌도 나에게 불리한 증언을 했다. 그는 나를 무례하고 무책임하며 반사회적인 성향이 강한 놈이라고, 아주 험한 욕을 섞어가며 진술했다. 그는 나의 아버지에 대해서도 자진해서 말했는데, 그에 따르면 나의 어머니인 그의 누이가 죽은 건 그녀의 남편인 나의 아버지 때문이었다. 그는 또 남천에서 나를 목격하고 접근했을 때 자기를 모르는 척했다고 증언했다. 나중에 전화를 걸어 확인했을 때도 지나치게 강하게 부정했다고 말함으로써 혐의 사실을 부추겼다. 그때는 무엇 때문에 그렇게 강하게 부정하는지 알지 못했는데 이제 생각해보니 그런 흉악한 짓을 저질러서, 그걸 감추려고 그랬던 모양이라는 의견까지 보탰다.

미경이의 증언 역시 우호적이지 않았다. 그녀는 남천에서 내가 어떤 여자와 함께 있는 장면을 봤을 때 질투는 아니지만 무언지 야릇한 기분이 들었었다고 말했다. 그녀가 나에게 메일을 보낸 건 아마도 그런 기분 때문이었을 거라고 했다. 그러나 나에게서 답장이 오리라고 기대하지는 않았었다고, 그런데 답장이 왔다고 진술했다. 굳이 답장을 써 보낸 건 혹시 남천에 간 사실을 부정하기 위한 의도가 있어서 그런 게 아니었는지 의심스럽다고 증언했다. 또 그녀는 우리가 왜 헤어져야 했는지를 회고했는데, 섹스에 대한 나의 거부 반응을 사실보다 과장해서 부자연스럽고 병적인 것으로 소개했다. 자연스러운 섹스에 대한 불필요한 거부가 부자연스런 섹스에 대한 광적인 충동으로 연결됐을 가능성이 있지 않겠느냐는 소견까지 드러냈다. 그 말은 내가 그 사건의 범인이라는 사실을 전제하고 하는 말이었다. 세 사람의 진술은 나를 취조하는 형사들에 의해 소상히 전해졌다. 전하는 사람의 필요나 입장이 끼어들었겠지만, 그 점을 감안하더라도 나를 옹호하거나 변호한 사람이 있었을 것 같지는 않다.

혹시 내가 범인이 아닐지도 모른다고 생각하는 사람은 아무도 없었다. 내가 그 사건의 범인이라는 사실을 의심하는 사람은 나 말고는 한 명도 없었다. 하긴 요즘 들어서는 나도 내가 실제로 그런 짓을 저지른 게 아닐까, 가끔 생각한다. 일방적인 윽박지름과 몰아붙임이 이룬 성과다. 나는 가끔씩 불안에 싸이고 자주 혼란에 빠지고 종종 분노한다. 긍정과 부정이 뫼비우스의 띠처럼 하나로 붙어서 끊임없는 착란을 이끈다. 도대체 나는 누구일까? 사람들이 말하는 내가 진짜 나일지 모른다는 생각이 유혹처럼 끼어들 때도 있긴 하다. 사람들이 말하는 나를 제거하면 아예 내가 없어져버리는 건 아닐까. 사람들은 나보다 나를 더 잘 아는 것처럼 행세한다. 어쩌면 그게 사실인지 모른다. 내가 모르는 내가 있을 수 있고, 또 타인의 시선과 견해가 부분적으로 나를 형성한다는 것도 어느 정도 진실일 수 있다. 겉 사람과 속 사람 혹은 내 안에 여러 개의 자아가 있다는 견해에 대해서도 익숙하다.

그러나 어떤 경우든 나에 대한 나의 인식이 빠질 수는 없는 일 아닌가. 내가 인식하는 나를 빼놓고 나를 구성한다는 건, 내가 인식하지 못하는 나는 없다고 우기는 것보다 수천 배나 위험하지 않은가. 내가 인식하지 못하는 나는 없다고 우기는 건 오만이거나 무지일 수 있지만, 내가 인식하는 나를 빼놓고 나를 구성한다는 건 존재론의 기틀을 부수는 행위가 아닌가. 윤리는 어떤 경우에도 존재에 선행할 수 없다는 게 나의 생각이다. 존재의 기틀을 부수는 건 신성 모독이다.

하지만 정말로 내가 누구인지 알 수 없는 상태라면, 내가 인식하는 나를 빼놓고 구성된 나를 빼버리면 존재의 기틀을 놓는 것 자체가 불가능한 상황이라면, 나의 존재를 어떻게 증명할 수 있겠는가? 내가 나의 존재를 증명할 수 없다면 타인들이 증명하는, 내가 인식하지 못하는 나를 어떻게 부정할 수 있겠는가. 나를 빼놓고 구성된, 내가 인식하지 못하는 나에 대한 확실하고 완벽한 부재 증명을 통해서만 겨우 성공할 수 있는 나의 불안정한 존재 증명. 이 무슨 가혹한 운명인지. 나는 당신들의 부재 증명을 통해서만 가까스로 존재하게 된다. 그러니까 이 글은 당신들 속의 나의 알리바이를 증명해줄 사람을 찾는다는 공고문과도 같은 것이다.

대상 수상 작가 **이승우**

문학적 자서전

데뷔작 쓸 무렵

내 첫 소설 〈에리직톤의 초상〉은 1981년에 쓰였다. 그때 나는 3학년을 마치고 휴학 중인 신학생이었다. 1981년 5월부터 8월 사이에 몰아 썼고, 그해 《한국문학》 12월호에 '백만 원 고료 중편소설 신인상' 당선작으로 실렸다. 지금 생각해보면 그렇게 짧은 기간에 그만한 분량의 소설을 썼다는 게 믿어지지 않는다. '무엇에 홀린 듯'이란 말이 아마 맞는 표현인 것 같다. 발표 당시 200자 원고지로 약 500매 분량이던 이 소설은 십 년 가까이 지난 후 비슷한 분량의 원고가 더해져 장편소설이 됐다.

우연히 이뤄지는 일도 없고, 한 가지 원인에서 한 가지 결과가 도출되는 것도 아니다. 국화꽃 한 송이가 그냥 피지 않는다고 하지 않던가. 눈에 보이거나 보이지 않는 여러 가지 요인들이 서로 어울려 눈에 보이는 하나의 일을 만든다. 그 일을 이뤄지게 하기 위해 세상이 노심초사하며 알게 모르게 협력한다고 할 수도 있다. 내가 소설가가 된 데도 몇 가지 요소들의 협동작용이 있었다. 예컨대 다음과 같은 요소들이 없었다면 내 첫 소설은 쓰이지 않았을 것이고, 나는 소설가가 되지 못했거나 아주 늦게 됐을 것이다.

교황 저격 사건

1981년 5월 13일, 교황 요한 바오로 2세가 바티칸의 성 베드로 광장에서 미사를 집전하던 중 터키의 극우파 회교도인 아그자의 저격을 받았다. 교황은 여섯 시간의 수술을 받았고, 범인에게는 종신형이 선고됐다. 이 사건은 전 세계의 톱뉴스가 됐고, 범인의 배후에 대한 추측이 가세하면서 후속 보도가 끊임없이 이어졌다. 소련공산당과의 커넥션이 유력하게 주장됐지만 진실은 밝혀지지 않았다. 나중에 교황은 범인과 면담했지만 주고받은 대화는 공개되지 않았다.

그 사건은 비교적 보수적인 편에 속하는 교단의 신학생이었던 나에게 상당한 충격을 줬다. 나는 관련 기사들을 찾아 읽으며 신과 인간, 수직과 수평, 드러난 폭력과 감춰진 상처 등을 사유하던 중 그리스신화에서 불경한 인물의 대표로 나오는 '에리직톤'을 떠올렸다. 에리직톤은 대지의 여신 데메테르의 총애를 받는 숲속 나무를 도끼로 쓰러뜨리는 바람에 굶주림의 형벌을 받는다. 아무리 먹어도 채워지지 않는 허기에 시달리던 에리직톤은 가산을 탕진하고 여러 차례 딸을 팔고, 마침내 자신의 몸을 뜯어 먹는다. 신의 대리자인 교황을 향해 총을 쏜 인간의 행위에 대한 비유로 에리직톤의 신화가 꽤 유용하게 여겨졌다.

나는 무언가를 쓰고 싶은 강렬한 충동을 받았고, 무언가를 쓸 수 있을 것 같은 자신감도 생겼다. 바티칸의 총성은 내 영감의 총성이 됐다. 나는 두 달 반 동안 '무엇에 홀린 것처럼' 글을 썼다.

밥 먹고 잠잘 때 말고는 하루 종일 소설을 붙들고 살았다. 아니, 밥 먹고 잠자는 시간에도 소설에서 벗어나지 않았던 것 같다. 꿈에서 막혀있던 소설의 길이 열리는 신기한 경험을 하기도 했으니까. 노트에 쓰고 고치고, 그 글을 다른 노트에 옮겨 쓰고 고치고, 마지막으로 원고지에 옮겨 쓰는 과정은 마라톤을 하는 것처럼 힘들었지만 이상한 쾌감도 줬다. 그것이 러너스하이, 마라톤 선수가 고통이 극에 달한 지점, 신체의 한계에 이르러 느끼게 되는 희열과 유사하다는 것을 나중에 알게 됐다.

성 베드로 광장에서 울린 1981년의 총성, 로마로부터 전해진 그 사건이 없었다면 〈에리직톤의 초상〉은 탄생하지 않았을 것이다.

신학

사실 나는 성실하고 학구적인 신학생은 아니었다. 나름대로 절실한 마음 상태에서, 집안의 반대를 무릅쓰고 신학대학교를 택했지만, 입학 후에는 학교 내 분위기가 의식·무의식적으로 요구하는 종교적 경건과 사교적 인간관계에 잘 적응하지 못했다. 걸핏하면 휴교령이 내려지는 사회 분위기도 차분히 마음잡고 공부하지 못하게 하는 요인이었다. 학기를 제대로 마친 기억이 거의 없다.

자연스럽게 학교 밖으로 떠돌았는데, 어떤 연유였는지 연극에 매료됐다. 소극장 운동이 활발하던 시기기도 했다. 주로 신촌에 있던 76소극장과 운현궁 부근의 실험극장, 대학로의 연우무

대 등에서 공연하던 부조리극들을 보러 다녔다. 〈에쿠우스〉, 〈관객모독〉, 〈신의 아그네스〉, 〈아일랜드〉, 〈뱀〉 같은 연극을 그때 봤다. 진클로드 반 이탤리의 〈뱀〉은, 휴교령이 내려져 무산되긴 했지만 대학 연극부에서 무대에 올리려고 연습을 하기도 했고, 내 첫 소설 〈에리직톤의 초상〉의 서두 부분에 언급되기도 했다.

불성실한 학생이었음에도 불구하고 신학교 강의실에서 수년간 주워들은 것들이 내면화되어 내 생각의 틀과 문장의 구조를 만들었다는 사실을 부정할 수 없다. 교과목과 상관없이 내가 좋아하는 책들을 찾아 읽었는데, 주로 실존적이고 종교철학적 요소가 강한 책들이었다. 폴 틸리히, 하비 콕스, 사르트르, 키르케고르, 본회퍼, 마르틴 부버 같은 이름이 떠오른다. 세계문학전집 목록에 들어있던 카프카, 카뮈, 도스토옙스키, 앙드레 지드 등을 비롯한 유럽 작가의 소설들과 함께 이때 읽은 이런 책들이 내 세계관을 주조하고 내 문학 세계에(그런 것이 있다면) 어떤 성격을 부여하는 데 기여했다고 생각한다.

〈에리직톤의 초상〉의 주 무대는 신학교고 주요 인물들은 신학생들과 신학 교수다. 본회퍼의 '성인이 된 세계'와 '무종교성'에 대한 언급도 잠깐 나온다. 그러니까 이 소설은 성실하거나 학구적이지 않았음에도 불구하고 신학교를 어슬렁거렸기 때문에 쓸 수 있었던 글이다. 서당 개 삼 년이면 풍월을 읊는다는 말에는 어느 정도의 진실이 담겨있다. 첫 소설 이후 지금까지 내 소설의 성격은 크게 달라지지 않았다. 특히 성경으로부터 영감을 받아

쓴 글들이 많다. 상대적으로 부족한 내 문학적 자질이 신학 교육을 통해 보완됐다고 할 수도 있겠다. 내 소설에 따라붙는 관념적, 종교적, 사색적 같은 수사들이 그 사실을 시사한다. 그러니까 내 소설은 내가 공부한 신학에 크게 빚지고 있다. 어설프게라도 신학 공부를 하지 않았다면 나는 소설가가 되지 못했거나 되었더라도 지금과는 아주 다른 소설을 쓰고 있을 것이다.

폐결핵

1981년에 나는 대학 휴학 중이었다. 3학년을 마치고 군에 입대하기 위해 받은 신체검사에서 폐결핵을 선고받았기 때문이다. 불규칙한 식습관의 영향으로 영양 상태가 좋지 않은 것이 원인이었다. 어머님이 살고 있던 강원도 철원군에서 일 년을 보냈다. 요양과 섭생을 권고받은 나는 시간에 맞춰 아이나와 스트렙토마이신을 복용하는 것 말고는 정말 아무것도 하지 않고 빈둥거리며 지냈다. 햇빛 좋은 마당에 나가 볕을 쬐거나 책을 읽거나 잠을 자거나 했다. 통기타를 배워보겠다고 잠깐 열심을 내보긴 했으나 곧 시들해져서 그만뒀다. 무기력이 이 병의 증상이기도 했다. 어머님은 폐에 좋다는 무슨 즙인가를 어디서 구해와 억지로 먹게 했다. 몹시 역겨운 맛이 나는 그것을 삼키기 위해선 단맛이 나는 사탕이 필요했다. 그러나 그것을 목으로 넘기지 못하고 뱉어낸 적이 많았다.

그해 5월 13일 발생한 교황 저격 사건이 잠자고 있던 내 문학적 열망을 자극하지 않았다면 아마 계속 그렇게 빈둥거리며 일년을 보냈을 것이다. 아무리 그 사건이 충격적이었다고 해도 그렇게 통째로 사용할 수 있는 빈 시간이 주어지지 않았다면 그렇게 긴 글을 쓸 엄두를 내지 못했을 것이고, 설령 시작했다고 해도 마치지 못했을 것이다. 나는 고립돼있었다. 누구도 내게 연락하지 않았고, 나 역시 외부로 연락을 취하지 않았다. 조금 외롭기도 했을 것이다. 무엇에 집중하기에 최적의 조건이었다. 로마의 성 베드로 광장에서 들려온 그 총성을 되새김질할 시간이 내게는 충분했다. 폐결핵이 첫 소설을 쓸 수 있는 시간을 제공한 셈이다.

나는 휴학 중에 소설가가 됐고, 이듬해 복학했고, 다시 신체검사를 받아 완치 판정을 받고 입대했다.

이청준

〈에리직톤의 초상〉은 내 첫 소설이다. 그때까지 소설을 한 편도 완성해보지 못했다. 문예반 활동을 하던 고등학교 때부터 주로 시를 썼고, 대학 학보사에서 주최하는 문학상에 응모도 했다. 희곡도 한 편 써서 신춘문예에 응모한 적이 있다. 그러나 단편소설은 몇 번 시도만 했을 뿐 끝까지 가지 못했다. 그랬으므로 의욕을 갖고 시작은 했지만 소설이 제대로 써질 리 없었고, 제대로 써지는지 판단할 수도 없었다. 나는 쓰다가 자주, 글이 막힐 때마다 이청준 선생의 소설들을 읽었다. 글쓰기 지도를 제대로 받아본 적이 없는 내가 그 시절 갖고 있던 유일한 표준이 선생의 소설이었다.

소설가가 되고 싶다는 생각을 하게 한 것이 이청준 선생의 소설, 〈나무 위에서 잠자기〉였다. 물론 나는 그전에도 좋은 소설들을 꽤 많이 읽었다. 적어도 내 또래보다 더 많이 읽었을 것이다. 세계문학전집에 실린 소설들을 읽으며 재미도 느끼고 감동도 받았다. 고백한 대로 내 세계관의 상당 부분은 그 시절 읽은 그 소설들에 의해 형성됐다고 할 수 있다. 그렇지만 소설가가 되고 싶다는 욕망을 불어넣은 소설은 없었다. 소설의 위대함을 깨닫는 것과 소설 쓰는 일의 대단함을 느끼는 것은 다른 문제다. 소설 쓰는 사람이 되고 싶다는 욕망을 느끼게 한 사람은 이청준 선생이 처음이었다.

〈에리직톤의 초상〉을 쓰는 동안 내가 주로 읽은 선생의 소설은 〈소문의 벽〉이었다. 하도 많이 읽어서 어떤 부분은 거의 욀 정도가 됐다. 대개는 글이 막힐 때 읽었지만, 글을 쓰다가 쉴 때도 습관처럼 들춰보곤 했다. 그러면 신기한 일이 일어났다. 이야기나 주제나 형식이나 어느 것 하나 비슷하지 않은데도 불구하고 막힌 길이 뚫리고 희미하던 길이 환해지는 경험을 했다. 그러면 나는 얼른 책을 덮고 노트를 폈다.

형

나는 내가 쓴 글의 수준을 판단할 객관적인 눈이 없었다. 이청준 선생의 소설이 기준이 돼줬지만, 그 기준은 너무 높아서 그것으로 내 소설을 가늠할 수는 없었다. 무엇엔가 붙들려 온종일 원고 쓰는 일에 몰두했지만, 그렇게 쓴 글이 제대로 된 소설인지 판단할 수는 없었다. 과제로 주어진 것이 아니라 내부의 열정에 따른 것이었는데도 기왕 쓰는 것 잘 써보자는 생각이 있었다. 그런 나를 북돋우고 격려한 사람은 형이었다. 그때 그는 어머니 집에 기거하며 방위 근무를 하고 있었는데, 퇴근해서 돌아오면 낮에 내가 쓴 글을 읽고 이런저런 의견을 들려줬다. 밤늦게 들어온 날도 내 노트를 펴서 읽고 잤다.

소설에 대한 열망이 큰 사람은 내가 아니라 형이었다. 그는 내가 성 베드로 광장의 교황 저격 사건에서 충격을 받아 소설을 쓰기 시작하기 전에 이미 여러 편의 소설을 썼고, 공모전에 응모한 경험도 있었다. 형은 어릴 때부터 글 쓰는 걸 좋아했고 글을 잘 썼다. 나는 늘 형의 재능을 부러워했다. 내가 그해 그처럼 소설 쓰기에 의욕을 보인 것이 곁에서 북돋아준 형의 영향이 아니라고 말할 수 없다.

형은 문예지들의 신인문학상 제도에 대해 꿰고 있었다. 형으로부터 제공받은 정보에 의하면, 그 당시 중편소설을 대상으로 한 신인문학상을 운영하는 문예지는 《문예중앙》과 《한국문학》이었다. 내 원고가 완성됐을 때 형은 마감이 며칠 남지 않은 《한국문학》 중편 부문에 응모하라고 충고했다. 《한국문학》의 마감일은 8월 30일이었고, 내 기억이 정확하다면 《문예중앙》의 마감일은 12월이었을 것이다. 《한국문학》을 선택한 것은 그 때문이었다. 형이 했던 말을 나는 아직 선명하게 기억한다. "이 소설은 틀림없이 된다. 기대해봐라." 나는 형의 판단은 믿었지만, 나의 글솜씨를 믿지 않았기 때문에 고개를 저었다. 형은 무엇 때문인지 약간 골이 난 말투로, 당선에 대한 기대도 하지 않으면서 소설을 쓰고 응모한단 말이냐고 핀잔을 줬다. 그것이 가치를 부여하지 않은 채 하는 행동에 대한 나무람이라는 걸 그때는 이해하지 못했다. 나는 기대는 하지만 예상하진 않는다고 말했다.

행운 또는 은혜

모든 일이 그렇지만, 특히 등단작을 심사하는 과정에는 운이 크게 작용한다고 나는 생각한다. 문학은 스포츠나 과학이 아니기 때문에 평가의 기준이 일률적일 수 없다. 그래서 심사위원이 누구냐가 중요하다. 작품의 수준이 웬만큼 갖춰져야 하겠지만, 그 다음에는 결국 심사자의 안목에 좌우된다. 어떤 사람이 극찬하는 작품을 다른 사람이 마뜩잖아 하는 예는 드물지 않다.

그해 《한국문학》 신인상의 심사위원 세 분 가운데 한 분이 이청준 선생이었다. 그분이 유난히 내 소설을 좋아했다는 말을 나중에 편집부 직원을 통해 들었다. 등단작을 쓸 때 수도 없이 읽은 소설이 선생의 〈소문의 벽〉이었으니 운이 좋았다고 할 수밖에 없다. 나는 그때까지 꾸준히 읽어온 소설들의 어떤 점이 내 원고 어딘가에 어떤 모습으로라도 스몄을 것이고, 그 흔적이 선생의 마음을 어떤 식으로든 건드렸을 거라고 생각했다. 만일 심사위원

구성이 달랐다면 어땠을까? 나는 내 소설이 뽑힐 가능성이 없었으리라고 생각한다. 그해《한국문학》은 나 말고도 한 명을 더 뽑았다. 이른바 공동 당선이었다. 그만큼 심사 과정이 치열했다는 뜻일 테니, 선생이 내 작품에 대해 적극적 호의를 표하지 않았다면 공동 당선자로 내 이름이 불리는 일은 없었을 것이다.

씨를 뿌리는 것은 농부의 일이지만, 결실은 그의 일이 아니다. 일한 만큼의 결실이 항상 보장되는 것도 아니다. 세상 이치가 그렇다. "네가 가진 것 가운데 받지 않은 것이 무엇이냐?" 나는 바울의 이 목소리를 자주 되뇐다.

나를 소설가로 만드는 데 기여한 여러 요소들 가운데 어쩌면 가장 중요할지도 모르는 그것을, 우리는 행운이라고도 하고 은혜라고도 부른다.

수상소감

또, 할 일이 주어졌습니다

대상 수상 작가 **이승우**

죽음을 앞두고 하는 말이 유언이라면, 사람이 살면서 하는 모든 말이 유언이라고 할 것입니다. 왜냐하면 죽음을 앞에 두지 않고 사는 사람은 없기 때문입니다. 죽음은 언제나 삶의 앞에 있습니다. 삶과 죽음 사이가 한 발짝밖에 되지 않는다는 말이 어떻게 다윗만의 고백이겠습니까. 그런데 유언은 유언을 한 사람이 죽은 다음에야 효력이 발생한다는 특징을 가지고 있습니다. 그리고 그 효력은 살아있는 사람에게 나타납니다. 죽기 전에 한 말이 죽은 후에, 살아있는 사람에게 영향을 미치는 겁니다. 말한 사람이 살아있을 때는 거의 들리지 않거나 아주 조그맣게만 들리던, 그래서 무시할 수 있었던, 무시한다는 의식조차 없이 무시할 수 있었던 어떤 말, 말들이 유언이 되어 아주 크게 들리는 순간이 옵니다. 그 말들이 유언이 되는 순간 무시할 수 없게 됩니다. '사람은 죽어서 말을 남깁니다.' 남긴 말, 즉 유언은 그 말을 무시할 수 없게 된 남은 사람의 삶 속으로 들어와 삽니다.

'마음의 부력'은 남긴 말들을 무시할 수 없게 된 남은 사람들, 그 말들에 붙들려 상실감과 자책감에 시달리게 된 이들의 마음을 훑어본 소설입니다. 남은 사람들이 남긴 사람에게 늘어놓는 뒤늦은 변명 같은 소설입니다. 그러나 남긴 사람을 향한 이 변명들이 실은 남은 사람들을 위한 것임을 어떻게 감출 수 있겠습니까? '기억하지 않으려는 안간힘으로', 설득하려는 의지가 아니라 이해받으려는 간절함으로 쓴 글들이니 불순하지 않다고 말할 수 없습니다. 슬픔은 탄식과 섞이고, 어떤 애도는 종종 자기방어술과 구분되지 않습니다. 이런 불순한 안간힘이 성공할 리 없습니다. 기억하지 않으려고 글을 쓰는데, 글을 쓰려면 기억을 해야 하는 마술에 걸린 것 같습니다. 그러니 글쓰기를 멈출 수 없습니다.

나는 되어진 일에 작용하는 보이지 않는 힘의 활동을 주목하는 성향의 사람입니다. '애쓰지 않고 이룰 수 있는 것은 없지만 애쓴 것이 반드시 이루어지는 것도 아니라는 세상의 이치'를 모르지 않습니다. 애쓴 만큼 이루지 못하기도 하고 애쓴 것보다 더 얻기도 합니다. 자기에게 주어진 일을 하는 것은 일하는 사람의 의무지만, 그 일의 성취는 일한 사람의 권리가 아닙니다. 나는 소설 쓰기를 내 일로 간주하며 살고 있습니다. 일의 특징은 규칙과 반복입니다. 동일한 일과의 끊임없는 반복입니다. 때로 따분하고 싫증이 납니다. 숙달이 되기도 하지만 타성에 젖기도 합니다. 소설 쓰는 일도 다르지 않습니다. '사무원처럼' 일한다는 오르한 파묵에게 나는 동의합니다. 나는 이 무거운 상이 어떻게 나에게 왔는지 생각하고 있습니다. 소설가가 자기가 한 일로 상을 받는 것은, 규칙과 반복이 지배하는 '사무원'의 사무실로 갑자기 낯선 손님들이 찾아오는 것과 같은 사건입니다. 부르지 않았는데 찾아온 이 손님들은 반복되는 일에 지쳤거나 혹은 타성에 젖은 '사무원'의 정신을 휘젓고 일깨웁니다. 손님들은 내가 한 일에 대해 말하면서 할 일을 맡깁니다. 할 일을 맡기기 위해 한 일에 대해 말한다는 생각도 듭니다. 그렇지만 왜 이 손님들이 나를 찾아온 것일까요? 나는 손님들에게 그 이유를 따져 묻는 대신 다시 '사무원처럼' 내 일을 하려고 합니다. 따져 묻는 것이 내 권리가 아니라고 생각하기 때문이고, 무엇보다 할 일이 또 주어졌기 때문입니다.

작가론

작가가 본 작가

소설이라는 부력

정용준 · 소설가

기체나 액체 속에 있는 물체가 중력에 반하여 위로 뜨려는 힘.
중력에 반하여.
위로 뜨려는.
힘에 반하는 힘.

*

한 사제가 있다. 그는 신의 뜻을 연구하고 이해하고픈 신학자의 마음과 신의 섭리를 몸소 체험한 신앙인의 감정을 품고 있다. 그가 평생 연구하며 읽고 또 읽은 책에는 경전이 있고, 예언서가 있고, 잠언서가 있다. 하지만 그의 눈이 오래 머물며 깊게 파고드는 건 인물의 사연이 담긴 이야기였다. 그는 주의 깊게 묵상하며 인간에 대해 발견하고 알아낸다. 신을 향해 토로하는 울부짖음. 수도 없이 휘청이며 구부러지는 연약한 마음. 수치와 부끄러움. 얼굴을 가리는 침묵. 더듬거리며 횡설수설하는 거짓과 변명들. 그는 생각하고 상상한다. 생략된 인물의 표정과 요약된 사건에 대해. 감춰진 뒷모습과 뼈에 스민 눈물과 통증에 대해.

그는 신과 인간 사이에 서있다. 기도와 울음 속에 앉아있다. 신을 사랑하지만 인간도 사랑하는 우유부단한 사제여. 구원에 감사하지만 구원의 바깥에 있는 이들에게 눈을 떼지 못하는 사제여. 방주에 올라타면서도 방주에 오르지 못한(않은) 이들의 이름을 중얼거리는 사제여. 의심하는 자에게 '의심하지 말라' 하면서 정작 자신은 깊고 짙은 회의감에 머무는 자여. 왜 이리 망설이나. 어찌하여 그리 답답한 얼굴로 고개만 숙이고 있나. 그는 기도인지 혼잣말인지 구분할 수 없는 작은 소리로 묵상한다.

'신의 뜻을 헤아리지만, 그래서 누구보다 신의 입장과 계획과 의지를 잘 알지만, 헤아렸기 때문에, 알았기 때문에, 망설일 수밖에 없다. 나는 왜 그러는 걸까?'

한 인간이 있다. 소설을 읽고 소설을 쓰는 자다. 그는 인간에 대해 알고 싶다. 알게 된 것에 대해 말하고 싶다. 가능하다면 인간에 관한 진짜 이야기를 하고 싶다. 그에게 소설은 그것을 가능하게 하는 도구다. 탐구의 양식이다. 그는 인간의 역사가 소설의 역사에 담겨있다고 믿는다. '소설이? 허구에 불과한 이야기가?' 이렇게 비웃는 이들에게 그는 속으로 말한다. '모든 소설은 허구다. 하지만 진실을 드러내는 허구다.'

진실은 무엇인가. 인간은 어떤 존재인가. 현상의 이면과 내면과 배면에는 무엇이 있나. 그것은 왜 감추어졌나. 그는 알고 싶어 한다. 알게 된 것들을 소설로서 말하고 밝히고 싶어 한다. 그렇게 쓰인 문장과 소설은 그의 마음과 사유를 닮았다. 깊고 진지하다. 신중하며 엄격하다. 그래서 때론 고집스럽고 완고하게 느껴지기도 한다. 그러나 그 깊이에 들어간 자들은 본다. 세심하게 그려낸 비밀스러운 인간의 지도를.

*

여기. 이상한 죄책감에 시달리는 인물이 있다. 그는 착했고 순했으며 사랑받을만했고 그래서 사랑받았다. 내게만 사랑을 달라 원하지 않았고, 다른 이에게는 사랑을 주지 말라 시기 질투 하지도 않았다. 그는 풍족한 은혜 속에서 건강하게 잘 성장해 겸손하고 온유한 자가 됐다. 내가 잘해서 받은 것이다, 나는 충분히 받을만했다, 자랑치 않고 교만치 않았다. 그런데 그는 죄책감을 느낀다. 도대체 왜. 그가 왜. 그런 감정을 겪어야 하는 걸까.

책責. 스스로를 꾸짖고 누군가 무엇인가에게 빚을 졌다고 느끼는 감각. 눈을 감아도 보이고 고개를 돌려도 응시하는 깊은 시선이 느껴지는 마음.

그는 축복을 받은 동생 야곱과 축복에서 배제된 형 에서가 등장하는 오래된 이야기를 다른 시각으로 보고 있다. 입장이 달라지면 해석이 바뀌고 시각이 바뀌면 보이지 않던 것이 보이기 마련. 그는 중력을 거스르며 자꾸만 떠오르는 마음의 짐을 야곱과 에서의 상황에 포개 생각해보고 있다. 전통적이고 정통적인 해석은, 에서는 축복받지 못할만했고 야곱은 축복받을만했다는 것이다. 에서는 자격이 있었으나 그것의 가치를 소중히 여기지 않았고, 야곱은 자격이 없었으나 그것의 가치를 소중히 여겼다. 비록 야곱이 에서가 받을 것을 가로채기 위해 한 행동들은 얄밉고 부도덕했으나 더 원했으니, 더 간절했으니, 결과적으로 옳은 것이다. 때문에 영민한 야곱을 비난하는 목소리는 적고 둔한 에서를 비난하는 목소리는 많다. 그는 대체로 그 해석에 동의하고 받아들이지만 떠오르는 물음과 의문을 막을 길은 없다.

그는 야곱의 마음속으로 들어가 거울을 보듯 야곱을 본다.

'사랑을 더 받은 자도 슬프다.'

야곱의 눈으로 형과 에서를 보며 묻는다.

'독립적인 사람이어서 사랑을 받지 않은 것이 아니라 사랑을 받지 못해서 독립적인 사람이 된 건 아닐까……. 기울인 수고에 맞는 성과가 나오지 않은 것을 누구 탓이라고 해야 할까.'

자기의 힘으로 이룬 것이 아닌 것을 누리는 삶은 감사하고 좋지만, 그저 감사하기만 하고 좋지만은 않다. 내 힘으로 얻은 것이 아니기에 당당할 수 없고 배제된 사람들의 서러운 삶은 자꾸 눈에 밟힌다. 혹자들은 말한다. 그래도 은혜의 자리에 앉아서 얼마나 좋니. 항상 기뻐하며 범사에 감사하렴. 그는 속으로 말한다.

'그들의 입을 틀어막거나 어딘가 구멍을 파서 내 몸을 숨기고 싶다.'

하늘로부터 임한 은혜의 빛. 그 밝고 환한 땅 안쪽에 어둠이 자리하고 있다. 그것은 텅 빈 허공이며 깊이를 가늠할 수 없는 깊고 깊은 물이다. 어둠 속에 일어난 일은 보이지 않고 보이지 않으면 일어나지 않은 일로 취급된다. 어둠 속에 존재하는 것은 보이지 않고 보이지 않기에 없는 것처럼 느껴진다. 그러나 일어난 일이 있고 존재하는 것이 있다. 그는 그것이 마음속에 있다는 것을 느꼈고, 알았다. 볼 수 없기에 보지 않았고 만질 수 없기에 확인하지 않았으나 마음의 얼굴은 그것을 향했고 어둠에 익숙한 눈은 점점 밝아졌다. 어둠보다 더 어둡게 드러나는 희미한 실루엣들. 마침내 그는 인정하려 한다. 확인하려 한다. 만질 수 없는 마음의 형상을 쥐어보려 한다. 그는 어둠에 잠겨 끝이 보이지 않는 사다리를 타고 밑으로 내려가기로 결심한다. 빛으로 어둠을 물리치고 언어로 존재를 만드는 신의 방법. 창조를 모방한 창작. 그는 촛불을 켜고 노트를 펼친다. 한 문장, 한 문장, 벽돌을 쌓아 올린 언어의 집. 그는 거기에 살기로 결심했다.

*

나는 아무 짓도 하지 않았다. 그렇지만 누군가 나로 인해 아파하는 사람이 있다면 내가 아무 짓도 하지 않았다고 말하는 것이 떳떳한 일일까.

—〈오래된 일기〉 中

〈오래된 일기〉를 연상케 하는 〈마음의 부력〉의 인물은 창세기를 모티프로 쓴 연작 《사랑이 한 일》에서 등장하는 인물들과 닮았고 닿아있다. 대체 누가 하갈의 노래를 들어준단 말인가. 누가 이삭의 마음을 그토록 깊이깊이 헤아린단 말인가. 이 모든 것을 '사랑이 한 일'이라 고통스럽게 정의 내리고 그것을 설명하기 위해, 이해하고 이해시키기 위해, 인간의 내면까지 들어가고 있다. 사랑으로 한 일이 공포가 될 수 있다. 사랑으로 건넨 말이 상처가 될 수 있다. 이해하고 그 뜻을 받아들인다고 할지라도 마음 깊은 곳에 잠겨 사라지지 않고 끊임없이 떠오르기를 반복하는 것이 분명히 있다고 말한다. 인간을 사랑한 사제가 없었다면, 소설을 사랑한 인간이 없었다면, 결코 알지 못했을 것이다. 이해하지 못했을 것이다. 캐내지 못했을 것이다.

신중하게 표현하는 그의 말과 그의 소설. 이긴 사람을 호명하면서도 시선은 진 사람의 뒷모습에 머물고 있다. 선택받은 자, 라는 문장 뒤에 괄호를 열고 선택받지 못한 자, 라고 쓰고 괄호를 닫는다. 결정된 인과에 대한 의심. 대의 아래 숨 죽은 인간 각각의 사정과 사연들. 모든 것을 인간의 탓이라고, 개인의 탓이라고, 행위의 탓이라고, 그도 아니면 운명의 탓이라고, 할 순 없는 것이다.

그렇게 소설에 새겨진 인간의 무늬. 인문人文. 멀리서 보면 비슷하지만 가까이 다가가면 모두 다르게 보이는 무늬들과 속으로 깊숙하게 새겨진 다채로운 결이 작가의 소설에, 새겨져 있다. 독자는 읽고, 그래서 알고, 그렇게 이해할 수 있다.

*

나는 언젠가 노아의 마음을 생각하고 상상한 적이 있다. 신은 타락한 인간에 실망하고 분노해 창조한 것을 후회했다. 그리고 모두 취소하려 한다. 노아는 신의 기준에 유일한 선한 자로서 방주에 올라탔고 크고 깊은 물에 잠기지 않고 구원을 받는다. 그로부터 세상은 다시 시작된다. 그는 두 번째 세계의 최초인. 선한 인간의 근원이다. 하지만 어째서인지 그는 알코올중독에 빠지게 된다. 완전히 취해 옷을 벗고 풀밭에 누워 흐린 눈으로 찬란한 세상을 본다. 그 눈은 무엇을 보고 있을까. 방주에서 내린 첫날. 먹구름이 걷힌 눈부신 세상. 빛나는 햇살이 내리쬐는 아름다운 하늘과 땅. 죄 많은 생물들이 물속에 잠겨 모두 사라진 깨끗하게 살균된 세계. 비둘기가 날고 무지개가 뜬 창공. 그는 신께 감사하면서도 마음 깊은 곳에서는 통증을 느꼈다. 구원받아 살 수 있었지만 그 삶은 내내 고통이었다. 해가 들지 않는 골짜기마다 주검들이 쌓여있었다. 노아는 봤고, 잊지 않았다. 잊을 수 없었다. 노아는 얼마나 많은 무덤을 만들어야 했을까. 그것은 자신의 책임이 아니다. 하지만 죄책감을 느낀다. 살아남은 자의 죄책. 구원받은 자의 죄책. 그때마다 노아는 술을 마셨고 마셔야 했고 나중에는 그것에 의지하게 됐다.

나는 작가를 감히 아주 조금은 이해할 수 있다고 말하고 싶다. 그가 보고 그가 증언하고 싶은 것이 무엇인지, 나도 아주 조금은 알고 있다고 믿고 싶다. 작가에게 신은 인간을 포기하는 관념이 아니다. 도리어 인간의 손목을 움켜쥐고 끝까지 떠오르게 하는 안간힘에 가깝다. 작가는 안다. 때로는 변호하는 것이, 우기고 또 우기는 것이, 간절히 기도하는 것이, 아이처럼 떼쓰는 것이, 태양을 멈추고, 운명을 바꾸고, 신의 마음을 돌이키기도 한다는 것을.

*

이승우의 소설을 읽을 때 '깊이'라는 단어는 서사와 문장을 제대로 읽어내는 도구가 된다. 현미경의 도움 없이 인간의 눈은 세포를 볼 수 없다. 엑스레이의 도움 없이 인간의 눈은 뼈의 윤곽을 살필 수 없다. 같은 의미로 독서는 단순히 '읽기'가 아니다. 때로는 '특별한 읽기'가 필요하고 그것을 도와줄 보기의 도구가 필요하다.

그의 소설에는 깊이가 있다. 아니, 깊이가 필요하다. 그가 다루는 소설은 수직적이다. 보편적으로 서사는 수평적으로 진행된다. 넓게 확장되며 앞을 향해 전개되거나 과거에 있던 일들이 현재로 소환되거나 겹쳐지는 식이다. 사건과 상황은 연결되고 이어지며 이야기는 흥미를 더해간다. 하지만 어떤 작가의 어떤 소설들은 넓이가 아닌 깊이를 택한다. 이야기가 나아가려는 방향으로 달려가지 않고 일부러 앞을 가로막아 지연시킨다. 고인 물이 같은 자리를 휘돌며 웅덩이를 만들고 깊어지듯 소설은 한 장면 한 사유를 깊게 파고든다. 표면과 피상의 차원에서 벌어지는 사건의 그다음 전개보다 그 사건이 발생하게 된 근원이나 이면에 숨겨진 본질과 원리에 집중한다. '왜 인물은 그렇게 할 수 밖에 없는가', '왜 이 사건은 발생했는가' 라는 질문 앞에 작가는 섬세하고 진지하다.

*

마음에 있는 어떤 말은 왜 입으로 할 수 없는 걸까. 그 말을 글로는 쓸 수 있는 마음이란 무엇일까. 왜 인간은 마음과 다르게 행동할까. 마음에도 없는 말은 왜 하는 걸까. 인간은 망할 걸 알면서 무너질 걸 알면서 왜 그렇게 하는 걸까. 왜 인간은 모든 것을 뚫을 수 있는 창을 만든 걸까. 왜 인간은 모든 것을 막아낼 수 있는 방패를 만든 걸까. 그 창으로 그 방패를 뚫으려는 마음은 도대체 무엇일까. 삶은 왜 인간을 속이는가. 어떻게 속이는가. 자신의 잘못이 아니면서도 왜 자신의 탓이라고 하는가. 내 탓이면서 남의 탓이라고 하는가. 이야기들은 왜 그렇게 슬프지? 인물은 왜들 그리 복잡하지? 최초의 소설가는 왜 소설을 썼을까. 나는 그 소설을 왜 지금도 읽고 있을까.

소설을 읽고 쓸 때마다 마음이 내게 물었다. 물음은 점점 늘어나는데 하나도 답할 수 없었다. 앞으로 나아가지 못하고 깊게 파이는 제자리가 괴로울 때, 답답함에 지쳐갈 때, 선생에게 물었다.

"선생님. 알면 알수록 알 것이 늘어납니다. 들어가면 들어갈수록 더 깊어집니다. 안다고 생각했던 것들의 뒷면이 보입니다."

그때마다 선생은 답해줬다. 때로는 소설로 써서 보여줬다. 나는 기억한다. 이 글을 써가는 지금 이 순간에도 오늘의 일처럼 또렷하다. 지금도 나는 그것을 믿음과 양식으로 삼고 있다.

*

나는 이 글을 아주 많이 고쳤다. 지우고 새롭게 썼고 다시 지우고 다르게 썼다. 몇 번이고 그러기를 반복하다가 너무 답답해 차라리 쓰지 않는 편이 좋겠다는 생각까지 했다. 언젠가 작가에 관해 내가 어떤 글을 쓸 수 있는 순간이 온다면 얼마나 좋을까. 생각한 적이 있었다. 상상만 해도 좋을 것 같았다. 기다렸다는 듯 나는 쓸 것이다. 배운 것들. 들은 것들. 함께한 시간들. 눈으로 목격한 것들. 손과 몸으로 체험한 것들. 자랑하듯, 빼기듯, 쓰고 또 쓸 수 있을 줄 알았다. 그런데 아니었다. 그러지 못했다. 도저히 그럴 수 없었다.

작가에게 소설을 배웠다. 만약 소설이 배워서 쓸 수 있는 것이라면 나는 소설 쓰기의 거의 모든 것을 그에게 배운 셈이다. 지금은 선배 작가의 모습을 통해 여전히 배우고 있다. 그런데 그 배움이 크기가 너무 커서 담아지지 않는다.

그는《나는 아주 오래 살 것이다》라는 책에서 다음과 같이 말했다.

"나는 절필하지 않을 것이다."

십수 년 전 저 문장을 읽었을 때는 아무 느낌이 없었다. 새삼스럽게, 작가라면 당연한 것 아닌가. 세월이 흘러 저 문장을 다시 읽는다. 나는 어떤 공포를 느낀다. 절필하지 않을 것이다, 라고 말해야 했을 때 절필할 것이다, 라는 문장도 한쪽 마음에 있었을지 모른다. 그래서 그 말을 글로 써넣어야 했을 지도 모른다. 다짐하듯 표어를 써서 벽에 붙이듯 그렇게 했어야만 가능한 것이었는지 모른다. 여러 생각과 고민 끝에 깨끗하게 쓴 한 줄의 다짐. 그리고 그것을 묵묵히 지켜나가는 작가의 삶. 공포를 느끼면서도 앞으로 나아가는 자는 얼마나 아름다운가. 웅크린 뒷모습. 한 발 한 발 걸어 남긴 그의 발자국. 크고 넓어 한 번에 그려낼 수 없는 거대한 그림처럼 보인다. 선생은 어떻게 계속 이렇게 살 수 있었을까. 어떻게 계속 이렇게 쓸 수 있었을까. 쓰겠다는 다짐을, 절필하지 않겠다는 다짐을, 이렇게 매 순간 증명하며 꾸준하고 끊임없을 수 있다니. 존경의 마음보다는 무서운 마음이 더 크게 드는 것이다.

나는 안다. 그는 앞으로도 절필하지 않을 것이다. 복무하는 자리에서 스스로 물러나지 않을 것이다. 그에게 있어 '소설을 산다'는 표현은 수사가 아닌 현실이며 매 순간 증명되는 실존이 될 것이다. 그가 소설을 써줘서 고맙고, 이렇게 두렵고 떨리는 마음으로 글을 쓸 수 있게 해줘서 고맙다. 어쩌면 소설도 그에게 고마워할 것 같다.

지금. 여기. 돌판에 새기듯 존경과 사랑의 마음을 남겨둔다.

작품론

〈마음의 부력〉과 이승우의 작품 세계

사랑에 대해 우리가 말하지 않는 것들

박혜진 · 문학평론가

배타적 사랑의 역사

2019년 방영된 미국 드라마 〈와이 우먼 킬〉은 이삼십 년 간극으로 한 저택에 살았던 세 가정의 치정과 복수를 다루는 10부작 블랙코미디다. 서로 다른 시대에 같은 집을 공유한 세 가정을 연결하는 건 남편 살해 모티프다. 남편의 죽음이 표면화된 소재라면 이면의 소재는 셋이라는 숫자다. 셋은 불길한 사랑의 그림자다. 셋에서 둘로 가는 길목에 죽음이 있다. 여자들은 왜 죽였을까. 그러나 내 관심사는 '왜'에 있지 않다. 오히려 시간이 흘러도 변하지 않는 배타적 사랑의 역사가 이 드라마의 주제라고 주장하고 싶은 마음이 내게는 있다. 1963년, 1984년, 2019년을 배경으로 하는 각각의 이야기를 조금 더 들여다보자.

2019년의 부부는 개방적인 결혼 생활을 즐긴다. 그들의 관계는 다자간 연애를 원하는 아내와 아내의 요구를 받아들이는 남편의 합의에 기초한 독특한 결합으로 지속된다. 그러던 중 아내와 아내의 동성 연인 그리고 남편이 삼자 연애 관계에 이르게 되는데, 아내의 동성 연인과 남편이 가까워지면서 그간 부부가 합의해온 개방적 결혼 생활의 기조가 흔들리기 시작한다. 파국은 여러 사람을 동시에 좋아할 수 있다고 생각했던 아내가 혼란에 빠지면서부터 본격화한다. 극렬한 전투를 거쳐 셋은 둘이 된다. 각각의 사랑은 일정한 양으로 흐르는 전류가 아니다. 어떤 사랑은 다른 사랑보다 크며 큰 사랑은 자신을 중심으로 관계를 재편하고 싶어 한다.

다음은 1963년이다. 남편의 외도를 알게 된 아내는 남편의 내연녀와 친구가 된다. 남편에게서 떼어놓을 목적으로 신분을 속인 채 접근한 것이 시작이었다. 하지만 만남을 거듭할수록 둘은 점점 더 진실한 우정을 나누는 사이가 된다. 남편을 향한 사랑이 줄어들수록 그녀를 향한 마음은 커진다. 역시 극렬한 전투를 거쳐 셋은 둘이 된다.

앞의 두 이야기와 비교하면 1984년의 부부는 조금 다른 경우인데, 남편이 게이라는 사실이 드러나면서 완벽해 보이던 부부 사이에 균열이 생긴다. 그러나 부부는 이혼하지 않는다. 남편이 에이즈에 걸려 죽을 때까지 함께 산다. 두 사람은 사랑이 아니라 우정으로 묶여있다. 이들이 주고받는 감정에 붙일 정확한 이름은 내게 주어져있지 않다. 확실한 것은 병든 남편이 죽을 때 함께 있고 싶어 한 사람이 그의 파트너가 아니라 아내였다는 것이다. 세 편의 이야기는 두 사람에서 시작해 세 사람이 됐다가 다시 두 사람이 되는 경로를 따르며 기어이 한쪽으로 치우쳐야만 끝나는 사랑의 법칙을 확인시켜준다. 오십여 년에 이르는 시간 동안 이전 세상은 사라지고 전혀 다른 세상이 등장했지만 사랑의 법칙만은 바뀌지 않았다. 사랑은 집중하기 위해 배척한다. 배척하지 않는 것은 사랑이 아니다.

사랑이 한 대상을 향한 유일무이한 마음을 일컫는 것이라면 하늘 아래 같은 사랑이 존재할 리 없다. 그런 사랑이 존재한다면 하나뿐인, 다른 사람을 향하는 어떤 마음과도 동일하지 않은, 요컨대 차이에 근거한 사랑의 정의는 수정돼야 한다. 사랑은 차별을 전제한다. 차별의 감정만이 사랑을 입증한다. 이른바 사랑의 편애성이다. 이승우라면 이렇게 말할 것이다. "사람에게는 균형을 잡는 재주가 없고 사랑에게는 균형에 대한 감각이 없다. 사랑하는 사람은 균형을 잡을 줄 모르는 사람이다."[1] 사랑의 발생은 균형의 소멸에서 비롯된다. 한 사람을 향한 사랑의 마음이 커질 때 다른 이를 향한 사랑의 마음은 줄어든다. 타인의 출현을 간섭하고 배척함으로써 형성되는 배타적 독점 관계만이 사랑을 주장할 수 있는 근거다. 기울어진 곳에 사랑이 있다.

누군가에게 이 말은 마음에 들지 않을 수도 있겠다. 이러한 주장은 폴리아모리polyamory, 다자간 연애의 존재를 부정하는 의미로 오해받을 수도 있는데, 물론 그렇지 않다. 폴리아모리는 서로를 독점하지 않음으로써 열려있는 사랑의 방식이다. 편애로서의 사랑은 다중 사랑의 가능성 그 자체를 부정하지 않고, 다중 사랑은 서

---

1 이승우, 〈허기와 탐식〉, 《사랑이 한 일》, 문학동네, 2020, 128쪽

로를 독점하지 않는 사랑의 방식일 뿐 그 모든 동시적 관계가 동일한 크기로 존재하는 형태임을 의미하지는 않는다. 따라서 둘은 충돌하지 않는다. 사랑의 배타성이 문제되는 것은 차라리 이쪽이다. 예컨대 복수의 사람에게 동일한 크기의 사랑을 줄 수 있다고 생각되는 모든 관계에서 모순을 일으킬 수 있다는 것. 이는 가족 구성원이 주고받는 사랑에 대한 불편한 진실을 폭로한다. 그러나 우리는 자녀들을 향한 부모의 사랑이 다를 수 있다는 질문은 하지 않는다. 오랜 시간 합의를 이뤄온 침묵을 깨뜨리는 질문이기 때문이다. 부모를 향하는 자식의 마음이 동일하지 않은 것처럼 자식을 향한 부모의 마음도 동일할 수 없다는 것은 가혹하지만 진실이다. 진실이지만 가혹하다. 그 마음을 들여다보는 것은 시험에 드는 일이다. 덜 사랑받는 것이 고통스러운 것과 마찬가지로 더 사랑받는 것도 고통스럽다. 그러나 이승우는 질문한다. 사랑에 대해 우리가 묻지 않은 것, 묻지 않았으므로 누구도 대답하려고 노력하지 않은 것, 요컨대 미화됐거나 누락된 사랑의 신화를 점검한다.

결정론적 사랑의 미래

사랑의 시간은 사랑이 정한다. 사랑 그 자신만이 시작과 끝을 알고 있다. 장편소설《사랑의 생애》에 이어 연작소설집《사랑이 한 일》을 출간하며 이승우는 사랑의 발생학에 관한 누구도 먼저 나서지 않은 길을 만들며 걸어가는 독학자의 면모를 보여준다.《사랑의 생애》는 사랑의 주체를 사랑하는 사람이 아니라 사랑 그 자체로 바라보는 전환적 시선을 통해 사랑에 관한 통념을 뒤집는다. 인간은 사랑의 선택을 받고 사랑이 머무를 수 있도록 공간을 내주는 숙주일 뿐이다. "사랑할 만한 자격을 갖춰서가 아니라 사랑이 당신 속으로 들어올 때 당신은 불가피하게 사랑하는 사람이 된다. 사랑이 당신 속으로 들어와서 당신에게 자격을 부여하는 것이다. 사랑이 들어오기 전에는 누구나 사랑할 자격을 가지고 있지 않다."[2] 사랑이 사랑하는 사람에 앞선다는 생각은 실패한 사랑에 대한 고통으로부터 우리를 해방시켜준다. 바이러스가 소멸할 시간을 결정하는 것이 인간의 의지가 아니듯 사랑의 실패도 우리 자신의 과오에서 비롯된 결과는 아닌 것이다. 숙주는 선택하지 않고 선택당한다. 사랑이야말로 인간을 가장 수동적 존재로 만드는 독재자다. 사랑이 명령하면 따르는 수밖에.

《사랑의 생애》가 사랑 책임론으로부터 인간을 독립시킴으로써 사랑 그 자신의 독립적(혹은 독재적) 면모를 드러낸다면 이후 발표된 단편소설 〈사랑이 한 일〉, 〈허기와 탐식〉, 〈야곱의 사다리〉는 사랑이 내리는 불가해한 선택을 이해하기 위한 해석학적 시도로 보인다. 세 소설은 〈창세기〉의 야곱과 에서를 향한 이삭과 리브가의 치우친 사랑의 역사를 다시 쓴다. 〈사랑이 한 일〉은 사랑하는 아들을 자신에게 바치라는 신의 명령 앞에서 죽음에 비견할

---

2 이승우, 《사랑의 생애》, 위즈덤 하우스, 2017, 12쪽

만한 고통을 느끼다 결국에는 아들을 바치기로 결정한 아브라함의 마음을 헤아리고 싶어 한다. 불가능한 것을 가능하도록 요구하는 신의 요구를 인간이 이해할 수 있을까. 덜 사랑했더라면 요구받지 않았을 일이지만 조금만 사랑하는 것은 불가능한 일이었으므로 그것은 신이 한 일이 아니라 사랑이 한 일이다. 사랑이 부족해서 생긴 사건이 아니라 사랑이 넘쳐서 생긴 사건이다. 그는 시험에 들어 고통받았지만 시험에 들지 않기란 불가능했다.

〈허기와 탐식〉은 아버지가 된 이삭이 큰아들 에서에게 가졌던 편애의 실체를 규명하기 위해 그의 사랑이 어디서부터 시작돼 이삭에게 도착했는지 추적한다. 자신을 신에게 바치려 했던 아버지 아브라함에 대한 기억, 자신으로 인해 광야를 떠돌며 '독립적'인 성격이 될 수밖에 없었던 형에 대한 죄책감 등이 그로 하여금 큰아들 에서를 자신의 형과 동일시하게 했다. 에서를 향한 이삭의 편애는 아브라함이 이삭을 너무 사랑하는 순간부터 결정돼있었다. 이 또한 사랑이 한 일이다.

〈야곱의 사다리〉는 어떨까. 에서와 달리 어머니의 편애를 받던 동생 야곱은 어머니가 시키는 대로 아버지를 속이고 형의 축복을 가로챈 뒤 자신에게 가해질 형의 위협을 피해 길을 떠난다. 소설은 길 위에서 느끼는 고독과 공포 한가운데서 꿨던 꿈에 대한 이야기로, 꿈속에서 야곱은 하늘에서 땅으로 향하는 탑을 본다. 땅에서 하늘이 아니라 하늘에서 땅으로 향하는 '야곱의 사다리'를 타고 천사들이 오간다. 사랑이 하는 일이 이와 같다. 하늘에서 내려온 사다리처럼 사랑은 주어진다. 주어진 사랑을 타고 우리는 오르내릴 수 있을 뿐이다.

그러나 사랑이 한 일임에도 고통받는 건 인간이다. 사랑이 한 일이니 인간이 고통받는 것일까. 고통은 숙주의 운명이다. 〈마음의 부력〉은 야곱과 그의 어머니 리브가에 대한 후일담인 동시에 인간의 이야기로 다시 쓰인 창세기며 사랑의 독재에서 비롯된 후유증에 대한 소설이기도 하다. 야곱과 에서처럼 '나'와 형은 상반된 인생을 살았다. 그리고 이제는 완전히 다른 세계에 속해있다. 살아있는 아들을 죽은 형의 이름으로 부르는 어머니, 형보다 자신에게 집중됐던 지난 삶이 별로 유쾌하지 않았던 동생. 소설에서 어머니의 사랑이 지나치게 편중됐다고는 볼 수 없을 것이다. 그러나 '나'는 어머니의 사랑이 형보다 '나'에게 더 기울어졌음을 직감한다. 상대적으로 안정적인 삶을 영위하고 있는 '나'와 달리 직업도 없고 언제나 빚에 쫓겼으며 동생에게 면목 없어 하는 자유로운 영혼이었던 형의 기질이 본디 밖을 향했다기보다 애초에 집에는 그가 차지할 자리가 없었을지도 모른다고 '나'는 생각하고 있다. '나'를 향한 어머니의 사랑이 더 컸으므로 중력을 받는 건 '나'였고 부력을 받는 건 형이었다. '나'는 어머니 옆으로, 가족의 중심으로 끌어당겨졌지만 형은 어머니 밖으로, 점점 더 가족의 외곽으로 멀어져갔다. 어머니의 치우진 사랑이 형에게는 배제와 소외의 기제가 됐다.

"한 사람을 사랑했을 뿐인데 다른 누군가가 사랑받지 못하는 일이 일어나는 것이 세상 이치다. 사랑이 차별을 만들어내는 것은 역설이다. 누군가의 이름을 부르는 행위는 다른 누군가의 이름을 부르지 않은 행위와 같은 것이 된다. 이긴 사람이 호명되면 진 사람이 누구인지 알게 되는 것과 같은 이치다. 사랑하는 사람의 이름이 호명되면 사랑하지 않는 사람이 누구인지 저절로 알게 된다."[3]

사랑하는 사람의 이름을 부르는 것만으로 패배자를 만든다는 것은 이름을 부르는 자에 대한 너무 가혹한 처사가 아닐까. 사랑은 한 사람만을 향한 무자비한 집중이지만 자비 없는 집중이 그것을 주고받는 사람 모두를 행복하게 하는 건 아니다. 그렇다면 필연적으로 한 사람을 배제시키는 사랑은 왜 계속되는 걸까. 사랑은 왜 늘 '더'의 형식으로만 존재하는 걸까. '더'의 형식으로 존재해서 사랑의 열등생을 만드는 걸까. 이 배타적이고 독재적이며 결정론적인 사랑은 인간에게 두 개의 죄를 선물한다. (아브라함이 그랬듯이) 너무 사랑하기 때문에 잃어버린 자가 되거나 (리브가가 그랬듯이) 덜 사랑하기 때문에 죄인이 된다. 상실과 죄책감은 사랑하는 존재에게 따르는 불가피한 결론이다. 피할 수 없는 사랑의 이면이다. 사랑이 결정돼있는 것처럼 그로 인한 고통도 결정돼 있다.

사랑에 실패한 자들을 위한 변론

---

3 이승우, 〈마음의 부력〉

올해 이상문학상 대상 수상작이기도 한 〈마음의 부력〉은 편파적 사랑을 시전한 리브가를 위한 변론인 동시에 상실과 죄책감으로 귀결되고 마는 사랑의 마지막 표정을 관찰한다. 더 사랑한 마음과 덜 사랑한 마음이 일대일의 관계를 이루며 어느 쪽으로도 치우치지 않는 중립 상태가 될 때, 우리는 그것을 사랑의 부재라고 부를 수는 없다. 그러나 사랑은 차별이며 기울어진 곳에 사랑이 있다고 했으므로 서로 상쇄돼 남은 힘이 없는 상태를 사랑이라고 부를 수도 없다. 물 위에 가만히 떠있는 나무토막처럼 어머니의 마음은 '나'라는 중력의 힘과 형이라는 부력의 힘을 동일하게 받으며 가만히 떠있다. 있으나 작용하지 않는 평형상태는 이 소설의 어둡고 모호한 분위기의 실체기도 하다. 사랑에 대해 말할 때 우리가 이야기하지 않는 이 장면은 마주하고 싶지 않은 사랑 없는 순간이기도 할 것이다.

〈허기와 탐식〉이 에서를 향한 이삭의 사랑을 추적한다면 〈마음의 부력〉은 야곱을 향한 리브가의 사랑을 추적한다. 어느 날 느닷없이 어머니가 '나'에게 빌려간 돈을 돌려줄 것을 요청한다. 물론 '나'는 어머니에게 돈을 빌린 적이 없다. 〈야곱의 사다리〉에서 야곱이 꿈을 꾼 것처럼 '나'도 깜빡 잠이 든다. 꿈속에서 '나'는 빚 독촉에 시달리는 형을 만나는 데 이어 "그렇게 날짜를 안 지키면 어떻게 하냐? 사람이 신용이 있어야지"라고 말하는 어머니의 목소리를 듣는다. 언제나 절반의 힌트만 보여주는 꿈은 이번에도 절반의 미지와 함께 사라진다. 빌려간 돈을 갚으라는 얼토당토않은 말을 듣고 황당해하는 '나'에게 꿈속에서 들었던 어머니의 말은 생각할수록 기묘하다. 어머니의 말은 돈을 꿔준 사람이 어머니 자신인지 아닌지 충분한 정보를 담고 있지 않기 때문이다. 자신에게 달라는 것 같기도 하지만 가까운 지인으로서 돈을 갚으라고 충고하는 것처럼 들리기도 한다.

빚이 있으나 누구에게 갚아야 하는지 알 수 없는 것은 형에 대한 '나'의 무의식이기도 할 터다. 형에게 미안한 마음이 있지만 그 마음이 누구로부터 온 것인지, 누구에게 전해야 전달할 수 있을지 알 수 없다. 솔직히 말하자면 '나'도 이 사랑의 피해자인 것 같다. 그러나 누가 봐도 죽은 형보다 잘 살고 있는 동생은 형에 대한 부채감을 마음의 짐으로 품고 있다. 어디로 가야 할지 알 수 없는 야곱이 사무치는 고독과 외로움 속에서 겁먹었던 것처럼 형을 떠올리면 '나'의 마음도 길 위에 선 야곱의 그것이 된다. 더욱이 '나'의 부채감은 갚을 수 없는 부채감이다. 갚아도 소멸하지 않을 부채감이다. 한편 형을 향한 어머니의 마음은 죄책감이다. 잘 사는 둘째 아들과 비교해 불안한 삶을 살았던 첫째 아들의 죽음 이후 어머니는 둘째 아들과 일부러 거리를 두려는 듯 어둠을 자처한다. 생전에 첫째 아들을 더 사랑하지 못한 데 대한 죄책감을 지금 둘째 아들을 덜 사랑하는 것으로 상쇄하려는 것처럼 무표정한 사람이 된다. 사랑이 있으되 그것을 내놓지 않는 어머니에게서 물속에 떠있는 나무토막을 본다.

"상실감과 슬픔은 시간과 함께 묽어지지만 회한과 죄책감은 시간과 함께 더 진해진다는 사실을, 상실감과 슬픔은 특정 사건에 대한 자각적 반응이지만 회한과 죄책감은 자신의 감정에 대한 무자각적 반응이어서 통제하기가 훨씬 까다롭다는 사실을 의식하지 못했다. 상실감과 슬픔은 회한과 죄책감에 의해 사라질 수도 있지만, 회한과 죄책감은 상실감과 슬픔에도 불구하고 사라지지 않는다는 사실을, 오히려 그것들에 의해 더 또렷해진다는 사실을 이해하지 못했다. 나는 사랑의 대상인 야곱이 져야 했을 마음의 짐에 대해서는 제법 깊이 생각하면서 그 사랑의 주체인 리브가가 져야 했을 마음의 짐에 대해서는 깊이 헤아리지 못했다는 사실을 인정하지 않을 수 없었다."[4]

'야곱의 사다리'가 닿을 수 없을 것 같았던 하늘과 땅을 연결해주는 것처럼, 어머니는 형이 살아있는 세계와 형이 죽고 없는 세계를 함께 살고 있다. 어머니는 사다리를 오르내리며 하늘과 땅을 모두 살고 있는 천사를 닮았다. 천사처럼 어머니는 하늘과 땅에 모두 닿아있는 존재가 되어 형에 대한 죄책감을 감당한다. '나'에게는 지금이 부력의 시간이지만 형에게는 지금이 중력의 시간이다. '나'는 기꺼이 사다리가 되기로 한다. 앞선 통화에서 자신을 형으로 오해하는 어머니에게 사실을 바로잡아줬던 '나'는 두 번째 통화에서는 그렇게 하지 않는다. 형과 통화하고 있다고 생각하는 어머니를 위해 형인 척하며 통화를 이어간다. 어머

---

4 이승우, 〈마음의 부력〉

니가 계속해서 두 세계를 살아갈 수 있도록 협조하는 방법이다. 중력과 부력이 같은 힘으로 존재하며 어느 쪽으로도 기울어지지 않은 평형상태를 이루는 것이 사랑의 반대라는 것을 인식할 때, 그제야 우리는 과도함과 부족함 모두 사랑하는 상태임을 알 수 있다. 사랑이 배제를 전제하듯 배제도 사랑을 전제한다. 하늘과 땅을 오가며 사랑을 속죄하는 어머니의 사정은 사랑이 하는 일로 고통받는 인간의 일에 대한 상징으로 다가온다. 어쩌면 이것은 편파적으로 사랑한 리브가를 위한 변론이 아니라 사랑에 실패한 자들을 위한 변론일지도 모르겠다. 그들은 고통받고 있으나 그들에게는 잘못이 없다. 모두 사랑이 한 일이다.

2021년 제44회 이상문학상 작품집

2부
우수작

박형서

1972년 춘천에서 태어났다. 한양대학교 국어국문학과를 졸업하고 고려대학교 대학원에서 문학 석박사학위를 받았다. 2000년 《현대문학》에 단편소설 〈토끼를 기르기 전에 알아두어야 할 것들〉을 발표하며 등단했다. 소설집 《토끼를 기르기 전에 알아두어야 할 것들》《자정의 픽션》《핸드메이드 픽션》《끄라비》《낭만주의》, 중장편 《새벽의 나나》《당신의 노후》를 펴냈다. 대산문학상, 오늘의 젊은예술가상, 김유정문학상을 받았다.

97의 세계

수백 번의 헛수고를 반복하고 나서야 성범수는 이른바 생각이라는 것을 하기 시작했으니, 그렇게 따져보면 지난 수백 번도 마냥 헛수고만은 아니었던 셈이다.

생각을 하기 시작함으로써 생겨난 가장 바람직한 변화는 생각할 여유가 생겼다는 점이었다. 그전에는 주기가 시작되는 순간, 그러니까 9층 카페의 소파에서 폭발음과 함께 눈을 뜨자마자 복도로 뛰쳐나가 딸을 향해 무작정 달릴 뿐이었다. 원통형 건물인 이곳 11층짜리 놀이동산에서 딸이 가장 좋아하는 장소는 각 층에 있는 체험관이나 오락실이나 상영관 따위가 아니라 건물 내벽에 빙 둘러싸인 1층 원형 광장이었다. 입장 연령이 4세에서 9세까지로 제한된 광장에는 한가운데 커다란 비눗방울 생성기 외에 별다른 놀이 기구가 없는데, 어디서 본 광고에 의하면 소규모로 팀을 이룬 어린이들이 처음 만난 아이와 서로 돕고 나란히 달리면서 연대의 소중함을 경험할 수 있다고 했다. 아이들이 고작 연대감 따위나 경험해보겠다고 주말까지 부모를 조른다는 건 황당한 소리였다. 차라리 잘 훈련되고 외모도 출중한 데다 숄더백에 젤리를 잔뜩 담고 있는 레크리에이션 강사들이 팀마다 따라다니기 때문이라면 모를까, 왜냐하면 그건 조금이나마 눈에 보이는 이득이 있으니까. 아무튼 광장에 아이를 맡겨놓은 후 건물에 올라가 마음 편히 커피도 마시고 머리도 볶고 낮잠도 잘 수 있어서 부모들이 더 좋아했다. 딸은 그간 스무 번쯤 이곳에 왔다. 지금도 광장에서 뛰어노는 중이었다. 생이 2분도 남지 않았다는 사실을 모르는 채 또래들과 고무공을 쫓아다니며 신나게 웃고 있었다. 딸은 올해 여덟 살이 됐다.

이제 생각을 하기 시작한 성범수는 수백 번의 헛수고에 비춰 보아 자신이 무한히 반복되는 세계에 놓여있다는 사실을 알았고, 그러므로 딸에게 전력으로 질주할 기회만큼이나 자리에 앉아 생각할 기회도 많다는 사실을 깨달았다. 무한에서는 아무리 많은 수를 빼봤자 전혀 줄어들지 않기 때문이다.

생각할 줄 아는 존재로서 가장 먼저 한 건 시간을 재는 일이었다. 첫 폭발과 함께 카페에서 눈을 뜬 성범수는 소파에 앉은 채로 손목시계 초침을 들여다봤다. 정확히 37초 후에 두 번째 폭발이 일어났고, 54초보다는 53초에 가까운 시점에 세 번째 폭발이 일어났다. 이어 7초 후 사방이 캄캄해지며 한 주기가 끝났다. 즉 하나의 주기에 걸리는 시간은 37+53+7=97초였다.

다음으로는 눈을 뜬 직후 카페 밖으로 나가 광장을 향해 개방된 복도 난간에 기대 정황을 관찰했다. 건물 10시 지점 1층에서 발생한 첫 폭발의 여파로 광장 여기저기에 파편이 날아들어 몇 몇 아이들이 쓰러진 상태였다. 먼지구름 사이로 레크리에이션 강사들의 유도에 따라 빠르게 남쪽으로 내달리는 딸의 동선이 눈에 들어왔다. 머지않아 두 번째 폭발이 지축을 흔들었다. 파편의 궤적으로 보아 진원지는 첫 폭발 지점의 대략 반대편인 4시 지점 1층이었다. 남쪽에 대피해 있던 아이들이 놀라 다시 북쪽을 향해 뛰어갔다. 딸 역시 무사히 11시 지점에 도착했고, 거기 잠시 머물러 있었다. 그런데 황당하게도 먼지가 조금 가라앉자 딸이 우왕좌왕하며 남쪽으로 되돌아가는 것이었다. 공포 때문에 방향감각을 잃은 모양인지 직선이 아니라 광장 가장자리 쪽으로 휘어서 달렸다. 그리고 8시 지점 2층에서 세 번째 폭발이 발생, 2층과 3층의 구조물 일부가 붕괴해 광장으로 무너져 내렸다. 멀리서도 커다란 잔해 덩어리가 뛰어가던 딸을 덮치는 게 보였다.

가까스로 마음을 진정시키고 나서 이번에는 자신과 딸 사이를 잇는 경로에 집중했다. 거리만 따져보면 아홉 개의 경로가 최단이었는데 조건들이 제각각이었다. 전부 외워둬야 했다. 97초 동안의 한 주기가 지나면 모든 것이 원래대로 돌아오기 때문에 어디 적어둘 수 없었다. 다행히 기억은 주기를 반복하고 나서도 사라지지 않았다.

성범수가 눈을 뜨는 곳은 원통형 건물 1시 지점 9층 카페고 딸이 사고를 당하는 장소는 광장의 서방西方 라인 1층 비상구에서 5시 방향으로 47미터 떨어진 곳이었다. 광장 직경이 100미터에 달한다고 광고하고 있으니 최단거리는 복도의 수평거리와 건물 층고 및 1층에서 사고 장소까지 직선거리의 합인 104+40+47=191미터

일 텐데, 그 191미터 전부가 말끔한 수평 트랙이었다면 97초 내에 달리는 건 일도 아니었을 것이다. 그러나 8개 층을 내려가는데 계단을 이용할 것인가 승강기를 이용할 것인가 저울질하는 단계에 들어가면서부터 문제는 급격히 복잡해졌다. 가장 가까운 북방 라인 승강기는 7층에서 11초나 정지했다가 다시 내려가는 바람에 그 이하에서나 쓸모 있었고, 서방 라인 승강기는 무슨 심보인지 짝수 층에서만 정지했다. 그에 더해 4개 층 이상을 한꺼번에 이동하지 않는 한 승강기의 이동속도가 바로 이웃한 비상계단으로 뛰어내려가는 것보다 더뎠다.

성범수는 많은 궁리 끝에 경로 세 개를 지웠다. 남은 여섯 개의 경로는 제각기 개방식 복도 여기저기에 널브러진 장애물과 사람들에 의해 진로를 크게 방해받는 탓에 우열을 가리기 어려웠다. 주기마다 똑같이 움직이는 사람들은 진로를 파악한 후 피해 가면 됐지만 때때로 예측할 수 없게 행동하는 이들이 있었다. 이를테면 북방 3층에 도사리고 있는 젊은 단발머리 여성은 폭발음에 머리가 어떻게 된 모양인지 멧돼지처럼 호전적이었는데 마주칠 확률이 열에 서넛이었다. 바로 아래 2층의 양복쟁이는 성범수를 볼 때마다 울며불며 덤벼들어 아예 그 경로를 거의 포기하게 만들더니 몇 주기가 지난 후부터는 복도 난간 아래 주저앉아 얌전히 눈물만 흘렸다. 서방 6층에서 절반의 확률로 보게 되는 호리호리한 남자는 저 멀리서부터 성범수를 향해 맹렬히 달려왔는데 이상하게도 십중팔구 정면충돌을 했다. 다치는 건 기본이고 정신을 까무룩 잃을 때도 많아, 한번은 마지막 폭발이 발생한 직후에야 간신히 정신을 차릴 수 있었다. 당시 목뼈가 부러져 마땅히 할 일이 없던 성범수는, 예측할 수 없게 행동하는 이 사람들 모두가 혹시 자기처럼 아이를 잃은 부모여서 이토록 필사적으로 발버둥치는 게 아닐까 생각해봤다. 그들에 비하면 조금 나은 편이지만 북방 8층의 젊은 남자는 허벅지에 큰 부상을 입은 상태로 복도에 쓰러져있다가 성범수만 다가오면 무작정 붙들려 했다. 악력이 얼마나 대단한지 아차 하는 사이 신발 끈이라도 잡혔다가는 거기서 끝이었다. 확률로 따지면 3할쯤 될 것이다. 9층의 북방과 서방 중간에 있는 두 명은 신혼부부인 것 같았는데, 그냥 그쪽 길은 세상에 없는 셈 치는 게 나았다.

이것들은 성범수에게 주어진 97초 동안 맞닥뜨려야 할 문제 중 일부에 불과했다. 이제 가장 상대하기 힘든 적이 셋이나 남아 있었다.

그 하나의 적은 결코 발전이 없는 체력이었다. 경험한 모든 시도들이 기억에는 남아도 몸에는 남지 않았다. 현실 세계에서라면 수백 번의 달리기 연습이 근육도 키우고 인대도 키워서 사람을 타조로 만들겠지만, 이 빌어먹을 11층짜리 놀이동산에서는 첫 번째 폭발 소리에 눈을 뜬 순간 술 담배에 절어 비실비실한 애초의 자기 자신이었다. 아무리 연습해봤자 카페 맞은편인 건물 7시 지점까지의 수평거리 155미터를 30초 내에 끊지 못한다는 건 자존심 상하고 심리적으로도 지치는 일이었다. 다만 똑같은 이유에서, 달리다가 무릎 관절이 나가도 다음 주기에 눈을 떴을 때는 멀쩡했다.

다른 하나의 적은 시도가 거듭 누적되다 보니 생겨난 일종의 타성이었다. 6층 복도의 경우 북방에서 서방으로 이동하려면 물기에 젖은 화장실 입구를 지나쳐야 했다. 그곳에서 족히 수백 번은 미끄러졌는데, 마른 부분을 디디려 해도 도달 시점에 웬 병신 같은 해군 장교가 넘어지면서 선택의 폭을 아주 좁혀놓아 그곳을 지나갈 때마다 몸이 크게 위축됐다. 게다가 무사히 지나가야 한다는 의지가 어찌나 강렬하게 머리에 새겨졌는지 다른 복도, 이를테면 8층이나 7층, 혹은 5층이나 4층을 달릴 때도 화장실 부근만 다가가면 자신도 모르게 속도를 줄여 시간을 낭비하곤 했다.

마지막 적은 상식이었다. 딸의 죽음을 수백 번 목격했음에도 새로운 주기가 시작될 때마다 그 애가 여전히 살아있다고 믿는다는 건 상식에 맞지 않았다. 그 모호함을 받아들이지 못해 문득 의구심이 솟구쳐버리면 몸에 힘이 쭉 빠져서 첫 번째 폭발에 눈을 뜨지 못하고 두 번째, 세 번째 폭발을 지나 다시 첫 번째 폭발이 일어날 때까지 소파에 앉아 꺼이꺼이 울기만 했던 것이다.

하지만 성범수는 다시 달렸다. 주기가 시작되자마자 전력으로 서방까지 달려간 후 출발지와 도착지 사이의 경로를 한눈에 살폈고, 내부 개방식 복도에 산재하는 온갖 장애물과 예측할 수 없게 행동하는 사람들을 하나하나 외웠다. 도대체 어떤 쌍놈이 7층에서 북방 승강기를 11초 동안이나 붙잡고 있는지 확인했고, 3층의 저 야수 같은 단발머리는 자신이 나타나기 전까지 무얼 하고 있나 지켜봤다. 승강기는 7층에서 탑승객 없이 저 혼자 문을 열고 서있었다. 3층의 단발머리는, 모골이 송연하게도, 문 뒤에 웅크린 자세로 비상계단을 뛰어내려오는 성범수 자신을 기다리고 있었다.

경로를 섬세하게 다듬기 위해서는 그와 같은 정보들이 더 많아야 했다. 그런데 정보가 늘어나는 속도보다 문제가 늘어나는 속도가 더 빨랐다. 문제의 인플레이션 속에서 가끔은 헷갈리는 바람에 더 실험해볼 여지도 없이 실패한 경로와 방식을 고스란히 재현할 때도 있었다. 이를테면 성범수의 발목은 계단 열한 개를 한꺼번에 뛰어내릴 만큼 튼튼하지 않았다. 하지만 기가 막히게도 막상 두 번째 폭발음을 듣는 순간 눈앞에 계단이 펼쳐지면 보나마나 다음 장면은 부러진 발목으로 바닥에 뒹구는 것이었다. 대체 몇 번이나 그와 같은 미련한 짓을 저질렀는지 모른다.

그러나 성범수는 계속 달렸다. 어쨌거나 조금씩 단축되는 중이었다. 세 번째 폭발 직전에 북방 승강기로 2층까지 도달한 적도 있었다. 또 한번은 역시 비슷한 시각에 서방 5층 비상구에 도달했다. 그 두 번이 가장 성공에 가깝게 다가간 시도였고, 성공에 가까이 다가갔으니 이제 곧 성공에 도착할 것처럼 느껴지기도 했다. 물론 97초 안에 딸에게 닿는 건 성공이 아니었다. 97초 안에 서방 1층 비상구로 딸을 데리고 들어가야 성공이었다. 하지만 성공에 도달하려면 여러 정거장을 지나쳐야 하므로 그중 한 정거장에 닿았다는 건 아무튼 자신이 나아가고 있다는 증거였다.

성범수는 쉬지 않고 달렸다. 다른 방법이 없었다. 매 주기마다 어린 딸이 죽었다. 뭐든 해보지 않는다면 어쩌겠는가. 혹시 몰라

창의적인 방법도 시도해봤다. 발목이 나가면 그대로 끝장이니 계단에서 뛰어내린 후 몸을 틀어 등짝으로 착지하는 식이었다.

알고 보니 척추가 나가도 끝장이었다. 다행히 신경이 끊어진 터라 고통은 심하지 않았다. 성범수는 희미해져가는 의식 속에서 뭐가 문제인 건지, 다음에는 어떤 방식을 시도할 건지 궁리했다. 그러던 중 갑자기 섬뜩한 기분이 들었다.

누군가 있었다.

한동안 차근차근 정보를 모을 때였다. 수십 번의 주기에 걸쳐 성범수는 눈을 뜨자마자 곧장 카페에서 튀어나와 남방 혹은 동방으로 갔다. 그리고 중앙광장을 향해 난 개방형 복도에 서서 멀리 자신이 앉아있던 카페에서부터 서방 1층 비상구까지 가는 경로를 검토했다. 예측할 수 없게 행동하는 사람들이야말로 가장 까다로운 장애물이었기에, 그런 이들이 어디에 있으며 주로 어느 방향으로 이동하는지를 집중적으로 관찰했다. 성범수로서는 예측할 수 없게 행동하는 사람과 마주치지 않도록 처음부터 멀리 피하거나, 혹은 마주치는 순간 적으로 간주해 즉시 제압해야 했다.

하지만, 그 여자는?

첫 폭발음이 울린 직후 카페에 들어와 성범수를 지나쳐 뒤로 사라지는 여자였다. 남방에서 이쪽 카페를 관찰할 때도 신경 쓸 필요가 전혀 없는 사람처럼 보였다. 그런데 가만히 돌이켜보니 그녀의 움직임이 항상 일치하지 않았다. 몸집이 매우 작아 중학생처럼 보이는 그녀는 성범수의 소파 뒤쪽에 앉아, 어떤 주기에는 냅킨에 뭔가를 열심히 적어나갔고 또 어떤 주기에는 탁자에 이마를 붙인 채 헝겊 인형처럼 엎드려있었다. 예측할 수 없게 행동하는 사람이란 뜻이었다.

그런 사람이 세 번의 폭발이 만들어낸 아수라장 속에서 방방 날뛰지도 않고 울부짖지도 않고 도움을 청하지도 않으면서 내 뒤에 얌전히 숨어있다고?

이상했다. 그녀는 충동에 사로잡힌 연극배우처럼 행동하지 않았다. 객석에 앉아 무대 위를 관찰하는 연출가처럼 행동했다.

세 번째 폭발이 들려오고, 머지않아 주위가 어두워졌다.

첫 폭발음에 눈을 뜬 성범수는 소파에 그대로 앉아있었다. 여자가 카페 입구로 들어와 카운터에서 냅킨과 볼펜을 집어든 후 뒤쪽에 자리를 잡았다. 성범수가 벌떡 일어나 뒤로 돌았다. 뚜벅뚜벅 걸어 그녀 앞에 섰다. 자세히 보니 삼십 대 초반의 얼굴을 하고 있었다.

"저기요."

성범수가 말했다. 가슴이 쿵쾅거렸고, 따져 묻듯 목소리가 빠르고 거칠게 튀어나왔다. 통제할 수 없었다. 제발 비명을 지르지 말자고 다짐하면서도 고래고래 비명을 지르고 있는 기분이었다.

"당신 누구죠? 지금 여기서 뭐하는 거예요?"

그녀가 팔목을 틀어 손목시계를 봤다. 82초 남았네요, 하고 말했다.

그리고 이렇게 덧붙였다.

"이제 우리 뭐라도 좀 해봅시다."

*

더 빨리 만났다면 좋았겠지만, 어차피 그간 허비한 건 줄어들지 않는 기회였으니 딱히 손해라 할 수 없었다.

성범수는 그녀가 볼펜으로 그려나가는 냅킨 위의 복잡한 기호와 수식을 지켜봤다. 그녀는 성범수가 몸으로 부딪히며 구해낸 여섯 개 경로의 예상치가 얼마나 가능성 낮은 희망으로 구성돼있는지 설명했다. 그건 달리 말해 성범수가 직접 뼈를 부러뜨리고 살을 찢어가며 해온 시도들 대부분이 기발한 자학에 불과했다는 뜻이었다.

그녀는 성범수가 달리는 경로와 고정 장애물을 상수로, 예측할 수 없게 행동하는 사람들을 변수로 표현한 방정식을 조립해 보여줬다. 냅킨 한 면을 가득 메운 복잡한 방정식에서 97초의 주기는 열림을 뜻하는 Op와 닫힘을 의미하는 Cl로 표기돼 기계공학적인 분위기를 풍겼다. 성범수가 눈을 뜨는 카페는 Y, 딸이 죽는 장소는 X였다. 젖은 바닥 같은 장애물도 고려했냐는 자부심 담긴 참견에 그녀가 음성공학적인 목소리로 대답했다.

"질문의 뜻은 알고 있습니다. 답을 먼저 하자면, 네, 필요한 만큼 고려했습니다. 당신이 바닥에 미끄러져 기절하는 광경은 지겹도록 봤고 당연히 계산에 넣었습니다. 그렇다고 당신이 젖은 바닥을 멋지게 미끄러져 승강기에 더 빨리 도착하는 방법 따위는 알아낼 도리가 없습니다. 바닥에 깔린 물의 순간 분자량, 대기와 물의 온도차, 물과 당신 신발의 접촉 면적 같은 잡스런 데이터를 전부 갖고 있다 해도 마찬가지입니다. 상수 전체와 변수 전부를 고려하는 건 불가능할 뿐 아니라 무의미합니다. 이 방정식은 모든 사실을 보여주지 않고 필요한 사실을 보여줍니다."

왜냐하면, 하고 그녀가 말을 이었다. "나는 이 지옥에서 영원히 숫자들이나 갖고 놀 생각이 없으니까요."

별 뜻을 갖고 한 참견이 아니어서 성범수는 가만히 듣기만 했다. 여자는 서방 1층 비상구를 x로 표시했다.

"이제 우리는 방정식을 두 개로 나눌 겁니다. 먼저 루트x는 이곳 Y에서 x까지 가는 편도 방정식입니다. 다음 루트X는 x와 광장 한편에 있는 X 사이 47미터를 왕복하는 방정식입니다. 루트X는 비교적 큰 파편의 낙하 좌표를 피하면서 전속력으로 달리면 되기 때문에 변수가 많지 않습니다. 핵심은 루트x에 소요되는 시간을 단축하는 겁니다."

그녀는 성범수가 골라낸 여섯 가지 경로 중에서 네 개를 내다버리고 달랑 두 개만 남겼다. 버린 경로 중 하나는 굳이 비교하자면, 주기가 열리자마자 북방 비상계단으로 한 층 올라갔다가 서방으로 79미터를 달린 후 10층에서 승강기를 타고 2층까지 내려간 다음 비상계단으로 한 층 점잖게 걸어 내려가는 경로보다 늦었다. 약간 우회하는 것이 결과적으로 더 빠를 수 있다는 여자의 설명을 성범수는 순순히 받아들일 수 없었다. 하지만 단 한 번의 시도에서 1.3초나 단축됐다.

이건, 하고 성범수가 주눅 든 목소리로 말했다. "사람을 바보로 만드는 방정식이군요."

"방정식이 사람을 바보로 만들지 않습니다."

여자가 무표정하게 대꾸했다.

"사람이 방정식을 바보로 만드는 겁니다."

이제 루트x의 남은 경로 두 개를 각각 다듬을 차례였다. 먼저 경로A는 다음과 같았다.

> Y출발 ▶ 북방 비상계단을 통해 7층까지 내려감 ▶ 승강기를 리셋해 3층까지 내려감 ▶ 비상계단으로 2층까지 내려감 ▶ 서방으로 이동 ▶ 비상계단으로 1층까지 내려감 ▶ x도착

북방 7층 비상계단에 쪼그리고 앉아 달달 떨고 있는 엄청난 미녀와 3층 비상구에서 멧돼지처럼 달려드는 단발머리가 변수였는데, 둘 중에 누가 더 위험한지는 굳이 비교할 필요가 없었다.

경로B는 다음과 같았다.

> Y출발 ▶ 북방 비상계단을 통해 6층까지 내려감 ▶ 서방으로 이동 ▶ 승강기로 2층까지 내려감 ▶ 비상계단으로 1층까지 내려감 ▶ x도착

6층 화장실 입구의 젖은 바닥과 거기 널브러지는 게 직업인 해군 장교도 조심해야 했지만 일단 출현했다 하면 맹렬히 돌진해 오는 서방 6층의 호리호리야말로 가장 경계해야 할 변수였다.

두 경로에 엇비슷한 시간이 소요된다는 점을 감안해 여자가 루트x를 통틀어 최대 위험 요소인 호리호리를 우회할 방책을 세

웠다. 주기가 열리면 여자가 난간으로 달려가 서방 6층을 주시한다. 호리호리가 6층을 돌진하는지 다른 층으로 이동하는지 확인해 북방 비상계단에 진입하는 성범수에게 수신호를 보낸다.

좋았다. 모두 좋았다. 경로는 나무랄 데 없고 위험률이 제일 높은 호리호리를 우회한다는 전략도 훌륭했다. 수신호도 한눈에 쏙 들어왔다. 머리에 공학계산기를 단 여자가 한 팀처럼 도와주는 중이었다.

그런데, 왜?

계속해서 가슴 한구석에 스멀거리는 질문이었다. 성범수는 여자가 왜 도와주는지 알 수 없었다. 물론 좋은 공학계산기가 있으면 괜히 남에게 가서 자랑하고 싶겠지만, 냉랭한 말투로 보아 그건 아닌 것 같았다.

성범수는 머리를 흔들어 질문을 털어냈다. 중요하지 않았다. 어쨌든 여자의 도움으로 시간을 많이 단축시켰다. 심지어 복도로 뛰쳐나올 때 탁자 오른쪽으로 돌아 나오라는 조언 덕분에 시작부터 0.2초나 단축시킬 수 있었다. 그런 것들이 정말로 중요한 사실이고, 또 전부였다. 도움이 된다면 악마와도 거래할 수밖에 없었다. 최적의 경로를 찾고 변수를 통제해 시간을 계속 단축시키는 것만이 중요했다.

성범수와 여자는 주기를 셋씩 한 세트로 묶어 각각 사고실험, 실제 시도, 검토 및 전략 수정에 사용했다. 복도에 자빠져 허우적거리는 해군 장교의 쇄골을 힘껏 디디고 뛰어넘는 방법까지 포함해 이용할 수 있는 조건이라면 전부 이용해먹었다.

처음 몇 번은 시도 때마다 1초 가까이 단축돼 성범수의 가슴을 뛰게 만들었다. 그러나 수십 세트를 거치는 동안 소수점 두 자리 아래로나마 단축되면 기쁠 지경이었고, 수백 세트를 지나면서는 단축 없이 소수점 이하 다섯 자리에서 미세하게 오락가락했다. 그럴 수밖에 없는 것이, 전략은 한정돼있건만 아무리 해도 물리적 도약이 일어나지 않는 탓이었다. 달리기를 백날 연습해봤자 타조가 되는 대신에 주기가 닫혔다 열릴 때마다 원래의 오리로 되돌아가버렸다.

체력의 한계를 인정하기 싫었던 성범수는 더 많은 데이터, 더 정교한 통제를 원했다. 사소한 정보라도 얻으면 당장 방정식에 산입하도록 요구했는데, 그러다 보니 11층짜리 원통형 건물의 모든 철근, 모든 시멘트 입자, 복도와 비상구와 승강기에 떠다니는 모든 분자들의 정보까지 두리번거리는 선에 이르렀다. 그러지 말아야 할 이유가 어디 있겠는가? 어차피 시간은 무한이다.

"아니, 무한이 아닙니다. 무한 같은 건 존재하지 않습니다."

여자는 다르게 생각하고 있었다.

"공학자로서의 견해인가요?"

성범수가 분수도 모르고 깐죽댔다. 그에 대응하는 여자의 목소리는 그야말로 기계음처럼 감정이 담겨있지 않았다.

"견해가 아니라 합리적 추론입니다. 아무리 크게 다쳐도 주기가 새로 열리면 모두 원래대로 돌아가지요. 그래서 이와 같은 상황이 계속될 거라 믿는 건 당연한 일입니다. 하지만 우리는 그걸 모두 기억하지 않습니까? 기억의 용량을 말하는 게 아닙니다. 어디까지 견딜 수 있는지를 말하는 겁니다. 북방 2층 난간 아래에 주저앉아 있는 뺨이 눈물로 번들거리는 양복쟁이, 기억할 겁니다. 그 사람이 처음부터 그렇게 무표정한 상수가 아니었습니다. 사실을 말하자면, 아주 지독한 사람이었습니다."

*

폭발음과 함께 눈을 뜬 성범수는 소파에서 벌떡 일어나 앞에 있던 탁자를 뒤엎었다. 의자를 가슴팍까지 들어 올렸다 옆자리로 내던졌고, 탁자 다리를 발로 힘껏 걷어차 부러뜨렸다. 뭐가 이리 약한가 봤더니 자기 정강이가 부러져있었다. 바닥에 뒹굴면서 비명을 질러댔다.

여자가 카페에 들어와 성범수 옆에 섰다.

성범수가 차마 손을 대지 못하는 정강이 대신 허벅지를 부여잡고 울부짖었다.

"다른 방법이 필요해요! 더 나은 방법이 필요하다고요!"

루트x에 할당한 시간은 83초였으므로, 83초 안에 x에 도착해 서방 비상구 문을 열고 곧장 루트X를 타야 했다. 하지만 x에 닿은 최고 기록은 정확히 90초, 마지막 폭발이 일어나 파편들이 눈에 보이지도 않을 만큼 빠른 속도로 광장에 퍼질 때였다. 그 치명적인 안개를 뚫고 루트X를 탄다 한들 고작 3초 후면 건물의 잔해가 딸을 덮치게 된다. 비상구로부터 47미터 떨어진 X까지 3초 만에 가서 딸을 낚아채는 것도, 다시 4초 만에 서방 비상구에 되돌아가는 것도 불가능했다. 본디 루트X에 할당된 시간은 그 두 배인 왕복 14초인데, 이 상태로는 14초가 가능한지 어떤지 확인해볼 기회조차 없었다.

여자가 빤히 성범수를 내려다봤다. 아니, 성범수의 다리를 봤다. 뾰족하게 부러진 정강이뼈가 피부를 찢고 밖으로 드러나있었다. 여자가 물었다.

"많이 아픕니까?"

"많이 아프냐고? 어? 많이 아프냐고?"

성범수가 빽 소리를 질렀다.

"눈이 멀었어요? 어? 하나도 안 아파서 이렇게 춤추고 있잖아요!"

그 대답에 적의가 담긴 걸 알아차렸을 법도 하건만 여자는 표정의 변화 없이 성범수의 상처와 끙끙거리는 신음과 그 모든 걸 배경처럼 둘러싼 낙담을 빤히 내려다봤다. 주기가 끝나기 직전에 여자가 말했다.

"일어나지 마세요. 여기 앉아 나를 기다려요."

첫 폭발음에 눈을 뜬 성범수는 여자 말대로 소파에 머물렀다. 여자가 카페로 들어와 성범수 맞은편에 앉았다.

"다리는 좀 어떻습니까?"

여자가 물었다.

성범수가 앉은 채로 다리를 접었다 폈다 했다.

"뭘 어때요. 원래대로 돌아왔죠."

"아프지 않습니까?"

"주기가 닫혔다 열렸으니 당연히 아프지 않죠. 원래대로 돌아왔으니까요."

잘 생각해보세요, 하고 여자가 말했다. "정말 하나도 안 아픕니까?"

그제야 성범수는 뭔가 심상치 않다는 걸 깨닫고는 제 다리를 주의 깊게 살폈다. 긁힌 자국 하나 없이 말끔했다. 손가락으로 이리저리 눌러봐도 딱히 아픈 구석이 없었다. 전혀, 하고 말하려다가 멈칫했다.

전과 달랐다. 어떻게 다른지 모르겠지만, 확실히 달랐다. 누른다고 아프지는 않았다. 하지만 다리 전체에 희미한 통증이 느껴졌다.

여자가 말했다.

"완전히 사라지지 않았군요."

"어, 그런가 보네요. 그런데 왜 이러지? 여기 규칙이 바뀐 건가요?"

"바뀌지 않았습니다. 새로운 주기가 열리는 순간 물리적 질서가 초기화된다는 규칙은 그대로입니다."

"그럼 뭐죠? 왜 통증이 깨끗이 사라지지 않죠?"

"기억 때문입니다. 아팠던 기억이 쌓이면서 당신 뇌가 통증을 더 세게, 더 자주 느끼도록 예민하게 바뀌어가고 있습니다. 정도의 차이야 있겠지만 앞으로 다칠 때마다 점점 많이 아파지고 또 여러 주기에 걸쳐 지속될 겁니다."

"어, 그게, 많이 겪어보면 오히려 고통에 익숙해져야 맞는 거 아닌가요?"

"당신은 딸이 죽는 모습을 보는 게 점점 익숙해지던가요? 어떤 사람도 고통에 익숙해질 수 없습니다. 계속해서 예민해질 뿐입니다."

성범수가 당황한 얼굴로 입을 열려 할 때 세 번째 폭발음이 들렸다.

카페에 들어온 여자는 맞은편에 앉자마자 말을 이었다.

"기회가 무한하지 않다고 내가 말했죠? 바로 통증의 기억 때문입니다. 더 지나면 당신은 첫 폭발음을 듣기만 해도 고통에 휩싸일 겁니다. 고통스러워 자리에서 일어나지도 못하게 될 겁니다. 나는 그런 이들을 여러 명 봐왔습니다. 이상하다는 생각, 해본 적 없습니까? 세 번의 폭발로 광장에서 죽는 아이들만 스무 명에 가깝습니다. 그런데 자식들을 살리겠다고 이리저리 뛰어다니는 부모는 그만큼 안 됩니다. 건물의 모든 층을 전부 뒤져봐도 마찬가지입니다. 여기는 아이들 전용 놀이동산이지만 아이들 혼자 올 수 있는 곳이 아닙니다. 부모가 같이 와서 입장권을 사준 다음 건물 어디쯤에서 기다려야 하는 곳입니다. 그럼 그 많은 아이들의 부모들은 모두 어디 갔을까요?"

미처 생각해보지 않은 부분이었다. 하지만 생각해본다고 해서 뭐가 달라질 것인가. 성범수는 여자의 질문을 뭉갰다.

"말씀을 듣고 보니 당장 해야 할 일이 하나 떠오르는군요. 빨리 방정식을 수정해주세요. 나는 루트x에서 최소한 7초를 단축

할 새로운 방법이 필요합니다."

여자가 성범수를 빤히 쳐다보며 말했다.

"계산에 오류가 있다고 보십니까?"

"오류든 뭐든 나는 7초를 줄여야 해요. 그러려면 지금보다 훨씬 제대로 된 방정식이 필요하다는 거, 우리 둘 다 알고 있잖아요. 분명히 있을 겁니다. 그리고 당신이 그걸 찾아낼 겁니다. 그렇지 않나요?"

성범수가 탁자를 손바닥으로 내리치며 말했다.

"네? 그렇지 않아요? 내가 할 수 없다는 걸 알려주려고 여기까지 찾아온 건가요? 매번 첫 폭발 소리를 듣고는 이쪽 카페에 걸어와 나를 관찰한 게 전부 나를 약 올리려고 한 짓인가요? 그렇게 할 일이 없는 사람이세요?"

"당신은 딸에게 제때 도착할 수 없습니다."

세 번째 폭발음이 울렸다.

주기가 새로 열리자 여자가 카페에 들어왔다. 성범수는 분노와 당혹이 뒤섞인 표정으로 여자를 노려봤다.

"불쾌하게 할 의도는 아니었습니다. 하지만 나는 처음부터 알고 있었습니다. 당신은 딸을 구할 수 없습니다. 설령 내 계산이 일부 틀렸다 한들 그 오차가 결과를 뒤집을 정도는 아닙니다. 그래도 당신이 원한다면, 정말로 원한다면 마지막으로 시도해볼 루트가 하나 남아있습니다."

그 말을 들으면서 성범수는 여자의 무표정에 미세한 균열이 생긴 걸 눈치챘다. 분명히 밝혀두는데, 하고 여자가 강조했다.

"이건 당신 문제의 올바른 답이 아닙니다."

여자는 냅킨을 넓게 펴 통합X로 명명한 새 루트의 두 가지 경로를 그렸다. 이번에는 둘로 나누지 않고 한 번에 X까지 갔다가 딸과 함께 서방 1층 비상구로 돌아오는 루트라 했다. 전혀 새로운 전개여서 머리에 심어야 할 내용이 많았다. 우선 출발부터 반대 방향이었다. 북방이나 서방이 아니라 반대쪽으로 50미터를 우회해 동방 라인을 타야 했다. 다음으로는 중간 목표 지점이었던 x의 위치가 서방 1층 비상구에서 북방 1층 비상구로 바뀌었다. 그런데 북방 1층 비상구는 바로 안쪽이 공사 중이어서 문이 잠겨있는 상태였다. 아리송했지만 성범수는 여자의 설명을 잠자코 들었다. 통합X는 한 변수의 유무에 따라 두 가지 경로로 나뉘었다. 첫 번째 경로는 다음과 같았다.

> Y출발 ▶ 동방으로 이동 ▶ 승강기를 타고 4층까지 내려감 ▶ 북방으로 이동 ▶ 비상계단으로 2층까지 내려감 ▶ 난간 너머로 뛰어내림 ▶ X로 이동 ▶ 서방 1층 비상구에 도착

난간에 기댄 채로 주저앉은 양복쟁이의 머리통을 디디고 뛰어내리면 그곳이 바로 북방 1층 비상구 앞이었다. 그 즉시 X까지 85미터를 전력으로 달려가기 위해서는 무엇보다도 착지가 중요했다. 북방 라인 3층의 단발머리가 비상구 안으로 뛰어들 경우에 대비한 두 번째 경로는 더욱 무자비했다.

Y출발 ▶ 동방으로 이동 ▶ 승강기를 타고 4층까지 내려감 ▶ 북방으로 이동 ▶ 계단으로 3층까지 내려감 ▶ 난간 너머로 뛰어내림 ▶ X로 이동 ▶ 서방 1층 비상구에 도착

단발머리를 3층 난간 아래로 밀어뜨린 후 뒤따라 뛰어내리는데, 역시 곧장 일어나 달릴 수 있도록 단발머리의 몸 위로 정확히 착지하는 게 관건이었다. 단발머리를 제때 제압할 수 있다면 변수로 인한 시간 손실은 사실상 발생하지 않는다는 것이었다. 성범수는 처음으로 앞에 앉은 여자가 무섭다는 생각을 했다.

무고한 이들까지 해쳐야 하는 경로였으나 성범수에게는 인도주의적 표정을 지을 여유가 없었다. 경로를 숙지한 후 수십 번의 사고실험을 통해 몸동작을 연습했다. 다른 방법은 모두 실패했다. 이미 실패한 길은 깨끗이 지워버려야 했다. 실패한 까닭은 너무나 많았다. 실패에서 뭔가 좋은 걸 배울 순 없었다. 성공할 까닭은 하나였다. 일단 성공하면 배우고 자시고 할 필요도 없었다.

성범수는 달렸다. 첫 시도에서부터 동방이 아니라 북방으로 달려버린 어처구니없는 실수는 한 번으로 족했다. 이제껏 달려보지 않은 낯선 복도라서 장애물 피하는 요령을 처음부터 다시 익혀야 했다. 성범수는 여자가 알려준 경로를 달렸다. 동방 승강기 앞에 여럿 모여있는 변수들을 밀치고 제치고 만신창이로 싸우면서 4층까지 직행했다. 내리자마자 어떤 덩치 좋은 남자가 승강기 버튼을 자기 피가 사방으로 튀도록 후려갈기는 걸 보고 깜짝

놀랐는데, 다행히 그는 변수가 아니라 매 주기마다 거기서 그 짓을 벌이고 있는 가엾은 상수였다. 식당가여서 인파가 북적거리는 4층 복도를 통과해 북방까지 나아가는 건 특히 어려운 일이었다. 성범수는 죽을힘을 다해 달렸다. 잘 나가다가도 귀신같은 표정의 단발머리만 보면 머릿속이 하얘져 일을 망쳤다. 그러나 다음 주기가 열리자마자 다시 달렸다. 단발머리가 아예 비상계단에 죽치고 있는 사정을 감안해 첫 번째 경로는 과감히 폐기했다. 이제는 무조건 단발머리를 상대해야 했다. 대여섯 번의 시도 끝에 단발머리의 허리를 잡고 번쩍 들어 난간 아래로 밀어뜨리는 데 성공했지만, 끔찍한 비명 소리에 몸이 얼어붙어 또다시 망쳤다. 그래도 성범수는 포기하지 않고 달렸다. 단발머리의 축 처진 몸 위에 떨어지길 수십 번, 간신히 방향을 잡아 제대로 착지하는 요령을 터득했다. 착지하자마자 튕기듯 일어나 85미터 저편의 딸에게 달려가는 건 두 번 만에 성공했다.

그리고 비로소 여자가 올바른 답이 아니라고 했던 이유를 알았다.

성범수는 품에 안긴 딸을 내려다봤다. 딸은 반쯤 뒤집어진 눈으로 엔도르핀에 익사해가는 중이었다. 너덜거리는 딸의 하반신에 눈길을 주지 않으려 애쓰며 간신히 말했다.

“우리 딸 조금만 참아, 금방 끝날 거야.”

사실이었다.

금방 숨을 거뒀다.

*

물리적 질서가 초기화됐다. 하지만 어린 딸의 새빨간 피에서 전염된 고통은 초기화되지 않고 그대로였다. 아니, 더욱 예민해져있었다.

여자가 카페에 들어와 성범수 맞은편에 앉았다. 잠시 둘 사이에 침묵이 흘렀다. 먼저 입을 연 건 성범수였다. 목소리가 심하게 잠겨있었다.

"얼마나, 내가 얼마나 늦은 거죠?"

"늦지 않았습니다. 계산에 맞게 도착했습니다." 여자가 말했다. "하지만 잔해에 깔리기 전에 딸을 낚아채려면 당신에게 3초가 더 필요합니다."

"그럼 이제 딱 3초만 줄이면 되겠네요." 성범수가 어깨를 으쓱해 보이며 말했다. "조금만 더 열심히 해보죠. 우리는 그동안 엄청나게 시간을 줄여왔잖아요. 여기서 딱 3초만 더 줄이면 파편에 좀 다치긴 하더라도……."

"하지만 이미 알고 있지 않습니까?"

여자가 성범수의 말을 끊었다.

"더 이상은 1초도 줄일 수 없습니다. 게다가 벌써 수십 번이나 되풀이해 당했으니 3층의 단발머리 여성도 가만히 있을 리 없습니다. 당신과 마주치기 전까지 승강기 옆에서 이런저런 자세를 연습하고 있었습니다. 마지막 시도에서 그녀가 추락하며 당신을 놓지 않았죠? 다음번에는 더 단단히 붙잡고 함께 떨어지려 할 겁니다. 그러면 당신이 딸보다 먼저 죽게 됩니다."

"그래서 어쩌자고요!"

성범수가 빽 고함을 질렀다. 아니, 그건 허파에서 바람이 새나오는 소리에 가까웠다. 그만큼 기운도 의지도 담겨있지 않았다. 성범수는 아팠다. 이제까지와는 비교도 할 수 없이 아팠다. 여자가 마지못해 내놓은 방정식 덕분에 성범수는 가까스로 X에 도착했다. 하지만 그래서 얻은 게 뭔가? 딸을 마침내 만난 거? 죽어가는 딸을 잠깐 품에 안은 거? 제일 아픈 건 딸의 표정이었다. 그 애는 숨을 거두는 찰나에 용케 제 아빠를 알아보고는 안도하는 표정을 지었다.

유감입니다, 하고 여자가 말을 이었다.

"당신은 성공할 수 없습니다. 이번 경로를 통해 증명됐습니다. 나는 당신의 시도가 성공하지 못하리라는 걸 일찌감치 알고 있었습니다. 하지만 당신 스스로도 그걸 명백하게 깨닫기를, 그래서 고통에 완전히 잠식당하기 전에 그만두기를 바랐습니다. 당신은 딸을 구할 수 없습니다."

성범수가 제 머리카락을 쥐어뜯으며 말했다. "내가 도대체 뭘 잘못한 거죠?"

여자가 곧장 대답했다.

"그게 바로 이곳의 특징입니다. 당신이 정말 무슨 죄를 저질렀습니까? 그런 건 하나도 없습니다. 하지만 이곳은 당신이 뭘 잘못했는지를 끊임없이 되새기도록 만듭니다."

세 번째 폭발음이 들려왔다. 성범수가 여자를 노려보며 말했다.

"그래요, 맞습니다. 여기서는 뭘 잘못했는지 끊임없이 되새겨야 하죠. 우리는 지금 그런 곳에 있어요. 그러니 나는 계속해서 되새겨볼 작정이에요. 그리고 당신은 나를 도와줄 겁니다. 도와줘야 할 겁니다. 왜냐하면 내가……."

주기가 새로 열리고 여자가 성범수 맞은편에 앉았다.

왜냐하면 내가, 하고 말을 이으면서 성범수는 착지할 때 들었던 단발머리의 척추 부러지는 소리, 내장이 터지고 가슴이 짜부라지는 소리, 생명이 코와 입으로 슈욱 빠져나가는 소리를 떠올렸다.

"다른 사람이 됐거든요. 나는 전과 완전히 다른 사람입니다. 이제 나는 뭐든 할 수 있어요. 자, 아무 방정식이나 만들어주세요. 할 수 있는 건 다 해봅시다."

성범수가 두 손으로 목 조르는 시늉을 했다.

"마주치는 사람들 전부 죽여야 한다면, 그렇게 하겠어요. 애들까지도 모조리 난간 아래로 내던져야 한다면, 네, 나는 지금 당장 그럴 겁니다. 나는 정말 무슨 짓이든 할 수 있거든요. 백 단계 천 단계를 거치라고 시켜도 그대로 따를게요. 자, 방정식을 만들어주세요. 그 방정식에 내 딸을 구하는 답이 바로 나오지 않아도 좋습니다. 하나하나 풀어가다 보면 어떤 식으로든 결국엔 이어지지 않겠어요? 자, 내가 변수든 상수든 모조리 죽여버릴 테니 전보다 쉬워질 겁니다. 당장 방정식을 만드세요. 당신은 그걸 할 수 있잖아요. 당신이 할 수 있는 걸 나는 알고 있습니다. 처음 봤을 때부터 나는……."

뭐든, 하고 여자가 말했다.

"정말 뭐든 해보겠어요?"

절망감에 되는 대로 뱉고 있던 성범수가 입을 다물었다. 그런 성범수를 빤히 보며 여자가 말했다.

"통합X 그대로 진행하면 됩니다. 다만 북방 1층 비상구에 착지한 다음 X로 달리지 말고 건물 가장자리를 따라 서방으로 가세요. 건물 11시 지점에 작은 남자아이가 주저앉아 울고 있을 겁니다. 그 애를 데리고 서방 비상구에 들어가 함께 계단 아래로 몸을 피하세요."

"네?"

성범수가 어리둥절해서 반문했다.

"그게 무슨……."

뒤틀린 철근 가닥들을 움켜쥔 시멘트 덩어리가 광장으로 떨어져 내리는 광경은 보고 있기 괴로웠다. 하지만 딸의 시간대별 좌표를 알기 위해서는 9층 난간에 기대 몇 번이고 들여다볼 수밖에 없었다. 건물 10시 지점에서 첫 번째 폭발이 발생하자 딸은 남쪽으로 이동했고, 뒤이어 맞은편 4시 지점에서 두 번째 폭발이 일어나자 광장을 가로질러 11시 지점으로 대피했다. 거기 가만히 머물러있으면 좋았으련만, 잠시 후 11시 지점을 벗어나 건물 가장자리를 타고 5시 방향으로 달려가는 바람에 8시 지점의 마지막 폭발로 숨졌다. 그런데 그때, 딸이 잠시 대피했던 11시 지점에 남자아이가 있다고?

"걔가 누군데요?"

*

온 힘을 다해 따귀를 날렸다. 얼마나 세게 때렸던지 여자의 작은 몸집이 허공에서 한 바퀴를 빙글 돈 후 떨어졌다. 바닥에 쓰러진 여자의 입과 코에서 피가 줄줄 흘러나왔다. 일어나려 버둥거렸지만 머리에 충격을 받았는지 몸도 제대로 가누지 못했다. 그 상태로 세 번째 폭발음이 울리고, 첫 번째 폭발음이 울렸다. 여자가 카페에 들어섰다. 냅킨도 볼펜도 들지 않은 빈손으로 성범수 맞은편에 앉아 고개를 푹 숙였다. 성범수는 탁자를 냅다 여자에게 뒤엎어버렸다. 의자에 앉은 채 뒤로 자빠진 여자가 꾸물꾸물 일어나 탁자를 제자리에 세웠다. 그리고 다시 의자에 앉아 헝클어진 머리를 밑으로 숙였다. 그때 세 번째 폭발음이 울리고, 첫 번째 폭발음이 울렸다. 여자가 카페에 들어섰다. 빈손으로 성범수 맞은편에 앉았다. 성범수가 소파를 박차고 일어나 쌍욕을 퍼부었다. 때릴 것처럼 손을 치켜들었다. 여자는 움찔하면서도 자리에서 일어나지 않았다. 고개만 더 깊이 숙일 뿐이었다. 세 번째 폭발음이 울리고, 첫 번째 폭발음이 울려도 계속 그랬다. 여자는 얻어맞고, 위협을 당하고, 욕을 먹으면서도 계속해서 성범수를 찾아왔다. 빈손으로 맞은편에 앉아 고개를 푹 숙였다. 영원히 그럴 작정인 모양이었다.

성범수는 여자와 눈을 마주치지 않았다. 풀린 눈으로 소파에 기대앉아 주기가 끝나기만 기다렸다. 달리 할 수 있는 게 없었다.

언젠가 성범수는 목뼈가 부러져 6층 복도에 드러누운 채로, 혹시 이 건물에 사로잡힌 변수들 모두 아이를 잃어버린 부모가 아닐지 생각해본 적이 있었다. 사실이었다. 9층 북방과 서방을 잇는 복도의 저 개차반 부부처럼, 북방 8층에 있는 부상당한 젊은이와 3층의 단발머리처럼, 눈앞에 고개 숙이고 앉아있는 이 여자 역시 자식을 잃고서 자기만의 계산으로 상황을 되돌려보려 발버둥치는 후회와 자책의 무기수였다. 여자에게 성범수는 딸을 영영 잃을까 봐 두려워 좌충우돌하는 가련한 아빠가 아니었다. 다만 자기 아들을 구할 방정식의 근에 불과했다. 성범수는 분하고 억울했다. 수많은 주기 동안 꼭두각시처럼 달리게 만들어서가 아니었다. 여자가 절박한 부모의 마음을 가지고 장난쳤기 때문이었다.

성범수가 소파에서 몸을 일으켜 정자세로 앉자 여자가 몸을 움찔했다. 성범수가 진지하지 않은 목소리로 말했다.

"그러면 내 딸은? 걔는 어쩌죠? 당신이 구해줄 겁니까?"

여자가 잠깐 멈칫했다 입을 열었는데, 그 짧은 머뭇거림이 왠지 여자를 인간적으로 느껴지게 만들었다.

"아니, 난 못합니다. 대신에 누가 가능성이 있는지 계산해볼 수 있습니다. 그리고 결과를, 나는 부정적으로 예상합니다."

"너무 솔직하군요."

성범수가 비아냥거렸다. 그러자 여자가 한숨을 길게 내쉬고 말했다.

"내 아들을 구해주지 않는다 해도 어쩔 수 없습니다. 어쩌면 그게 당신에게는 당연할지 모르겠습니다. 그래봤자 이득이 없으니까요. 당신이 처음은 아닙니다. 아들에게 직접 갈 수 없다는 걸 안 직후부터, 나는 다른 방법들을 찾아봤습니다. 그리고 당시의 방정식에서 Q, 정확하게는 Q-Y13s로 표기하던 젊은 여성의 네 살짜리 아들을 구해줬습니다. 웃긴 게 뭔지 아십니까? 그녀는 내 아들을 구할 수 있는 양복쟁이 M의 딸을 구할 수 있었습니다. 나는 온갖 동선을 검토하고 최대한 많은 경우의 수를 수집해 그 방정식에 해가 있다는 걸 발견했습니다. M은 내 아들을 아주 쉽게 구할 수 있었습니다. Q 역시 M의 딸을 구할 가능성이 꽤 컸고요. 제일 어려운 건 내 쪽이었습니다. 거리가 멀었고 변수도 가장 많았기 때문입니다. 어쩌면 내가 그 방정식을 고안할 때부터 온갖 불리한 조건들은 전부 내 몫으로 돌려놨던 건지도 모르겠습니다. 그래야 그들 입장에서는 조금이라도 가능성이 높아지니까요. 나는 결국 방법을 찾아냈습니다. 마침내 우리는 내가 Q의 아이를 구하고, Q가 M의 아이를 구하고, M은 내 아이를 구하기로 합의했습니다. 문제는 그 일이 단일한 주기에 일어나야 한다는 거였습니다. 내가 실패하면 Q가, Q가 실패하면 M이, M이 실패하면 내가 망하니까요. 우리는 그 일을 동시에 해내야 했습니다."

숨이 가쁜 듯 잠시 말을 멈췄다 이었다.

"여기가 왜 지옥인지 아십니까? 선의가 절망을 품고 있기 때문입니다. 남의 목숨을 구하는 것과 자식의 죽음을 방치하는 건 엄연히 다른 일인데, 이곳에는 그 두 가지가 하나의 행동으로 묶여있습니다. 자식 목숨이 위태로운 상황에서 남을 구하는 데 집중하는 건 정말 고통스러운 일입니다. 발만 동동 구르며 자식의 죽음을 지켜보는 것보다 훨씬 고통스러운 일입니다. 계산에 아무리 확신을 가져도, 동료를 아무리 믿어도 마찬가지입니다. 그러니 매 주기마다 지워져버리는 냅킨 위의 방정식이 아니라 절대 바꿀 수 없도록 뇌에 새겨진 본능이 우리를 막아선 겁니다. 우리의 연대 자체가 바보짓이었던 셈입니다."

자, 하고 여자가 자조하듯 말했다.

"Q와 그녀의 아이는 지금 이곳에 없습니다. 내 제안에 눈물까지 흘리며 기뻐하던 M은 Q가 합의를 깼다는 사실, 자신의 유일한 희망이 사라졌다는 사실을 뒤늦게 알아차리고 그대로 멈췄습니다. 약속을 지킨 건 마지막 순간까지도 한눈 팔 여유 없이 죽어라 달렸던 나 혼자였습니다. 그렇게 M과 나의 기회는 날아갔습니다. M은 이후에 다가온 수많은 주기 속에서 내 아들을 구하지 않았습니다. 손만 뻗으면 그 애를 살릴 수 있었는데, 끝내 그렇게 하지 않았습니다. Q가 떠나고 나서 아주 오랫동안 나는 M에게 빌고 사정하고 애원했습니다. 하지만 그는 내 말을 들으려 하지 않았습니다. 아무런 이득이 없었으니까요. 그렇게 한 년은 결정적인 순간에 응원이나 하다가 내 도움으로 탈출했고, 다른 한 놈은 복수하듯 바닥에 주저앉아 지옥의 눈물을 흘리는 장식품이 됐습니다. 이상하게도 나는 97초가 흘러가는 내내 나의 분투를 지켜만 봤던 Q보다, 그 찢어죽일 년보다, 할 수 있는 일을 하지 않은 M이 훨씬 더 밉습니다. 충분히 가능함에도 불구하고 하지 않은 그가 미워 견딜 수가 없습니다. Q가 어떻게 생겼는지는 이제 기억도 나지 않습니다. 하지만 M은 계속 볼 수밖에 없습니다. 북방 라인 2층 난간에 기대 주저앉아있는 남자를 기억할 겁니다. 눈물로 번들거리는 무표정한 양복쟁이, 영혼을 잃고 상수가 돼버린 그 남자."

여기는 그런 곳입니다, 하고 여자가 말을 맺을 때 세 번째 폭발음이 들려왔다.

그 후로도 여자는 계속해서 카페에 왔고, 빈손으로 성범수 맞은편에 앉았고, 고개를 푹 숙였으며, 세 번째 폭발음마다 몸을 움찔했다. 성범수는 여자에게 아무런 반응을 보이지 않았다. 그녀가 미웠기 때문이 아니었다. 미움은 대부분 사라졌다. 따지고 보면 자신에게 주어진 기회란 일종의 원이고 여자의 수에 넘어가 허비한 시간들은 일종의 점이어서, 아무리 많은 점을 빼내도 원의 면적은 전혀 줄어들지 않는다. 명확한 피해랄 게 없는 것이다. 게다가 여자는 실제로 시간을 단축할 수 있도록 도움을 줬다. 여자가 없었다면 계속해서 탁자의 왼쪽으로 뛰쳐나가려 했을 것이다. 자빠지기 전문 장교의 염병할 몸뚱이에 계속해서 보폭이 뒤틀렸을 것이다. 광장에는 결코 도착해볼 수 없었을 것이다. 그러니 상처를 받았다는 것 자체가 도둑놈 심보였다. 가짜 희망을 보여줬다는 점에서 절대 여자를 용서하지 않겠지만, 실상 그녀는 거짓말을 한 적이 없었다. 가능성 제로인 사람에게 다가와 도움을 요청했을 뿐이었다.

성범수가 반응하지 않은 이유는, 지쳤기 때문이었다. 몸이 아니라 마음이 지쳤다. 혹은 기억이 지쳤다. 성범수는 달리지 않았다. 벌써 몇 주기나 달리지 않고 무기력하게 흘려보냈는지 모른다. 그 동안에도 여자는 계속해서 카페에 왔고, 성범수 맞은편에 앉았으며, 고개를 푹 숙였다. 그게 그녀 나름의 속죄인 모양이었다. 하지만 성범수는 달리지 않았다. 딱 한 번, 눈을 뜨자마자 카페를 뛰쳐나온 적이 있었다. 성범수는 지긋지긋한 변수들을 피해 멀리 돌아서 세 번째 폭발음이 울릴 즈음에야 북방 2층에 도착했다. 양복쟁이가 거기 있었다. 성범수는 난간 앞에 정좌했다. 그리고 주기가 닫힐 때까지 눈물로 번들거리는 무표정한 얼굴을 빤히 바라봤다.

알 것 같았다.

마음이 어지러운 채로 하릴없이 또 몇 주기가 흘렀다. 경로 구석구석의 모든 정보가 희미해져갔다. 성범수는 여자가 옳았다고 생각했다. 기회는 무한한 게 아니었다. 고통 요소가 전혀 없었음에도 뇌의 통증 예민도는 계속해서 높아갔다. 가만히 앉아있어도 다리가 부러진 기억, 허리가 끊어진 기억, 탈골되고 찰과상과 타박상을 입은 기억들이 끊임없이 밀려들었다. 어떤 통증은 너무 진짜 같아서 이를 앙다물고 몸을 부들부들 떨어야 했다. 여자가 그 어지러움을 눈치챈 모양이었다.

"보여줄 게 있습니다."

눈을 뜨자마자 성범수는 소파에서 일어나 카페 밖으로 나왔다. 한동안 쉬었더니 달리는 감각이 영 어색했다. 도대체가 이놈의 달리기 실력이란 백날 연습해봤자 늘지 않는 주제에 얼마 쉬면 또 줄어드는 모양이었다. 여자가 동방 복도 난간에 기댄 채 기다리고 있었다. 무표정한 그 얼굴을 보니 양복쟁이 M이 떠올랐다.

자, 하고 여자가 아래를 가리키며 말했다.

"지금은 여기가 제일 잘 보입니다. 첫 번째 폭발에서는 아무도 죽지 않았습니다. 서너 명의 아이들이 다쳤을 뿐입니다. 놀라서 다들 남쪽으로 뛰어가는, 지금, 저기 보이죠?"

여자의 말대로 아이들이 우르르 남쪽으로 달려가고 있었다. 키가 큰 아이도 있고 달리기를 잘하는 아이도 있었다. 머리카락이 긴 아이도 있고 호루라기처럼 비명을 지르는 아이도 있었다. 모두 97초 동안의 공포와 고통과 죽음을 끝없이 되풀이하는 아이들이었다.

이쪽, 하고 여자가 성범수를 남방 라인으로 이끌었다.

"지금은 이쪽이 먼지가 덜합니다. 저기 당신 딸이 있습니다. 광장의 한가운데에서부터 이 아래까지 달려온 겁니다. 당신 딸이 지금 막 손을 잡은 아이는, 한쪽 다리가 불편한 저 작은 아이는, 내 아들입니다. 바로 오늘 다섯 번째 생일을 맞았습니다."

정말이었다. 저 아래에서 딸이 자기보다 머리통 하나가 작은 아이의 손을 꼭 붙잡고 있었다. 그 절뚝거리는 작은 아이가 여자의 아들이라는 것이었다. 기분이 멍해졌다.

머지않아 건물 4시 지점에서 두 번째 폭발이 발생했다. 매우 큰 폭발이어서 먼지와 함께 자잘한 파편이 사방으로 퍼졌다. 딸이 아이와 함께 곧장 북쪽으로 뛰기 시작했다. 아이의 불편한 다리 때문에 속도가 나지 않자 중간부터는 딸이 아예 아이를 등에 업고 달렸다. 고개를 제대로 쳐들지 못하게 돼 속도가 줄었고, 방향도 삐뚤어졌다. 북방 라인인 12시 지점으로 향하다 비상구가 없는 11시 지점으로 기울어진 건 그 때문이었던 것이다. 성범수는 그걸 처음 봤다. 전에는 각도가 좋지 않았고, 또 먼지구름에 시야가 가로막혀 보지 못한 장면이었다.

여자가 성범수를 재촉해 서방으로 이동했다. 둘은 비상계단을 거쳐 두 층 아래로 내려갔다. 난간에 다가서자 11시 지점에 도착한 딸의 모습이 흐릿하게나마 눈에 들어왔다. 아이를 내려놓고는 얼마나 힘들었던지 허리까지 숙여 힘겹게 심호흡을 했다. 저 애는 겨우 여덟 살이란 말이다, 하고 성범수는 생각했다.

"잘 보세요. 지금 막 당신 딸이 뛰기 시작했습니다. 뛰어가는 앞쪽에 뭐가 있는지 잘 보세요."

딸이 어느새 11시 지점을 빠져나와 건물의 완만한 곡선을 따라 광장 아래쪽으로 달려가고 있었다. 아냐, 하고 성범수가 절박하게 소리쳤다. 그리로 가면 안 됐다. 거기가 딸이 죽는 장소였다. 하지만 그 아수라장에서 성범수의 목소리가 딸의 귀에까지 가닿을 리 없거니와, 설령 도달한다 해도 상수의 일종인 딸이 반응할 리 없었다. 어김없이 세 번째 폭발음이 들렸다. 광장 전체가 자욱한 먼지로 뒤덮였다.

주기가 닫혔다.

카페에 들어와 성범수 맞은편에 앉은 여자가 말했다.

“방금 본 장면을 찬찬히 떠올려보세요. 당신 딸은 겁을 먹고 우왕좌왕한 게 아니었습니다. 첫 번째 폭발 후에 남쪽으로 내려왔고, 두 번째 폭발이 발생하자 다리에 장애가 있는 내 아들을 광장 맞은편까지 데려다줬습니다. 그리고 마지막으로는 두 번째 폭발의 파편에 맞아 쓰러진 다른 아이들을 구하러 남쪽으로 되돌아갔던 겁니다. 나는 그걸 이 건물 6층 이상의 거의 모든 각도에서 수없이 봤습니다.”

저 난리통에 남을 구하러 뛰어다닌 아이는, 하고 여자가 덧붙였다.

“당신 딸밖에 없었습니다.”

쿵.

두 번째 폭발음이 들려왔다.

한 번 더, 하고 성범수가 눈물을 흘리며 말했다.

“한 번만 더 얘기해주세요. 내 딸이 어떤 애인지요.”

*

성범수는 백 살 넘은 노인 얼굴이었다. 그 자신도 잘 알고 있었다. 양복쟁이를 찾아갔던 후로 가끔 화장실에 들러 가만히 거울을 들여다보곤 했기 때문이다. 예상보다 빠르게 늙어가고 있었다.

표정 때문이었다. 표정이 점점 굳어갔다. 그건 세상에 태어나서 천천히 늙어가는 것과 비슷했다. 나이가 들며 경험이 누적되고, 경험이 누적되며 알아가고, 알아가며 후회하고, 후회하며 희망을 잃고, 희망을 잃으며 무표정해지는 것이다. 그 무표정이 얼굴 전체에 번지면 그 인간은 결국 상수가 돼버린다. 양복쟁이는 빠른 속도로 그렇게 됐다. 성범수도 그렇게 돼가는 중이었다. 모든 인간이 밟을 수밖에 없는 삶의 자연스러운 경로를 성범수도 밟아가고 있었다. 하지만 성범수는 양복쟁이와 조금 다른 사람이었다.

"세 가지를 해봤습니다."

이제 막 맞은편에 앉은 여자를 향해 성범수가 말했다.

"먼저, 당신이 혹시 놓쳤을 수도 있는 방식을 시도해봤어요. 나는 당신처럼 계산을 잘할 수는 없는 대신, 당신이 제쳐둔 경로 중에 뭔가 창의적인 길을 찾아낼 수도 있을 것 같았거든요. 한번은 이 카페 바로 앞 난간에서 몸을 날려보기도 했죠. 저 아래엔 화단이 있으니까요."

"봤습니다." 여자가 말했다. "그걸 보고는, 당신이 포기한 줄 알았습니다. 그래서 카페로 걸어오며 두려웠습니다. 당신이 멍한 표정으로 상수가 돼있을까 봐 겁이 많이 났습니다. 포기한 게 아니라서 나는 정말……."

다행입니다, 하고 여자가 서둘러 감정을 덮었다.

"시도한 거라니까요. 최악의 시도였지만요. 9층에서 떨어져 온몸이 박살났는데 어째서 주기가 닫힐 때까지 의식이 붙어있던 걸까요. 아무튼 그 시도는 되게 멍청했습니다."

멍청함을 추도하듯 성범수가 잠시 쉬었다가 말을 이었다.

"온갖 시도를 다 해봤습니다. 결국 새로운 경로는 절대 없다는 걸 알게 됐어요. 그래서 다음으로, 우리의 마지막 루트를 더 다듬어봤습니다. 수없이 디테일을 바꿔가며 하나씩 시도해봤죠. 그러다가 딱 한 번……."

0.7초 단축했죠, 하고 여자가 한마디 끼어들었다.

성범수가 잠시 입술을 앙다물었다.

"아마, 그 정도였을 겁니다. 두 번째 방식에서 거둔 유일한 수확이었죠. 출발도 최고였고 어쩐 일인지 변수들도 전부 나를 응원해주는 것 같았고, 아무튼 운이 굉장히 좋았습니다. 하지만 딸이 죽어가는 모습을 약간 더 지켜봤을 뿐이에요."

그래서 확실히 알았습니다, 하고 성범수가 말을 계속했다.

"바보가 아닌 이상 첫 번째 방식으로도 두 번째 방식으로도 돌아가면 안 된다고요. 내게 남은 건 세 번째 방식뿐입니다."

여자의 동공이 오므라들었다.

"세 번째 방식은 당신도 알다시피, 북방 비상구에서 건물을 따라 남쪽으로 달려 서방 비상구로 들어가는 간단한 루트입니다. 물론 중간에 남자아이 한 명을 업어가야 하겠지요. 그건 딱 두 번 시도해봤습니다."

하지만 당신은 그 두 번 모두, 하고 여자가 끼어들었다. 덮어둔 감정이 목소리에서 꿈틀거리고 있었다. "마지막 순간에 그만뒀죠. 당신은 울고 있는 그 아이의 바로 앞까지 가서는, 몸을 돌려 혼자 비상구로 들어갔습니다. 그 다음 시도에서는 아이를 들어 안아보기까지 하고는, 다시 내려놓고 혼자 비상구로 들어갔고요. 두 번 모두 당신은 그렇게 했습니다. 두 번 모두 그 아이를 살리기 직전에 등을 돌렸습니다. 왜 그랬습니까? 나를 괴롭히고 싶습니까? 내 아들을 구할 수 있지만 그러지 않는다는 걸 과시해서 나를 짝짝 찢어발기고 싶습니까? 당신은 저 양복쟁이보다 더 지독한 사람입니까?"

세 번째 폭발음이 들려오는 동안 여자의 오므라든 동공은 쉼 없이 흔들렸다.

주기가 열리고, 여자가 카페에 들어와 성범수 맞은편에 앉았다. 사람의 동공이 그렇게까지 좁아질 수 있다는 걸 성범수는 처음 알았다.

아니, 하고 성범수가 말했다.

"할 거예요. 제발 진정해요. 충분히 가능하다는 걸 알았으니 당신 아들은 내가 구해줄 겁니다. 그 전에 당신에게 부탁할 게 좀 있을 뿐이에요."

그리고 성범수는 태연하게 뒤쪽으로 걸어가 상수가 돼버린 중년 커플의 라테 두 잔을 가져왔다. 한 잔은 여자 앞에 놓고, 나머지 한 잔은 그대로 자기 입에 들이부었다. 눈물처럼 뜨뜻미지근했다.

"내가 일단 성공하고 나면 당신은 더 이상 나를 도와줄 수 없잖아요? 나는 여전히 이곳에 묶여 내 딸이 죽어가는 꼴을 끝없이 봐야 해요. 그러니 부탁합니다. 나한테 가르쳐주세요. 내가 지금부터 이 건물 안에 있는 모든 변수들의 동선과 행동 방식, 그 변수의 아이가 누구며 어디서 어떻게 죽는지를 전부 알아오겠습니다. 당신은 내가 모아온 데이터를 어떻게 해석하고 또 어떻게 조립하는지 가르쳐주세요."

여자가 멍하니 성범수를 바라봤다. 동공이 빠르게 커졌다. 그리고 세 번째 폭발음이 들렸다.

카페에 들어온 여자는 성범수를 지나쳐 걸었다. 더 뒤쪽에서 더 젊은 상수 커플이 마시던 아메리카노 두 잔을 들고 돌아와 성범수 맞은편에 앉았다. 한 입 마신 후 천천히 입을 열었다.

"이곳에 배회하는 변수들 전부를 한데 묶는 방정식이 실제로 가능할지는 모르겠습니다. 처음에는 나도 바로 그런 궁극의 방정식을 꿈꿨습니다. 하나의 변수가 자신이 구하고 싶은 정답이 아닌 자신이 구할 수 있는 답을 찾고, 다른 변수도 역시 자신이 구할 수 있는 답을 찾아서 결국엔 모든 변수가 모든 답을 얻도록 서로 연대하는, 그런 완벽한 군群 방정식을 말입니다."

당시의 나는, 하고 여자가 말을 이었다.

"지금보다 훨씬 나은 사람이었습니다. 하지만 눈앞에 아들을 살릴 작은 실마리가 나타나자 정신이 나가버렸습니다. 그 조급한 시도를 Q 때문에 망치고 또 M에게 상처까지 받은 후로는, 목적과 효율에 영혼을 팔아버린 독한 계집이 됐습니다. 어느 순간부터 내 방정식은 아들에게만 집중됐습니다. 그 과정에서 당신을 발견하고 나서, 이번에는 당신이 당신 딸을 구할 가능성이 얼마나 되는지 계산했습니다. 미안합니다. 정말 미안합니다. 나는 그 확률이 낮기를 바랐습니다. 왜냐하면 당신이 내게는 유일한 희망이니까요. 당신이 딸을 구해 떠나면 나는 그야말로 아무 희망도 없게 되니까요. 왜 여기 데리고 왔지, 왜 하필 오늘이지, 대체 왜 그 애를 혼자 두었지, 그 순간에 내가 어떻게 했어야 하지, 끊임없이 후회하고 자책하면서 이 11층짜리 지옥에 버려지니까요. 당신이 당신 딸을 구할 확률이 0이라는 걸 알아냈을 때, 나는 악마처럼 기뻤습니다."

너무 솔직할 필요 없어요, 하고 성범수가 말했다. "내가 마음을 바꾸기라도 하면 어쩌려고."

두 번째 폭발음이 들렸다.

"알겠습니다."

여자가 단호하게 말했다.

"모두 가르쳐드리겠습니다. 내가 할 수 있는 건 전부 당신도 할 수 있게 만들어드리겠습니다. 어쩌면 당신은 내가 상상도 못한 조합과 맞닥뜨릴 수 있을지 모르겠습니다. 내가 필사적으로 구축해온 방정식 너머를 당신은 설계해낼 수 있을지 모르겠습니다. 자식의 목숨이 경각에 달렸을 때는 사람이 꽤 희한한 경지에 도달하기도 하니까요."

성범수도 실은 그걸 꿈꾸고 있었다. 바닥에 다다른 절박함이 자신을 구원해주길 꿈꾸고 있었다. 광장의 아이들을 빠짐없이 전부 구해야 딸도 구할 수 있다면, 까짓것 그렇게 해버리기를 꿈꾸고 있었다. 성범수가 꿀 수 있는 마지막 꿈이었다.

세 번째 폭발음이 들렸다. 돌을 쪼개고 쇠를 찢는 굉음이 얼을 빼놓은 다음엔 건물 곳곳에서 터져 나온 탄식과 통곡과 비명이 뒤따랐다. 폐부를 쪼개는 절망의 소음들은 벽에 부딪혀 이리저리 오가는 동안 거듭 재생되고, 증폭되고, 확장됐다.

"왜 자꾸 여기를 지옥이라고 하는 거죠?"

커피에 생겨난 작은 파문을 바라보며 성범수가 여자에게 말했다.

"여기선 그래도 뭐든 해볼 수 있잖아요."

*

눈을 뜨자마자 심호흡을 했다.

아무도 카페에 들어서지 않고, 아무도 맞은편에 앉지 않았다.

당연한 일이었다.

잘된 것이다.

성범수는 소파에서 일어나 복도로 나왔다. 총총걸음으로 북방 라인 4층까지 계단을 내려간 후 비상문에 등을 기대고 섰다.

아직 시간이 남아있기에 입을 짝 벌렸다가 닫으며 표정을 좀 관리했다. 꼭 거울이 필요하지는 않았다. 어차피 지난번 거울을 봤을 때랑 똑같을 테니까. 상수가 돼가는 표정에 누가 호감을 가질 것이며, 호감이 가지 않는 사람을 어떻게 신뢰할 것인가. 헛기

침을 한 번 했다. 어쩐지 모자란 것 같아 한 번 더 했다.

이윽고 계단 아래에서 누군가 숨을 씩씩거리며 올라왔다. 낯익은 머리통이 불쑥 튀어나오더니, 이렇게 중얼거렸다.

"찾았다."

3층의 단발머리였다. 독이 오를 대로 오른 그녀의 얼굴을 보며 성범수는 침을 꼴깍 삼켰다. 빠르게 기억을 더듬었다. 단발머리는 루트97의 Y로서 G의 아이와 연결되고 G는 E의 아이와 연결되며 E는 A의 아이와 연결되고 A는 C의 아이랑 F의 아이와 연결되지만, 만약 F의 아이를 택한다면 F는 K의 아이와 연결되고 K는 C의 아이와 연결되고 C는 P의 아이와 연결되며 P는, 아아 그 P는 바로…….

"야, 너 누구야."

지독하게도 으르렁거리는 목소리였다. 코앞까지 다가온 단발머리의 쿵쾅거리는 심장소리가 귀에 들렸다. 아니, 그 심장소리는 어쩌면 성범수 자신의 것일지도 모른다.

"누구냐고! 대체 뭐하는 새낀데 나한테……."

성범수가 손목시계를 보며 31초 남았네요, 하고 말했다.

그리고 이렇게 덧붙였다.

"이제 우리 뭐라도 좀 해봅시다."

윤성희

1973년 경기도 수원에서 태어났다. 1999년 《동아일보》 신춘문예에 단편 소설 〈레고로 만든 집〉이 당선돼 등단했다. 소설집 《레고로 만든 집》《거기, 당신?》《감기》《웃는 동안》《베개를 베다》, 중편소설 《첫 문장》, 장편소설 《구경꾼들》《상냥한 사람》 등을 펴냈다.

©Jung Meenyoung

블랙홀

1

모든 일은 그 망할 놈의 옆집 할아버지가 넘어졌기 때문이라며 오빠는 술에 취하면 전화를 걸어 말하곤 했다. 부모님이 시골로 내려간 것은 십 년 전쯤이었다. 시골로 내려가기 전에 아버지는 우리 삼 남매를 불러 이렇게 말했다. "이자 갚는 것도 지쳤다. 이제 그만 집을 팔련다." 나는 부모님이 노후 자금을 모으지는 못했어도 빚이 있으리라고는 생각도 못했다. 아버지는 자동차 부품을 납품하는 중소기업의 관리부에서 삼십 년을 근무했는데 회사가 부도나는 바람에 퇴직금도 받지 못하고 퇴직을 했다. 그 후로 몇 달 쉬었다가 아는 사람의 소개로 얻은 아파트 경비 일을 오 년째 하고 있었다. 아버지가 경비 일을 시작했을 때 어머니도 동네 세탁소에서 수선 일을 하기 시작했다. 혹시 생활비가 부족하냐고 물었더니 어머니는 심심해서 하는 거라며 우리를 안심시켰다. 깔끔세탁소는 우리가 그 동네로 이사를 갔을 때부터 있던 곳이었다. 한때 어머니는 세탁소 주인아주머니가 꾸린 계원 중 한 명이었다. 주인아주머니는 수선을 잘해서 옆 동네에서도 옷을 맡기러 올 정도로 실력이 있었는데, 그만 치매에 걸리고 말았다. 마침 실직을 한 아들 부부네가 세탁소를 이어받겠다고 해서 주인아저씨는 가게를 넘겨줬다. 그래서 손재주가 좋은 어머니가 가끔 가서 일을 돕고 세탁소집 며느리에게 바느질을 가르치기로 한 것이었다. 어머니는 젊은 시절 양장점에서 일한 적이 있었다. 우리가 어렸을 때 어머니는 원피스도 직접 만들어주곤 했다. 아버지의 경비 월급과 어머니가 수선을 해서 받는 돈까지 합하면 두 분이 사는 데 그다지 부족하지 않을 거라고 나는 생각했다. 공과금을 내고, 먹고 싶은 거 사 드시고, 설날이나 어린이날에 손주들에게 용돈 정도는 줄 수 있는 삶. "그동안 번 돈은 어디 갔어요?" 오빠가 물었을 때 아버지는 화를 냈다. 우리가 그 집을 산 뒤로 단 한 번도 빚이 없었던 적이 없다고. 부모님이 처음으로 산 집이었다. 은행 대출이 절반을 넘었고 그 절반을 갚기도 전에 우리 삼 남매가 줄줄이 대학에 입학했다. 그래서 또 대출을 받았고 그걸 다 갚기도 전에 언니가 임신을 해서 결혼을 했다. 그때 다시 대출. 누가 쌍둥이 아니랄까 봐 언니가 결혼을 하고 이 년 후에 오빠도 애가 생겨서 결혼. 그때 다시 대출. 뭐 일이 그렇게 된 것이었다. 재개발만 되면 아파트 값이 오를 것이라는 희망으로 버텼지만 이제 그것도 지쳤다고 어머니가 말했다. 그러면서 당숙이 사는 시골로 내려가겠다고 했다. 아버지의 외사촌 형인 당숙은 오십 대 초반에 대장암에 걸렸다가 그 일을 계기로 귀향을 했다. 딸기 농사를 크게 지었는데 자식들 중 아무도 농사를 이어받지 않아 일손이 부족하다고 했다. "딸기 농사도 돕고 이런저런 농사도 좀 직접 짓고 그러면 둘이 먹고살지 않겠냐." 어머니는 말했다. 부모님은 집을 팔아 빚을 갚았고 우리들은 삼천만 원을 만들어 부모님의 귀촌 자금에 보탰다. 이사를 하고 며칠 후 어머니는 내게 전화를 걸어 옆집에 사는 할머니랑 같이 나물을 캐고 왔다고 말했다. 저녁에 쑥국을 끓이고 씀바귀와 냉이를 무쳐 먹었다고 했다. "그 형님이 내일은 산마늘 캐러 가자 하네. 산마늘 넣고 삼계탕 끓이면 몸에 그리 좋다고." 어머니보다 나이는 많지만 그래도 의지할 이웃이 생긴 것 같아 나는 안심했다. 그리고 내 생각대로 둘은 맛있는 음식을 하면 나눠 먹고 볕이 좋은 날엔 평상에 앉아 남편 흉을 볼 정도의 사이가 됐다. 옆집 할머니가 돌아가셨을 때 어머니는 너무 울어 목이 잠겼고 일주일 동안이나 말을 못 했다. 그랬는데 혼자가 된 옆집 할아버지가 부모님 집 감나무에서 떨어진 감을 밟고 넘어져서 허리를 다쳤다며 소송을 걸었다. 평소에는 담 넘어온 가지에 달린 건 다 자기네 거라며 모조리 따 먹었으면서 이제 와서 우리 탓을 한다고 어머니는 담벼락에 서서 옆집을 향해 소리를 질렀다. 치료비의 일부를 지불하라는 판결을 받은 날 아버지는 감나무를 잘라버렸다. 감나무가 쓰러지면서 담을 건드렸고 담이 무너지면서 아버지 발등을 덮쳤다. 그 일로 아버지는 두 달 동안 깁스를 했다. 걷지 못하는 동안 아버지는 평상에 앉아서 막걸리를 마시며 옆집을 향해 계속 욕을 했다. 그때부터 부모님이 조금씩 변한 거라고 오빠는 말했다. 나는 아버지는 원래 술을 마시면 화를 잘 냈다고 대꾸하려다가 말았다.

언니는 부모님이 판 아파트가 재개발이 된 게 원인이라고 했다. 그때 생긴 마음의 병이 다른 방식으로 폭발한 거라고. 어머니는 이사를 한 뒤에도 103동 아주머니랑 통화를 하며 동네 소식을 전해 듣곤 했다. 어머니랑 같이 동사무소 노래 교실을 다니며 친해진 아주머니였다. 시골로 내려간 첫해에 들은 소식은 세탁소 아들 부부가 이혼을 했다는 거였다. "세탁소를 하기 전에는 주말부부였대. 그러다 하루 종일 얼굴을 보려니 못 참겠는 거지." 103동 아주머니의 말에 어머니는 수선을 가르칠 때도 며느리는 웃는 법이 없었다고 대꾸했다. 그다음 해에는 노래 교실 선생님이 심장마비로 죽었다는 소식을 들었다. "결혼 안 한 자식이 둘이나 있는데 어째. 불쌍해서." 어머니는 눈물을 흘렸다. 그다음 해에는 아파트 후문에 있던 치킨집에서 불이 났다는 소식. 그다음 해에는 경비 아저씨들끼리 싸움이 나서 한 명이 중태에 빠졌다는 소식. 그런 소식을 듣는 날이면 어머니는 내게 전화를 걸어 그 이야기들을 전했다. 그러고는 아버지 흉을 보다가 전화를 끊었다. 어떤 날은 통화가 한 시간씩 이어지곤 했다. 그래도 나는 전화를 안 받거나 먼저 끊거나 하지는 않았다. 부모님이 시골로 내려갈 때 오빠, 언니와 달리 오백만 원밖에 보태지 못한 게 늘 마음에 남아있었기 때문이었다. 게다가 매달 용돈도 보내지 못해서 그 정도는 해야 한다고 생각했다. 그러던 어느 날 언니가 내게 전화를 걸어 아파트가 재개발이 된다는 이야기를 했다. 나는 어디서 들었느냐고 물었다. 그랬더니 어머니가 전화를 걸어 말해줬다는 거였다. "아파트 값이 일억이나 올랐대. 얼마나 속상하셨는지 십 분이나 우셨다니까." 나는 그때 어머니에게 좀 섭섭했다. 사람들 흉을 볼 때면 내게 전화를 해놓고 정작 마음속 이야기는 언니에게 하는 눈치였다. 재개발 소식을 들은 이후 어머니는 불면증에 걸렸다. "잠을 못 자서 그런지 입맛이 떨어졌어. 도통 먹고 싶은 게 없네." 어머니는 말했다. 먹고 싶은 음식이 없어지자 어머니는 음식을 대충 하기 시작했고 그 일로 부부 싸움이 잦아졌다. 아버지는 일주일 내내 쉰 김치에 된장찌개만 먹었다며 오빠에게 전화를 걸어 하소연을 했다. 아파트 하나 지키지 못한 가장이라 그런 대우를 받는 거라고. 오빠는 그 이야기를 언니에게 전했고 언니는 또 내게 전했다. 나는 홈쇼핑에서 고등어와 불고기와 곰탕을 사서 시골로 보냈다. 그리고 아버지한테 전화를 걸어 이제부터 요리에 재미를 붙여보시라고 권했다. "엄마도 밥하는 게 얼마나 지겹겠어요. 그리고 아버지 비빔국수도 잘하시잖아요." 내 말에 아버지가 알았다며 퉁명스럽게 전화를 끊었다. 어머니는 언니가 해준 한약을 먹고 입맛이 조금 돌아오긴 했지만 예전처럼 달게 드시지는 않았다. "억지로 먹는 거야." 어머니는 늘 그 말을 달고 살았다. 그 시기에 옆집 할아버지가 감을 밟고 넘어지는 사건이 일어난 것이다. 언니는 재개발로 아파트 값만 오르지 않았다면 부모님이 옆집 할아버지가 입원한 병원에 가서 인사도 하고 병원비도 냈을 거라고 말했다. "엄마가 얼마나 정이 많았니?" 언니의 말에 나는 아무 대꾸도 할 수 없었다.

새언니는 이사를 간 집에 귀신이 붙었기 때문이라고 생각했다. 시골집이라지만 터무니없이 싼 가격에 집이 나왔을 때 알아봤어야 했다고. 그 집에서 누군가 자살을 했다는 사실을 안 건 이사를 간 해에 맞이한 추석날이었다. 집은 ㄷ자 모양이었는데, 안채는 ㄴ자로 돼있고 사랑방이 독채처럼 있었다. 사랑방에는 장작을 때는 아궁이가 있었다. 시골로 내려간 후 처음으로 맞는 명절이어서 오빠네 식구만 아니라 언니네 식구까지 다 내려갔다. 안채에는 방이 두 개였다. 안방에서는 남자들이, 작은방에서는 아이들이, 그리고 사랑방에서는 여자들이 잠을 자기로 했다. 아버지가 아궁이에 장작을 가득 넣고 불을 땠다. "종일 고생했으니 뜨끈한 방에서 푹 자라." 아버지가 새언니에게 말했다. 그날 사랑방에서 잠을 자던 새언니는 악몽을 꿨다. 누군가 밤새 목을 졸랐다는 거였다. 뜨거운 방에서 찜질을 했더니 몸이 개운해졌다는 어머니는 새언니에게 방이 너무 뜨거워서 그런 꿈을 꾼 거라고 말했다. 언니도 거들었다. 목이 말라서 그런 악몽을 꾸게 된 거라고. 그랬는데 차례를 지내고 당숙 댁에 인사를 하러 갔을 때 당숙모가 이런 이야기를 들려줬다. 그 집에는 딸을 혼자 키우던 할머니가 살고 있었다고. 할머니의 남편은 결혼한 지 이 년 만에 다른 여자와 살림을 차려 집을 나갔다. 그래도 할머니는 마을을 떠나지 않고 악착같이 일을 해서 딸을 공부시켰다. 그 딸이 미국으로 유학을 가서 박사학위를 받았을 때 할머니는 소를 두 마리나 잡았고 이웃 마을 사람들까지 이틀 내내 먹고 마셨다. 그랬는데 그 남편이 사십팔 년 만에 돌아왔다. 남편이 돌아오자 어찌 된 일인지 할머니는 한 달 동안 극진히 음식을 대접했는데, 화를 내지 않아 더 무섭다고 남편이 동네 경로당에 가서 하소연을 하기도 했다고 한다. 그리고 어느 날 할머니는 아무 말 없이 사라졌다. 미국에 사는 딸한테 가버린 것이다. "혼자 남은 남자는 내내 술만 마시다가 자살을 했대요. 바로 그 사랑방에서요." 새언니가 목소리를 낮춰 속삭이듯 말했다. 오빠는 그런 집을 소개했다고 화를 냈다. 그러자 당숙 아저씨가 그 돈으로 살 수 있는 집은 거기밖에 없다고 말했다. "그리고 생각하기 나름이지. 그 집 딸은 미국에서 교수를 한다. 그런 자식이 나온 집이라고." 어머니는 차례를 지내고 남은 음식을 사랑방 방문 앞에 두고 제사를 지내줬다. 그러고는 사랑방을 허물어버리자는 우리 삼 남매에게 이렇게 말했다. "그렇게 따지면 아무 데도 못 산다. 전쟁 통에 이 마을에서 얼마나 많은 사람이 죽었는데."

아버지는 깁스를 풀기 전에 넘어져서 골반을 다쳤다. 막걸리를 마시고 화장실에 갔다가 슬리퍼를 잘못 밟아 넘어졌는데 어머니가 외출을 하는 바람에 몇 시간 후에야 발견됐다. 아버지는 화장실에서 목이 쉬도록 사람 살려달라고 외쳤다. 하지만 그 소리는 옆집까지만 들렸고, 옆집은 할아버지가 허리를 다친 뒤 요양원에 들어가서 빈집이었다. 어머니는 창고로 쓰던 사랑방을 황토방으로 개조했다. 아버지를 거기로 모시고 아침저녁으로 아궁이에 불을 지폈다. 아버지는 짜증이 많아졌고, 어머니를 아주머니라고 부르더니, 나중에는 욕창이 생겨도 아프다는 말을 하지 못했다. 그렇게 일 년 반을 누워 있다가 돌아가셨다. 몇몇 동네 주민들이 감나무를 잘라 저주를 받았다는 뒷말을 했다. 옆집 할머니가 그렇게 잘해줬는데 그 정을 생각해서라도 옆집 할아버지에게 그러면 안 됐다고 말한 사람들도 있었다. 어머니는 마을회관으로 달려가 화투판을 뒤집었다. 그리고 화투를 치던 아주머니들에게 그렇게 살지 말라고 소리쳤다. 어머니가 체포됐을 때 경찰은 그 사건을 거론했다. 그게 동기였다고. 저녁 뉴스에는 어머니가 병을 들고 마을 체육대회가 열리는 운동장으로 걸어가는 모습이 찍힌 CCTV 화면이 나왔다. 그리고 삼십 분 후 빈손으로 돌아오는 것도. 음식을 내기 전 부녀회장이 간을 보지 않았다면 동네 사람들이 전부 죽을 뻔했다고 경찰은 오빠에게 말했다. 어떻게 된 일이냐고 오빠가 다그쳤을 때 어머니는 말했다. “나는 그게 매실 엑기스인 줄 알았다.” 어머니의 말은 터무니없었다. 농약과 매실액을 헷갈릴 사람이 누가 있겠는가. 오빠는 그 말을 믿고 싶어 했다. 새언니는 육개장에 매실액을 넣는 사람이 어디 있느냐고 말했다. 그 말에 오빠가 발끈했다. “우리라도 믿어야 해. 믿어야 한다고.” 오빠는 새언니한테 소리치며 울었다. “뭐에 홀린 거야. 홀린 거라고.” 새언니도 울며 오빠한테 소리쳤다. “이놈의 집에 귀신이 붙어서 그런 거라고.” 나는 새언니가 계속 귀신 탓을 하길 바랐다. 어머니를 미워하는 것보다는 그게 더 나았다.

2

오빠가 시골집에 내려간 지 일주일이 지났는데 돌아오지 않는다며 새언니가 전화를 걸어왔다. 집을 사겠다는 사람이 나와 내려갔다는 거였다. 그런 집을 누가 살까 싶어 거의 포기하고 있었는데, 옆집과 부모님 집을 허물어 펜션을 짓겠다는 작자가 나타났다. “계약이 미뤄져 하루 자고 온다고 하더니 지금까지 안 와요.” 새언니가 말했다. “내가 거기서 자지 말고 당숙 댁에 가서 자고 오라고 그렇게 말했는데.” 통화가 되느냐고 물었더니 하루에 한 번씩 잘 지낸다는 메시지가 온다는 거였다. 처리할 일이 있다고. 내일 간다고. 늘 같은 내용이라고 했다. 새언니랑 통화를 하고 오빠한테 전화를 했더니 받지 않았다. 조금 기다렸다 다시 했는데 역시나 받지 않았다. 나는 언니한테 전화를 걸어 새언니에게 들은 말을 알려줬다. 그랬더니 언니가 어제 오빠 꿈을 꿨는데 나쁜 일은 없을 거라며 안심하라고 했다. 둘은 쌍둥이라 그런지 서로에게 무슨 일이 생기면 꿈에서 미리 알아차리곤 했다. 오빠가 군대에 가있는 동안 여자 친구에게 차였는데, 그 여자 친구에게 다른 사람이 생겼다는 사실을 오빠보다 먼저 안 것도 언니였다. 언니가 결혼 전에 임신을 해서 고민할 때 먼저 알아차린 사람도 오빠졌다. 언니 대신 태몽을 꾼 것이었다. 어제 언니는 이런 꿈을 꿨다. 오빠랑 학교 앞 문방구에서 달고나를 만드는 꿈이었다. 언니랑 오빠는 여덟 살. 둘은 똑같은 스웨터를 입고 있었는데 초등학교 입학 기념으로 어머니가 떠준 옷이었다. 언니는 연탄불 앞에 앉아 달고나를 만들다가 스웨터의 소매를 태웠다. 혼날까 봐 언니는 울었다. “그랬더니 오빠가 스웨터를 바꿔 입어줬지. 그래서 나 대신 혼났고.” 오빠는 어머니에게 등짝을 맞았다. 언니는 예전에도 몇 번 같은 꿈을 꾼 적이 있는데 그때마다 나쁜 일은 일어나지 않았다고 했다. 처음 그 꿈을 꿨을 때 오빠는 길에서 만 원을 주웠다. 언니가 자신의 꿈 덕분이라고 말하자 오빠가 오천 원을 줬다. 두 번째 그 꿈을 꿨을 때 오빠는 길에서 넘어진 할아버지를 발견하고는 도와드렸다. 그 손녀가 오빠에게 전화를 걸어 고맙다고 인사를 했고 그걸 계기로 둘은 잠깐 사귀었다. “내일 월차 낼 수 있어?” 언니가 물었다. 왜 그러냐고 물으니 오빠를 찾으러 시골집에 가자고 했다. “새언니는?” “귀신 붙은 집이라고 얼씬도 안 할걸. 괜히 같이 내려갔다가 부부 싸움 생길지도 모르고.” 그러면서 언니는 우리끼리 갔다 오자고 말했다. “미리 학교 태워다 주고 너한테 가면 여덟 시 정도 되겠다. 내일 보자.” 언니가 전화를 끊었다. 우리 집안의 첫째 조카인 미리. 뭐든지 미리미리 준비하는 마음으로 살라고 이름을 미리로 지었더니 정말 뭐든지 스스로 준비하는 아이. 내 생일날 종이 백에 샤넬 로고를 붙여 선물했던 아이. 나는 미리가 성년이 되는 날 처음으로 같이 술을 마시는 사람이 되고 싶었다. 그건 미리가 태어났을 때부터 품어온 소원이었다. 자신에게 그런 피가 흐를까 봐 끔찍하고 징그럽다고, 외가 쪽 식구들 얼굴도 보기 싫다고, 미리는 말했다. 그 이후로 나는 미리를 한 번도 보지 못했다. 미리는 내년에 스무 살이 된다.

새벽에 일어나 동네를 돌아다녔다. 네 시 반. 나는 가로등을 세면서 걸었다. 작년 겨울, 폭설이 내리던 날이 시작이었다. 옆방에서 여자가 신음 소리를 내는 바람에 눈을 떴다. 새로 이사 온 여자였는데 악몽을 꾸는지 새벽마다 소리를 질렀다. 창밖을 보니 함박눈이 내리고 있었다. 나는 창을 열어 몸을 반쯤 밖으로 내밀고 눈을 맞았다. 한참을 그러고 있다가 나도 모르게 신발을 창밖으로 던졌다. 아침에 누군가 그 신발을 본다면 지나온 발자국도 지나간 발자국도 없는데 신발만 덩그러니 놓여있는 걸 궁금해할 거란 생각이 들었다. 이 신발 주인은 어디로 사라진 건가? 그러면서 하늘을 한번 쳐다보겠지. 그런 상상을 하면서 나는 눈을 맞았다. 나는 어릴 적 눈이 내리면 일찍 학교에 갔다. 초등학교가 가까워서 방학 때도 눈이 내리면 학교 운동장으로 달려갔다. 그리고 학교 운동장을 뒤로 걸었다. 내가 지나온 발자국을 보면서 걷는 것. 그 발자국을 보면서 나는 유령이 된 또 다른 내가 나를 따라온다는 상상을 하곤 했다. 그날 나는 밖으로 나가 맨발로 동네를 돌아다녔다. 가로등을 서른 개까지 세면서 걷다가 되돌아왔다. 그리고 집 앞에서 눈에 파묻힌 신발을 찾아 신었다. 집에 돌아와 뜨거운 물에 발을 담갔다. 발바닥이 간지러워서 나는 오랫동안 울었다. 그날 이후로 옆방 여자가 소리를 지르지 않아도 새벽이면 눈이 떠졌다. 오늘은 가로등을 백서른 개까지 세며 걸었다. 서른 번째 가로등에는 낙서를 했다. 어제는 마흔 번째 가로등에 병신이라고 썼다. 그제는 쉰여섯 번째 가로등에 바보라고 썼다. 오늘은 꼴값하네, 라고 적었다. 오빠와 언니는 초등학생 때 그 말을 자주 썼다. 당시 유행했던 드라마에서 주인공의 할머니가 자주 하던 말이었다. 그 할머니는 족발집을 운영하며 손자들을 키웠는데 술 취한 손님이 허튼소리를 하면 그렇게 받아쳤다. 오빠와 언니는 꼴 자를 길게 늘였다가 값 자에 힘을 주며 말하는 것까지 흉내를 냈다. 길을 걷다 오줌을 누는 강아지를 봐도 꼴값하네. 옆집에 사는 미희가 생일잔치를 한다는 소문을 들어도 꼴값하네. 언니가 좋아하는 가수의 열애설이 나와도 꼴값하네. 그러다 둘은 서로에게 좋은 일이 생겨도 그 말을 쓰기 시작했다. 오빠가 시험 백 점을 받아도 꼴값하네. 언니가 달리기에서 일등을 해도 꼴값하네. 꼴값하네 놀이. 언니 오빠는 그 놀이에 나를 끼워주지 않았다. 그래서 나는 그 말을 나 혼자에게 하곤 했다. 집에 돌아와 벽에 귀를 대고 옆방에서 나는 소리를 들어봤다. 아무 소리도 들리지 않았다.

언니는 일곱 시 오십 분에 도착했다. 휴게소에서 우동을 사 먹었다. 언니는 먹지도 않는데 자꾸만 살이 찐다며 우동을 반만 먹었다. 어머니가 살인미수로 오 년 형을 받은 뒤 언니는 급작스럽게 살이 쪘다. 그랬는데도 면회를 가면 어머니는 왜 이렇게 말랐냐는 말만 한다고 언니는 말했다. 고속도로 옆으로 하얀 꽃들이 군락을 이루며 피어있었다. 나는 자동차 창문을 내렸다. 향긋한 냄새가 날 줄 알았는데 아무 냄새도 느껴지지 않았다. 언니는 그 꽃이 이팝나무 꽃이라고 했다. 나는 조팝나무 꽃이라고 했다. "내기할까?" "응, 내기하자." 우리는 무엇을 걸지 한참을 생각했다. 터무니없는 것을 거는 것. 그게 우리 자매의 내기 방법이었다. 나는 나무 위에 집을 지어주겠다고 했다. 단, 계단은 없으니 밧줄을 타고 올라가야 한다고. 언니는 화장실만 있다면 괜찮다고 했다. 한 번 올라간 다음 다시는 안 내려오면 된다고. 그리고 집을 선물받았으니 자신도 내게 집을 주겠다고 했다. "나는 호수 한가운데 별장을 지어줄게. 그런데 그 호수에는 악어가 바글바글해." 나는 언니한테 악어 고기가 의외로 맛있다고 말해줬다. "그러니 악어를 잡아 매일 바비큐를 해먹지 뭐." 나는 휴대폰을 꺼내 이팝나무와 조팝나무를 검색해봤다. 세상에. 이팝나무는 물푸레나무과고 조팝나무는 장미과였다. "이름만 봐서는 쌍둥이 같은데 말이야." 내 말에 언니가 쌍둥이들도 얼마나 성격이 다른데, 하고 받아쳤다. "그건 그렇고 그래서 저 꽃은 뭐야?" 언니가 물었다. "잘 모르겠어. 너무 멀어서 그런가. 똑같아 보여." 우리는 확실해질 때까지 당분간 고속도로 옆에 핀 흰 꽃을 이조팝나무 꽃이라고 부르기로 했다. 시골집에 도착하기 전에 언니는 어제 꾼 꿈 이야기를 마저 해줬다. 정말로 그 스웨터 소매를 태운 적이 있었다고. 달고 나를 만들다 그렇게 된 건 아니고 난롯불을 쬐다 그렇게 됐다는 것이다. 그것도 학교 난로가 아니라 만화방에 있던 난로였다. "그런데 그게 내가 아니라 오빠였어. 오빠가 겁쟁이잖아. 엄마한테 혼나는 게 무섭다며 막 울더라. 그래서 내가 스웨터를 바꿔 입었어." 언니는 그날 어머니한테 등짝을 맞았다. "그때 내가 혼난 게 억울했는지 자꾸 그 꿈을 꾸네. 오빠가 엄마한테 혼나는 꿈." 가족 앨범에는 둘이 똑같은 스웨터를 입고 찍은 사진이 있었다. 쌍둥이였지만 둘은 똑같은 옷을 입은 적이 없었다. 내 기억에 의하면 그 스웨터가 유일했던 것 같다. 집에 도착해보니 오빠는 없었다. 오빠한테 전화를 했는데 받지 않아서 메시지를 남겼다. 한 시간쯤 지났을까. 오빠가 왔다. 어디 갔었느냐고 물었더니 뒷산에 다녀왔다고 했다. 뒷산은 정상까지 한 시간 정도 걸리는데 그 정상에 너럭바위가 있다는 거였다. 오빠는 도시락을 싸서 산에 올랐다. 반찬은 김치 하나면 됐다. "거기 앉아서 밥을 먹으면 그렇게 꿀맛이다." 소박한 식사를 하고 돌에 누워 낮잠을 자면 그렇게 마음이 편안해질 수가 없다고 오빠는 말했다. "왜 그런 프로그램 있잖아. 산속에서 은둔하며 혼자 사는 사람들이 나오는. 예전에는 그런 사람들이 한심해 보였는데 막상 내가 해보니 어떤 마음인지 알겠어." 오빠의 말을 들어서인지 오빠의 얼굴이 맑아 보였다. "그래서 일주일이나 집에 안 돌아가고 이러고 있는 거야? 나는 자연인이다, 그거 흉내 내면서?" 그렇게 말하고 언니는 한숨을 쉬었다.

3

오빠가 일주일이나 시골집에 머문 이유는 꼭 그것 때문은 아니었다. 계약하기로 한 사람이 오는 도중에 차가 고장 났다며 세 시간이나 늦게 왔다. 은행 영업시간이 지나 계약금을 입금할 수 없어서 다음 날 아침에 만나 다시 계약하기로 했다. 그래서 하루를 잤다. 계약을 하고 오빠는 시내에 있는 '중고의 모든 것'이라는 가게에 전화를 했다. 그랬더니 사장이 장례식장에 왔다며 다음 날 가겠다고 말했다. 그래서 하루를 더 잤다. 중고가게 사장은 집을 둘러보더니 세탁기와 김치냉장고 그리고 텔레비전 정도만 사겠다고 했다. 다른 것들은 쓸 만한 게 별로 없다고. 김치냉장고는 부모님이 귀촌을 할 때 언니가 사준 것이었다. 그 전에 쓰던 김치냉장고는 십오 년이나 사용한 데다가 뚜껑형이어서 안쪽에 있는 김치 통을 꺼낼 때마다 고생을 해야 했다. 어머니는 김장도 안 해 먹고 살 거라며 이사를 가면서 김치냉장고를 버렸다. 그랬는데 이사를 간 그해 겨울 언니는 스탠드형 김치냉장고를 사서 배달시켰다. 형부가 승진을 해서 월급이 올랐다는 거였다. "이걸 사줄 테니 나보고 김장을 해달라는 말이지." 부모님은 텃밭에서 직접 키운 배추와 무로 김장을 해서 김치냉장고를 가득 채웠다. "세탁기는 몇 년 안 된 거라 돈을 좀 받았어. 그런데 세탁기를 살펴보던 중고가게 사장이 갑자기 우는 거야." 오빠는 세탁기 앞에서 쪼그리고 앉아 우는 사장에게 무슨 일이냐고 물었다. 그랬더니 양말한 짝을 오빠에게 보여주며 사장이 말했다. "이게, 이게, 여기 들어있어요." 사장은 뒤꿈치가 해진 양말이 슬퍼 운다고 했다. 오빠는 사장이 갱년기일 거라고 생각했다. 오빠의 직장 상사 중에서 그렇게 심하게 갱년기를 보낸 사람이 있었다고. "주꾸미를 먹다가도 울었다니까. 이름이 슬프다나." 오빠는 그때 그 상사와 매일 술을 마셔줬다. 다른 동료들은 피곤하다며 상사를 피했지만 오빠만은 그러지 않았다. 상사가 울 때면 오빠는 첫사랑에게 차인 이야기를 해줬다. 헤어지면서 여자가 했던 말을. "너 코 파는 버릇 있는 거 알아. 더러워서 못 만나겠어." 오빠는 여자의 목소리로 흉내를 냈고 그러면 상사는 울다가도 웃었다. 어머니의 일이 뉴스에 보도돼 오빠가 동료들에게 따돌림을 당했을 때, 그 상사만이 오빠에게 술을 사주고 밥을 사줬다. 오빠가 퇴사를 했을 때 회사 앞까지 나와 잘 살라고 인사를 해준 유일한 사람이었다. 그래서 오빠는 사장이 울도록 그냥 뒀다. 한참을 울던 사장은 오빠에게 전날 장례식장에 갔던 이야기를 해줬다. 중학교 때 같이 야구를 한 친구였는데 그만 자살을 했다고. "전 어깨를 다쳐 일찍 운동을 포기했지만 친구는 유망주였거든요." 고등학교를 졸업하고 프로팀에 입단한 친구는 2군에서 육 년을 버텼다. 그리고 칠 년 만에 찾아온 기회. "1군에서 공 열두 개를 던졌어요. 그게 처음이자 마지막 기록이었죠." 열두 개의 공 중 볼이 아홉. 스트라이크가 둘. 몸에 맞는 공이 하나. "그 후 고향으로 내려가 큰형이 운영하는 돼지갈비집에서 일을 했어요. 그렇게 돈을 모아 자기 가게도 차리고. 일주일 전에 내게 전화해서는 곧 가게를 확장할 거라며 자랑했거든요." 그랬는데 길 가던 사람의 머리를 벽돌로 내려치고는 자살을 했다. CCTV에 찍힌 영상에는 사건 전에 둘이 잠깐 대화를 나누는 장면이 나오지만 무슨 말을 했는지는 파악할 수 없다고 경찰은 말했다. "맞은 사람도 혼수상태거든요. 왜 그랬는지 도통 모르겠어요." 사장이 떠난 뒤 오빠는 왠지 마음이 아파 술을 한잔할 수밖에 없었다. 그래서 마트에 가서 막걸리 한 통하고 두부 한 모를 사왔다. 술 한잔을 하고 낮잠을 자면 저녁에 운전을 할 수 있을 거라고 생각했다. 오빠는 막걸리를 한 잔 마시고 두부를 한 점 먹었다. 그러다 김치냉장고를 팔면서 버리려고 꺼내 놓은 김치 통이 생각났다. 첫 번째 통을 열어보니 파김치가 있었다. 두 번째 통은 깍두기. 세 번째 통을 열어보니 총각김치. 쉰 냄새가 코를 찔렀고 하얀 골마지가 가득했다. 골가지. 어머니는 골마지를 골가지라고 불렀다. 오빠는 마지막으로 네 번째 통을 열어봤다. 그랬더니 손을 대지 않은 김장 김치가 한 통 들어있었다. 비닐을 벗기고, 또 배추 겉잎까지 걷어내니, 멀쩡한 배추김치가 보였다. "두부에 그 배추김치를 싸서 먹는데 젠장, 너무 맛있는 거야." 그날 오빠는 막걸리를 세 통이나 마셨다. 그래서 또 하룻밤. "그럼 그 후로는?" 언니가 묻자 오빠가 배추김치가 아까워 다음 날도 또 다음 날도 떠날 수가 없었다고 했다. 아침에는 라면이랑 먹고, 점심에는 도시락을 싸서 뒷산 정상에서 먹고, 저녁에는 막걸리에 두부랑 곁들여 먹고. "그렇게 먹는데도 김치가 줄지 않

아. 그래서 못 갔어."

오빠가 말한 김치 통을 열어보니 배추김치가 반 정도 남아있었다. "내가 오늘 이거 다 먹는다. 다 먹으면 집에 갈 거지?" 언니의 말에 오빠가 고개를 끄덕였다. 언니는 싱크대에서 커다란 냄비를 꺼내더니 남은 김치를 다 집어넣었다. 그리고 참기름 통을 꺼내 냄새를 맡았다. 먹어도 될라나, 그렇게 중얼거리더니 참기름도 다 쏟아부었다. "이제 한 시간만 기다려." 언니가 평상에 누워 나도 그 옆에 누웠다. 그러자 오빠도 내 옆에 누웠다. 아버지는 이사를 하자마자 평상을 만들 계획을 세웠다. 목공소까지 직접 가서 나무를 사왔는데 그만 만들다 실패를 하고 말았다. 할 수 없이 인부를 불러 마무리를 했다. 그 일로 어머니는 못질 하나도 제대로 못한다며 아버지를 오래 흉봤다. "끝말잇기 할까?" 오빠가 하늘을 보다가 갑자기 말했다. "구름." 내가 대답하기도 전에 언니가 먼저 말을 했다. "그거 하려 그랬지? 내가 먼저 할래. 구름." 나는 왼쪽으로 고개를 돌려 언니를 한 번 보고 오른쪽으로 고개를 돌려 오빠를 한 번 봤다. 마흔여섯 살이나 됐는데도 둘은 같이 있으면 언제나 십 대처럼 굴었다. 고등학교 2학년 때 경주로 수학여행을 갔었다. 그때 오빠랑 언니가 캔 맥주 두 개를 사서 내 가방에 넣어줬다. 그러면서 버스 안에서 끝말잇기를 할지도 모른다며 필살기를 알려주겠다는 거였다. "기름. 구름." 오빠가 말했다. "고드름. 여드름." 언니가 이어 말했다. "그거만 기억해도 반은

이기는 거야." 오빠의 말에 나는 끝말잇기 같은 유치한 게임은 하지 않는다고 했지만, 그때 수학여행에서 나는 끝말잇기로 두 번이나 이겼다. "구름, 주름, 흐름, 여름, 이름, 보름, 늠름." 오빠가 름으로 끝내는 단어들을 중얼거렸다. "늠름. 난 그 단어가 좋네." 언니가 말했다. 그리고 하늘을 향해 손바닥을 펼쳤다. 언니의 얼굴에 손바닥 그림자가 드리웠다. "내가 미리 임신했을 때였는데." 언니가 말을 시작했다. "지하철역에서 사람을 때린 적이 있어." 언니는 임신한 사실을 알고도 형부에게 바로 말하지 못했다. 그즈음 형부의 큰형이 사기를 당하는 일이 생겼기 때문이었다. 자신의 집은 물론 부모님 집까지 넘어갈 지경이 됐다. 형부는 언니한테 자주 짜증을 냈다. 그리고 자기 형수의 욕을 했다. 언니는 형이 아니라 형수를 욕하는 형부가 이해되지 않았고 그런 남자랑 결혼하고 싶지 않았다. 그래서 언니는 형부에게 말하지 않고 아이를 없앨 생각이었다. 친구가 고등학교 동창회에 가자며 전화를 했을 때 언니가 거절하지 않은 것은 그래서였다. 가서 술도 한잔하고 신나게 수다도 떨려고. 그랬는데 막상 가니 술이 마셔지지 않았다. "그때 한 아이가 다음 주에 세계 일주를 떠난다고 하더라고. 고등학생 때부터 꿈이었대." 언니는 그 아이의 이름을 떠올려봤다. 기억이 나지 않았다. 항상 창가 쪽에 앉아서 쉬는 시간이면 멍하니 밖을 바라보던 모습만 생각났다. 그랬는데 갑자기 그 아이의 얼굴이 빛나 보였다. 언니는 불쑥 눈물이 났고 친구들한테 화장실에 간다고 거짓말을 한 뒤 자리에서 일어났다. 지하철역으로 걸어가다 꽃다발을 든 사람을 봤다. 한 명. 두 명. 세 명. 꽃다발을 든 사람을 세 명이나 보다니. 언니는 누군가 장난을 치는 것 같았다. 역 입구에 도착해보니 머리가 하얀 할머니가 꽃다발을 팔고 있었는데 가판대에 이런 문구가 적혀있었다. '오늘 하루가 행복했다면 꽃다발을 사세요.' 언니는 가판대 앞에 서서 이렇게 물었다. "행복하지 않은 사람은요?" 그러자 할머니가 옆에 적힌 문구를 가리켰다. '오늘 하루가 힘들었다면 꽃다발을 사세요.' 언니가 그 문구를 보고 또 물었다. "힘들지도 않았고 행복하지도 않은 사람은요?" 그러자 할머니가 꽃다발을 언니에게 줬다. "그냥 가져가요. 선물이에요." 언니는 꽃다발을 받았다. 지하철역으로 들어가 열차를 기다리는데 젊은 여자 둘이 다가와 언니에게 영혼이 맑아 보인다는 말을 했다. "그 말에 갑자기 화가 났어. 나도 모르게 여자를 밀었지." 두 여자 중 한 여자가 넘어졌다. 언니는 들고 있던 꽃다발로 넘어진 여자의 얼굴을 때렸다. 붉은 장미가 떨어지고, 분홍 장미가 떨어지고, 노란 장미가 떨어지고, 마지막으로 안개꽃이 날렸다. 꽃다발을 휘두르면서 언니는 이렇게 소리쳤다고 한다. "네가 내 영혼을 어떻게 알아. 나도 모르는데." 언니는 미리를 낳을 때까지 매일 그 일을 복기하고 또 복기했다. 그런데도 자신이 왜 그랬는지 이해되지 않았다. "그날 이후…… 뭐랄까 마음에 커다란 구멍이 뚫린 것 같아. 블랙홀 같은 거. 조금만 잘못해도 그 안으로 빨려 들어갈 것만 같았어." 언니는 말했다.

언니의 말을 가만히 듣던 오빠가 이런 고백을 했다. "나는 군에 있을 때 후임병을 괴롭힌 적이 있어." 오빠는 스무 살에 군대를 갔다. 쌍둥이 언니랑 같은 해에 대학을 입학했는데, 부모님 등록금 걱정을 덜어드린다며 한 학기를 마치고 바로 군대를 간 것이다. "상병 때였는데 이병 중 좀 어리바리한 녀석이 들어왔어. 뚱뚱하고 얼굴이 하얀 친구였는데 조금만 훈련을 하면 금방 양볼이 새빨개졌지." 처음 시작은 병장이 이병을 불타는 돼지라고 놀리면서 시작됐다. 병장이 놀릴 때마다 오빠도 속으로 놀려봤다. 그러다가 어느 순간 자신도 자연스럽게 이병을 놀리게 됐다. 한 번 놀리자 다른 것들은 다 쉽게 됐다. 욕을 하는 것도. 구타를 하는 것도. 그리고 아무도 보지 않는 곳에서 괴롭히는 것도. "병장이 제대를 한 다음 날이었어. 이병을 화장실에서 마주쳤지. 늘 그렇듯 자연스럽게 뒤통수를 때렸는데, 그날은 뒤돌아 나를 보더라. 그 눈빛을 뭐라 해야 할까. 분노가 가득한 눈빛이었다면 나도 지지 않으려고 화를 냈을 텐데 그게 아니었어. 연민이 가득한 눈빛이었어." 오빠는 그날 이후로 제대할 때까지 이병의 눈을 똑바로 보지 못했다. 대신 오빠는 아침저녁으로 이를 닦으면서 자신의 눈을 똑바로 쳐다봤다. 그러면서 속으로 자신에게 욕을 했다고 한다. "엄마가 그렇게 되고…… 자꾸 그때 그 일이 생각나. 원산폭격을 시켜놓고 그 옆에서 웃으면서 빵을 먹던 내가." 오빠는 울었다. 하지만 나도 언니도 오빠를 달래주지 않았다. 오빠, 그런 이야기라면 나는 수십 개도 더 말할 수 있어. 나는 속으로 말했다. 내 안에는 언니가 말한 구멍보다 더 큰 구멍이 있다고.

언니가 자리에서 일어나더니 부엌으로 달려갔다. "탔네, 탔어." 언니의 말과 동시에 어디선가 탄 냄새가 났다. 내가 따라가 봤더니 많이 타지는 않아서 위의 것만 건져 먹으면 될 듯싶었다. 언니가 식탁 가운데 냄비를 올려놨다. 오빠가 밥을 펐다. "젠장." 언니가 말했다. "왜?" "오빠 말이 맞았어. 젠장, 맛있네." 우리는 말없이 밥을 먹었다. 밥 한 숟가락에 김치를 올리고 또 올려 먹었다. 그래도 김치는 줄지 않았다. 오빠는 밥을 세 그릇이나 먹었다. 나와 언니는 두 그릇씩. 타서 바닥에 눌어붙은 김치만 남았다. 언니가 냄비를 들어 오빠 쪽으로 기울였다. "이제 됐지? 집에 갈 거지?" 언니의 말에 오빠가 고개를 끄떡였다. 언니는 어차피 다 버려질 거라며 설거지도 하지 말자고 했다. 우리는 먹은 그릇과 냄비를 식탁 위에 그대로 뒀다. 밥공기 세 개. 수저 세 벌. 언니는 낯선 사람이 우리 가족 앨범을 보는 게 싫다며 그걸 태우겠다고 했다. 오빠는 사랑방 아궁이에 장작을 넣고 불을 지폈다. 언니가 아궁이로 사진을 한 장 한 장 던졌다. 나는 그 앨범에 오빠랑 언니랑 똑같은 스웨터를 입고 찍은 사진이 있는지 궁금했지만 묻지 않았다. 오빠는 혹시 태워야 할 서류들이 있을지도 모른다면서 안방 옷장과 화장대 서랍들을 뒤졌다. 예전에는 몰랐는데 언니의 얼굴에서 어머니의 얼굴이 보였다. 나이가 들면 점점 더 똑같아질 것이다. 쌍둥이인데 오빠의 얼굴에서는 어머니의 얼굴이 보이지 않았다. 아궁이 앞에 쪼그리고 앉아서 사진을 태우는 언니를 보면서 나는 어머니가 치매에 걸리길 간절히 기도했던 지난날들을 생각했다. 사건의 실체가 밝혀졌을 때 나는 오빠와 언니에게 말했다. 치매 검사를 받아봐야 한다고. 치매라는 판정만 나면 모든 게 해결될 수 있었다. 실형을 받고 감옥에 가게 된 뒤로 나는 밤마다 어머니가 치매에 걸리게 해달라는 기도를 하고 잠을 잤다. 어머니가 아무것도 기억하지 못하도록. 외할머니가 돌아가시기 전의 기억만 간직하도록. 쑥버무리를 해서 먹었던 행복한 어린 시절만 기억하도록. "난 이런 생각이 들어. 엄마가 평생 새엄마를 미워했잖아. 거기서부터 잘못된 거라고." 나는 언니에게 말했다. 어머니가 열 살 때 외할머니가 돌아가시고 외할아버지는 재혼을 했다. 재혼을 해서 들어온 외할머니는 어머니를 몹시도 괴롭혔다. 그게 어머니의 상처면서 무기기도 했다. 어머니는 아버지가 조금만 무심하게 굴어도 자신의 어린 시절을 이야기하며 울었다. 부모 복이 없어서 남편 복도 없는 거라며. 우리들이 조금만 속을 썩여도 그랬다. "그 여자는 겨울에도 냇가에 가서 빨래를 하라고 했어. 겨울이면 동상으로 손등이 터졌다." 그러면서 어머니는 손등에 남아있는 흉터를 어린 우리들에게 보여주곤 했다. 나는 늘 그게 무서웠다. 어머니가 지금 언니보다 더 젊었을 때, 일곱 살인 나를 데리고 어딘가를 간 적이 있었다. 우리는 버스를 두 번 갈아탄 다음 낯선 동네 골목길을 한참이나 걸었다. 같은 길을 돌고 또 돌았다. 마침내 어머니는 철문 아래가 녹슬어 삭아버린 대문 앞에서 숨을 골랐다. 마당에는 수도가 있었다. 나는 그 수돗가에 앉아서 어머니를 기다렸다. 더운 여름이었다. 수도꼭지에 기다란 호수가 연결돼있었다. 나는 수도를 틀어 호수가 뱀처럼 꿈틀대는 것을 구경했다. 수도꼭지를 열었다 닫았다, 몇 번이나 반복했는지 모른다. 안에서는 아무 소리도 들리지 않았다. 한참 후에 어머니가 나왔다. 어머니의 뒤에 처음 보는 이모가 서있었다. 어머니랑 얼굴이 너무 닮아서 누가 말을 해주지 않아도 이모라는 걸 알 수 있었다. 어머니의 배다른 동생이었다. 나는 인사를 했다. 그때 어머니가 소리쳤다. 못된 년. 어머니가 마당 가운데에 침을 뱉었다. 골목길을 내려오는 동안 어머니는 내 손을 놓지 않았다. 너무 꽉 쥐어서 손이 아팠지만 나는 아무 말도 하지 못했다. 못된 년. 나쁜 년. 어머니는 계속 그 말만 중얼거렸다. 버스 정류장에 도착했을 때 어머니의 얼굴은 땀으로 범벅이 돼있었다. 마당에 침을 뱉을 때의 얼굴 표정은 사라진 뒤였다. 어머니는 내게 다정하게 말했다. "아이스크림 먹을래?" 어머니의 면회를 갈 때마다 나는 그때 그 얼굴을 떠올리려고 노력했다. 하지만 자꾸만 마당에 침을 뱉던 모습만 떠올랐다. 오빠가 김치를 너무 많이 먹어서 물이 먹힌다고 했다. 그러면서 마당에 있는 수도에 입을 대고 물을 벌컥벌컥 마셨다. 나는 언니가 어느 사진 한 장을 물끄러미 바라보다가 그걸 반으로 접어 주머니에 넣는 걸 봤지만 못 본 척했다.

장은진

1976년 광주에서 태어났다. 전남대학교 지리학과를 졸업했다. 2002년 《전남일보》 신춘문예에 단편소설 〈동굴 속의 두 여자〉가, 2004년 《중앙일보》 신인문학상에 단편소설 〈키친 실험실〉이 당선돼 등단했다. 소설집 《키친 실험실》《빈집을 두드리다》《당신의 외진 곳》, 장편소설 《앨리스의 생활방식》《아무도 편하지 않다》《그녀의 집은 어디인가》《날짜 없음》 등을 펴냈다. 문학동네작가상, 이효석문학상을 받았다.

나의 루마니아어 수업

그해, 가을 날씨는 그녀의 눈동자를 닮아있었다.

아니, 그녀의 눈동자가 가을을 닮아있었다. 분명, 가을을 거울처럼 그대로 비추거나 모조리 흡수하는 듯한 눈이었다. 아쉽게도 나는 그녀 눈의 사계를 알지 못한다. 봄에는 무슨 빛깔로 피어나고, 여름이 되면 얼마큼 나른하게 풀어지고, 고개 들어 흩날리는 겨울 눈송이를 바라볼 때는 어떠한 깊이로 시리게 빛나는지. 가을, 오로지 그 한 계절만 알 뿐이었다. 그토록 쓸쓸하고 외로운 눈동자라니. 나뭇가지에 마지막으로 남은 단풍잎 같은 눈이라니. 세상의 모든 스산함을 긁어모아 빚은 듯한 눈빛이라니. 눈빛 하나에 그런 감정과 마음이 담길 수 있다는 게 놀라웠고, 당시 그걸 내가 알아봤다는 사실은 더 놀라웠다. 세상 어디서도, 그리고 15년이 지난 지금까지도 나는 그녀와 비슷한 눈동자를 가진 사람을 보지 못했다. 비록 그녀의 가을만 알지만 내가 기억하는 그녀라면 봄에 꽃이 피어도, 폭염으로 여름이 녹아내려도, 겨울 한파가 호수를 얼려도 가을의 눈동자로만 살고 있을 것 같았다.

이제라도 만나면 알 수 있을까. 지금은 12월 말이고, 어느 해보다 추운 날들이 이어지고 있으니 만난다면 적어도 그녀의 겨울 눈동자를 볼 수 있지 않을까. 인연이 계속된다면 봄과 여름도. 그렇게 그녀의 사계를.

그해 가을 날씨 같다면 모를까, 꼭 그해가 아니더라도 여름 다음에 오는 단순한 가을이라면 모를까, 일주일째 한파주의보가 내려진 상황에 왜 갑자기 그녀를 떠올리게 됐는지 알 수 없었다. 그녀를 잊은 건 아니지만 그렇다고 자주 생각하며 지내온 것도 아니었다. 먹고사느라 바빴고, 그런 와중에도 누군가와 연애를 하는 데 소홀함이 없었으며, 계절처럼 찾아오는 이별의 아픔은 매번 낯설어서 그녀에게 내줄 시간은 없었다.

아까 그 새끼 고양이 때문일까. 집을 나와 주차장 앞을 지나는데 자동차 밑에서 고양이 우는 소리가 가느다랗게 들려왔다. 출근길이니 모른 척하자, 아는 척해봤자 당장 어떻게 해줄 수 없으니 그냥 못 들은 걸로 하자고 생각하며 A동 쪽으로 걸었다. 그런데 금세라도 꺼질 듯한 촛불 같은 울음소리가 내 발목을 붙들더니, 결국은 바쁜 출근길을 되돌려놓고 말았다. 차디찬 바닥으로 몸을 수그려 자동차 밑을 살폈다. 앞바퀴 쪽에 젖소 문양의 새끼 고양이가 웅크린 채 울고 있었다. 배가 고파 우는 걸까, 추워서 우는 걸까. 비쩍 마른 걸 보니 오래 굶은 것 같았고, 바들바들 떠는 걸로 보아 몹시 추운 것 같았다. 그때 고양이와 눈이 마주쳤는데, 그 빛나는 눈동자라는 것이 내게는 온갖 감정과 심정으로 이뤄진 결정체로 보였다. 작고 여리지만 거기에는 내가 알지 못하고 겪어보지도 못했던 마음들이 담겨있으리라 짐작됐다. 어쩌면 내가 죽을 때까지도 알지 못할 것들을, 저 어린 고양이는 꽁꽁 언 아스팔트 위에서 벌써 혼자 감당하고 있을지도 모른다는. 그해, 그녀처럼.

"그래서 밥을 주고 오느라 늦은 거예요?"

간발의 차이로 신호에 걸린 후배가 횡단보도 앞에서 급브레이크를 밟으며 말했다. 후배의 차는 횡단보도 정지선을 한참 위반한 곳에서 간신히 멈췄다. 긴장한 듯 후배의 미간이 살짝 찌푸려져있었다.

"미안. 안됐잖아, 어린 고양이가. 날도 추운데."

앞으로 중심이 쏠린 내가 천장 손잡이를 붙잡고 말했다.

나는 급하게 집으로 다시 올라가서 전자레인지에 데운 우유를 운두 낮은 종이팩에 부었다. 그리고 어젯밤 계란찜에 쓰려고 우려둔 육수에서 멸치만 골라내 씻은 뒤 잘게 찢어 비닐봉지에 담았다. 우유와 멸치를 자동차 밑에 넣어두고 후배가 사는 A동 쪽으로 뛰는데, 그녀가 후배와 동기였다는 사실이 뒤늦게 생각났다. 그러니까, 겨울 한복판에서 만난 새끼 고양이와 후배가 그녀를 떠올리게 한 것이다.

"선배는 여전하네요."

늦은 이유를 다 들은 후배가 한숨 섞인 목소리로 말했다. 후배는 집게손가락으로 핸들을 초조하게 두드리며 신호가 얼른 바뀌기만을 기다렸다. 예전에도 급한 성격에 참을성이 없더니 후배도 여전하긴 마찬가지였다. 그러나 나는 그 말을 하지는 않았다.

같은 과 3년 후배인 현수를 만난 건 사흘 전이었다. 양손에 쓰레기봉투를 들고 공용 현관문을 나서다 외제 차에서 내리는 현수와 마주쳤다. 베레모를 푹 눌러써서 처음에는 현수를 알아보지 못했다. 그저 15평 원룸 주차장에 외제 차가 세워져있는 게 어색하다는 생각을 하며 쓰레기를 모아두는 곳으로 향했다. 쓰러지지 않게 봉투를 내려놓고 돌아서는데 현수가 선배 맞죠? 하며 내 얼굴을 확인하려는 듯 고개를 비스듬히 기울이며 다가왔다. 내 앞에 멈춰 선 현수가 베레모 창을 살짝 들어올렸다. 졸업하고 처음 보는 얼굴이라 반가운 마음에 불쑥 손을 내밀었다가 이내 거뒀다. 현수는 내가 방금 쓰레기를 버린 걸 봤고, 나는 현수의 찰나의 망설임을 느꼈기 때문이었다. 현수는 춥다며 겨드랑이에 팔짱을 꼈지만 왠지 내가 다시 악수를 청하기라도 할까 봐 그러는 것 같았다. 어떻게 여기서 만나느냐부터 졸업 후의 안부와 근황이 한참 오간 끝에 현수는 회사 문제로 먼 친척 형이 살고 있는 이곳 원룸에 두 달 정도 머물게 됐다고 말했다. 현수가 다니는 회사는 내 회사와 가까웠고 출퇴근 시간도 비슷했다. 차가 없다는 걸 알고 현수는 자연스레 카풀을 해주겠다는 말을 꺼냈다. 나는 두어 번 사양하다 마지못한 듯 그럴까, 라고 대답했다. 현수 등 뒤에서 반짝거리고 있는 독일 브랜드의 세단 때문이 아니라 아침마다 끔찍한 지옥을 맛보게 해주던 지하철을 떠올리자 두 달만이라도 편해지고 싶었다.

신호가 풀리고 현수는 액셀을 꾹 밟아 속도를 냈다. 그러나 월요일 아침 출근길이라 도로는 자꾸 정체됐고, 현수는 그걸 좀 답답해하고 지루해했다. 달리고 멈추기를 반복하다, 좌회전 신호를 받기 위해 왼쪽 깜빡이등을 켜고 차선 변경을 기다리던 현수가 말했다.

"아까 그 고양이요."

나는 사이드미러를 응시하고 있는 현수 쪽으로 고개를 돌렸다.

"사람이 무서워서 떨고 있었던 걸 거예요. 추워서가 아니라."

"네가 어떻게 알아?"

"어디서 들었는데, 털 달린 동물들한테는 영하 15도도 아, 서늘하다, 정도래요."

"정말? 그럼 다행이고. 배만 고픈 게 어디야."

나는 괜히 안심이 됐다. 그러자 그녀가 다시 생각났다. 그해 가을, 그녀는 아까 그 고양이처럼 가늘고 떨리는 목소리로 '추워요'나 '배고파요'라는 말을 자주 했다. 아무에게도 들리지 않을 정도로 작은 목소리여서 아무도 그녀에게 옷을 주거나 밥을 사주지 않았다. 그러나 들으려 하지 않았을 뿐이지 들리지 않은 건 아니었다. 중얼거리는 듯한 그녀의 말을 알아듣고 내가 몇 번 옷을 벗어주고 밥도 사줬으니까. 털옷이 있었다면 그녀는 '추워요' 대신 '서늘해요'라고 말했을까. 그해 가을 날씨는 춥다고 할 만한 온도는 아니었다. 다만 더없이 쓸쓸하고 외로운 온도였다. 그러나 내가 기억하고 느끼기에 그랬다는 것이지 그녀에게는 추운 온도였을지도 모른다. 그녀가 '추워요'라고 했으니까 그녀에게 그해 가을은 추웠을 것이다. 그렇다면 그해 내가 벗어준 옷들은 따뜻했을까.

'서늘해요'라는 말은 사람을 얼마나 안심하게 하는가.

"혹시 은경이 근황 알아?"

좌회전이 끝나길 기다렸다 내가 물었다.

"누구요?"

"김은경. 네 동기."

"김은경?"

현수가 미간을 좁히며 고개를 갸웃거렸다.

"동기 중에 그런 이름이 있었나."

"동기 이름도 모르니? 아무리 졸업한 지 오래됐어도."

"선배가 잘못 알고 있는 거 아니에요?"

"맞아. 06학번 김은경."

"평범하고 흔한 이름이네요."

현수는 이름이 평범하고 흔해빠져서 기억나지 않는다는 투로 말했고, 무심하게 짓는 표정도 그러했다. 특이한 이름을 가지면 인생도 특별해지고, 사람들한테도 특별하게 기억될 수는 있을 것이다. 그러나 한 사람의 인생에서 기억할 것이 이름뿐인 건 아니지 않나. 그런 게 전부가 될 수는 없지 않나. 동기인데도 현수가 그녀를 기억하지 못하자 나는 잠시 그녀가 정말 없었던 사람인가, 라는 서늘한 생각에 잠겼다. 그해 가을의 그녀는 내가 만들어낸 환영이거나 내 눈에만 보이는 존재였던 것인가, 라는.

비록 이름은 평범하고 흔했지만 그녀는 결코 평범하고 흔하지 않았다. 적어도 내게는 특별했다. 가을이 유독 일찍 찾아왔던 그해, 전역하고 과 선후배와 동기들을 만나러 찾아간 캠퍼스는 구름 낀 선선한 날씨 속에서 단풍이 들고 있었다. 오랜만에 캠퍼스를 거니는 발걸음은 가벼웠고, 전체적으로 청춘의 열기와 활기보다 차분하고 침착한 분위기가 먼저 느껴졌다. 군대에 다녀온 사이 내 마음가짐이 달라진 것인지, 대학과 사회가 시대 변화에 부응하려 노력한 결과인지 알 수 없었다. 한편으로 그저 계절 탓일 수도 있겠다는 생각이 들었다. 대학이란 곳도 가을을 타는 것이라고. 다만 이제야 내가 시간의 흐름에 따른 미묘한 차이를 분별할 줄 아는 눈을 갖게 된 건지도 모른다고. 군대에서 날카롭게 벼려진 그 감각. 달력 없이, 나무 이파리의 생몰 변화만으로 남은 전역 날짜를 기막히게 헤아릴 수 있었던 초자연에 가까운 능력으로 말이다.

나는 머리가 복잡하고 마음이 불안할 때 비밀스럽게 머물렀던 나만의 스폿들을 천천히 돌아본 뒤 학과 사무실에 들러 조교 형에게 전역 인사를 했다. 그러고 학회실로 내려갔다. 학회실에는 동기 녀석이 혼자 남아 서툰 실력으로 기타를 뚱땅거리고 있었다. 허리디스크로 군 면제를 받은 놈이랑 공감 부족한 군대 얘기를 좀 나누다 녀석을 따라 수업에 들어가게 됐다. 전역 축하주를 마시기로 약속한 시간까지 딱히 할 일도 없었고 '1학년 새내기'란 녀석의 말에 호기심이 생겨 따라나섰다. 그 수업은 1학년 2학기 '초급 루마니아어 번역 연습' 수업으로 동기가 재수강하는 전공 필수과목이었다.

동기와 나는 1학년 후배들과 좀 떨어진 자리에 앉아서 삼삼오

오 모여 수다를 떨고 있는 그들의 인상을 하나하나 살폈다. 아직 취직이나 미래에 대한 걱정이 적은 시기라 그런지 모두 밝고 명랑해 보였다. 깨끗한 웃음과 그늘 없는 표정, 그리고 끼어들고 싶을 만큼 탐나지만 비집고 들어갈 자리 하나 없는 그들만의 완고한 친밀감. 그렇게 강의실을 쭉 둘러보다 그들과 멀찍이 떨어져 강의실 구석에 혼자 앉아있는 그녀를 발견하게 됐다.

한 강의실인데 그녀는 전혀 다른 분위기 속에 따로 잠겨있었다. 그녀의 무언가가 전염될까 봐 그들이 떨어져있는 것인지, 그들에게 무언가를 전염시킬까 봐 그녀 스스로 떨어져나온 것인지 알 수 없었다. 덩어리와 어떤 이유로 덩어리가 되지 못하고 남은 자. 하여튼 그들과 그녀의 거리는 지구 반대편만큼 멀어 보였다. 그러나 나는, 무슨 정석定石처럼 흔하게 널려있는 저쪽의 청춘과 젊음보다 다른 날씨, 다른 젊음, 다른 삶에 놓여있는 듯한 그녀에게 눈길이 갔다. 나는 턱을 괴고 그녀를 노골적으로 쳐다봤다. 어깨까지 닿는 머리카락이 이마와 뺨을 가려서 얼굴은 자세히 보이지 않았다. 나의 계속된 시선을 느꼈는지 그녀가 고개를 조금 들어 나를 힐끗 쳐다봤다. 찰나의 순간, 나는 군대에서 얻은 감각으로 강의실 바깥의 가을이 그대로 스며든 그녀의 눈빛을 알아보고 크게 놀랐다. 그것은 행성에 혼자 남은 사람이 쌓이고 쌓인 쓸쓸함을 감당하다 못해 결국 눈동자가 녹아버리고 만 듯한 눈이었다. 그녀도 놀라기는 마찬가지였는데, 상대방이 소금기둥이라도 될까 염려되는 표정으로 나와 눈이 마주치자 얼른 고개를 숙였다. 재는 왜 떨어져 앉아있어? 내 물음에 동기가 전공책을 들여다 보며 무덤덤하게 대답했다. 원래 그래. 이름은 뭐야? 이름? 김, 뭐였는데…… 몰라.

수업이 시작돼도 그녀는 고개를 들지 않았다. 수업 막바지에 교수가 거기, 자네. 36페이지 첫 문단 읽고 해석해보게, 라고 말했다. 순간 강의실에 정적이 감돌았고, 학생들의 시선이 일제히 구석으로 향했다. 그러나 그녀에게 주어진 시간은 침묵으로 난처하게 흘러갈 뿐이었다. 초급임에도 그녀는 해석은커녕 문장 한 줄 읽어내지 못했다. 그녀의 고개는 더욱 깊숙이 잦아들었고, 수업은 결국 침묵으로 끝나버렸다.

현수는 내 특별한 얘기를 듣고도 회사에 도착할 때까지 그녀를 기억해내지 못했다. 현수한테는 특별하지 않았던 모양이었다. 그럼에도 나는 이해되지 않았다. 혼자 떨어져 지내는 사람은 이상해서라도 기억 속에 남게 되지 않나. 그랬더니 현수는 오히려 떨어져있는 사람이니까 간유리처럼 흐릿하게 남아서 어느 순간 그조차도 시간이란 어둠 속으로 사라지는 거라고 심드렁하게 말했다. 그러나 현수한테는 그녀가 흐릿한 간유리로도 남은 적이 없는 것 같았는데, 나는 그 말을 하지 않고 차에서 내렸다.

*

한파가 절정에 달하더니 새해 첫날까지 계속된 폭설로 세상은 하얗게 마비됐다. 마비된 도시로 인해 연인들의 약속은 지체되거나 취소됐고, 애인과 헤어진 지 얼마 안 된 나 같은 사람은 마음까지 마비돼 제야의 종소리와 해돋이의 의미마저 회의적으로 변해버린 날들이었다. 애인 없는 친구들한테서 만나자는 전화가 몇 통 걸려왔지만 폭설은 '나가기 귀찮은' 마음을 '나가기 어려운' 핑계로 바꿔놓기에 좋은 날씨였다.

따뜻한 방에 갇힌 나는 뜨거운 커피 잔을 들고 창밖을 내다봤다. 모든 걸 고립시키겠다는 듯 눈은 하얀 벽처럼 내렸다. 사람이고 차고 그 안에 꼼짝없이 갇힌 가운데 눈 속을 이리저리 굴러다니는 까만 점 같은 녀석이 있었다. 나는 입김이 서릴 정도로 유리창에 얼굴을 갖다 대고 바깥을 내다봤다. 며칠 전 출근길 발목을 붙들었던 그 고양이였다. 아직 새끼라 그런지, 현수 말대로 이 한파가 그저 서늘할 뿐인지 녀석은 눈밭을 바쁘게 뛰어다니고 있었다. 혼자 노는 것 같았고, 사람들을 피해 다니는 훈련을 열심히 해보는 것도 같았다. 그날 이후 아무것도 먹은 게 없다면 배가 고프겠구나, 라는 생각이 들어서 서둘러 잔을 비운 뒤 점퍼를 챙겨 입고 집을 나섰다.

편의점에서 고양이용 사료와 캔을 사왔다. 녀석은 사람 손 탄 고양이가 아닌지 내가 다가가면 그 거리만큼 잽싸게 피했다. 일정한 시간과 장소에 먹이를 놓아두고 스스로 찾아와 먹기를 바랄 수밖에 없었다. 나는 화단의 쌓인 눈을 걷어낸 자리에 캔을 놓고 기둥 뒤에 숨어서 지켜봤다. 자동차 밑에 몸을 감추고 있던 녀석이 작은 눈동자로 주변을 살피면서 먹이 앞으로 조심스레 다가갔다. 꼬리가 짧고 끝이 살짝 꼬부라져있었다. 그리고 신기하게도 등뼈 쪽 얼룩무늬가 하트 문양이었다. 녀석은 손에 잡히고 길들일 수 있는 고양이가 아닌 듯싶었고, 저렇게 계속 무언가를 경계하거나 피해 다니며 살아야 하는 운명인 것 같았다. 그런 삶을 사는 심장은 늘 피곤하고 불안하게 뛸 테지. 나는 아, 하고 유령 같은 입김을 내뿜으며 흐린 하늘을 올려다봤다. 지금 나는 이 차가운 눈을 어떤 눈동자로 바라보고 있을까. 눈송이가 얼굴에 닿아 녹은 자리가 눈물 자국처럼 얼룩졌다.

그녀는 항상 눈물이 필요한 사람처럼 보였지만 정작 한 번도 눈물을 흘리지는 않았다. 금방이라도 울 것 같은데도 울지 않았고, 울음을 머금은 듯한 목소리였지만 그 목소리를 우는 데 쓰지 않았다. 그날 침묵으로 수업이 끝난 후, 나는 그녀를 찾아 캠퍼스를 돌아다녔다. 그녀가 수업 중 겪었을 창피함이 내내 신경 쓰여서 가만히 있을 수 없었다. 놀랍게도 그녀를 찾은 곳은 내가 머리가 복잡하고 마음이 불안할 때 비밀스럽게 머물던 장소 중 하나였다. 작은 연못 앞에 놓인 낡은 벤치. 해가 들지 않아 습하고 싸늘한 데다 3년 전 익사 사고까지 있어서 사람들의 발길이 끊어진 곳이지만 가을 눈동자를 가진 그녀라면 갈 만한 장소라는 생각이 들었다.

그녀는 고개를 푹 숙이고 앉아 무릎 위에 펴놓은 초급 루마니아어 교재를 들여다보고 있었다. 그녀에게 굴욕을 안긴 36페이지였다. 우는가, 싶었으나 우는 건 아니었다. 다만 그녀의 심장이 피곤하고 불안하게 뛰는 소리가 들려왔다. 내가 그녀 옆으로 가서 앉자 심장박동 소리가 더 크게 들려왔다. 혹시 그것은 내 심장이 뛰는 소리였을까. 그때 그녀가 고개를 들어 나를 쳐다본 뒤 깜짝 놀란 표정으로 다시 고개를 푹 숙였다. 얼굴에 흉이라도 있나 싶었지만 아주 깨끗했다. 바로 옆에서 마주친 그녀의 눈동자는 가을 색이 더 깊고 짙어서 연못 쪽에서 불어온 바람이 내 몸을 스쳤을 때, 사포로 문지르기라도 한 듯 심장이 쓰라려왔다.

"처음 배우는 언어는 어려운 게 당연해."

지저분한 연못에 초록색으로 점점이 떠있는 부평초를 쳐다보며 내가 말했다.

"그러니까 고개 숙일 필요 없어."

"읽을 수…… 있어요."

한참 있다 그녀가 소심한 목소리로 말했다. 너무 소심하고 작아서 바람이 세게 불기라도 하면 들리지 않을 정도였다.

"독해도?"

"조금요."

그녀가 고개를 끄덕이며 간신히 말했다.

"근데 수업 시간에는 왜……."

그녀가 대답하지 않고 또 고개를 떨구자 내가 물었다.

"우리 과는 어떻게 들어오게 됐어?"

"제가 전혀 모르고…… 배운 적 없는 언어라서."

자신감 없고 소심한 행동과 달리 그녀는 모험심과 호기심이 많은 사람일지도 모른다는 생각이 들었다. 그녀는 36페이지 모서리를 삼각형으로 접었다 펴기를 반복했다. 저러다 찢어지겠다고 생각하고 있는데 그녀가 울음을 머금은 듯한 떨리는 목소리로 간신히 물었다.

“선배님은요?”

“초등학교 1학년 마치고 루마니아로 이민을 갔어. 아버지 사업 때문에. 5년 정도 살았어.”

“엄청…… 잘하시겠다.”

엄청 부러워하는 목소리였다.

“쓸 일이 없으니까 자꾸 까먹더라. 그래서 제대로 해보려고 들어왔어.”

“루마니아는…… 어떤 나라예요?”

“궁금해?”

페이지 접다 펴기를 멈추고 그녀가 고개를 희미하게 끄덕였다.

“그럼, 내일모레 점심때 여기서 다시 보자.”

그것이 그해 가을, 나의 특별한 연애의 시작이었다.

하늘에서 쏟아진 눈송이가 내 눈물이 돼주는 사이, 녀석은 먹이를 먹고 어디론가 가버렸다. 녀석이 남긴 먹이가 눈에 하얗게 덮이고 있었다. 그래도 안심되는 건 눈은 녹는다는 것과 녀석에게 눈은 서늘하다는 것이었다.

*

한파가 한풀 꺾이고, 정강이까지 쌓였던 눈도 모두 녹아서 도로는 깨끗하게 말라있었다. 현수는 며칠 동안 언 도로를 느린 속도로 운전하는 걸 짜증스러워하더니 오늘은 해방감에 기분이 좋아 보였다. 차를 얻어 타는 입장에서도 덜 불편했다. 현수는 정체가 심하지 않은 목요일 아침을 여유롭게 운전했고, 여유는 대화로 이어졌다.

"등에 하트 문양 있다는 그 특별한 고양이한테 계속 밥 챙겨주고 있어요?"

"응."

"언제 한번 보고 싶네요. 그 하트."

"고양이가 아니고?"

"고양이도요."

"가까이 있으니까, 보려고만 하면 언제든 볼 수 있어. 고양이든, 하트든."

현수가 글러브 박스에서 자일리톨 껌을 꺼내 건넸다.

"전 선배만은 학교에 남을 줄 알았어요."

"나도."

나는 껌을 받아 입에 넣으며 뒤로 밀려나는 창밖의 가로수에 시선을 뒀다.

내 꿈은 루마니아 문학을 전공해 교수가 되는 것이었다. 그게 어렵다면 루마니아 문학을 꾸준하게 소개하는 사람이라도 되고 싶었다. 내 꿈이 이상적이란 걸 아버지가 돌아가신 후 깨달았다. 진부하기 짝이 없는, 아버지가 남긴 빚과 신경쇠약에 걸린 어머니 그리고 어린 두 동생. 문학은 늘 삶을 노래하지만 삶은 문학으로 영위되는 게 아니었다. 그러자 문학이야말로 삶에 대해 아무것도 모르는 철부지 같다는 생각이 들었다. 그걸 깨달아버린 나한테 화가 났고, 세상을 향해서는 분노가 치밀었다. 그런다고 세상이 달라지는 건 없었다. 나한테만 달라져야 할 것들이 산더미처럼 남아있을 뿐이었다. 나는 루마니아 시집과 사전을 덮고 공공기관 입사를 준비했다. 준비한 지 반년 만에 합격했고, 주변 사람들로부터 진정 어린 축하를 받았다. 그렇게 나는 떠밀리듯 루마니아 문학과 결별했다. 결별의 결과는 현재 15평 원룸 생활자란 사실이었다.

"넌 지금 회사가 첫 직장이야?"

"네."

현수가 다니는 회사는 대기업 계열사였다.

"잘 들어갔네."

"학교 때 어땠는지 선배가 더 잘 알잖아요. 수업은 거의 안 들어가고, 학점도 엉망이었던 거."

현수가 껌을 소리 내지 않고 우물우물 씹으며 말했다.

"아버지 빽 덕이죠."

현수 아버지가 유수의 대기업 임원이란 건 이미 알고 있었다.

현수는 티슈 한 장을 뽑아 단물 빠진 껌을 뱉으며 고백하듯 말했다.

"아버지가 1년만 잘 다니라고 반강제로 집어넣었어요. 지각 안 하고 문제 될 행동만 하지 않으면……."

현수는 끝을 흐렸지만, 나는 그 뒷말을 듣지 않고도 알 수 있었다. 현수는 두 달이 지나면 본사로 출근하게 될 것이다. 본래는 두 달 전 인사이동이 예정돼있었으나 차질이 생겨 미뤄진 상태일 것이다. 급한 성격 탓에 집을 이미 본사 근처로 옮긴 터라 먼 친척 형의 집에 신세 지게 된 것이다. 그러니 현수는 두 달 동안 성실하게 출퇴근만 잘하면 문제없이 본사로 인사 발령을 받게 될 것이다.

나는 뒤로 밀려나는 창밖의 가로수를 다시 쳐다봤다.

"아, 선배. 저번에 이름이 김은경이랬죠?"

더운지 현수가 히터 온도를 조금 내리며 물었다.

"동기 몇 명한테 물어봤는데 다 모르던데요."

"너랑 친했던 애들이야?"

"그렇죠, 뭐."

"그래서 모르나 보다."

"다시 한번 잘 알아봐요, 선배."

나는 창밖에 두고 있던 시선을 거둬 현수를 쳐다봤다.

"아마 이름이 틀리거나 학번이 다를 거예요."

그러고는 이어서 말했다.

"우리 학교나 우리 과 학생이 아닐지도 모르죠. 가짜 대학생 행세하며 도강을 했던 건지도요. 그러면 다들 모를 수 있어요."

이름도 학번도 틀린 건 없었다. 물론 도강도 아니었다. 그녀는 가방에 항상 루마니아어 사전을 넣고 다녔다. 누가 가져가기라도 할까 봐 사전의 책배와 책머리, 책밑까지 매직으로 큼지막하게 학번과 이름을 적어놓았다. 연못 앞 벤치에 앉아서 '내일모레 보자'라고 말할 수 있었던 것은 그녀의 천 가방으로 살짝 보이던 그 루한사전 때문이었다. 그녀는 내가 다시 보자고 한 날에도 먼저 벤치에 나와 사전을 들여다보고 있었다. 사전이란 책은 여러모로 결코 쉬운 책이 아니었다. 무게와 두께, 수많은 페이지를 채우고 있는 자잘한 낱말들, 무엇보다 그걸 익혀야 한다는 것. 사전을 들고 다닌다는 건 굉장히 어려운 일이란 걸 누구보다 잘 알고 있었다. 두꺼운 사전을 보자 내가 왜 그날 그녀를 찾아 캠퍼스를 돌아다녔는지도 알게 됐다. 수업 시간 그녀의 모습이 익숙했던 것이다. 루마니아어를 한마디도 하지 못했던 과거 내 모습. 읽지도 쓰지도 못하고 입도 제대로 떼지 못해서 쩔쩔맸던 이민 시절. 그래서 고개 숙인 채 친구들과 떨어져 지낼 수밖에 없었던 무수한 날들. 어린 나이에 들고 다녀야 했던 사전은 얼마나 무겁고 무서웠던가. 그때 내 눈도 그녀 같지 않았을까.

내가 벤치로 가서 앉자 그녀는 고개 숙인 채 인사를 했다.

"여기 무섭지 않니? 사람 빠져 죽은 데잖아."

썩은 연못 물에서 시큼한 냄새가 올라왔다. 그녀가 고개를 조금 들어 연못을 쳐다봤다. 그걸 쳐다보는 그녀의 눈동자에 썩은 연못이 아닌 가을바람이 비치는 걸 느꼈다. 눈에 보일 리 없는 바람이.

"사람은 누구나 죽어요. 어디서든."

그녀가 말했다. 죽은 사람은 우리 학교 학생으로 만취한 채 밤에 혼자 캠퍼스를 거닐다 실족해 연못에 빠졌다.

"외로울 거예요. 그 사람."

그녀가 아무리 외로움에 대해 잘 아는 눈동자를 가졌어도 물에 빠져 허우적대다 혼자 죽어간 사람의 마음은 알 수 없을 거란 생각이 들었다. 그녀는 조용히 사전을 덮어 천 가방에 집어넣었다. 그러자 나는 배낭에서 인쇄된 종이 뭉치를 꺼내 그녀에게 건넸다. 그녀가 소심한 목소리로 뭐냐고 물었다.

"단편소설. 내가 사흘 동안 밤새 번역한."

그녀가 고개를 제법 크게 들어 올려 나를 쳐다봤다. 눈이 마주쳤고, 심장에 사포질이 거칠게 가해졌다. 그해 가을, 스웨터처럼 뜨거웠던 내 심장은 그녀의 눈동자로 인해 너무 자주 문질러지고 마찰돼서 보풀이 일었을 것이다. 나는 숨을 꾹 가다듬은 뒤 인쇄물을 그녀의 무릎에 올려놓았다. 종이 뭉치는 페이지를 옆으로 넘기는 형식으로, 가운데를 절반 나눠 왼쪽에는 원문을 오른쪽에는 번역한 문장을 타이핑한 것이었다.

"루마니아 작가 도리넬 체보타루의 작품이야."

그녀가 고개를 숙여 첫 페이지에 손바닥을 갖다 댔다. 체온이나 심장 박동을 느껴보려는 것처럼 보였다.

"우리나라에는 번역된 적이 없어. 루마니아에서도 무명에 가까운 작가야. 누구도 발견하려고 하지 않는 작가기도 해. 어쩌면 영원히 번역되지 않아서 아무도 모르고 지나쳐버릴지 몰라."

"외로운 사람이네요."

그러고는 그녀가 단편소설의 원제를 소리 내 읽었다.

"Când vin norii."

처음 듣는 그녀의 루마니아어 발음은 부드럽고 정확했다.

"구름이 몰려오면."

나는 우리말로 번역한 단편소설의 제목을 소리 내 말했다.

"루마니아 문화와 역사가 잘 드러나있는 작품이야. 주석도 달아뒀으니까 이해하는 데 어려움은 없을 거야."

"우리나라에선 선배님이랑 저만 아는 작품이네요."

"그렇게 되는 건가?"

'둘만 아는'이란 그 말이 좋아서 나는 도리넬 체보타루의 작품이 앞으로 우리나라에 소개될 기회가 아주 없었으면 좋겠다고 생각했다. 선물은 둘만 알아야 가치 있는 거니까. 작가로서 그가 겪어야 할 불운과 그로 인해 계속될 외로움에는 몹시 미안했지만. 그런데 15년이 지난 지금도 그의 작품은 국내에 소개되지 않고 있었다.

"고맙습니다, 선배님. 잘 읽을게요."

그녀는 감사를 표하는 것조차 소심하고 얌전했지만 머리카락 사이로 보이던 그녀의 눈빛을 지금도 잊을 수가 없다. 그 눈빛은 문학이란 이런 것이었구나, 문학에는 이런 힘이 있구나, 라는 걸 알게 해주는 빛이었다. 그날, 그 눈빛의 깊이에 빠져들어 다짐했다. 대학에 오래 남아 루마니아 문학을 깊게 연구하는 사람이 되겠노라고.

"다시 한번 잘 찾아봐."

나는 창밖으로 고개를 돌리며 현수에게 말했다.

"아마 너희들 기억 어딘가에 있을 테니까."

현수가 기억의 서랍을 뒤지려는 듯 미간을 찌푸리며 자동차 속도를 늦췄다. 나는 단물 빠진 자일리톨 껌을 뱉지 않고 회사에 도착할 때까지 계속 씹었다.

*

오늘 퇴근은 카풀 없이 지하철로 했다. 현수는 인사이동에 중요한 저녁 식사 자리가 있다고 했고, 나는 외근을 마친 뒤 곧바로 집으로 가는 길이었다. 한 시간 일찍 퇴근했는데도 지하철은 여유 없이 분주하고 복잡해서 관자놀이가 묵직해졌다. 한 달 넘게 현수 차로 편하게 출퇴근을 하다 보니 그새 그 생활이 몸에 밴 것인가. 나는 이어폰을 꽂고 멈춰 선 전동차에 몸을 구겨 넣었다. 공기는 탁했고, 사람들한테서는 이상한 냄새가 났으며, 창밖은 깜깜했다. 이미 아는 사실이 새삼스러워 눈을 감고 스트리밍으로 듣고 있는 노래 가사에 집중했다. 오늘 신곡을 발표한 아이돌 출신 발라드 가수의 노래였는데 내 일기장을 훔쳐보고 쓴 듯한 가사에 갑자기 울컥하고 말았다. 현수의 차였다면 마음 놓고 울었을 텐데. 눈물이든 소리든 누군가한테 들킬까 봐 입술을 꽉 깨문 뒤 고개 숙인 채 음악을 끄고 라디오를 틀었다. 뉴스에서는 내일 오후부터 다시 긴 한파가 시작될 거라는 날씨 예보가 흘러나왔다.

그러나 내일부터가 아니라 지금부터인 것 같았다. 지하철에서 내려 집으로 가는 사이 온몸이 얼어붙었다. 그럼에도 나는 집으로 곧장 들어가지 않았다. 등에 하트 문양을 짊어지고 다니는 녀석이 화단의 작은 바위 뒤에 숨어있다 나와 눈이 마주쳤다. 그새 친구가 생겼는지 혼자가 아니었다. 녀석은 놀란 듯 삼색 고양이와 함께 자동차 밑으로 급히 들어갔다. 녀석이 자신보다 덩치가 약간 큰 삼색 고양이를 따라다니는 식이었다. 그들은 그곳이 가장 안전하다고 생각하는 것 같았다. 서늘한 날씨와 동료. 안심거리가 하나 더 늘었다. 나는 집에서 사료를 가져다 항상 먹이를 놓아두던 곳에 부어놓고 돌아섰다.

그해 가을, 그녀도 친구나 동료가 생겼다고 생각했을까. 나는, 그녀에게 선배 이상의 감정을 갖고 있었는데, 그녀는 그걸 눈치챘을까. 그 뒤로 그녀와 나는 사흘에 한 번꼴로 연못 앞 벤치에서 꼬박꼬박 점심시간에 만났다. 물론 나는 빈손이 아니라, 그녀에게 선물할 체보타루의 단편소설을 밤새 번역해서 들고 나갔다. 내가 배낭에서 체보타루의 소설을 꺼내 건네면 그녀는 원제를 소리 내 읽은 뒤 전에 선물 받은 소설에 대한 감상평을 소심한 목소리로 들려줬다. 그녀와 내가 체보타루 소설에 대해 주고받는 이야기는 다양하고 색달랐지만 대부분의 생각은 신기할 정도로 일치했다. 체보타루에 대한 이야기는 밤새 해도 모자랄 정도로 끝이 없었고, 아무리 해도 지겹거나 질리지 않았다.

그날 내가 여섯 번째로 선물한 소설은 〈저쪽 끝〉이란 단편으로 도시인의 고독이 잘 드러난 작품이었다. 그는 그런 글을 쓸 수밖에 없는 사람이었다. 도리넬 체보타루 자체가 불안과 고독의 작가였고 불안과 고독을 잘 아는 작가였다. 서커스 단장인 아버지와 연극배우 출신 어머니 사이에서 태어난 그는 부모를 따라 도시를 떠돌며 살았다. 그의 불안과 고독은 이런 성장 배경에서 기인했다고 볼 수 있었다. 유랑 생활로 정규교육을 받지 못했고, 친구를 사귈 수도 없는 처지의 그에게 읽기와 쓰기는 필연적인 것이었다. 그는 혼자라는 불안과 고독을 이겨내기 위해 강박적으로 읽거나 썼다. 무언가를 남기고 완성하기 위한 것이 아니었으므로 읽은 것은 금방 잊어버렸고 쓴 것은 지우고 그 위에 다시 썼다. 종이가 쌓이는 것 또한 유랑 생활자에게는 짐이 되기 때문이었다. 그의 글에는 도시와 여관이 자주 등장했다. 떠돌던 도시와 짐을 풀던 여관. 싸구려 여관은 그가 태어난 곳이자 글을 읽고 쓰는 장소였다. 그래서인지 자신이 죽을 곳도 여관이 될 거라고 자주 언급하기도 했다. 그의 불안과 고독은 열아홉 살 때 당한 열차 사고 후 극심해졌다. 사고 현장에서 부모를 한꺼번에 잃고 혼자 살아 나왔다는 충격 때문이었다. 그는 죄책감에 사로잡힐 때마다 짐을 꾸려 머물던 도시를 도망치듯 떠났다. 열차 사고 후 달라진 게 하나 더 있다면 쓴 글을 지우지 않고 보관하게 됐다는 것이었다. 돈이 모자라 책을 살 수 없을 때 자신이 쓴 글이라도 읽기 위해서였는데, 읽다 보니 문장을 틈틈이 고치게 됐고, 고친 글들은 출간이 가능할 정도로 자연스레 정리가 돼갔다. 알코올 중독으로 정신병원에 오랫동안 입원한 적은 있으나 오십 대에 접어든 그는 여전히 어느 한곳에 뿌리내리지 못한 채 불안하고 고독하게 살고 있었다. 그는 끊임없이 도시와 사랑을 얘기하는 작가지만, 독자의 사랑을 받지 못하는 작가였다. 그는 그러한 사실에 조금도 개의치 않았다.

"Cealaltă capăt."

그녀가 다시 한번 원제를 읽었다. 저쪽 끝. 그녀가 고개를 조금 들어 연못을 바라보더니 이전에 선물한 체보타루의 소설이 아닌 자신의 얘기를 꺼냈다. 처음으로 하는 자기 얘기였고, 눈目에 대한 것이었다.

"눈을 맞추는 게 힘들어요. 언제부터인지는 모르겠지만."

그녀가 다시 고개를 숙였고, 머리카락이 커튼처럼 그녀의 얼굴을 가렸다.

"눈들이, 무서워요."

"사람들의 눈이 무서운 거야, 네 눈을 사람들이 무서워하는 게 무서운 거야?"

"둘 다요."

그녀가 조금 머뭇거리다 대답했다.

"눈이 칼 같아요. 자꾸 찔러요."

"그렇지 않아."

"네?"

그녀가 눈을 살짝 치켜떴다.

"다른 사람들 눈은 칼 같을지 몰라도, 네 눈은 그렇지 않다고."

"그럼요?"

"가을 날씨 같아."

"가을 날씨……."

"인간의 근원 같은 거랄까. 특별하고 달라 보이지만 그게 본래라는 걸 몰라서 놓치고 마는 거."

그때 연못 쪽에서 찬바람이 세게 불어왔다. 바닥에 떨어져있는 낙엽들이 바스락거리며 뒹굴었고, 그녀의 무릎 위에 놓여있는 체보타루의 소설이 바스락대며 나부꼈다. 그녀가 손바닥으로 종이를 지그시 누르며 작게 말했다.

"추워요."

그러고는 이어서 말했다.

"배고파요."

나는 입고 있던 청재킷을 벗어서 그녀의 어깨를 덮어줬다. 그러고 우리는 벤치에서 일어나 학생 식당으로 갔다. 배식 시간이 거의 끝나서 식당 안은 한산했다. 우리는 식판을 들고 구석으로 가서 마주 보고 앉아 백반을 먹었다. 나는 밥을 한 술 뜰 때마다 그녀의 눈을 꼭 쳐다봤다. 마주 보고 앉으면 자연스럽게 가을 눈동자를 볼 수 있어서 그녀가 '배고파요'라고 말하는 걸 좋아했고, 그 작은 소리를 놓치지 않으려고 노력했다.

그해, 더 깊어진 가을 속 그녀를 생각하다 나는 2층 계단참으로 내려가서 창문을 열고 바깥을 내다봤다. 창문 여는 소리에, 머리를 맞대고 사료를 먹던 두 녀석의 눈이 나와 마주쳤다. 그것은 겨울을 지나는 눈동자였다.

*

기상예보대로 사상 최강의 한파가 일주일을 얼리고 난 후, 고양이가 사라졌다. 어린 녀석이 감당하기에 서늘하다고 할 수 없는 추위였는지, 다른 불행한 사고가 있었던 것인지 안 보인 지 닷새가 지나고 있었다. 같이 다니던 삼색 고양이도 보이지 않았다. 닷새 전에 놓아둔 사료는 한 알도 줄지 않고 그대로였다. 혹독한 추위에 어쩌면 몸이 아니라 마음이 먼저 얼어버렸는지도 모르겠다. 그래서 나중에 몸까지 꽁꽁 얼어버렸는지도. 왜 마음을 준 것들은 항상 예고 없이 떠나버리는 걸까. 떠나겠다고 말하고 떠나는 건 떠나는 게 아니지 않을까, 라는 생각을 한 적이 있다. 말이 있으면 걱정하고 그리워하는 시간이 점점 줄어들어서 나중에는 떠났다는 생각이 들지 않게 되는 거라고. 그래서 말없이 떠나는 것들은 그 사람의 마음에서 떠나고 싶지 않아서 일부러 갑자기 가버리는 건지도 모른다고.

"등에 하트 문양이 있다고 했죠?"

운전에 집중하고 있는 현수가 기계적으로 물었고, 나는 "응"이라고 대답했다.

"꼭 보고 싶었는데, 그 하트."

현수한테는 고양이보다 하트 문양이 특별한 모양이었다.

"둘 다 없어졌으면 더 좋은 곳으로 같이 간 거 아닐까요?"

현수는 신호등이 바뀌기 직전에 사거리를 간신히 통과하며 말했다. 온라인게임에서 아슬하게 승리한 사람처럼 얼굴은 상기돼 있었다. 환호라도 하고 싶은 걸 참는 것 같았다.

"길고양이들한테 더 좋은 곳이란 게 있을까."

나는 차분하게 유리창에 낀 서리를 소맷부리로 닦으며 말했다.

"방금 뭐랬어요, 선배?"

현수는 이제야 정신이 돌아온 듯했다.

"아니야."

"아, 참. 선배."

나는 고개를 현수 쪽으로 돌렸다. 현수가 사이드미러에 시선을 두고 차선 변경을 시도하며 말했다.

"기억났어요."

"뭐가."

나는 시큰둥하게 물었다.

"잘 찾아보라면서요. 기억 어딘가에 있을 거라고."

갓길로 차를 이동한 현수가 깜빡이등을 껐다.

"이름이 김은경인 건 모르겠지만 그런 애가 우리 과에 있었다는 건 기억났다고요."

나는 속으로 안도의 숨을 내쉬었다. 그녀가 없었던 사람이 아닌 것이. 내가 만들어낸 환영도 아니란 사실이. 그해 가을, 그녀와의 일들이 입증된 것 같고 비로소 실감도 나서. 그녀는 고개를 들어 자기 목소리로 말하지 못했던 사람이라 특별하지 않았고, 그리하여 사람들의 기억에 흔적으로도 남지 않았지만 내게는 그보다 더 특별할 수 없었다. 한 덩어리가 되지 못하고 멀리 떨어진 자리에 홀로 떠있다는 것, 고독한 시간을 홀로 견뎌내는 것에도 용기가 필요하므로 특별함이 있는 것이었다. 사람들은 덩어리를 지향하기에 덩어리가 되지 않거나 되지 못하고 남은 사람을 우리는 기억이라도 해줘야 하지 않을까.

"근데, 선배 잘못이에요."

"왜?"

"처음부터 학교 관둔 애란 말을 했으면 안 헤맸죠."

"관뒀어도, 동기잖아."

"3학년이나 4학년 때 관둔 거랑 1학년 때 관둔 건 차이가 있죠. 기억에."

나는 대꾸하지 않았다.

"좀 이상한 애였죠. 고개를 숙이고 다녀서 얼굴을 제대로 본 적이 없어요. 말도 못 해봤고요. 그러니까 얼굴도 목소리도 몰라요."

나는 팔짱을 끼고 앞을 응시했다.

"너무 없는 애처럼 지내니까 어느 날 갑자기 그렇게 사라져도 없어진지 아무도 모르죠."

현수는 기억하지 못했던 건 자기 탓이 아니란 말을 하고 싶은 것 같았다.

"근데 학교를 왜 관둔 거죠?"

체보타루의 아홉 번째 단편소설을 손에 쥐고 연못 앞 벤치에서 어두워질 때까지 기다렸지만 그녀는 나타나지 않았다. 다음 날에도. 그녀는 중간고사를 앞두고 학교에 나오지 않았다. 아무도 이유를 알지 못했고, 봤다는 사람이나 궁금해하는 사람도 없었다. 그들에게 그녀는 처음부터 없는 사람이라서, 그들에게 그녀는 사라진 게 아니었을 것이다. 현수처럼 당시 나도 그녀가 가짜 대학생인지도 모른다는 의심을 했다. 가짜라서 그렇게 갑자기 학교를 관두고 사라질 수 있었던 것이고, 사전에 이름과 학번을 과장되게 큰 글씨로 적어둘 필요가 있었던 거라고.

나는 세 번째 날에도 벤치에 앉아있었다. 연못은 더 썩어들었고, 나무가 떨군 낙엽들은 바람에 부들부들 떨며 말라갔다. 한 사람을 위해 내가 좋아하는 작가의 소설을 번역하는 일은 얼마나 신나는 일이었던가. 둘만 아는 작가와 소설이 있다는 건 얼마나 신비스러운 것이었나. 잠을 자지 못해도 피곤한 줄 몰랐고, 번역할 소설이 줄어드는 게 불안해서 루마니아에 사는 친구한테 연락해 체보타루 소설을 구해달라고 부탁까지 했다. 나는 가을의 한

복판에서 주변을 둘러봤다. 마치 그녀의 눈동자 속에 혼자 앉아 있는 듯한 기분이 들었다. 거대한 그녀의 눈동자가 세계를 그 안에 가둬서 쓸쓸함의 끝을 보여주는 것 같았다. 바람이 스치자 온몸이 갈라져서 쓰라렸다. 그 쓰라림이 상처를 뚫고 몸속 장기로 스며들 때까지 가만히 앉아서 그녀가 떠난 이유에 대해 생각했다. 그녀는 자신의 한 세계가 끝났다고 생각해서 가버린 걸까, 아니면 그녀의 한 세계가 시작됐다고 생각해서 사라진 걸까. 그리고 지금, 히터가 틀어져 적당한 온도로 따뜻하고 편안한 현수의 외제 차 안에서 다시 생각한다. 그해, 그녀가 사라지지 않았다면 나는 어려움 속에서도 루마니아 문학을 포기하지 않았을까. 지금껏 번역을 손에서 놓지 않았을까. 내가 대학에 남지 않았던 것은 아버지가 떠넘긴 빚과 신경쇠약에 걸린 어머니, 어린 두 동생들 때문이 아니라 그녀 때문이었던 건 아닐까. 그해, 나에게는 커다란 세계였던 그녀가 예고도 징후도 없이 마지막 낙엽처럼 떠나버렸기에. 나와 그녀와 체보타루의 소설이 함께했던 한 달의 연애는 그렇게 끝이 났다.

"그렇게 고개 숙이고, 동기들과 눈도 안 맞추고 4년을 다니는 것도 힘들었을 거예요."

끼어들기 하는 차량을 향해 현수가 클랙슨을 신경질적으로 울렸다.

"기질상 대학 생활이 맞지 않았던 거겠죠."

덩어리가 되지 못하고 남은 사람. 아까 닦은 유리창에 다시 서리가 끼었다. 닦으려다 그대로 둔 채 눈을 감았다. 현수가 무슨 말인가를 했지만 내가 아무런 대꾸를 하지 않자 조용한 음악을 틀었다.

*

두려울 정도로 추웠던 2월도 다 지나고, 오늘은 경칩을 며칠 앞둔 날이자 현수와 카풀 마지막 날이었다. 현수는 다음 주부터 본사로 출근하게 됐고, 나는 여기 남아 예전처럼 매일 지하철로 지옥을 맛보며 지내게 될 것이다. 눈도 많이 오고 도로가 언 날들이 많은 달이었다. 두 달 동안 신세 진 게 고마워서 기름값이라도 하라고 봉투를 내밀었더니 현수가 정색을 하며 점심이나 사달라고 했다. 나는 고급 레스토랑을 염두에 두고 있었는데 현수가 회사 근처 감자탕집에 가자고 해서 조금 놀랐다. 포크와 나이프를 사용하는 메뉴가 아니라 손으로 돼지 뼈를 잡고, 고기를 뜯고, 쪽쪽 소리 내며 먹는 감자탕이라니.

"저에 대한 선입견이 마지막 날에라도 조금 깨져서 다행이에요."

"알고 있었어?"

"선배만 그런 것도 아닌데요, 뭐."

현수가 물수건을 돌돌 풀어서 손가락을 구석구석 닦았다.

"다들 날 그렇게 봐요."

나는 수저를 꺼내 현수 앞에 먼저 놓아줬다.

“예전에 여자 친구는 스테이크 좋아하게 생겨서 만났더니 맨날 순대니 곱창이니 돼지국밥집만 데려간다며 헤어지자고 하더라고요.”

“그래서 헤어졌어?”

“깔끔하게요.”

점심시간이라 감자탕집은 회사원들로 북적거렸다. 지하철을 탄 것처럼 어수선하고 어지럽다고 했더니, 현수는 가끔 그런 게 그립다며 물기 없는 목소리로 말했다.

“사람을 오징어로 만드는 지하철을 안 타봐서 그런 말 하지.”

“못 타요.”

“못 타? 안 타는 게 아니고? 왜 못 타는데?”

“공황이 있어요.”

“어…….”

“그리워요. 그런 것들이. 건강하면 정말 아무것도 아닌 것들이요.”

현수도 덩어리가 되지 못한 것일까. 사람은 누구나 마음 한쪽에 덩어리가 되지 못하고 남은 자국을 지니고 살아가는가. 아니, 우리는 결국 모두 덩어리가 되지 못하고 남은 사람들에 불과한 걸까. 덩어리는 허상인가.

“원인이 뭐야?”

“압박감.”

"무엇이 압박하는데?"

"아버지요. 두 달 동안 수면제 없이는 한숨도 못 잤어요. 아마 본사로 가더라도 오래 못 버틸 거예요. 아버지 얼굴 봐서, 아버지가 하라는 대로 하는 거예요. 이번에 또 실패하는 거 보면 아버지도 포기하시겠죠."

"너 하고 싶은 게 따로 있구나?"

현수는 고개를 끄덕였다. 나는 그게 뭐냐고 묻지 않았고, 대신 국자로 돼지 뼈를 건져 현수의 앞접시에 놓아줬다. 어쩌면 그 꿈을 위해 현수는 일부러 실패의 길을 걸을지도 모르겠다는 생각이 들었다. 현수가 와이셔츠 소매를 걷어 올리고 돼지 뼈를 양손으로 잡은 뒤 쪽쪽 소리를 내며 살을 발라 먹었다.

"등에 하트 문양 있는 특별한 고양이는요?"

현수가 물수건으로 입 주변을 닦으며 물었다.

"안 보인 지 꽤 오래됐어. 아무래도 사고를 당한 것 같아. 경비아저씨가 고양이 혐오자인데 새끼 고양이를 대걸레로 때려서 쓰레기통에 버렸다고 꼬마 애들이 하는 얘기를 얼마 전에 들었어."

현수가 돼지 뼈를 가만히 앞접시에 내려놓았다.

퇴근한 나는 회사 앞에서 비상등을 켜고 기다리고 있는 현수의 차에 얼른 올라탔다. 금요일이라 도로는 막혔고, 점점 어두워지는 도시는 화려한 빛깔의 불빛들로 차올랐다. 반면 말없는 현수의 얼굴은 불 꺼진 창문들처럼 어두웠다. 나는 기분이 불안정한 상태인 모양이라고 이해했고, 이해하자 더는 오해도 불편도 없었다. 그때 현수가 가만히 나를 불렀다.

"선배."

나는 고개를 외틀어 환하게 불 밝힌 간판들을 쳐다보고 있었다.

"늦은 오후에 전화 한 통을 받았어요."

"누구한테?"

"은경이……."

"은경이?"

나는 놀라서 고개를 돌렸다.

"그 은경이 아니고……."

현수의 차가 횡단보도 정지선 앞에서 멈췄다.

"차은경이오. 동기 중에 은경이가 둘 있었어요."

"알지, 차은경. 4년 내내 과대표 도맡아 했었잖아."

"과대표이기도 하고 이름이 같아서 그나마 김은경한테 관심을 두고 있었나 봐요."

신호가 바뀌었지만 차는 움직이지 못하고 그대로 머물러있었다. 100미터 앞 사거리까지 차량들이 정체돼서 그곳을 통과하려면 신호를 몇 번 더 받아야 할 것 같았다. 초조한 표정의 현수가 갈라진 목소리로 말했다.

"죽었대요. 김은경."

"……."

"재작년 가을에."

"……."

"루마니아에서요."

"……."

"루마니아 교포랑 결혼했대요."

"……."

"그해, 학교 관두고 루마니아로 간 거래요."

"……."

"선배, 체보타루라는 작가 알아요? 루마니아에 그런 작가가 있었어요?"

"……."

"그 작가 때문에 루마니아로 간 거라고……."

그때까지도 차는 조금도 앞으로 움직이지 못하고 있었다. 또렷하던 창밖의 불빛들이 비 맞은 것처럼 경계를 잃고 희미하게 번져갔다. 그러더니 흐물거리다 빗물처럼 주룩 흘러내렸다. 현수의 차여서 마음을 놓을 수 있었다.

*

벚꽃이 피기까지 한 달 동안, 나는 어디를 가든 그리고 무엇을 보든 그녀를 떠올리며 지냈다. 그것이 내가 할 수 있는 애도라고 생각했다. 재작년 가을이므로, 나는 그녀가 없는 가을을 두 해 보낸 셈이었다. 가을 눈동자를 가졌던 그녀는 가을의 눈동자만 보여줬으므로, 내가 기억하는 건 그것뿐이었지만 그럼에도 충분하다고 생각했다. 분명한 건 그해 나는, 그녀의 눈동자로 인해 가을의 3분의 2를 앓았고, 가을의 쓸쓸함에 대해 알았다는 것이었다. 쌀쌀해지는 것이지 쓸쓸해지는 것까지는 몰랐던 것을 알게 됐다는 것이었다. 그 후 내게 가을은 누구나 저절로 쓸쓸해지고, 쓸쓸해지지 않으면 쓸쓸한 척이라도 해야 하는 계절이 돼있었다. 그것이 가을이란 계절에 올바로 순응하는 거라고. 가을에 대한 예의이자 약속이고, 가을이 원하는 것이며, 계절이 생겨난 목적이자 의도라고. 그녀는 그런 면에서 가을이 가장 신뢰하는 사람일지도 모르겠다. 더불어 가을은 사람을 가장 많이 스스로 죽게 하는 계절이라서 사람을 찾게 하는 계절일지도 모른다는 생각이 들었다. 덩어리가 되지 못하고 남은 사람들을 위한 계절. 그해 나는, 그녀가 아니라 가을을 거울처럼 비추던 그녀의 눈동자와 연애를 했던 것 같았다. 가을과 한 연애, 쓸쓸함과 나눈 사랑.

나는 그녀에게 전해주지 못했던 아홉 번째 소설을 가방에서 꺼냈다. 서랍 깊숙이 보관해뒀던 소설은 구겨진 채 노랗게 색이 바래있었고, 인쇄된 글자들은 잉크가 휘발돼 회색빛으로 옅어져 있었다. 'Lumânări și vise.' 그녀는 작고 소심한 목소리로 이렇게 발음했겠지. 그러면 나는 옆에서 이렇게 말했겠지. '양초와 꿈.' 체보타루는 알코올중독으로 정신병원에 입원해있는 동안 〈양초와 꿈〉을 썼다. 이 단편소설을 쓰는 데 2년이 걸렸고 병원에서 써낸 유일한 소설이었다. 소설은 고독과 고통으로 점철돼있었다. 그는 문장을 한 자 한 자 조각하듯 매일 종이에 조금씩 써나갔다. 나는 그가 병원에서 소설을 쓴 것이 아니라 고독과 고통을 조탁해냈다고 생각한다. 어쩌면 그녀는 그 먼 나라에서 이 소설을 읽었을지도 모르겠다. 그리고 그곳에서는 덩어리로 살았는지도.

나는 라이터를 꺼내, 여전히 그녀와 나만 알고 있을 체보타루 소설에 불을 붙였다. 여러 장의 종이가 끄트머리부터 구부러지며 타들어갔다. 불꽃이 창백한 루마니아어를 천천히 지워갔다. 봄인데, 그해 불던 가을바람이 내 등 뒤에서 쓸쓸하게 불어왔다. 그 바람이 연기와 재가 된 〈양초와 꿈〉을 하늘 높이 날려 보냈다. 이렇게 나의 루마니아어 수업이 끝났다. 나는 그것들이 한 조각도 남지 않고 허공으로 거뭇거뭇 사라지는 걸 지켜본 뒤 집으로 발길을 돌렸다.

주차장 차 밑에서 얼룩덜룩한 게 튀어나와 반대쪽에 주차된 차 밑으로 뛰어 들어가는 모습이 보여서 걸음을 멈췄다. 경계하듯 바퀴 뒤에서 한참 두리번거리다 옆 차량으로 자리를 옮길 때 유심히 살폈다. 짧은 꼬리 끝이 살짝 꼬부라져있었고, 등에 특별한 하트 문양을 짊어졌는데 그 검은 문양이 조금 크고 또렷했다. 살아있었구나. 태어날 때부터 덩어리가 되지 못하고 남은 녀석이 자동차 밑에서 나를 쳐다보고 있었다. 봄의 눈동자였다.

천운영

1971년 서울에서 태어났다. 한양대학교 신문방송학과와 서울예술대학교 문예창작과를 졸업하고 고려대학교 대학원 국어국문학과 석사과정을 수료했다. 2000년 《동아일보》 신춘문예에 단편소설 〈바늘〉이 당선돼 등단했다. 소설집 《바늘》《명랑》《그녀의 눈물 사용법》《엄마도 아시다시피》, 장편소설 《생강》《잘 가라, 서커스》 등을 펴냈다. 신동엽문학상, 올해의 예술상을 받았다.

©백다흠

아버지가 되어주오

내 어머니는 이렇게 말하기로 했다고 한다.

저 사람은 시골에 내려가 살자고 하는데 나는 시골에서 살고 싶지 않다, 불편한 건 참을 수 있지만 벌레는 못 견디겠다, 벌에 쏘여 쇼크 상태에 빠진 적도 있다, 그때 죽을 수도 있었다, 여생을 고향에서 보내고 싶다는 사람 말리고 싶은 생각은 없다, 내 고향은 지금 살고 있는 이곳이다, 떨어져 산 지는 몇 년 됐다, 이미 별거 상태나 다름없다, 각자 저 좋아하는 곳에서 저 하고 싶은 대로 하면서 살고 싶다.

그러면 내 아버지가 이렇게 정리할 생각이었다.

이 사람이 원하는 대로 해주고 싶다.

시나리오는 아버지가 짰다. 최대한 사실에 근거할 것, 추잡하거나 세속적이지 않을 것, 평범하지만 충분히 납득할 만할 것, 귀책사유를 한쪽에 전가하지 말 것. 이와 같은 원칙하에 공을 들여 완성한 시나리오였다. 하나하나 사실이었으므로 실수할 염려도 없었다. 필요하다면 증거를 제출할 수도 있었다. 제법 그럴싸했고 이상적인 면모까지 갖췄다고 아버지는 확신했다.

아버지의 시나리오는 무용했다. 누구도 이유를 물어오지 않았으므로, 대답할 기회도 없었다. 같은 목적을 가진 부부들이 한 방에 모여 차례를 기다렸다가 이름이 불리면 판사 앞으로 나가 확인서를 받았다. 한 쌍도 아니고 네 쌍씩, 일렬로 섰다가 차례차례 나가서, 성적표를 받듯 확인서를 받아 챙겼다. 그걸로 끝이었다. 오십 년 부부 관계가 그렇게 끝이 났다. 낙제점을 받아 합격증을 챙긴 셈이었다.

법원에서 나온 아버지는 어머니와 조금 떨어져서 걸었다. 아버지가 앞서고 어머니가 뒤따랐다. 주차장을 가로질러 주차된 차에 다다를 때까지 거리를 유지하며 마지막까지 긴장을 늦추지 않았다. 다음 목적지는 구청이었다. 확인서 접수를 마치면 서류상으로 완벽한 남이 될 것이었다. 구청은 차로 십 분 거리에 있었다. 어머니가 차에 올라타 안전벨트를 매자, 아버지는 시동을 걸며 어머니에게 물었다.

나 안 버릴 거지?

어머니는 그저 피식 웃었다. 아버지가 재차 물었다.

진짜 버리는 거 아니지?

이 모든 과정은 아버지가 직접 말해줘서 알았다. 구청에서 접수까지 마친 아버지는 곧바로 전화를 걸어 자식들을 소집했다. 중국집이었고 따로 룸 예약이 돼있었다. 나를 포함한 세 남매가 비슷한 시각에 도착했다. 아버지는 이미 볶음 땅콩 반찬에 백주를 마시고 있었다. 자식들이 자리를 찾아 앉고, 음식을 시키기도 전에, 아버지는 이혼을 공표했다. 이혼을 해서 얻게 되는 세금이나 기타 여러 혜택을 언급하면서 그간의 과정을 전했다. 자신이 쓴 시나리오가 얼마나 이상적이고 진취적이었는지에 대해서도. 무엇보다 당신들의 이혼은 진짜가 아니라 위장일 뿐이며, 부부의 관계는 앞으로도 변함이 없으리라는 점을 강조했다. 자식들에게 조금이라도 더 남겨주려 행한 일이니 감사의 마음을 가지라는 공치사도 잊지 않았다.

요리가 나오기 시작했다. 지난 어머니 생일 모임 때보다 가짓수가 많았다. 아버지는 자주 술잔을 들어 올리며 무언가를 기념하고 싶어 했다. 기념하고 싶은 것이 성공적인 위장인지 여전히 유효한 결혼 생활인지는 알 수 없었다. 나는 단무지를 씹으며 아버지가 쓴 시나리오에 대해 생각했다. 이토록 터무니없는 이혼 사유라니. 물론 거짓은 없었다. 하나하나 사실이었다.

아버지는 떠나온 지 육십 년 만에 고향을 찾았고, 폐가를 포함한 천 평의 대나무 밭을 구입한 다음, 삼 년에 거쳐 터를 닦고 축대를 세우고 집을 지었다. 처음에는 시골 별장의 개념으로 가끔 들르던 것이, 일에서 손을 뗀 후에는 아주 내려가 살기 시작했다. 자수성가한 남자가 꿈꾸는 금의환향의 진부한 방식. 여기까지는 사실이다. 하지만 마을이 훤히 내려다보이는 언덕에 군림하듯 집을 지은 것은 아버지가 맞지만, 남은 천 평의 땅에 과실나무와 꽃나무를 조화롭게 심고 가꾼 것은 어머니였다. 모기에 물리고 쐐기에 쏘이고 개미 떼의 습격을 받으면서도 잡초를 제거하고 천연 퇴비를 만들고 모종을 심어 채소를 수확한 것도 어머니였다. 그런 어머니가 벌레 때문에 이혼을 결심했다니. 원하는 대로 해주겠다는 말을 아버지가 하려 했다니. 아버지는 자신의 과오들을 덮기 위해 시나리오를 짰는지도 몰랐다. 진짜 이혼이 아니라 가짜 이혼을 위한, 가장 거짓의 사유들을 만들어냈는지도. 애초부터 어머니에게 시나리오 따위는 필요치 않았다. 살아온 이야기를 들려주는 것만으로도 충분했다. 아버지의 수많은 성격적 결함을 언급하지 않더라도, 온갖 폭언과 폭력적 사건들을 구구절절이 늘어놓지 않더라도, 수많은 여자들이 감내해야만 했던 희생과 고통만으로도, 이혼의 사유는 차고 넘쳤다. 필요한 건 시나리오가 아니라 어머니의 결단이었다.

취기가 오른 아버지는 식사로 주문한 우동 국물을 그릇째 들고 마셨다. 양파 조각 하나가 턱을 거쳐 앞섶으로 흘러내렸다. 어머니가 냅킨으로 조심스럽게 양파 조각을 집어 올리자, 아버지가 그 손을 끌어 잡으며 말했다. 그런데 내가 말이다, 법원에서 나와서 이렇게 걸어가고 있는데 말이다, 기분이 요상한 게 진짜 이혼을 한 거 마냥 슬퍼지는 게, 이러다가 진짜 느이 엄마한테 버림받는 거 아닌가, 어디로 도망가버리는 거 아닌가, 갑자기 겁이 확 나면서 다리가 진짜로 덜덜 떨리는데 말이다, 이렇게 살아온 게 다 느이 엄마 덕이라는 걸 내가 다 알지, 내가 여자 하나는 잘 만나서 이렇게, 세상에 느이 엄마 같은 여자도 없다는 걸 내가 왜 모르겠냐, 그런데 느이 엄마는 아직 저렇게 젊고, 난 이렇게나 늙었고, 고혈압에 당뇨에 류머티즘에 온갖 병을 달고 사는 상늙은이가 되어 말이다.

나는 좀 진절머리가 났다. 세상 물정 모르는 어린 여자애를 작정하고 임신시켜 결혼해서는, 호강은커녕 평생 멋대로 굴면서 함부로 대하고 부려먹을 대로 부려먹더니, 다 늙어빠져서야 비굴하게 징징대며 버리지 말라고 애원하는 꼴이라니. 얼마나 좋은 사람인지 다 안다면서, 어머니 덕으로 살았다면서, 내 어머니를 그깟 벌레 때문에 못 살겠다고 말하는 여자로 만들다니. 그래서 나는 아버지를 향해, 그러게 평소에 좀 잘하고 살지 그러셨냐고, 쌀쌀맞게 쏘아붙였다. 어머니에게는 이왕 서류상으로 정리가 된 거 진짜로 이혼해버리라는 말도 했다. 이제부터 엄마 인생, 마음껏 누리며 살라고.

내친김에 그동안 내 어머니가 감내해왔던 희생과 고통에 대해 이야기했다. 아버지의 잘못된 행태들에 대해 조목조목 따져 물었다. 그땐 왜 그러셨어요, 지금이라도 제대로 사과하세요, 말이나 좀 곱게 하시던가, 그렇게 살지 마세요, 그러다가 진짜 이혼당해요. 두 동생들도 조금씩 거들었다. 나는 우리 가족과 아버지 사이에 선을 그었다. 한쪽은 명백한 가해자였고 또 한쪽은 지금도 여전히 고통 받는 피해자 집단이었다. 법원에 다녀온 여파 때문인지, 아니면 정말로 무언가 깨달은 바가 있어서였는지, 아버지는 묵묵히 내 말을 들었다. 변명도 반박도 없이 그저 고개를 주

억거렸다. 아버지는 확실히 늙었다. 왕좌는 빼앗겼고 제국은 사라졌다. 그 순간 나는 약간의 쾌감을 느꼈다. 무언가 해낸 것 같았다. 어머니를 대변하고, 어머니의 역사를 복원하고, 새로운 삶으로 어머니를 인도하리라, 어머니의 딸로서 마땅히 했어야 할 일을, 이제야 비로소 이행하노라.

그날 저녁 모임을 소집한 사람은 아버지였지만, 저녁값은 내가 지불했다. 이혼에 성공한 것을 진심으로 축하하며, 모임이 마무리될 즈음 슬그머니 나가 계산을 마쳤다. 그렇게 아버지가 가지려 했던 주도권마저 박탈했다. 아버지는 조금 더 빼앗겨도 됐다. 지나치게 누리고 살았다.

제일 먼 곳에 사는 셋째가 아이들을 차에 태워 먼저 출발했다. 나는 호스트처럼 중국집 입구에 서서 동생 가족을 배웅했다. 본가와 가장 가까이 사는 둘째가 아버지와 어머니를 모시고 가기로 했다. 뒤늦게 화장실에 다녀온 어머니가 내 옆에 나란히 섰다.

이럴 땐 꼭 느이 아빠구나. 딱 아빠야.

어머니가 나지막이 읊조렸다. 시선은 둘째네 차를 향한 채였다. 나는 좀 억울했다. 단지 어머니 편에 섰을 뿐인데. 꿈에서라도 듣고 싶지 않은 말을 어머니에게서 듣다니. 뭐라 반박하고 싶었지만 혀가 움직이지 않았다. 어머니는 오만 원권 지폐 몇 장을 내게 내밀며, 보태라, 말했다. 뭐라 토를 달기도 전에 손에 힘을 줘 내 주머니 속으로 지폐를 욱여넣었다. 어머니의 손길에 결기가 느껴졌다.

어머니가 몸을 돌려 나와 눈을 맞췄다. 그리고 물었다.

넌 네 엄마 인생이 그렇게 정리되면 좋겠니?

뭐, 뭐가?

네 말대로라면 내 인생 참…….

어머니는 잠시 말을 멈추고 숨을 깊게 들이마셨다 내쉬었다.

슬플 거 같어.

그 말과 동시에 어머니는 등을 보이고 돌아섰다. 내가 무슨 말을 더 하기도 전에 둘째네 차 쪽으로 가만히 걸어가더니, 뒷좌석 문을 열고 차에 올라탔다. 나는 좀 황망해졌다. 호되게 얻어맞은 기분이었다. 등짝이 얼얼했다. 아버지 얼굴에 가려 어머니 모습이 보이지 않았다. 아버지가 차창을 내리고 해맑게 웃으며 손을 흔들었다. 운전 조심해라. 아버지 목소리와 함께 둘째네 차가 출발했다. 나는 혼자 남았다. 내가 배웅을 한 것이 아니라 모두가 나를 두고 떠난 것 같았다. 그제야 나는 아버지의 두려움이 이해됐다.

어머니는 그런 사람이었다.

*

어머니는 스물한 살에 나를 낳았다. 결혼식은 그로부터 육 개월 뒤 신문회관에서 치렀다. 나도 물론 그 예식에 함께했다. 이모가 나를 업었다. 예식을 위해 내 어머니는 허리께까지 기른 머리칼을 잘라 가발을 만들어 썼다. 재클린 스타일의 부푼 머리가 유행하던 시절이었다. 아버지가 첫눈에 반했다던 검고 풍성한 머리카락은 신부머리를 완성하고 사라졌다. 신부 측과 신랑 측 가족들은 결혼식에서 처음 인사를 나눴다. 상견례 같은 건 없었다. 답례품으로는 종로떡방에서 맞춘 찹쌀떡이 지급됐다. 신혼여행은 택시를 타고 남산을 한 바퀴 도는 것으로 대신했다. 신랑 신부의 친구들이 대절 택시로 뒤를 따랐고, 주요 지점에 내려 기념사진을 찍은 다음, 친구들이 선물해준 호텔로 향했다. 외가 식구들은 케이블카를 타고 올라가 처음으로 남산타워를 구경했다. 그때 나를 업은 사람은 할머니였다. 함박눈이 내리는 포근한 토요일이었다.

어머니와 아버지는 직장에서 만났다. 무교동의 어느 다방에서 고백을 듣기 전까지 어머니는 아버지를 잘 몰랐다. 안면은 있지만 인사를 나누는 사이는 아니었다. 아버지는 그날을 위해 무려 열 달을 기다렸다.

67년 순천에서 여고를 졸업한 엄마는 이모할아버지가 전기기사로 일하고 있던 인쇄소에 일자리를 소개받는다. 쿠데타 때 전단지를 찍어 뿌린 업적으로 크게 성장했다는 대형 인쇄소였다. 세 살 터울의 이모는 마침맞게 여중을 졸업하고 무악재에 있는 서울여상에 합격한 상태였다. 두 사람은 영천시장 근처에 한 칸짜리 방을 구해 서울 생활을 시작한다. 영천에서 전차를 타면 독립문을 통과해 서대문 지나 종로 수송동으로 출근하기 수월했고,

무악재 서울여상까지는 걸어서 갈 만한 거리였다.

어머니는 문선공이었다. 활자케이스에서 활자를 뽑아 문선상자에 옮겨 담는 일을 했다. 어머니는 거기서 영자 파트를 담당했는데, 한글이나 한자 파트보다는 일이 수월해서 시간당 1천 자를 담을 수 있었다. 당시 고졸 출신 초봉이 3300원. 잔업수당과 야근수당을 추가하면 대략 4천 원이 조금 넘었다. 하루 여덟 시간 근무를 기준으로 계산하면, 1천 자를 옮겨 담는 데 13원을 받은 셈이다. 당시 왕복 전차비는 30원, 버스비는 50원이었다.

그 시절, 사람들은 어머니를 남 양이라 불렀다. 호칭에 대한 거부감은 없었다. 함께 면접을 보고 입사한 여자 동기가 넷 있었는데, 어머니처럼 여고를 막 졸업한 동갑내기들로, 덕성여고 출신의 채 양, 온양여고 출신의 한 양, 인천여고 출신의 김 양, 서로를 그렇게 부르며 친하게 지냈다. 업무가 끝나면 둘씩 짝을 지어 팔짱을 끼고 명동이나 남대문 일대를 돌며 어울려 다녔다. 안 살 거면 뭣 하러 만지냐 돈 내고 만지라 호통치는 시장 사람들이 무서워 멀찍이서 구경만 했다. 물건을 사지 않아도 즐거웠다. 어머니에게 첫 사회생활은 호칭만 바뀐 여고생활의 연장이었다.

특히 인쇄소 수위인 고모부의 소개로 입사한 채 양과는 더 각별했는데, 어머니에게 자리를 알아봐준 전기기사 이모부와 같은 사무실에서 일했기에, 틈만 나면 각자의 고모부와 이모부가 있는 수위실로 달려가 호빵을 쪄 먹거나 라디오를 들으며 지냈다. 그들은 종종 서로의 집으로 가서 밤을 새우며 놀기도 했는데, 채 양

집에 다녀온 어머니는 함께 살던 이모에게 서울 사람들은 이렇게 살더라 하며, 그 집 풍경을 세세히 들려주곤 했다.

염리동 한옥집인데 글쎄 처마 밑에 굴비를 엮어서 주욱 걸어 놓은 거야. 서울 사람들은 이렇게 사는구나 했지. 무슨 날 되고 그러면 채 양이 음식을 해서 찬합에 싸가지고 와. 우리는 고향에 못 내려가고 있으니까. 그때 빈대떡이라는 걸 처음 먹어봤네. 기름에 지글지글하게 지져가지고 왔는데 얼마나 맛있던지. 우린 풋전이나 생선전 이런 거만 먹어봤지, 빈대떡이 있는 줄도 몰랐어. 어느 날 채 양이 청평이란 데를 가자고 그러데? 청량리에서 기차 타고 청평역에 내려 배 타고 어디론가 갔어. 나는 과일 좀 사고 음료수도 사고 그래서 갔는데, 채 양은 뭘 잔뜩 싸온 거야. 김밥도 말고 나물도 무치고 전도 부치고. 아침부터 많이도 준비해왔더라. 강인지 계곡인지 자리 펴고 앉아서, 그게 수박이었는지 참외였는지 물에 담가놓고는, 꺼내 까서 먹고 누웠다가 일어났다가 발 좀 첨벙이다가, 그렇게 뭐 별로 한 것도 없이 그냥 앉아있다 온 건데, 얼마나 재미가 나던지. 참 좋다, 참 좋아, 좋다 좋아, 계속 그러면서 앉아있었지 뭐야. 다시 배 타고 나오면서 우리 또 오자 약속했지. 뭐가 그렇게 좋았는지는 가물가물한데, 그 느낌은 두고두고 기억이 나는 거야. 아 좋다 참 재미나다 우리 다시 오자.

채 양은 그곳에서 열 달을 채우고 광명에 있는 인쇄소로 이직을 한다. 규모가 두 배쯤 되는 곳이었다. 경력직으로 옮기니 월급이 3300원에서 1만 2천 원으로 뛰더라고 엄마에게 알려줬다. 때마침 한 양과 김 양도 갑작스레 회사를 그만두고 어머니는 혼자 남는다. 채 양을 따라 광명의 인쇄소로 옮기고 싶었지만 영천에서 광명까지는 너무 멀었다. 혼자 남은 어머니는 외로웠다. 출근을 해도 즐겁지가 않았다. 비로소 여고를 졸업하고 낯선 사회에 발을 디딘 기분이었다. 아버지가 어머니를 불러 세운 건 그 즈음이었다.

아버지는 문선부 한자 파트에서 일했다. 영자부와 같은 층을 사용했지만 칸막이로 나뉘어있어서 교류는 거의 없었다. 안면은 있으나 말 한번 섞지 않은 사람이었다. 아버지는 종로1가 전차 정거장에서 기다리고 있었다. 아버지의 집은 신영동이었으니 가는 길은 아니었다. 어머니가 혼자 쓸쓸히 걸어갔고 아버지가 알은척을 했다. 명자 씨라 불렀다. 남 양도 아니고 명자 씨. 어머니보다 나이가 훨씬 많은 남자가 명자 씨. 어머니는 아버지 성도 몰랐다. 아버지는 할 얘기가 있으니 어디 가서 커피를 마시자 했다. 어머니는 경계심이 없는 사람이었다. 달리 급한 일이 있는 것도 아니어서 아버지가 이끄는 대로 따라갔다. 테이블마다 칸막이가 쳐져 있는 다방이었다. 아버지가 고백했다. 첫눈에 반했노라고. 오랜 시간 지켜보고 있었노라고.

군대를 마치고 어머니보다 두 달 먼저 입사한 아버지는, 새로 들어온 문선부 직원들이 일렬로 서서 인사를 하는 모습을 지켜봤다. 그중에 단연 어머니가 눈에 띄었다. 긴 생머리에 미니스커

트를 입은 내 어머니는 예뻤다. 날씬하고 고왔다. 그때부터 아버지는 어머니를 눈여겨봤다. 볼수록 예뻤다. 다소곳하고 성실하고 상냥했다. 목소리도 웃음소리도 나긋하고 부드러웠다. 말이라도 건네고 싶었으나 어머니 주변엔 항상 여자애들이 있어 끼어들 틈이 없었다. 어머니를 엿보는 남자들이 아버지 외에도 여럿 있다는 것도 알았다. 더 이상 뭉그적거릴 시간이 없었다. 동선을 확인하고 전차역에서 기다리기를 몇 회. 기회가 왔고 용기를 냈다.

나하고 연애합시다, 명자 씨. 어머니는 당황했다. 아버지는 어머니보다 아홉 살이나 많았다. 아홉 살이나 많은 남자는 아저씨였다. 삼촌이나 당숙이나 아버지처럼 보살피고 공경해야 할 관계. 연애가 뭔지 정확히 알지 못했지만, 연애란 또래 남자애들과 하는 것이라고 막연히 생각하고 있었다. 그런데 연애라니. 이름도 몰랐던 아저씨와 연애라니. 그런데도 어머니는 바로 거절하지 않았다. 생각해보겠다고 했다. 그래야만 할 것 같았다.

보니까 왼손잡이더라. 왼손잡이는 문선공에 적합하지 않거든. 문선이란 게 활자를 골라서 오른쪽에서 왼쪽으로 차곡차곡 쌓아야 하는 건데, 왼손잡이라 자꾸 엉킬 수밖에 없지. 당연히 속도가 안 나지. 그런데 기를 쓰고 속도를 맞추는데, 그렇게 집중해서 일하는 사람은 처음 봤어. 내가 쳐다보고 있는데도 모르더라고. 입술을 요롷게 뾰족하게 모으고서는, 눈동자도 안 흔들리고 착착, 애를 쓰고 일하는데, 그게 참 이상하게 예쁘더라. 그래서 해보자 그랬지, 연애를. 그게 뭔지도 모르고.

어머니는 임신 육 개월이 될 때까지 내 존재를 깨닫지 못했다. 그만큼 무지했고 미숙했다. 워낙 마른 체형에 생리는 불규칙했고 별다른 증상도 없었다. 배가 불러오지 않은 탓도 있었다. 평소보다 아랫배가 약간 나왔다 싶은 정도였다. 복대를 하지 않았어도 출산 직전까지 엄마가 임신했다는 사실을 누구도 눈치채지 못했다. 육 개월이 돼서야 뒤늦게 입덧을 시작했고 그것이 임신이라는 걸 알았다. 어머니는 제일 먼저 할아버지를 떠올렸다. 그래서 나를 지우기로 결심했다. 한 번도 본 적 없는 배 속의 태아보다 시골에 있는 할아버지가 더 중요했다.

병원은 아버지가 알아봤다. 서울에서 제일 좋은 산부인과라고 했다. 수술을 하기에는 좋지 않은 시기였지만 불가능하지는 않다고 했다. 그때 나를 살린 것은 아버지의 두려움이었다. 대기실에서 수술 차례를 기다리던 아버지는 무서웠다. 큰 벌을 받을 것 같았다. 무서워서 들어갈 수가 없었다. 그래서 어머니를 돌려세웠다. 일단 살림을 차리고 보자 했다. 아버지는 다음 날 홍제동에 방 두 개에 마당까지 있는 단층집을 구했다. 산골고개에 있는 집이라 가파른 계단을 올라가야 했으나, 이모가 여상을 마칠 때까지 방 하나를 내어주고 함께 지낼 수도 있었다. 두 살림을 합쳐봐야 자취방 수준이었지만, 이불과 식기들은 새로 장만했다.

어머니는 할아버지에게 편지를 써서 새 주소를 알렸다. 아버지와 함께 살게 됐다는 것도. 배 속의 내 존재에 대해서도. 답신은 없었다.

4개월 후 나는 서울에서 제일 좋은 산부인과에서 태어난다. 가장 좋다는 것은 가장 비싸다는 것과 같은 의미였다. 산기를 느낀 어머니가 짐을 챙겨 병원에 도착한 시각이 오전 아홉 시. 내가 태어난 시각이 오전 열 시 반. 점심으로 나온 닭백숙을 먹고 오후 다섯 시에 퇴원을 했는데, 당시 아버지 석 달 치 월급을 지불해야 했다. 만 하루도 채우지 못하고 나왔는데, 미역국도 못 먹었는데, 다른 산부인과에서 나흘 동안 관리를 받는 것보다 더 비싼 금액이었다. 닭 한 마리가 푹 고아져 솥째 나온 백숙을, 어머니는 비린내 때문에 못 먹고 아버지가 대신 먹었다. 아이는 어머니가 낳고 백숙은 아버지가 먹고. 아버지는 솥을 다 비운 다음 잠이 들었다. 어머니는 아버지가 깨어나길 기다렸다가 그만 갑시다, 했다. 후에 아버지는 그날 먹은 백숙이 기가 막히게 맛있었던 것은 기억하지만, 잠을 잤던 것은 기억나지 않는다고 했다. 만약 그때 잠이 들었다는 게 사실이라면 너무 긴장을 했다가 풀어져서 그랬거나, 산모를 위한 온돌방이 너무 뜨끈했기 때문일 거라고 변명했다.

집으로 돌아온 어머니는 할아버지에게 편지를 써서 내가 태어난 것을 알렸다. 태어난 일과 시를 쓰는 것도 잊지 않았다. 이번에도 답신은 오지 않았다. 그 대신 할아버지는 누군가를 보냈다. 어머니의 할머니, 할아버지의 어머니, 내 증조할머니. 증조할머니는 주소 한 장 달랑 들고 쌍암에서 홍제동 집까지 찾아왔다. 한복에 두루마리까지 갖춰 입고, 준급행열차로 여덟 시간, 집에서 출발해 도착하기까지 꼬박 열세 시간이 걸렸다. 보따리만 이고 지고 다섯 개였다. 증조할머니는 우선 미역국부터 안쳤다. 그 비싼 병원에서도 먹어보지 못한 미역국을 어머니는 그제야 먹을 수 있었다.

그 양반이 기골이 장대한 게, 남자로 태어났으면 장군감이라고들 그랬어. 발이 얼마나 크신지 여자 고무신은 맞는 게 없어서 남자 고무신을 신고 다니셨다니까. 손도 크고 배포도 커서 집에서 떡을 해도 한 말이야, 모든 게 큰 양반이었지. 아무리 그래도 그 시골 노인이 주소 한 장 달랑 들고 그 한겨울에 홍제동까지 오시다니. 아버지는 차마 못 나섰을 거야. 엄마는 못 미더웠을 테고. 할머니가 먼저 내가 가마 하셨겠지. 유과를 잔뜩 구워 오셨더라고. 옛날식으로 참기름 살짝 발라 숯불에 구운. 보따리를 풀다 말고 유과부터 찾아 입에 넣어주시는 거야. 명자 좋아하는 유과다, 하시면서.

증조할머니는 사흘을 머물다 내려갔다. 할아버지의 편지를 내내 속주머니에 품고 있다가, 본인이 직접 준비한 돈 봉투와 함께 건넸다. 편지에는 내 이름과 함께 딱 한 문장만 적혀있었다.

삼칠일 지나 오니라.

할아버지는 그런 사람이었다.

*

어머니는 1949년 전라남도 승주군 쌍암면 남강리 남 씨 집성촌에서 태어났다. 사범학교를 졸업하고 열여섯 살에 소학교 교사가 된 할아버지는 열여덟 살에 양가 성을 가진 해룡 여자와 중매로 결혼해 열아홉에 어머니를 봤는데, 너무나 감격한 나머지 사흘 동안 등교하는 것도 잊고 내 어머니 옆을 지켰다 한다. 밝을 명에 자식 자를 써서 명자라 이름 짓고, 같은 이름의 나무를 구해와 마당에 심었다. 애기씨나무. 명자나무의 다른 이름이다.

다음 해 전쟁이 발발하지만 전쟁에 대한 기억은 어머니에게 남아있지 않다. 나중에 할머니에게 전해 들은 바로는, 전쟁이 나자 재징집을 두려워한 할아버지가 한동안 어느 절에서 숨어 지냈는데, 할머니가 어머니를 등에 업고 보따리를 이고 든 채 십 리 산길을 올라 할아버지에게 갔더니, 임자 왔는가 고생했네 한마디 없이, 명자가 왔구나 명자가 왔어, 내 어머니만 받아들고 어르고 달랬으니, 그것이 몹시 서운했던 할머니는 그대로 보따리를 되싸서 어머니는 놔두고 산을 내려갔다 한다. 이틀 후 어머니를 데리러 온 사람은 증조할머니였다.

할아버지는 도청 소재지 학교에서 근무하기를 원했으나, 무슨 이유에서인지 당시 건구칠동이라 부르던 산골 벽지 소학교로만 발령이 났다. 그러던 중 드디어 원하던 광주로 배정을 받아 혼자 살게 됐는데, 할머니의 오지랖 넓은 자매들은 할아버지의 도시 발령을 두고 걱정이 많았다. 젊은 남자 혼자 놔뒀다가는 무슨 큰 사달이 나고 말 거라며 할머니를 들쑤셨다. 자매들은 머리를 맞대고 대책 회의를 열었고, 고심 끝에 어머니를 함께 보내자는 묘책을 강구해냈다. 어머니에게는 아버지 끼니를 챙기며 수발을 들라는 임무가 내려졌다. 그때 내 어머니 나이 여섯 살이었다. 여섯 살 여자애가 아버지 수발을 얼마나 들 수 있을지는 모르겠지만, 적어도 어머니가 함께 있는 한 할아버지가 한눈을 판다거나 하는 일은 없을 거라는 판단에서였다. 어머니는 할아버지를 지키는 파수꾼, 문지기가 될 것이었다.

자매들의 계략은 맞고도 틀렸다. 문지기는 문을 닫아걸기보다 문을 활짝 여는 사람이 됐다. 아이들은 자주 방문을 두들겼다. 삶은 고구마며 호박전이며 갱엿이며 뭐든 하나씩 손에 들고, 명자 잘 있나 보러 왔어요, 하나같이 그 말을 앞세우며 문턱을 넘었다. 혼자일 때도 있고 여럿일 때도 있었다. 느지막이 학교에 들어와 다 큰 처녀애도 있었고, 어머니보다 좀 더 클까 말까 한 어린애도 있었다. 젊은 남자 선생 혼자 살고 있었다면, 그 누가 됐든 함부로 드나들 수 없었을 집을, 내 어머니를 핑계 삼아 마음 놓고 드나들었다. 누군가는 빨래를 해 널고 누군가는 청소를 하고 누군가는 할아버지를 훔쳐보면서.

젊었을 적에 아버지가 참 잘생기셨거든. 키도 크고 눈썹도 진하고, 똑똑하지 점잖지 따뜻하지. 그 애들이 무슨 요상한 생각을 가지고 오는 건 아니었겠지만, 그렇게 한방에 있는 것만으로도 좋지 않았겠어? 오긴 왔지만 달리 할 일이 뭐가 있어. 그냥 나를 가운데 두고 빙 둘러앉아서는, 예쁘다 귀엽다 어루만지면서 이거 먹어라 저거 먹어라, 애지중지하며 노는 거지. 옷도 해 입히고 그랬다니까. 치마랑 블라우스랑 직접 손바느질해서. 어렸어도 솜씨들이 좋았지. 아버지는 저쪽에 흐뭇하게 앉아 월간지만 들여다보고 있고. 그런데 그게 참 이상하게 으쓱하고 좋더라. 이 애들이 아버지를 좋아하는구나, 아버지는 모두가 좋아하는구나, 그게 바로 내 아버지구나, 그랬지.

어머니와 함께 있어서 한눈을 팔지 못할 거라는 자매들의 예상은 정확히 맞았다. 할아버지 곁에는 늘 어머니가 있었다. 한시도 떨어지지 않았다. 할아버지 책상과 마주한 창가 첫 번째 자리가 어머니의 고정 자리였다. 수업이 없는 날에는 옷을 잘 차려입고 시내로 나가 팥빙수나 단팥빵을 사먹거나 서점에 들러 월간지와 만화책 같은 걸 샀다. 어머니는 할아버지가 읽는 월간지를 통해 글자를 익혔다. '자문 밖 설 마담'이니 '안개바다'니 하는 연재소설 제목을 읽으며 할아버지 세계를 엿보았다. 무슨 뜻인지 무슨 내용인지도 몰라도 그냥 함께 들여다보는 것만으로도 좋았다.

오롯하고도 충만한 날들이었다. 그런 날들에 어머니는 술을 배웠다. 어머니가 접한 술은 일용할 양식이었다. 음악이고 이야기고 추억이었다. 참으로 평온하고 아름답고 정겨운 어떤 것이었다. 할아버지는 술을 즐겼다. 아침에 눈을 뜨면 자리끼 마시듯 소주 한 컵을 마신 후에야 기척을 하고, 잠자리에 들기 전에도 한 컵의 소주로 마무리했다. 끼니 대신 술을 마시는 날도 많았다. 하지만 술을 마셨다고 자세가 흐트러지거나 실수를 하는 법은 없었다. 오히려 평소보다 생기가 돌았다. 수학여행으로 갔던 교토의 절들을 생생하게 묘사해주는 것도, 알아들을 수 없는 언어로 노래를 불러주는 것도 그때였다. 할아버지가 술잔을 비우면 어머니가 대신 안주를 먹었다. 할아버지가 옛 노래를 흥얼거리면 어머니가 박자를 맞췄다. 어머니가 종알거리면 할아버지는 술잔을 비웠다. 어머니는 할아버지의 가장 좋은 술벗이었다. 그만 자시라, 할머니 잔소리도 없이, 술과 노래와 추억이 있는 정겨운 술상. 내 어머니가 이모와 함께 서울로 떠나면서부터 할아버지는 어머니에게서 온 편지를 어머니 삼아 술상 위에 펼쳐놓고 술을 마셨다고 한다. 한 줄 읽고 한 잔, 두 줄 읊고 한 잔. 그렇게 편지와 주거니 받거니 술을 마시다 보면, 내 어머니가 금방이라도 소주 됫병을 옆구리에 끼고 걸어 들어올 것 같았다.

술심부름은 나한테만 맡기셨어. 명자가 받아오는 술이 제일이라 하셨지. 요즘 같으면 아동학대니 뭐니 하겠지만. 난 그 일이 참 좋았어. 술도가에 가면 다들 알아봤지. 소학교 남 선생 딸내미로구나 하고. 병은 딱 반만 채워. 당신 하루 자실 만큼만. 그땐 주전자도 아니고 됫병, 유리 됫병이었는데, 어린애에게 그게 얼마나 무거워. 그러니 옆구리에 끼었다가 두 손으로 받쳐 들었다가 바닥에 내려놨다 하면서 가지. 그렇게 가다 서다 하다 보면 저만

치 아버지가 기다리고 서있는 게 보여. 아주 오래 헤어져있던 것처럼 두 팔을 벌리고, 명자가 왔구나, 명자가 왔어, 하시지. 그러려고 보내신 거 같아. 반갑게 맞고 싶어서. 명자가 왔구나, 그 말을 하고 싶어서.

어머니는 할아버지의 명대로 삼칠일이 지나자마자 길을 나섰다. 따로 기별을 넣지는 않았다. 아버지는 남대문시장에서 산 세이코 벽시계와 정종 두 병을 양손에 나눠 쥐고, 어머니는 포대기에서 자꾸만 흘러내리는 내 엉덩이를 추어올리며 서울역에서 새벽 첫차를 탔다. 증조할머니가 왔던 길을 거슬러 고향집 대문 앞에 도착한 것이 저녁 식사 때. 동지가 지난 지 얼마 되지 않아 한밤중처럼 캄캄했다.

대문은 잠겨있지 않았다. 대문을 열자 기다렸다는 듯 할머니가 문을 열고 뛰쳐나왔다. 포대기부터 풀어 어머니에게서 나를 받아 안았다. 어머니가 먼저 문지방을 넘고 아버지가 뒤따랐다. 할아버지는 유과 한 접시를 놓고 술을 마시고 있던 중이었다. 명자가 왔구나, 라는 말은 하지 않았다. 대신 할머니를 향해, 술 좀 데워오소, 라고 청했다. 할머니는 안고 있던 나를 할아버지에게 넘기고 술을 데우러 나갔다. 술상을 사이에 두고 할아버지와 내가, 무릎을 꿇은 아버지와 어머니가 있었다. 할머니가 데운 술을 가져온 후에야, 어머니와 아버지는 함께 절을 올리고 앉았다. 할아버지는 아버지에게 술을 따라주고, 어머니 앞에는 유과 한 조각을 놓았다. 한동안 말없이 술잔이 오갔다. 이윽고 할아버지가 누구에게랄 것도 없이 툭 던지듯 말했다.

눈빛이 좋으니 되었다.

그 순간 맞아 죽을 각오로 문지방을 넘었다던 아버지는, 울었다.

생애 처음 받아본 믿음과 인정이었다.

우리는 그곳에서 사흘을 머물다 올라왔다. 할아버지는 어머니를 꾸짖지도 않았지만 보듬지도 않았다. 떠나는 날까지 어머니의 이름을 불러주지 않았다. 할아버지는 어머니 대신 내 얼굴을 들여다보며 술잔을 비웠다. 요 녀석에 한 잔, 요 이쁜 녀석에 두 잔, 어머니가 받아온 술을 비웠다. 오래전 어머니가 태어났을 때 그러했듯이 할아버지는 사흘 내내 내 곁을 떠나지 않았다. 어머니는 할아버지의 사랑이 내게로 옮겨간 것을 알았다. 실제로 나는 돌이 지나고 동생을 봤을 때부터 조부모 손에 키워졌다. 할아버지가 내게 요 녀석 할아버지랑 살래? 라고 물었을 때, 나는 엄마를 향해 빠이빠이 손을 흔들며 미련 없이 할아버지 품에 안겼다고 한다. 그때부터 아홉 살까지 할아버지와 함께 새로 부임된 학교 사택을 돌며 살았다. 내 어머니가 그랬던 것처럼, 교실 책상 한 자리를 차지하고 도둑수업을 들었다. 동초등학교 교감 선생님 손주딸내미로구나 소리를 들으면서.

다시 절을 올리고 떠나던 날, 방 안에 오롯하게 두 사람만 남게 됐을 때, 할아버지는 그제야 어머니의 이름을 불렀다. 명자야, 하고. 그리고 말했다.

이제부터 네가 저 사람 아버지가 되어줘라.

어머니는 그 말을 알아들었다. 그리고 그렇게 됐다.

*

아버지는 어떻게 아셨을까. 단 며칠을 봤을 뿐인데. 그 사람에게 필요한 게 뭔지 어찌 그리 잘 아셨을까. 참 불쌍하게도 살았더라. 얼마나 가난했는지 베갯속으로 넣었던 수수인지 보리인지를 꺼내 죽을 끓여 먹을 정도였단다. 아무리 없이 살았어도 우린 배는 안 곯았어. 형편이 좋아서 그런 게 아니라, 바다니 강이니 뭘 주워다 먹을 것도 많았고, 긁어온 다슬기로 멋진 음식을 만들 줄 아는 할머니도 있었으니까. 어떻게든 고등학교까지는 마쳤잖니. 그 시절 교사 월급이라고 해봐야 얼마나 돼. 사실 당신 술값도 안 되는 돈이었을 거야. 누가 했겠어. 엄마가 했지. 해룡 외가에 가서 쌀도 지고 오고 고구마도 지어 오고 자매들에게 손도 내밀고. 아버지는 우리 자매에게 그저 좋은 사람이었지만, 엄마에게는 아주 대책 없는 사람 아니었겠니. 그렇다고 내 아버지가 잘못 살았다고 어떻게 얘기할 수 있어. 아버진 아버지가 할 수 있는 걸 해준 거야. 엄마는 엄마가 할 수 있는 일을 하고. 그 사람은 그게 없었지. 사랑을 주는 아버지도 없고 뒤를 봐주는 엄마도 없고. 그런 세상도 있더구나. 어떤 아버지는 자식을 때리고 미워하고, 어떤 어머니는 저 혼자 살겠다고 자식을 매받이로 밀어 넣고 도망치고, 어떤 형제들은 서로 시기하고 헐뜯고. 낯선 세상이었어. 그런 세상에서 살아왔으니 원망만 남지, 울화가 치밀지, 누가 나 무시하나 먼저 공격하지. 처음엔 저 사람이 나한테 왜 이러나, 내가 뭘 잘못했나, 그 좋은 술을 먹었는데 왜 흥이 안 나고 화가 나나, 왜 매사에 날을 세우고 꾸짖나. 그때마다 아버지 말을 떠올렸어. 아버지가 되어주라니. 아버지는 왜 나한테 좋은 아내가 되라 하지 않고 아버지가 되라 했을까. 당부인지 충고인지 걱정인지. 사랑을 줘라, 그 말이었을까? 사랑을 받아라 그 말씀이었을까. 일단 사랑을 주기로 했어. 내 아버지가 내게 했던 것처럼. 그런데 사랑을 받아본 적이 없는 사람들은 사랑을 할 줄도 모르지만 받을 줄도 모르더라. 받는 법부터 알려줘야 했어. 그래야 또 내가 사랑을 받을 테니까. 난 희생한 적 없어. 그냥 하루하루 사랑하면서 살았지. 내가 할 수 있는 걸 하면서. 네가 그걸 그저 희생으로만 생각했다면, 그게 그저 희생과 인내였다면, 그보다 슬픈 일은 없을 거야.

*

어머니는 그렇게 아버지의 아버지가 되었다.

어머니의 방식으로. 아버지를 키웠다. 내 어머니가 키운 것은 한 남자가 아니라 한 세상이었을 것이다. 모자라고 불안정하고 허점투성이인 어떤 한 세상. 어머니는 그 세상을 품어 아버지가 됐다. 어머니의 사랑스러움으로 보드라움으로 나긋함으로.

아버지는 그렇게 어머니 몸을 통해 새로운 생명을 얻었지만, 자신이 어떤 아버지를 갖게 됐는지 아직도 모른다. 아버지는 여전히 아버지 당신으로만 살아가고 있다. 아버지는 어머니와 함께 살기 위해 이혼을 한 사람 같았다. 정말로 어머니에게 버림을 받을까 두려워서였는지, 아니면 정말로 어머니의 아이가 되기로 했는지, 어머니 옆에 딱 붙어 떨어지려 하질 않았다. 고향 집은 금의환향의 목적을 이미 달성했으므로, 더 이상 자신의 성공을 봐줄 사람들이 남아있지 않았으므로, 가서 지낼 이유를 상실해버렸다. 가끔 내려가 둘러보고 올 때에도 꼭 어머니를 대동하고 갔다. 분리불안이 있는 어린애처럼 어머니 치맛자락을 붙들고 빙빙 돌며 어머니의 수발을 받는다. 더 많은 희생과 보살핌을 요구한다. 그래서 나는 여전히 아버지를 탓한다.

나는 어머니에게 배웠어야 했는지도 모른다. 어머니로 사는 법을. 유리 됫병을 들고 조심조심 걸어 아버지에게 가던 어린 계집애의 발걸음을. 비난과 비아냥거림으로 누군가의 술잔을 엎을 것이 아니라, 가만가만 술잔을 채워주며 귀를 기울이는 법을. 내 어머니가 어머니의 아버지에게 그랬듯이. 하지만 나는 내 어머니의 딸이기도 했지만 내 아버지의 자식이기도 했다. 나에게는 어머니의 무엇과 아버지의 그 무엇이 공존한다. 어머니의 말대로 나는 아버지를 똑 닮았다. 집중할 때 입술을 뾰족하게 내밀게 되는 것도, 딱 아버지다.

그런데 아버지는 내 어머니에게서 정말 뭔가를 배우긴 했을까. 사랑을 받는 법을. 사랑을 주는 법을. 어머니가 가르치려 했던 모든 것을. 아버지가 되는 법을, 이제라도 배우게 됐을까? 그랬으면 좋겠다. 내 아버지가 그저 권좌를 잃고 힘을 상실한 늙은 남자가 된 것이 아니었으면 좋겠다. 내 어머니를 아버지로 가졌으니, 이제라도 아버지로 살아갈 수 있지 않을까?

종종 생각해본다. 그때 내가 태어나지 않았더라면 어머니의 삶이 지금과 달랐을지. 서울에서 가장 비쌌다던 그 어느 산부인과에서, 태어날 것이 아니라 죽었더라면. 어머니가 채 양을 따라 광명의 인쇄소로 이직을 했더라면. 채 양, 한 양, 김 양이 아니라 어머니를 탐내던 남자들을 골고루 만나봤더라면. 속도를 내려고 애를 쓰는 왼손잡이 남자의 고투를 어여뻐하지 않았더라면. 할아버지가 내 어머니에게 그런 사랑을 가르치지 않았더라면. 그렇게 꼬리에 꼬리를 물고 가정을 하다 보면 나는 내가 만들어진 그 순간으로 다시 돌아간다. 작정하고 달려든 아버지를 물리쳤다면. 거의 겁탈에 가까운, 아니 분명히 준강간이었을 그 순간을, 그냥 순순히 받아들이지 않았더라면.

나는 여러 번 어머니에게 연애시절 얘기를 들려달라 청하며, 어쩌다 나를 갖게 됐는지를 에둘러 물어보곤 했다. 어머니는 부끄럽게 그런 건 왜 묻느냐 대답을 피하다가, 어느 날 내가 작정하고 덤벼든 남자를 어떻게 당해냈겠냐 말하자, 정색을 하고 절대 그런 일은 없었다 했다.

내가 이런 얘기를 자식한테까지 해야 하나 싶어서 말을 안 했는데. 느이 아빠 집에 먼저 찾아간 게 나였어. 남자 혼자 사는 집에. 무슨 일이 일어날지 왜 몰라. 다 알지. 가르쳐주지 않아도 알게 되는 게 있거든. 그날은 정말 완벽한 하루였거든. 그래서 찾아갔지 그 집을. 완벽한 날에 함께 있고 싶어서. 그런 날에 네가 생긴 거야. 완벽한 날에.

을지로 불고기집에서 불고기를 먹었다. 불판에 얹어 구워 먹는 고기 맛을 처음 봤다. 버스를 타고 자하문고개를 넘어 세검정으로 갔다. 버스 안에서 손을 잡았다. 내 손 위에 슬그머니 포개진 손은 듬직하고도 포근했다. 자하문. 어릴 적 아버지 월간지에서 봤던 제목이 생각났다. 자문 밖 설 마담. 자문이 자하문이었구나 그때 알았다. 그 자문 밖에는 자두 밭이 많은 것도. 마침 오얏꽃이 흩날리는 봄날이었다. 자두나무 아래서 술잔을 비웠다. 아버지와 한상에 앉아 술을 배우던 날처럼 오롯했다. 여름이면 다시 와서 자두 맛을 보자고 약속했다. 자문 밖 자두 맛은 시고도 달콤하리라 생각했다. 완벽한 하루였다. 완벽하게 아름다운. 아름답고도 사랑스러운, 오얏꽃 피던 밤이었다.

한지수

1967년 경기도 평택에서 태어났다. 한신대학교 국어국문학과를 졸업하고 동 대학 대학원에서 문예창작학과 석사학위를 받았으며, 명지대학교 대학원에서 문예창작학과 박사과정을 수료했다. 2006년 《문학사상》 신인문학상에 중편소설 〈천사와 미모사〉가 당선돼 등단했다. 소설집 《자정의 결혼식》, 장편소설 《헤밍웨이 사랑법》《빠레, 살라맛 뽀》《파묻힌 도시의 연인》《40일의 발칙한 아내》를 펴냈다.

야夜심한 연극반

교토의 첫인상은 적막하면서도 소란스러웠다.

단풍 든 기온祇園 거리는 관광객으로 넘쳐나고, 나는 그 새빨간 단풍 아래를 혼자 걷고 있었다. 나란히 늘어선 요릿집 사이를 지나갈 때, 무언가 내 발걸음을 붙잡았다. 한동안 거기에 붙들려 우두커니 서있었다. 나를 붙잡은 건, 료칸旅館과 오차야お茶屋[1] 거리에서 들려오는 샤미센三味線 소리였다.

샤미센 가락에 맞춰 엔카를 부르는 게이샤[2]의 노래가 단풍처럼 시리고 드높았다. 세월에 닳아빠진 듯한 게이샤의 목소리는 조율되지 않은 현악기 같았다. 가슴에 눌러 담은 한恨을 내뱉고 들이키며 굴곡진 시간을 노래했다. 내가 서있는 그 자리처럼 과

---

1 오차야お茶屋는 일종의 고급 요릿집이다. 현실을 잊고 화려한 꿈의 세계를 즐기라는 뜻으로, 요즘도 교토의 오차야에서는 게이코들의 세련된 태도와 최고의 음식을 제공하고 있다.

2 예능에 종사하는 전통적인 기생으로, 공연과 작시 등 일본 예술에 능숙하다. 춤과 노래를 단련하는 십 대를 '마이코'라고 부르고, 20세 이상을 '게이코'라고 부른다. 요정이나 여관 등에서 이들을 부르면, 시간을 정해놓고 고객과 이야기를 해주거나 노래나 춤으로 흥을 돋우는 역할을 한다.

거와 현재를 가뿐히 넘나들고 있었다. 어쩌면 예측 불가능한 일종의 미친 상태로 들어서는 의식처럼 들리기도 했다. 나는 서둘러 그 자리를 벗어났다.

얼마쯤 걸었을까. 대나무를 엮어 만든 낮은 울타리가 나타났다. 그 안에 붉은 흙벽의 전통가옥이 들어앉아 있었고, 창문마다 무늬가 다른 화지가 붙어있었다. 주변은 믿을 수 없을 만큼 조용했다. 그때 어떤 그리움 덩어리가 명치에서 올라와 목젖을 건드렸다. 나도 모르게 빗장뼈 아래로 손을 올리며 숨을 내쉬었다. 알 수 없는 일이다. 처음 만나는 천년의 도시에서 이런 종류의 그리움을 만나다니.

내가 지금 기온 거리를 서성이는 이유는, 저 게이샤의 목소리를 닮은 오 분짜리 동영상 때문이다.

아버지가 죽었다는 전화를 받은 건, 열흘 전이었다.

그날 나는 두 편의 시나리오를 가지고 제작사 측과 미팅 중이었다. 이미 계약된 두 편 중에서 데뷔작을 결정하는 자리였다. 이제 내 시나리오로 데뷔를 하고 엄마에게 독립을 선언할 것이다.

제작사 대표는 내 시나리오에 디졸브가 많다면서 고개를 갸웃했다. 나는 앞의 화면이 서서히 사라지면서 뒤 화면이 뚜렷하게 나타나는 크로스디졸브를 좋아한다. 동료들은 그런 나를 디졸브 중독자라고 불렀다. 사랑받지 못한 사람에게서 흔히 나타나는 증상이라는 것이다. 현재의 연인과 끝나기도 전에, 늘 새로운 연인이 준비된 사람들처럼.

미팅이 끝나고 휴대전화를 확인했을 때, 부재중 전화가 있었다. 낯선 인터넷 전화번호였다. 곧 그 번호에서 다시 전화가 걸려왔다.

전화를 받자마자 중년 여자의 목소리가 쏟아졌다.

"아버지께 죽었어요. 딸님, 찾아가세요."

여자는 조사가 잘못된 두 문장을 서둘러 말하고는 침묵했다. 한동안 거친 숨소리가 그 침묵을 대신했다. 나 여기 있어, 그러니 대답을 하라고 으르렁대는 것 같았다.

여자가 다시 말했다.

"아버지 죽었어요, 딸님 찾아가세요."

어눌한 말투로 보아 한글학교를 다닌 교포 2, 3세쯤 될 것이다.

나는 재빨리 전화를 끊어버렸다. 그럴 만한 이유는 넘치고도 남았다. 나는 아버지의 얼굴조차 본 적이 없는 유복자에 가까웠다.

잠시 후, 여자는 다시 전화를 걸어서 다짜고짜 자신의 이름을 말했다. 무슨 '호'인지 '꼬'인지, 엄청난 피해를 준 태풍을 닮은 이름이었다. 교토 근처 '우토로'[3]의 주민센터에서 일한다고 했다.

---

3 1941년 제2차 세계대전 중, 일본 정부는 교토 우지시 우토로에 군 비행장을 건설한다는 명목으로 조선인들을 강제 동원했다. 당시 21만㎡(6만 평)가량의 면적에 1300여 명의 조선인들이 집단으로 거주하면서 비행장 건설에 투입됐다. 일당은 잡곡 3홉이었다. 1945년 일본이 패전하자 징용자 일부는 뱃삯을 구하지 못해 고국으로 돌아가지 못했다. 그들은 우토로에 공터를 닦아 무허가 정착촌을 이루고 살았다.

내가 말이 없자, 여자는 다시 힘주어 말했다.

"우토로 오세요. 아버지 찾아가세요."

아마도 그럴 일은 없을 것이다.

일주일 후, 여자는 내게 동영상 한 개를 보냈다.

나는 올림픽 베이비다. 정확히 말하면, 88서울올림픽.

1988년, 그해 10월 30일에 한국과 일본의 남녀 6516쌍이 통일교 창시자의 주례로 국제 합동결혼식을 했다. 스물네 살의 엄마는 그 결혼식에서 스물여덟 살의 일본인 남편과 결혼했다고 말했다. 다음 해 내가 태어났고, 한국인 엄마의 성을 따라 '유별'이 됐다는 것이다.

아버지는 갓 태어난 내게 '별'이라는 이름을 지어주고 집을 나가버렸다고 한다. 아버지의 존재를 집요하게 캐물었을 때 엄마가 겨우 해준 말이었다. 그런 아버지가 여성이 됐다는 말을 들은 건, 스무 살 생일날이었다.

엄마는 내 생일 아침에 영상전화를 걸었다. 늘 그렇듯 단정하게 화장을 하고 있었다. 떨어져있어서 미역국을 챙겨주지 못해 미안하다고 말했다. 그리고는 신음처럼 그 말을 내뱉었다.

"네 아버지는 여자가 됐어. 돌아오고 싶어도 이젠 못 돌아와. 그러니까 내가 네 엄마고, 네 아빠야."

영상 속 엄마는 갑자기 폭삭 늙어 보였다. 평소에도 영상이나 사진으로 서로의 얼굴을 보긴 했지만, 그날은 다른 사람처럼 보였다. 비밀을 품고 살아온 세월만큼 한순간에 나이를 먹어버린 듯했다. 광대뼈는 솟아올랐고, 입술 위는 얄팍한 주름이 막 자리를 잡아가고 있었다. 엄마는 빠르게 늙어가는 중이었다.

여자가 보낸 동영상은 '야夜심한 연극반'이라는 제목의 5분짜리 영상이었다.

영상은 새하얗게 분장한 게이코의 등장으로 시작됐다.

게이코는 게다下駄, 나막신를 끌며 종종걸음 쳐서 무대로 나왔다. 객석에서 박수 소리와 작은 휘파람 소리가 몇 번 들려왔다. 기모노着物 차림에 짧은 오비帶, 허리띠를 뒤로 묶은 게이코는, 초록 보자기로 싼 무언가를 갓난아기 안듯이 가슴에 품고 있었다.

게이코는 마이크 앞의 동그란 의자에 걸터앉았다. 할로겐 조명이 일시에 그녀에게로 쏟아졌다. 키가 크고 늘씬했지만, 짙은 화장으로도 나이를 감추기는 어려웠다.

배우 뒤로는 대형 스크린이 설치돼 있었다. 스크린 위에 일어와 한국어로 된 자막이 올라왔다.

우토로 주민센터 연극반에서 진행되는 프로그램으로, 일을 마치고 늦은 밤에 연습했으므로 '야심한 연극반'이라고 합니다.

게이코는 쉰 목소리로 입을 열었다.

"저는 이렇게 화려한 옷을 입고, 오랜 세월을 살았답니다. 제

인생이 아니라…… 이 옷과 분장이 화려했지요. 저는 교토의 기온 거리에서 이리저리 불려 다니며 놀았답니다. 가족들의 기쁜 자리에 출장을 가기도 했지요. 손님들 앞에서 옛 춤을 추고, 다다미 놀이가 끝나면 그들의 얘기를 들어주면서 동정 섞인 박수와 돈을 받았습니다."

한국말이었다. 대신 일어로 된 자막이 스크린에 떠올랐다. 배우는 객석의 질문에 대답하면서 자신의 이야기를 하고 있었다.

'야夜심한 연극반.' 이건 가공의 인물을 연기하는 게 아니라, 배우와 관객이 하나가 되는 즉흥극이었다. 객석에서 올라오는 질문은, 즉시 배우 뒤의 스크린에 나타났다. 그 질문에 답을 하는 건 온전히 배우의 선택이었다. 연극이라기보다는 다큐멘터리에 가까웠고, 비린내가 풍길 정도로 현장감 넘치는 날것 자체였다.

배우가 그간에 익힌 발성법 등을 동원해서 자신의 이야기를 풀어놓는 일종의 치료 요법 같았다. 그렇게 연극의 성격을 이해할 때까지만 해도 내가 우토로에 갈 일은 없을 거라 단정했다. 그러나 그 동영상은 내 짧은 인생을 통째로 흔들어 재배치를 시작했다.

게이코는 그쯤에서 초록 보자기를 풀었다. 그 안에서 샤미센이 나왔다. 그녀는 바치ばち,채로 현을 퉁기며 음정을 맞춰본 후 말했다.

"그런 세월을 보내다가, 누구도 피할 수 없는 노화가 시작됐죠. 여러분처럼?”

끝부분을 물음표로 올리자 객석에서 웃음이 터졌다.

게이코는 샤미센 소리를 멈추고 말했다.

“마흔이 넘어서부터는 춤사위가 안 좋았나 봐요. 그때부턴 남의 춤에 장단을 맞추며 살아야 한답니다. 아시죠? 나이가 들면 남의 장단에 나를 맞추는 게 더 편하다는 걸 깨닫게 되지요. 저 또한 이 샤미센으로 젊은 마이코와 게이코의 춤에 장단을 맞췄습니다. 세대교체 같은 겁니다. 보시다시피, 이 얼굴로 밝은 조명 아래서 춤추는 건 볼썽사납지요. 귀한 손님을 코앞에 두고서요.”

아, 나는 그제야 코앞에 있는 그 사람을 알아봤다. 이 주 전부터 연락이 끊긴 사람. 허스키하면서 착 감기는 평화로운 목소리. 그 늙은 게이샤는 내 엄마였다. 코앞에 둔 귀한 손님이 ‘나’인 적도 있었으니까.

엄마는 내게 SNS 채팅이나 전화의 끝에서 잘 자라는 인사처럼 그 말을 해주곤 했다. 그럴 때는 나도 잠깐씩 귀한 사람이 됐다.

엄마에게서는 이 주일이 넘도록 연락이 오지 않았다.

나는 늘 그렇듯 기다릴 뿐이었다. 그 기다림은 일곱 살부터 시작된 엄마와의 암묵적 약속이었다. 보고 싶다는 말은 할 수 없었다. 엄마의 대답은 눈물이었으니까. 착한 아이처럼 조용히 기다리면 엄마에게서 연락이 왔다. 돈이나 전화로 올 때도 있었고, 때로 인맥을 통해 사람을 보낼 때도 있었다. 한국의 초등학교에 입학한 후부터 그런 방식에 익숙해졌다.

나는 엄마의 세계로 들어갈 수 없었다. 그 사실을 확실하게 깨달은 건, 입시 공부를 할 때였다. 나를 돌봐주시던 할머니의 죽음으로 혼자가 됐던 열여덟 살……. 그때도, 엄마는 나를 데려가지 않았다.

엄마는 같이 살자는 말 대신에 학교 기숙사로 돈을 보냈다. 나는 기숙사행 짐을 싸면서 생각했다. 엄마에게는 이미 오래전에 새로운 가족이 생긴 거라고.

오늘 아침 교토로 출발하기 전, 나는 그 오랜 금기를 깨고 엄마에게 연락했다. 전화기는 꺼져있었다. 오사카공항에서 교토역으로 가는 기차 안에서도, 호텔에 짐을 풀고 연락했을 때도 마찬가지였다. 그 사이에 무슨 일이 일어난 것일까.

문득 정신을 차려보니, 내 앞에 게이샤 두 명이 서있었다. 허리에 묶은 오비가 긴 것으로 보아 어린 마이코들이었다. 화들짝 놀란 나는, 샤미센 소리를 떨쳐내려는 듯 머리를 흔들었다. 교토의 기온 거리에 서있다는 걸 잠시 잊고 있었다.

두 소녀는 지나가는 사람들에게 전단을 나눠주고 있었다. 내게도 한 장을 건넸다. 음식점 할인권이었는데, '오자시키아소비お座敷遊び'라고 쓰여있었다.

"오자시키아소비?"

내가 관심을 보이자 한 소녀가 나섰다. 오차야의 바우처를 꺼내들고는 영어로 말했다. 값비싼 정식 요리에 술과 음료를 무제한 즐길 수 있는 오차야로 안내하겠다고 했다. 마이코인 자신들의 춤도 보고 여럿이서 게임이나 다다미 놀이도 즐길 수 있다는 것이다. 그때 마침 지나가던 외국 여성 두 명이 다가왔다. 두 사람은 소녀의 이야기에 귀를 기울였다.

나는 궁금한 걸 물어봤다.

"게이코를 만날 수 있나요?"

내 질문에 잠시 두 소녀는 눈길을 주고받았다.

잠시 후, 그중 한 명이 내게 따라오라는 시늉을 하며 앞장서 걷기 시작했다. 게다를 신은 그녀의 종종걸음에 맞춰서 오 분쯤 걸었을까. 소녀는 어느 돌계단 아래에 멈춰 섰다. 그곳이 공연장 입구라고 했다. 나는 첫 공연으로 예약하고 돌아섰다.

"손님."

마이코가 급하게 나를 불러 세웠다. 혼자 온 손님은 다른 사람과 합석을 할 수도 있다고 양해를 구했다. 나는 좋은 생각이라며 웃어 보였다. 정말로 그게 더 나을 수도 있었다. 엄마는 나를 '귀한 손님'으로 불렀지만, 그립고 아픈 단어들이었다. 혼자인 손님 노릇은 이제 그만하고 싶었다.

엄마는 가끔 '더 귀한 손님'은 없는지 묻기도 했다. 엄마의 바람처럼 내가 연애를 했더라면 어땠을까. 그렇게 사랑이라는 걸 했다면 덜 외로웠을까? 동료들은 한목소리로 단호하게 말했다.

사랑을 만나면 더 외롭다고.

나는 한 번도 남자를 만나지 않았다. 마음을 빼앗긴 적은 있었지만 만남으로 이어가지는 않았다. 그건 어쩌면 아빠 때문일 수도 있었다. 여자가 된 아빠의 팔짱을 끼고 신부 입장을 하는 건 아무리 생각해도 어색했다.

물론 나도 부모가 되고 싶은 적은 많았다. 이왕이면 같이 살면서 좋은 부모가 되고 싶었다.

가끔 지나가던 차량의 뒤 유리창에 붙은 사각형의 스티커를 봤을 때 더욱 그랬다.

위급상황 시

아이 먼저

구해주세요

남아, B+

그 순간에는 내 미래를 의심했다. 저토록 구하고 싶은 아이를 낳을 수 있을까. 나보다 우선하는 절절한 존재를 세상에 내놓고 평범하게 살아갈 수 있을까. 가족을 버린 내 아버지의 정체성을 이겨내고서?

나는 손목시계를 보면서 사람들 사이로 섞여 들어갔다. 교토의 단풍을 찾아온 여행객들의 들뜬 얼굴과 높은 목소리에서 평화가 느껴졌다. 아버지를 찾아가라는 주민센터 여자의 강요 섞인 부탁이 생각났다.

우토로에는 내일 아침에 다시 갈 것이다. 사실 택시를 타고 우지시까지 갔다가 되돌아왔다. 그곳을 찾는 게 이십여 년 만이라는 깨달음이 발길을 돌리게 했다. 내 그리움의 원형이던 우토로는 갑자기 숙제가 돼버렸다.

신호등 앞에 서서 이어폰을 착용했다. 이젠 습관적으로 어디에서나 '야심한 동영상'을 열었다. 교차로는 바닥이 보이지 않을 정도로 붐볐다. 사람들이 물고기나 새처럼 떼를 지어 걸어 다녔다. 나는 갑자기 지독한 멀미를 느꼈다.

이어폰에서 엄마의 목소리가 우렁차게 들렸다.

"제가 우토로 주민이 된 건 88올림픽 다음 해였습니다. 육 개월 된 딸과 함께 이 마을에 흘러들어왔지요. 마침 그해는, 우토로 땅 주인이 된 '서일본식산'[4]이 강제 철거 압력을 시작할 때였어요. 산다는 게 참, 아이러니죠? 그 덕분에 나고야로 이사 가는 분에게서 빈집을 지켜달라는 부탁을 받았어요. 오갈 데 없던 우리 부녀에게, 정말 난데없이, 집이 생긴 겁니다. 그래서 문패도 달았어요. 버들 류柳 씨를 돌에 새겼지요."

---

4 이 부동산회사는 1989년 교토지방재판소에 우토로 주민들을 피고로 '건물 수거 토지 명도' 소송을 제기해 1998년 승소했다. 이에 우토로 주민들은 오사카 고등재판소 항소를 거쳐 최고재판소에 상고했으나 모두 기각됐다. 이후 일본의 양심 세력을 중심으로 '우토로를 지키는 모임'이 결성됐고, 우토로를 살리기 위한 국제사회의 움직임도 계속되고 있다.

"축하합니다."

관객 중 누군가가 장난스럽게 외쳤다. 그러자 커다란 스크린 위에 '축하합니다'라는 자막이 떠올랐다. 객석에 작은 웃음이 파도처럼 한차례 지나갔다.

연극을 연습할 때부터 그랬는지 몰라도, 엄마는 객석에서 일어나는 일에 그다지 반응하지 않았다. 다만 등 뒤의 스크린을 힐끔 바라봤다. 관객의 질문이 올라오는지 확인하는 것 같았다.

"제가 우토로 주민이 된 건…… 우지시에 있는 딸아이의 외할머니 댁을 찾아왔다가, 한국 분들이 모여 사는 곳이 있다기에 이 마을에 와본 겁니다. 갓난애를 데리고 마땅히 갈 곳도 없었는데."

사람들의 흐름을 따라 걷다 보니, 신사神社의 붉은 대문이 나타났다. '일본 신사나 절에는, 귀신들이 엄청 많대!' 대학 동기 J가 심각한 얼굴로 말했었다. 그러고 보니, 커다랗고 붉은 나무 대문이 탐욕스러운 동물의 입처럼 보였다. 나는 그 안으로 발을 들여놓았다.

조금 걷다 보니, 소원을 비는 목판이 나타났다. 그런데 세상에……. 소원이라는 것은 시간과 장소와 종교를 뛰어넘는 초월적 존재인가 보다. 일본 신사의 목판 위에 소원을 비는 한글이 빼곡히 쓰여있었다.

한 해의 운을 점치는 오미쿠지 앞에도 많은 사람의 염원이 모여있었다. 소원을 적은 흰 종이를 접고 또 접어서 줄에 묶어놓은 것이었다. 많은 운명이 한 줄에 꿰여 바람에 팔락거렸다. 엄마는 그 모양이 새처럼 보인다며 사진을 보내주기도 했다. 엄마의 소원도 그 줄에 매달려있다고 말했다.

이상한 길이 보였다. 사람들이 바쁘게 그 길로 걸어가고 있었다. 빨간색 칠을 한 커다란 통나무들이 사열하듯 끝도 없이 늘어선 길이었다. 나도 정신없이 그 길로 들어서고 말았다. 붉은 기둥길은 도무지 끝나지 않았다. 짐승의 붉은 아가리에 갇힌 느낌이 들더니 멀미가 다시 올라왔다. 나는 되돌아 나오는 사람들 무리에 섞여 걷다가 도망치듯 신사를 나왔다. 온몸이 무기력하고 기분은 가라앉았다.

그 붉은 통나무 길이 무려 4㎞나 된다는 건 나중에 알았다. 유명한 천 가게에서 그 붉은 길을 팔고 있었다. 정확히는 붉은 나무기둥이 첩첩이 늘어선 길을 걸어가는 게이샤의 뒷모습이 프린트된 액자용 천이었다.

나는 자석에 이끌리듯 그 붉고 긴 천 앞으로 끌려 들어갔다. 짧은 오비에 화려하게 틀어 올린 머리 장식 아래 드러난 게이코의 목덜미가 절망적으로 보였다. 나는 그 천을 사서 두 손에 감아 들고 나왔다.

늘 엄마에게 묻고 싶었다. 왜 나와 같이 살지 않는지. 엄마 품에 안겨 서로의 얼굴을 비비던 기억은 내가 한국의 대안학교로 입학하던 날이 마지막이었다. 그날은 우토로의 한글학교 '에루화'를 떠나는 날이었다. 내게는 유치원 졸업이었던 셈이다. 그 후로 나는 우토로에서의 기억을 악착같이 끌어안고 살았다.

작은 마당이 있던 우토로의 집은 이 층짜리 목조주택이었다. 방과 방 사이가 나무로 분리돼 있어 방이 꽤 많았다. 숨바꼭질하기에 좋았던 그 집은 방마다 고타쓰가 놓여있었다. 눈이 오는 날은 거실 가운데 놓인 고타쓰에 나를 앉히고 이불을 여며주던 엄마. 낮은 대문에 붙은 문패를 보여주며 음각으로 패인 한자를 내 손가락으로 따라 써주던 엄마, 엄마의 집.

엄마는 나를 한국에 보내면서 말했다. "한국에서 한국어로 공부해야지……."

과천에 있는 대안학교에 입학한 나는 어떤 할머니의 집에서 생활했다. 혼자 사시던 할머니는 나를 거두는 일을 즐기는 것 같았다. 특히 아침 등교 전에 내 머리를 땋을 때는 너무 많은 방법을 시도하면서 시간을 보냈다.

나는 할머니에게 한글을 가르쳐줬다. 그렇게 해서 우리는 서로에게 줄 것이 있는 사이가 됐다. 할머니는 엄마가 보내주는 생활비를 받는 게 미안하다며 중얼거렸다. "내 자식한테 못 받는 걸 너한테서 받는데, 돈까지 받는 게……."

나는 검정고시를 치르고 일반 중학교에 입학했다. 그리고 한 학기도 마치기 전에 가슴에 통증을 느꼈다. 적응하기가 힘들었던 모양이다. 나는 다시 대안학교에 입학했다.

지금 생각하면 '별'이라는 내 이름마저 무언가의 대안이 아니었나 싶을 정도로 내 존재는 가벼웠다. 고유명사는 소유할 수 있는 게 아니라는 말이 실감 났다. 나는 엄마를, 엄마는 '나'라는 별을 소유할 수 없었다.

내가 고등학교에 올라가자, 할머니와는 서로의 외로움마저 덜어주는 사이가 됐다.

어느 날 할머니는 잠자리에 들었다가 그길로 세상을 떠났다. 평소처럼 따뜻한 말로 밤 인사를 나눴는데, 어쩌면 그리도 깔끔한 마지막을 설계하셨을까. 성격대로 죽는다던가. 노령에 따른 자연사였지만, 정말이지 믿을 수가 없었다. 사람이 어떻게, 그리 쉽게, 인사도 없이 가버릴 수 있는지!

할머니의 자식은 대여섯 명 되는 것 같았다.

장례를 치르는 동안 그곳에서 우는 사람은 나뿐이었다. 가족 중 누군가의 말이 커다랗게 들려왔다.

"쟤 우는 것 좀 봐. 어우 징그러워. 빨리 내보내."

할머니의 자식들은 내가 기숙사로 들어가기도 전에 할머니의 집을 처분했다.

여고 2학년 여름이었다.

기숙사에서는 엄마 냄새가 그리웠다. 엄마 목소리가 들리고 냄새마저 맡아지곤 했다. 그런 내가 이상해 보였을까. 나를 바라보던 룸메이트는 재빨리 다른 방으로 옮겨갔다.

다음 날 나는 여덟 개의 풍선을 샀다. 풍선마다 이름을 썼다. 엄마, 아버지, 할머니, 룸메이트……. 그리고 하나의 감정을 의성

어로 썼다. 하하하, 푸하하, 헤헤, 핫하. 그리고 풍선을 빵빵하게 분 다음, 하나씩 하늘로 보내줬다. 내가 원한 것들을 날려 보냈다.

일찌감치 나를 버린 아버지에 대한 분노보다 나를 사랑해준 엄마에 대한 분노가 더 크다는 사실을 그날 알았다.

동영상 속 엄마는 바치를 내려놓더니, 손가락으로 샤미센을 퉁기면서 말했다.

"아, 제가 깜빡 잊기 전에 드릴 말씀이 있습니다. 저는 환자입니다……. 지금은 시속 60㎞로 치매가 진행 중이죠. 이런 사실마저 잊는 날이 곧 올 겁니다. 속도가 좀 느리게 진행되는 '전두측두엽 치매' 선고를 받았거든요. 차라리 법정 선고가 낫지 않을까요? 이건 종신형보다 고약해요."

객석에서 작은 한숨 소리가 뭉쳐서 물결처럼 흘러 다녔다.

"그런데요, 이 병은 우선 눈에 사각지대가 생기는 병이랍니다. 지금 제게는 샤미센을 뜯는 이 오른손이 보이지 않습니다. 여러분은 보이시죠? 처음엔, 손이 사라져서 진짜 기절했어요. 그런데 이렇게 왼쪽 위로 옮기면 보입니다, 이렇게."

엄마는 샤미센을 한껏 고음으로 연주하더니 말한다.

"제 딸에게 짐이 되기 전에, 이 몸뚱이를 치우려고 해요."

"가지 마세요!"

관객 두어 명이 비명처럼 소리를 질렀다.

엄마는 관객 쪽으로 두 손을 모으고 눈인사를 하더니 말했다.

"이제 이 불편한 의상을 벗어도 될까요? 처음 입을 때부터, 정말이지 불편했어요."

엄마는 샤미센을 바닥에 내려놓고 뒤로 살짝 물러났다. 그리고는 천천히 오비를 풀고 기모노를 차례로 벗기 시작했다. 침묵에 잠긴 객석에서는 낮은 기침 소리가 드문드문 들려왔다.

잠시 후 옷을 벗은 엄마는 조명이 밝은 마이크 앞에 섰다. 얄팍하게 달라붙는 검정 레깅스에 살색 티셔츠를 입고 있었다. 화장한 얼굴과 화려한 머리 장식은 그대로였지만, 엄마의 가슴은 지나치게 납작했다. 그저 키 크고 여윈 남자로 보였다.

관객들은 술렁거리고, 스크린 위로 질문들이 빠르게 올라가고 있었다.

'남자였나요?'

'여장 남자?'

'기모노 페티시인가요?'

엄마는 말을 하지 않고 미소 지어 보였다. 그러자 객석의 반응은 의외로 차분해졌다. 그리고 믿을 수 없을 만큼 조용해졌다.

"예, 저는 남자입니다. 자존심요? 부끄러움? 저한테 그런 건 지나가는 가려움증 같은 겁니다."

엄마는, 아니 아버지는 그 볼썽사나운 모습으로 말을 이었다.

"제 부모님은 통일교도였습니다. 저는 군 제대 후에 부모님 주선으로 일본 여자 준꼬順子와 결혼했습니다. 그녀는 나보다 네 살이나 연상이었어요. 아내는 자주 가출을 했지요. 한 번 나가면 보름씩……. 그리고 다음 해 딸을 낳았습니다. 우리는 깜짝 놀랐습니다. 임신인 줄도 몰랐으니까요. 더 놀란 건 아내였지요. 그때까지 생리도 계속됐다는 겁니다. 아내는 자기 아이가 아니라고 소리치며 딸에게 적대감을 드러냈어요. 그러다가 집을 나가서, 다시는 돌아오지 않았습니다. 뭐, 아직까지도요…….”

내가 태어났을 때 집을 나간 사람은 아버지가 아니라, 엄마였다.

기모노를 벗은 아버지는 오래전의 아내를 여전히 두둔했다.

“아내는 아팠던 겁니다. 임신거부증은 치료받아야 하는 질병이거든요. 저는 딸을 안고 아내의 고향을 찾아 우지시에 왔다가, 이렇게 우토로 주민으로 살아남았습니다.”

무엇이 우리 가족을 계속해서 이간질하는 걸까?

‘임신거부증’인 엄마는 나를 낳을 때까지 임신한 사실조차 몰랐다. 태아는 자신의 존재가 거부당한다는 것을 본능적으로 알아챈다. 그래서 산모가 불편하지 않도록 최대한 몸을 아래위로 늘려서 길쭉하게 자리 잡는다. 그래서 엄마조차 몰랐다. ‘나’라는 생명이 자기 안에서 무럭무럭 자라고 있다는 걸.

나는 엄마 몰래 살아남아 기어코 세상에 왔다. 그리고 아버지의 짐이 되어 살아남았다. 그런데 아버지는 사라졌다. 인터넷 세상에 오 분짜리 인생을 남긴 채, 추레해져갈 자신을 내게 떠넘기지 않으려고 스스로 해결하고 있었다.

예약한 오차야 쪽으로 걸으면서 주민센터 여자에게 전화를 걸었다. 아버지를 찾으러 내일 가겠다고 말하자 여자는 화가 난 듯 퉁명스럽게 말했다.

"죽는다고 주카이숲[5]으로 갔어요. 그 말 자주 해요."

기모노를 벗어버린 아버지의 모습이 떠올랐다. 어쩌면 그 산의 명성대로 육탈이 돼가고 있는지도 모른다.

나는 눈을 질끈 감으며 말했다.

"엄마는 그런, 아니 아빠는 그렇게 장난스러운 사람이 아녜요. 어쩌면 병원으로 가셨을 거예요. 침착하고 합리적인 사람이거든요."

나는 엄마를 잘 알지만, 아버지는 몰랐다. 이제부터 아버지를 알아가야 하는데, 그 병은 시속 60㎞로 진행 중이라고 했다. 멈출 수 없는 병이라면, 속도를 줄일 수는 없을까. 이대로 가속도가 붙어서 아버지가 나를 못 알아본다면, 나는 또 아버지를 잃게 된다.

여자는 다시 칭얼거렸다.

"경찰하고 숲 지킴이 하고 같이 찾아요. 도와요."

두 사람이 매우 가까운 사이라는 게 느껴졌다.

날은 이미 어두워졌다.

---

5 일본 후지산 기슭에 있는 숲으로 일본에서는 흔히 '주카이樹海숲'이라고 한다. 자살자와 많은 유골이 발견돼 일명 '자살 숲'으로도 불린다. 한때는 이 숲에서 죽은 사람들의 사체와 유류품들의 사진을 올려놓은 '주카이의 유실물樹海のおとしもの'이라는 웹사이트도 존재했다.

분지에 있는 교토의 밤은 서울보다 빠르게 온다. 더 일찍 어둠이 내리고 밤은 짙어진다. 그 어둠에 비교해서 조명의 밝기는 상대적으로 낮아지는 것이다. 기온 거리가 살아 움직이는 시간이다.

오차야로 올라가는 계단 입구에 돌 조형물이 서있었다. 돌 안에서 동그란 빛이 흘러나왔다. 뽀얗고 낮은 기온의 불빛이었다.

계단 위에는 기모노를 입은 직원들이 허리를 굽히고 있었다.

나는 커다란 다다미방으로 안내됐다. 테이블은 황금빛 병풍을 바라보게끔 세팅돼있었다. 자리는 이미 만석이었고, 몇 가지 기본 음식이 차려져있었다. 내 테이블에는 미국인 부부가 열 살짜리 딸과 앉아있었다.

여섯 시 정각이 되자, 병풍 앞으로 마이코와 게이코가 부채를 들고 등장했다. 그리고 줄무늬 유카타를 입은 여성이 마이코와 게이코의 차이에 대해서 영어와 일어로 설명했다. 의상으로 보면 십 대인 마이코의 오비 길이는 길고, 이십 대 이상인 게이코는 오비 길이가 짧다. 게이샤를 교토에서는 게이코라 부른다고 했다.

음식이 담긴 도자기 그릇들이 계속해서 테이블 위에 놓였다.

마이코의 춤이 시작되기 전에, 노래하는 중년 여인이 병풍 끄트머리에 나타났다. 여인의 기모노는 옅은 베이지색이어서 눈에 띄지 않았다. 그녀는 빨간 보자기를 다다미 위에 깔더니 그 위에 무릎을 꿇고 앉았다. 그리고 샤미센 줄을 몇 번 퉁기더니 곧 노래를 시작했다.

마이코는 여인이 켜는 샤미센 장단에 맞춰 춤을 췄다. 부채를 펴고 발을 구르다가 뒤꿈치를 바닥에 찍으며 표정을 새침하게 만들기도 했다. 모든 조명이 마이코를 따라다녔다.

방 안 가득 샤미센 가락이 울려 퍼지는데, 정작 연주하는 여인은 그림자 같았다. 어둑한 병풍 옆에서 연주와 노래를 반복했다. 엄마였던 아버지도 저렇게 무릎을 꿇고 앉아서 서글픈 엔카를 불렀다는 건가.

나는 매실주가 담긴 유리잔을 만지작거렸다. 마이코의 춤이 끝나고 게이코의 춤이 시작됐다. 그 후 손님들과의 다다미 놀이가 끝날 때까지 나는 샤미센을 켜며 노래하는 여인을 바라봤다. 달콤한 맛에 취해 생각 없이 홀짝거린 매실주는 독했다. 숨을 내쉬면 발효된 매실 향이 올라왔다. 얼굴이 달아오르고 손끝까지 뜨거운데, 심장은 서늘했다.

죽은 후에도 인터넷 세상에서 '야심한 연극반'의 남자 게이샤로 떠돌게 될 아버지가 말했다.

"왜 여자로 살았느냐고요? 갓난아이를 안고 소아과 대기실에 앉아보셨나요? 그날따라 딸애는 계속 울었어요. 그곳에서 우는 애는 제 딸아이뿐이었습니다. 다른 아이들은 엄마의 젖가슴에 얼굴을 묻고 잠들었거나 젖을 물고 있더군요. 그때 이런 생각이 들었습니다. 내게도 저런 가슴이 있다면 내 딸을 울리지 않았을 텐데……."

그날 아버지는 우는 나를 달래기 위해 엄마가 두고 나간 원피스를 입어봤다. 냄새 때문이었을까. 그 옷을 입고 나를 안았는데, 방긋방긋 웃더라는 것이다.

"우는 아이를 달래려고 입었던 여자 옷을, 그 후로도 벗을 수가 없었어요. 딸애가 이유식을 먹고 걷기 시작하면서도 엄마는 계속 필요했어요. 엄마라는 이름은…… 평생에 걸쳐 필요한 어떤 암호 같기도 하고, 세상에 보내는 신호 같은 것이죠. 잠결이나 무심결에 놀랐을 때도, 우린 그 이름을 부르잖아요……."

나는 아버지로 인해 태어났다. 엄마 자궁에서 살아남았을 때가 아니라. 아버지가 엄마 옷을 입은 그 순간, '별'이라는 이름으로 이 세상에 로그인하게 된 것이다.

"그런데 저는, 커가는 딸이 알아볼까 봐 같이 살지 못했습니다……."

아버지는 마지막 대사를 마치고 입을 다물었다.

객석에서 낮은 한숨이 여러 차례 지나갔다. 관객의 탄식들 사이를 비집고 훌쩍이는 소리가 간간이 들려왔다. 그 작은 훌쩍임은 조금 더 큰 흐느낌을 불러왔고, 울먹이는 목소리들이 무슨 말인가를 하고 있었다.

"힘내요."

"수고하셨습니다."

"이젠 아빠로 살아요."

관객들의 박수 소리는 오래 계속됐다.

택시는 우토로의 오 층짜리 시영아파트 앞에서 정차했다.

이 아파트는 한일 양국 시민단체가 토지 매입을 위한 모금 활동을 벌인 결과물이다. 한국 정부도 삼십억 원을 지원하면서, 우토로 마을의 삼분의 일을 매입하게 됐다. 일본 중앙정부와 지방자치단체가 이곳을 재개발하면서 마을은 철거됐고, 우토로의 본 모습은 역사 속으로 사라졌다.

아무리 둘러봐도 내 기억 속의 우토로는 사라지고 없었다. 유년의 한 시절이 조각조각 뜯겨서 통째로 편집당한 듯했다.

나는 자전거가 늘어선 보도블록 위로 올라섰다.

상아색의 아파트는 복도식이었다. 개인 현관 입구는 진한 보라색이 칠해진 넓은 공간이었다. 문패와 우체통도 보였다. 철제 미닫이로 된 현관문에는 열쇠 구멍 한 개와 손잡이가 붙어있었다. 경찰에 도움을 요청하면 들어갈 수도 있을 것 같았다.

그때 갑자기 미친 생각이 떠올랐다. 아버지가 남긴 단서와 마주치기 전에 한글학교 에루화를 보고 싶었다. 생애 처음 사회생활을 시작하고 우정을 느낀 곳이었다. 그곳이 아직 남아있기는 할까.

나는 늘어선 자전거 중에서 잠기지 않은 것을 골라 타고 달렸다.

마을은 사람이 살지 않는 것처럼 조용했다. 수용 지구라서 빈집이 더 많은 것 같았다. 귓바퀴로 바람이 지나갔다. 어릴 적 부르던 노래가 바람 속에 녹아있는 것 같아 옆을 돌아봤다. 노부부가

장바구니를 나눠 들고 지나갔다. 그 모습이 반가워 자전거를 멈췄다.

나는 노부부의 뒷모습을 오래 바라봤다. 그러다가 낯익은 장면을 봤다. 柳. 버들 류가 새겨진 문패였다. 대문은 활짝 열려있었다.

돌에 새긴 柳가 깊고 또렷했다. 손가락으로 한자를 더듬어보다가 성큼 집 안으로 들어섰다. 그리고 빈집인 걸 아는 데는 오래 걸리지 않았다. 사람이 나가면 담쟁이가 자리 잡는다. 두 뼘쯤 열려있는 현관 미닫이문 사이로 담쟁이 넝쿨이 뻗어있었다. 초겨울의 담쟁이는 노랗고 연한 녹색을 띠었다.

거실 다다미 위에는 플라스틱 서류 통이 덩그러니 놓여있고, 나무 문짝들이 창문 앞에 쌓여있었다. 모두 버려진 것들이었다. 그런 집 안에서 조용한 웃음소리가 들렸다. 내 신발을 신겨주던 엄마의 웃음소리였다. 낮고 차분한 엄마의 웃음은 모든 방에서 햇빛처럼 쏟아져 점점 더 또렷하게 들려왔다. 나는 층계를 올라갔다.

이 층은 고요했다. 버려진 공간의 적막함이 쏟아지는 오후의 햇빛과 내 숨소리를 집어삼켰다. 세 개의 방은 모두 어질러져있었다. 수납장에는 색 바랜 이불이 켜켜이 쌓여있고, 카펫 위에는 잡동사니가 나뒹굴었다. 내 손길이 닿았던 것들일까. 차마 버릴 수 없어 간직했던 낡은 잡동사니들이 빈집을 지키고 있었다.

나는 막 방을 나서려다 멈춰 섰다. 내 시선을 붙잡은 건, 방 벽에 붙은 오래된 만화 캐릭터들이었다. 이십 년 전의 주인공들은 멈춰버린 벽시계 아래 다닥다닥 붙어있었다. 그들은 아직도 빛났다. 아마도 집 안을 도배할 때 그 자리만 하지 않았던 모양이다. 수많은 만화 캐릭터들이 나를 대신했을 테니까. 그 자리만 누렇고 눅눅하고 색깔도 달랐다. 날마다 햇빛을 받으며 변색이 되고 온갖 냄새와 한숨을 통해 발효의 시간을 거쳤으리라.

나는 현관으로 뻗은 담쟁이를 걷어서 울타리 아래로 옮겨놓고 집을 나왔다.

한글학교 에루화는 시영아파트로 돌아오는 길에 있었다.

학교 정문 앞에 '우토로에서 살아왔고, 우토로에서 죽으리라'는 한글 팻말이 놓여있었다. 마당 구석에 서있는 죽은 나뭇가지에는 소원을 비는 종이쪽지가 다닥다닥 매달려있었다. 나의 에루화는 이렇게 버티고 있었구나. 가슴 속의 탄식이 아, 소리가 되어 밖으로 새어나왔다.

그때 학교 현관문이 드르륵 열렸다. 그와 동시에 나는 자전거 페달을 힘껏 밟았다. 그토록 그리웠던 공간에 발도 들이지 못하고 도망쳤다. 길을 잃은 탓인지 아파트로 오는 길은 이상하게 멀었다.

자전거를 제자리에 세워두는 데도 시간이 오래 걸렸다. 허둥거리는 나를 백발의 노인이 빤히 바라봤다. 나는 노인에게 허리를 숙여 보이고, 단지 안으로 들어섰다. 노인의 눈은 계속 나를 따라왔다.

1층에서 버들 류柳 씨 문패만 확인하면 될 것이다. 그 생각을 하다가 반사적으로 눈을 감았다. 바라던 것이 너무 빨리 눈앞에 나타난 것이다. 검은색 초인종 위에 호수와 문패가 붙어있었다. 3-1호, 柳.

나는 초인종을 눌렀다. 바람 소리만 들려왔다.

잠시 후 다시 초인종을 눌렀을 때 응답처럼 까마귀가 날아올랐다. 아파트 옥상에 모여있던 까마귀가 떼를 지어 날아올랐다. 하늘 한 조각이 새까맣게 보였다. 그 하늘에 엄마 얼굴이 하얗게 떠올랐다가 서서히 어두워지면서 아버지 얼굴로 크로스디졸브됐다.

2021년 제44회 이상문학상 작품집

3부

제44회 이상문학상

선정 경위와 심사평

2021년 제44회 이상문학상

심사 및 선정 경위

2021년 제44회 이상문학상의 심사 경위를 말씀드리기 전, 이상문학상을 기다려온 독자 여러분께 그동안 (주)문학사상을 향해 보내주신 격려와 질책에 머리 숙여 감사드린다.

문학사상은 지난 2020년도 이상문학상의 시행을 유보한 바 있다. 이러한 사태가 발생하게 된 것은 《이상문학상 작품집》에 실리는 우수작의 재수록 조건 때문이었다. 문학사상은 작가와의 소통 과정에서 생겨난 오해를 제대로 수습하지 못한 책임을 통감하면서, 2020년도 이상문학상을 유보하고 《이상문학상 작품집》 간행 자체도 취소했다. 이로 인해 문학사상은 물론 이상문학상도 그 전통과 권위에 치명적인 상처를 입게 됐다.

문학사상은 지난 일 년 동안 이상문학상 운영 전반에 관한 모든 사항을 면밀하게 점검했다. 그리고 이상문학상에 대한 독자들의 지지와 성원에 값하기 위해 문인 여러분의 충고와 의견에 따라 문학상 운영 방법을 개선하고 불합리한 요소를 제거하기로 했다.

첫째, 이상문학상을 더욱 공정하게 운영하기 위해 심사 제도를 부분적으로 바꾸기로 했다. 그동안 문학사상 편집부에서 자체 운영해온 예심 제도를 바꿔 예심위원을 위촉하고 예심 내용을 공개하기로 했다. 예심 결과를 바탕으로 해 진행하는 본심에서는 대상 수상작을 선정하고 우수작의 범위를 정하며, 심사 결과에 따라 대상 수상작과 함께 우수작 4~5편을 골라 《이상문학상 작품집》을 출간하기로 했다.

둘째, 《이상문학상 작품집》 출간을 위해 작품을 재수록하는 과정에서 작가의 출판권과 저작권에 관해 어떠한 침해도 없도록 한다는 내부 시행 규정을 만들었다. 그리고 이상문학상 운영에 있어 더욱 철저히 작가의 권리와 명예를 보호한다는 원칙을 재확인했다.

셋째, 2021년부터 이상문학상 대상 수상자에게 지급하는 상금을 현행 3천5백만 원에서 5천만 원으로 인상했다. 《이상문학상 작품집》의 우수작 재수록료도 작품당 5백만 원으로 책정했다. 이와 같은 새로운 방안은 문학사상이 이상문학상 운영에 있어 작가와 작품을 최우선으로 한다는 원칙을 더욱 강화한 것이다.

예심을 제도화하다

2021년 제44회 이상문학상을 새롭게 준비하기 위해 문학사상 편집부에서는 평론가, 작가, 주요 문예지 편집장과 편집위원으로부터 2020년 한 해 동안 주요 문예지에 발표된 중편소설과 단편소설 가운데서 이상문학상 후보작을 추천받았다. 이 중 이미 작품집에 수록된 작품은 제외했다. 그리고 문단 경력 10년이 넘는 작가들의 작품을 가려내 전체 19편을 예심 대상작으로 선정했다. (가나다순)

강영숙, 〈버려진 지대에서〉
고은주, 〈반도의 흔한 식당—요과기정〉
공선옥, 〈저물녘〉
김사과, 〈두 정원 이야기〉
김성중, 〈도트와 프랭크〉
김이설, 〈환기의 계절〉
박형서, 〈97의 세계〉
손보미, 〈이전의 여자, 이후의 여자〉
윤성희, 〈블랙홀〉
이승우, 〈마음의 부력〉
이장욱, 〈유명한 정희〉
장은진, 〈나의 루마니아어 수업〉
정소연, 〈발견자들〉
정용준, 〈두부〉
정이현, 〈가속도의 궤도〉
천운영, 〈아버지가 되어주오〉
최진영, 〈후6〉
한유주, 〈눈과 호랑이와 고양이가〉

한지수, 〈야夜심한 연극반〉

2021년 이상문학상 예심에는 문학평론가 안서현·장두영과 월간 《문학사상》 편집주간 권영민이 참여했다. 2020년 11월 하순부터 시작된 예심 과정에서는 대상 작품에 대한 검토를 마치고 예심위원이 각자 10~12편의 최종심 대상 작품을 추천했다. 이 과정에서 각 예심위원의 추천 내용을 수합 정리해 2인 이상의 추천을 받은 작품을 최종 심사 대상작으로 확정했다. 최종 심사에 올린 작품들은 모두 단편소설이며 중편소설은 한 편도 없다. 전체적으로 개인의 일상에 대한 탐색이 주된 경향이며, 특히 가족 내부의 문제를 다룬 작품이 많았다. 새로운 서사적 기법의 추구에 주력한 작품도 많고, 단편소설의 정석을 보여주는 잘 짜인 작품이 많았다는 점은 주목되는 현상이다.

2021년 제44회 이상문학상 최종 심사 대상 작품 (11편)

김사과, 〈두 정원 이야기〉

박형서, 〈97의 세계〉

손보미, 〈이전의 여자, 이후의 여자〉

윤성희, 〈블랙홀〉

이승우, 〈마음의 부력〉

이장욱, 〈유명한 정희〉

장은진, 〈나의 루마니아어 수업〉

정용준, 〈두부〉

천운영, 〈아버지가 되어주오〉

한유주, 〈눈과 호랑이와 고양이가〉

한지수, 〈야夜심한 연극반〉

화상회의로 진행한 최종 심사

2021년 제44회 이상문학상 최종 심사에는 이상문학상 수상 작가인 소설가 윤대녕·전경린과 문학평론가 정과리·채호석이 참여했고, 심사위원장은 권영민이 맡았다. 문학사상 편집부에서 2020년 12월 초에 심사위원을 위촉하고, 예심을 거쳐 선정된 후보작 11편을 각 심사위원에게 전했다. 심사위원은 심사 참여 자체를 비밀로 하고, 약 2주간 전체 후보작을 정독한 후 본심에 참여했다.

2021년 제44회 이상문학상 최종 심사는 원래 2020년 12월 23일 대면으로 개최할 예정이었다. 그러나 코로나19 사태로 당국에서 5인 이상 집합 금지를 명했기 때문에 영상회의 플랫폼 '줌ZOOM'을 이용한 비대면 화상회의 방식으로 진행했다. 최종 심사에서 심사위원들은 이상문학상의 운영 방식을 새롭게 개정한 것에 대해 모두 지지했다.

최종 심사는 12월 23일 오전 10시 30분부터 시작해 오후 2시 30분에 끝이 났다. 심사의 첫 단계에서는 전체 토론을 거치고, 1차 투표를 통해 수상작의 범위를 좁혔다. 1차 투표에서는 모든 심사위원이 후보작 가운데 자신이 가장 주목했던 작품 세 편을 순위 없이 적어 냈다. 여기서 2인 이상의 심사위원이 추천한 작품들만을 추려 정리한 결과 박형서의 〈97의 세계〉, 윤성희의 〈블랙홀〉, 이승우의 〈마음의 부력〉, 장은진의 〈나의 루마니아어 수업〉, 천운영의 〈아버지가 되어주오〉 등 다섯 편으로 그 범위가 좁혀졌다. 이장욱의 〈유명한 정희〉와 한지수의 〈야夜심한 연극반〉은 각각 1인의 추천을 받았다.

이승우의 〈마음의 부력〉을 대상 수상작으로 선정

2021년 제44회 이상문학상 대상 후보작은 2차 투표를 위한 토론 과정에서 자연스럽게 두 부류로 나뉘었다. 먼저 〈나의 루마니아어 수업〉, 〈유명한 정희〉, 〈야夜심한 연극반〉 등이 최종 후보군에서 제외됐다. 〈나의 루마니아어 수업〉에 대해서는 감각적인 문체를 주목했으나 결말의 처리 문제를 지적했다. 〈유명한 정희〉는 권력과 일상을 두고 일종의 알레고리를 엮어내는 방식에 대한 논란이 많았다. 〈야夜심한 연극반〉은 주제 의식의 무게와 지나치게 많은 주석을 붙여놓은 서술방식에 대한 지적이 있었다.

대상 후보작은 자연스럽게 〈97의 세계〉, 〈블랙홀〉, 〈마음의 부력〉, 〈아버지가 되어주오〉로 압축됐다. 〈97의 세계〉는 서사의 실험적 시도에 주목했다. 시간의 문제를 끈질기게 다루고 있는 이 작품은 '재난' 혹은 '위험'의 문제를 다루는 방식에 있어서 SF의 요소가 강하다는 점이 지적되기도 했다. 하지만 새로운 서사론의 방법을 자신이 발견한 소재를 통해 진지하게 실험하는 작가 의식을 높이 평가했다. 〈블랙홀〉, 〈마음의 부력〉, 〈아버지가 되어 주오〉 등 세 작품은 모두 가족을 중심으로 하는 일상사에서 그 소재를 끌어왔음에도 이야기의 짜임새가 단단하다는 공통적인 특징을 지니고 있다. 〈블랙홀〉의 경우는 이야기를 이끌어가는 서사의 힘을 느낄 수 있을 정도로 서술 자체가 치밀하다. 특히 결말은 모두에게 가슴에 생겨난 커다란 구멍이 있음을 서로 확인할 수 있게 만든 점이 인상적이란 평을 받았다. 하지만 귀촌 이후 일어나는 잇단 불운이 이야기의 개연성을 약화시키고 있는 점이 지적됐다. 〈아버지가 되어주오〉는 노부부의 이혼을 모티프로 내세우면서 포용과 사랑, 존경과 믿음의 의미를 '아버지 되기'의 역할과 관련해 다시 생각해볼 수 있게 한다. 소설적 감응력에도 불구하고 중편소설로서 이야기를 확대하면서 그 긴장을 유지할 수도 있었으면 하는 아쉬움이 남는다. 〈마음의 부력〉은 단편이지만 어머니와 아들을 중심으로 삶의 과정에서 느낄 수 있는 부채 의식과 죄책감을 해소해가는 과정이 감동적으로 그려졌다. 작가의 서술적 개입이 드러나고 있어서 형상성이 약화된다는 지적도 나왔다.

대상 수상작을 결정하는 마지막 단계까지 경합을 벌인 작품은 〈블랙홀〉과 〈마음의 부력〉이었다. 심사위원들이 〈마음의 부력〉에 더 많은 관심을 표했던 것은 일상적 소재 및 내용에도 불구하고 깊은 감동을 불어넣는 이야기와 그 구성의 완결성을 높이 평가했기 때문이다. 네 시간에 걸친 토론 끝에 2021년 제44회 이상문학상 대상의 영예는 심사위원 전원의 지지를 받은 이승우의 〈마음의 부력〉이 차지했다. 《이상문학상 작품집》에 함께 수록할 우수작은 박형서의 〈97의 세계〉, 윤성희의 〈블랙홀〉, 장은진의 〈나의 루마니아어 수업〉, 천운영의 〈아버지가 되어주오〉, 한지수의 〈야夜심한 연극반〉 등 5편으로 확정했다. 이장욱의 〈유명한 정희〉는 작가 본인이 재수록을 원하지 않는다는 의사를 표했기 때문에 작품집에서 제외했음을 밝혀둔다.

문학사상이 주관하는 이상문학상은 해마다 신년 벽두에 치르는 한국 문단의 중요한 이벤트로 자리 잡아왔다. 이상문학상이 문단의 중심에 우뚝 서게 된 것은 이상문학상의 영예를 얻은 작가들의 문학적 성취에 대한 문단의 관심과 지지를 기반으로 하고 있다. 특히 지난 44년 동안 이상문학상의 권위를 지켜온 것은 문학을 애호하는 독자 여러분의 꾸준한 관심과 호응에 따른 것임은 부인할 수 없는 일이다. 2021년부터 이상문학상은 새로운 운영 규정에 따라 독자 여러분과 함께 다시 출발한다. 이상문학상 대상의 영예를 차지하게 된 〈마음의 부력〉의 소설적 성취를 높이 평가하면서 이승우 작가에게 다시 한번 축하를 드린다.

2021년 제44회 이상문학상

심사평

안서현 · 계속되는 소설의 질문들

장두영 · 삶의 비의를 향한 탐색

윤대녕 · 한恨을 녹이는 방식—두 마음이 하나 됨에

전경린 · 가족 사이에 생긴 부채감을 섬세한 결로 풀어낸 중후한 작품

정과리 · 한국 소설의 심줄 혹은 문장의 가치

채호석 · 해체된 세계 너머로의 한 걸음

권영민 · 주제의 관념성을 극복한 감동의 깊이

계속되는 소설의 질문들

안서현 · 문학평론가

2020년의 소설들을 읽으며 그 어느 때보다도 감사했다. 그저 황망한 날들이라고 쉽게 말해버리지 않고 여전히 삶의 의미와 형식에 관해 질문하며 끝내 어렵게 이야기하기를 포기하지 않는 소설들이 있다는 것, 참으로 다행한 일이다.

한지수의 〈야夜심한 연극반〉(이하 모두 발표순)은 자신을 버렸다고 믿었던 아버지를 찾아가는 인물이 그 여정을 통해 자신, 아버지, 그리고 세계를 재발견하게 되는 이야기다. 그가 자주 구사하는 영화 기법인 크로스디졸브는 이제 부재하는 것에 대한 방어가 아니라 누군가를 지켜내기 위해 자신의 존재 전부를 건 모험을 기꺼이 감행한 사람에 대한 기억이 된다. '사라지는' 것이 아니라 '옮아가는' 장면이 되는 것이다. 무엇보다 이 이야기의 배경은 우토로 마을이다. 우토로 마을을 '사라지는' 것이 아니라 소설적 기억으로 '옮아가는' 것으로 그려낸 작가의 마음을 생각하지 않을 수 없었다.

박형서의 〈97의 세계〉는 97초마다 반복되는 무한 루프에 갇힌 인물의 이야기다. 이야기는 딸을 향한 부성애에서 출발하지만, 그 틀에 갇히지 않고 오히려 딸을 살리기 위해서는 온몸을 던져 부성애의 틀을 깨고 나가지 않을 수 없다는 깨달음으로 향하고 있어 인상적이다. 끝까지 다른 아이를 살리려 한 딸을 통해 그러한 전환을 만들어낸다. 이 무한의 이야기 속에서 나오지 못하는 독자가 느끼는 것은 재난 사회를 살아가는, 아니 그 안에 갇혀버린 어른들의 절망감이다. 하지만 그런 독자에게 작가는 가족애를 재발명해야 한다는 실마리와 함께, 아직은 뭐라도 해볼 수 있는 시간이라는 아슬아슬한 희망을 건넨다.

한유주의 〈눈과 호랑이와 고양이가〉는 서술에 대한 탐구로서의 소설 쓰기를 보여준다. 초월적인 서술자와 그와 함께하는 독자들의 위치에 관해, 그리고 서술이 시작되는 순간 발생하는 '우리'라는 미지의 공동체에 대해 질문을 던지면서 소설은 시작된다. '피서술자', 즉 인물들은 서술의 속박으로부터 벗어나려 한다. 서술적 과거라는 시간의 한계로부터 자유를 꿈꾸고, 서술의 장막 바깥에서도 사라지지 않고 자신의 감각과 의지와 신체를 갖고 존재하려는 투쟁을 벌인다. 마지막 단락은 압권이라 해도 좋다. 서술의 공간에 부는 '존재의 바람'을 중의적 의미로 표현한 문장들은 서술의 관습으로부터의 해방을 선언하는 것이다.

이승우의 〈마음의 부력〉은 종교적인 주제를 다루면서도 관념성을 탈피해 생생한 이야기로 풀어내고 있다. 에서에서 야곱으로, 야곱에서 리브가로 이야기의 주체와 각도를 바꿔가며 성경 속 이야기에 대한 해석의 지평을 넓혀가는 과정이 사랑할수록 쌓여가는 가족 간의 마음의 짐에 대한 이야기로 풀려나간다. 사랑에 관한 소설은 많고 많았지만, 사랑하는 만큼 서로 간에 복잡하게 얽혀가는 채무 관계를 끝까지 집요하게 계산해가는 소설이 있었던가. 마지막 정산은 다른 배역 맡기, 즉 거짓말이라는 문학적 해결을 통해 이뤄지지만, 그 이후에도 끝내 묵직한 질문이 남는다.

최진영의 〈후6〉도 소중한 작품이다. 오랜만에 발표된 〈후〉 시리즈인데, 결혼이라는 크림빵은 정말로 먹고 싶지 않다고 말할 때와 앞으로도 "계속해서 실패할 것"이라고 말할 때 독자는 인물의 등을 두드려주고 싶은 마음이 든다. 십 대에 경험한 퀴어한 관계를 '기억'으로서 소환하면서도 그것을 노스탤지어의 대상이나 성장담의 한 경과 에피소드로 삼지 않고, 앞으로도 "계속해서 실패할 것"이라는 '나'의 말을 통해 실패할지언정 부인되거나 과거화되지 않고 지속될 현재적 관계로 그려내고 있는 점이 돋보인다. 세 사람의 '후' 이야기는 "옛이야기"라 했으므로 일종의 후일담이지만, 후일담이 되지 않으려 고투하는 불가능한 후일담이 된다.

이장욱의 〈유명한 정희〉는 '정희'라는 한 독특한 인물, 아니 다른 한편으로 우리가 너무나 잘 아는 익숙한 인물을 한 도드라진 개성이자 동시에 의미 있는 전형으로 포착해 보이는 소설이다. 이 소설은 끝나지 않는 한 시대의 초상 또는 그 시대의 정신성에 대한 보고報告다. 정신과 의사가 된 '나'는 마치 프로이트처럼 친구 '정희'의 의식, 그 심층을 분석해보고자 하지만 그 시도 끝에 만나게 되는 것은 자신이 과거에 예언처럼 직감했던 끈질긴 '망령'이다. 독자들 역시 알면서도 모르던 '그것'—물웅덩이처럼 우리 사회 한편에 고여있는 정신성의 기원과 구조를 치명적인 실재로서, 비릿한 '물질덩어리'로서 대면하게 된다.

윤성희의 〈블랙홀〉도 오래 곱씹게 된 소설이었다. 쉽게 단락을 맺지 못하고 꼬리에 꼬리를 물고 이어지는 문장들로, 그것을 꼭 닮은, 서로 끊임없이 연결되며 자꾸 어디론가 흘러가는 우리네 삶의 이야기를 들려주는 윤성희의 소설은, 놀랍게도 아직도 그 세계를 확장하는 중이다. 우리가 다정한 마음으로 서로 연결된다고 말하는 일은 쉽다. 하지만 누구나 마음속에 하나씩 가진 커다란 구멍, 그 시커먼 어둠을 통해서도 우리는 서로 연결될 수 있을까? 이 질문에 답하기는 결코 쉽지 않다. 황급히 떠올린 다정한 얼굴 뒤에 감춘 불우와 불의의 표정을 엿보는 '블랙홀의 순간들'에 관한 이야기를 이토록 능란하게 이어갈 수 있는 작가는 윤성희뿐이다.

김사과의 〈두 정원 이야기〉 역시 작가가 계속 이어온 '소비의 소설사회학' 작업의 연장선상에 놓여있는 작품이다. 그런데 이번에는 청년에게서 눈을 돌려 중년의 라이프스타일을 관찰한다. 과시와 절약이라는 양극의 형태를 띤 두 '정원'의 소비적 삶은 지극히 전형적이다. 에코주의가 스타일이 되는 '정치의 스타일화'나 결핍 없는 삶을 자녀에게 물려주는 데서 정점을 찍는 중산층 지향의 열망에 이르면, 동시대성을 너무나 정확하게 짚는 데서 오는 소설적 쾌감이 느껴진다. 이 소비 자본주의사회의 가장 징후적인 지점이 '힙스터'에서 '영끌족'으로 이동하고 있다는 것을 놓치지 않는 기민한 감각, 그리고 폭발적인 냉소의 에너지. 과연 김사과다.

손보미의 〈이전의 여자, 이후의 여자〉는 스릴러 컨벤션에 충실하면서도 그 안에 알레고리를 담고 마지막은 살짝 비틀어냈다. 섬뜩한 저택과 그 주인 행세를 하는 늙은 남자의 정체는, 썩은 나무뿌리와도 같이 허울만 남은 채 여전히 상징 질서를 독점하고 있는 기괴한 남성 지배권력 그 자체다. 여자들 역시 그곳에 오래된 나무뿌리처럼 속속들이 얽매여 쉽게 벗어나지 못한다. 그러나 일인칭 서술자의 고양된 자의식이 언젠가 '남의 발밑을 보지 말라'는 억압과 금기마저 넘는 자원이 되리라는 것. 수상한 Q와 '가짜 주인'인 여인이 실은 그녀와 같은 편임을 알았다는 것. '이후의 여자'와 함께 모든 것은 다르게 반복되리라는 것.

정용준의 〈두부〉는 상실과 회복을 번갈아 주고받는 '나'와 '남자'의 이야기다. 상실 이후의 세계에 펼쳐진 '고요'가 상실 이전의 충만을 떠올리게 하는 '아름다움'으로 전환되는 순간들이 단단한 문장으로 아름답게 그려진다. 그것이 결국 고요의 세계인지 아름다움의 세계인지 알 수 없이 뒤섞인 '아름다움과 고요'의 세계인 것처럼, 독자가 느끼는 것은 도무지 아름다운 것을 잃어버린 통각인지 잃어버린 것이 아름답다는 미각인지 알 수 없는 아릿하고 아련한 감각이다. 전작의 제목 역시 '유령'이듯 존재와 부재 사이의 이 미지를 계속해서 감당하고자 하는 것이 정용준의 소설 세계가 향하는 목적지인지도 모르겠다.

이 다행의 소설들이 더 많은 독자들에게로 가닿기를, 그리고 오래 머물기를 바란다.

삶의 비의를 향한 탐색

장두영 · 문학평론가

이번 예심에서는 내용과 형식 양면에서 균형감을 보인 작품에 주목했다. 잘 짜인 서사적 구조 속에서 삶에 대한 진지한 문제 제기와 탐색의 시도가 돋보이는 작품을 여러 편 고를 수 있었다.

박형서의 〈97의 세계〉는 타임 루프의 실험이 주제의 측면에서나 서사적 효과의 측면에서 깔끔하게 맞아떨어진 작품이다. 압도적인 몰입감으로 시작하는 작품의 초반부는 타임 루프를 소재로 한 SF 액션영화를 보는 듯한 느낌을 선사한다. 한참 동안 이동 경로를 설정하고 소요 시간을 측정하면서 구출 방정식 최적화를 반복하다 보면 레벨업과 퀘스트를 수행하는 게임 플레이가 연상된다. 그뿐인가. 결말에 이르러서는 시시포스가 떠오르기도 하고, 경쟁사회의 삭막한 풍경이 떠오르기도 한다. 작품 속 언급된 최적화를 위한 방정식처럼 치밀한 계산으로 쓴 깔끔한 작품이다.

〈나의 루마니아어 수업〉에서 장은진은 외로움, 추억, 사랑 같은 추상적 소재를 손에 잡힐 듯 생생히 펼쳐 보이는 마술을 부린다. 그러한 과정을 통해 평소 너무나 평범해 눈에 잘 띄지 않았던 존재를 향해 말을 건네고, 손을 잡아주고, 이름을 불러줌으로써 작고 연약하기만 했던 그 존재가 하나의 거대한 세계로 도약할 수 있었다. 여기에 현실적인 이유로 접어둬야만 했던 문학을 향한 열정이 배경처럼 펼쳐져있어 아련함은 증폭된다. 비록 그녀는 죽었고 꿈은 이루지 못했지만 가을을 닮은 그녀의 눈동자를 추억하고 겨울의 한파주의보를 견뎌냈기에, 마침내 봄의 눈동자를 발견하게 되는 결말은 희망의 가능성을 노래한다.

한유주의 〈눈과 호랑이와 고양이가〉는 과감한 서사적 실험을 감행한 작품이다. 소설 속의 시간과 공간을 해체하고 재조립하고, 페이지(허구) 안과 밖의 경계에 질문을 던지며, 서술적 목소리의 중개성을 극대화함으로써 환상적인 이야기를 펼친다. "지킬 수 있다면 지켜야 해"라는 아스라한 목소리가 오랫동안 여운을 남기는 것은 그러한 서사적 실험의 한 결과일 것이다.

김사과의 〈두 정원 이야기〉는 오늘날 중산층의 욕망을 생생하게 보여준다. 결혼 생활 15년 만에 H구의 랜드마크인 A아파트에 입성한 주인공을 따라 관찰되는 소비사회의 라이프스타일은 제법 흥미로운 볼거리다. 그러나 이 작품의 진정한 관찰 대상은 선망과 질투로 가득한 이중적인 주인공의 모습이다. 스타벅스 리저브 텀블러를 들고 테슬라 모델 3를 타고 다니는 라이벌의 화려한 생활을 진심으로 부러워하면서도 그러한 화려함이 사기고 허위라고 비난하는 주인공은 특기할 만한 성격 창조의 결과물이다.

정용준의 〈두부〉는 잃어버린 개 찾기라는 특이한 소재를 활용해 애도의 시간을 그려낸다. 작중인물은 하나같이 누군가를 멀리 떠나보냈다. 엄마가 죽고 두부가 사라졌고, 손주 승희는 물론 손주를 기다리던 할아버지도 떠났다. 잃어버린 개 찾기란 사랑하는 사람이 떠난 사실을 애써 부인하는 일, 개 찾기를 포기하는 결말에 이르러 슬픔을 슬픔으로 인정하는 진정한 애도가 수행된다. 이 작품을 읽으면 바다가 보이는 철도 건널목을 그린 풍경화가 떠오른다. 그 그림은 수채화나 파스텔화여야 할 듯하다.

이승우의 〈마음의 부력〉은 기법과 주제 양면에서 완숙미가 돋보이는 작품이다. 작가의 트레이드마크인 관념적 주제를 향한 천착은 이번 작품에도 계속되는데, 특히 이번 작품에서는 단편소설의 정석적인 구성을 통해 주제 의식이 서사적으로 단단히 구체화되는 모습을 보여준다. 부모와 자식, 형과 동생이야말로 구약의 시대부터 내려온 지극히 단단하고 원형적인 구성이 아니던가. 어머니의 비밀에 가까이 다가가면서 마음 깊은 곳에 가라앉아있던 부끄러움, 난처함, 죄책감, 부채 의식이 서서히 수면으로 떠오르는 심리적 긴장의 전개는 몰입감이 뛰어나다. 작중인물들이 평생을 짊어지고 살아왔고 또 살아가야 할 거대한 마음의 짐을 짧은 전화 통화에 응축시키는 서사적 실험은 분명 성공적이다.

윤성희의 〈블랙홀〉은 세상을 평범하게 살아가는 사람이라면 누구나 하나쯤 가지고 있을 법한 '마음에 난 커다란 구멍'에 관한 이야기다. 하르마티아 혹은 트라우마로 불릴 수 있을 그 블랙홀이 마음 깊은 곳에 자리하고 있기에, 그 안으로 빨려 들어가 평온하던 삶이 끝장나버릴 것 같은 불안을 우리는 가끔 느끼기도 한다. 세 남매가 나누는 대화를 따라가다 보면 독자는 어느새 자신의 마음속 구멍을 곁눈질하지 않을 수 없게 된다. 자신도 무대 위 비극의 주인공과 다를 바 없음을 깨닫게 될 때 느낄 법한 공포와 연민은 덤으로 말이다.

천운영의 〈아버지가 되어주오〉를 읽고 나면 가족 간의 사랑이란 무엇인지 생각해보게 된다. 그리고 끊임없이 사랑을 주는 일의 아름다움에 주체할 수 없는 눈물을 흘리게 될지도 모른다. 아무리 메마르고 거친 심성의 사람일지라도 가족에 대한 그리움은 부인할 수 없기에. 서술 분량의 대부분을 차지하는 어머니에 관한 이야기는 딸의 처지에서 파악되고 전달된 것이기에, 또 내세울 것 하나 없는 평범한 한 여자의 일생에 관한 이야기기에 한없이 애틋하다. 나아가 '나'의 어머니가 할아버지에게 사랑을 듬뿍 받은 한 명의 딸이었으며, 아버지에게 끊임없이 사랑을 줬던 한 명의 여자였음을 이해하게 되는 대목에 이르러서는 여성 서사의 한 성과를 목격할 수 있다.

이장욱의 〈유명한 정희〉는 한없이 무거울 수 있는 소재들을 별 대수롭지 않다는 듯 무덤덤하게 툭툭 건드리는 능청스러움이 묘미인 작품이다. 일인칭 화자는 자신의 어릴 적 친구 '곽정희'에 관한 이야기라고 주장하지만 그 친구는 누가 보더라도 '더 유명한 정희'를 연상시킨다. 그래서 친구 정희에 관한 이야기는 현대 정치사의 중요 대목을 훑어 내리기도 하고, 일상 속 권력의 내면화에 관해 문제를 제기하기도 한다. 무엇보다 친구 정희 이야기가 결국 거울에 비친 자신의 이야기일 수밖에 없음이 드러나는 대목에 이르러 줄곧 지속됐던 능청스러움이 사실은 치밀하게 계산된 결과였음에 감탄하게 된다. 이지적이지만 관념에만 매몰되지 않고 유머와 위트가 가득하지만 현실과 맞서는 진지함이 돋보이는 작품이다.

한恨을 녹이는 방식
—두 마음이 하나 됨에

윤대녕 · 소설가

예심을 거쳐 올라온 11편의 소설들은 동시대를 대표하는 작가들의 작품 세계와 개성적인 표정들을 뚜렷이 담고 있었다. 이번 이상문학상 심사는 3시간이 넘는 긴 토론이 이어졌는데, 그만큼 개개의 작품이 내장하고 있는 무게감과 완성도가 고른 수준을 유지하고 있었기 때문이다.

거듭된 논의 끝에 몇몇 작품으로 윤곽이 좁혀졌고, 이후에도 치열한 논의가 진행됐다. 그 작품들에 대한 나름의 소감을 아래에 밝힌다.

천운영의 〈아버지가 되어주오〉는 작가가 한동안의 공백 끝에 발표한 단편소설이다. 이 작품은 장녀인 딸이 화자로 등장해 어머니를 소환하는 방식을 취하고 있는데, 1949년생 순천 출신인 어머니가 50년의 결혼 생활 끝에 위장 이혼을 하는 장면으로 이야기를 시작한다. 그렇다면 엄마의 삶은 어떠했는가. 여고를 졸업하고 상경해 인쇄소 문선공 일을 하게 되는데, 거기서 아홉 살 연상의 왼손잡이 문선공인 남자를 만나 결혼에 이르게 된다. 어머니의 증언에 따르면 그 남자는 "사랑을 주는 아버지도 없고 뒤를 봐주는 엄마도 없"는 "그런 세상도 있"다는 걸 알게 한 사람이었다. 즉, 고아나 다름없는 남자를 만나 출산(화자인 '나')을 한 뒤에야 교사 출신인 아버지를 만나러 본가에 들르게 된다. 그때 아버지가 딸에게 "(네 남편의) 눈빛이 좋으니 되었다", "이제부터 네가 저 사람 아버지가 되어줘라"라고 말한다. 그러므로 이 소설은 평생을 남편의 아버지로 살아온, 말하자면 '한 세상을 키우며' 살아온 엄마의 이야기로 수렴된다. 그러나 정작 아버지는 자신의 아버지가 누구인지 아직도 모른다. 화자인 딸이 보기에 아버지는 '온갖 폭언과 폭력'을 일삼은 인물이며 그러기에 어머니의 삶은 '희생과 고통'으로 점철돼있다. 당연히 아버지에 대한 감정이 좋을 리 없다. 그럼에도 당사자인 어머니는 먼 옛날 아버지를 찾아갔던 "완벽하게 아름다운. 아름답고도 사랑스러운, 오얏꽃 피던 밤"을 딸에게 들려주며 교사였던 부친으로부터 받았던 '내리사랑'을 실천했던 자신의 삶을 온전히 수용하는 태도를 보여준다. 이를테면 어머니는 딸에게 '내가 살아온 삶을 내가 해석할 권리'에 대해 말하고 있는 것인지도 모른다. 이 소설은 세대 간 인식의 차이에 따른 갈등을 드러내면서, 독자에게 또 다른 해석의 여지를 남기고 있다.

박형서의 〈97의 세계〉는 작가가 일관되게 추구해온 메타적 소설 쓰기의 또 다른 일면을 보여준다. 주인공 성범수(초기작인 단편 〈자정의 픽션〉에 등장했던 그 '성범수'다)는 어느 날 놀이공원에 갔다가 붕괴사고가 일어나 여덟 살인 딸을 잃게 된다. 그때 그는 9층 카페에 앉아있다 폭발 사고로 건물이 붕괴되면서 딸이 사망하는 장면을 직접 목격한다. '후회와 자책의 무기수'라는 표현에서 보듯 주인공 성범수는 '만약 그 당시로 돌아간다면'이라는 가정하에 '딸을 구할 수 있는 시뮬레이션'을 수없이 반복한다. 거기에 주어진 시간은 '97'초뿐이다. 온갖 방정식을 동원해보지만 삶의 속성상 과거의 일을 돌이킨다는 것은 애초에 불가능한 일이다. 이 소설은 기법상의 실험을 시도하면서 인간 존재가 처한 실존의 한계상황을 극명하게 드러내고 있다.

윤성희의 〈블랙홀〉은 '마음의 구멍들'에 대해 진지하게 사유하고 있다. 소설을 다 읽고 나면 하긴 누군들 그런 '구멍'이 한두 개쯤 없겠는가, 라는 생각에 고개를 끄덕이게 된다. 10년 전 귀향을 하면서 처분한 아파트가 재개발로 값이 폭등하자 마음앓이를 하는 부모, 급기야 살인미수로 감옥에 갇히는 엄마, 아내가 죽고 나서 담을 넘어온 감나무에서 떨어진 감을 밟고 넘어져 몸을 다치게 된 옆집 할아버지가 걸어온 소송, 군 시절 후임병을 폭행한 자책감에 여전히 시달리는 오빠, 또한 임신 중에 지하철역에서 젊은 여자를 폭행한 적이 있는 언니, 현재 부모가 사는 집에 앞서 살았던 노인의 자살, 또한 중고거래상 친구의 자살, 노래 교실 선생의 갑작스런 죽음 등등. 이런 일들은 비록 눈에 보이지는 않지만 어떤 연쇄를 유발하게 되고, 그때마다 누군가의 마음에 블랙홀 같은 '구멍'을 남기게 됨을 우리는 알고 있다. 다만, 이 소설은 그의 빼어난 전작들에 비해 이야기의 과잉 현상을 보이면서 읽어나가기에 다소 힘이 들었던 게 사실이다.

장은진의 〈나의 루마니아어 수업〉은 어느 익명의 존재에 대해 다루고 있다. 왜 그런 사람이 있잖은가. 그림자처럼 있는 듯 없는 듯 주위에 머물다 어느 날 흔적 없이 사라져버리는 존재. 우리는 그런 존재를 도대체 뭐라고 불러야만 할까. 아웃사이더? 혹은 작가의 표현을 빌리자면 '가을의 눈동자' 혹은 '봄의 눈동자'? 그런데 중요한 것은 그 희미한 존재가 어떤 사람에게는 끝내 지울 수 없는 흔적을 남기곤 한다는 것이다. 이 소설은 그런 밑도 끝도 없는 삶의 허망함을 드러내고 있다. 자칫 낭만적으로 읽히기도 하지만, 불특정 다수 중의 하나인 나(우리)란 존재 또한 결국은 그런 허망함 속으로 사라져가게 마련일 터다.

수상작으로 결정된 이승우의 〈마음의 부력〉은 두 형제를 둔 홀어머니의 이야기다. 작가 특유의 관념적 서술로 구조화된 이 소설은 연극, 문학에 빠져 삶의 경계에서 떠돌다 일 년 전쯤에 서둘러 세상을 떠난 형과 세속의 요구에 따라 살며 현재 공무원 생활을 하고 있는 동생 '나(화자이자 주인공)'의 삶이 대칭적으로 결합돼있다. 그런데 누가 알았으랴. 어머니가 먼저 간 큰아들 성준에 대한 마음의 빚 때문에 내내 신음하고 있다는 것을.

"(성준이가) 지방 어느 소도시에서 연극을 하고 지낼 때 카페를 하겠다고 딱 한 번 도와달라고 했다. 그때 성식('나')이 대학원 등록금을 마련해야 할 때라 내가 좀 난처한 표시를 했다. 그땐 진짜로 여유가 없었다. 더 이상 손 벌릴 데도 없더라. 제풀에 기분이 언짢아져서 아마 좀 듣기 싫은 소리를 했던 것 같다. 나이가 몇인데, 언제까지 그러고 살래? 성식이 사는 거 좀 봐라……. 세상에! 내가 미쳤지. 왜 그런 소리를 했을까? (……) 그런데 요새 그 일이 왜 그렇게 마음에 걸리는지 모르겠다. (……) 이제라도 성준이 그 놈한테 카페 차릴 돈을 좀 해주고 싶다."

이 대목을 읽는 독자라면 불현듯 깨닫게 된다. 어머니가 치매 초기 상태에 접어들었다는 것을. 그리고 마지막 대목에 이르러 '나'를 형으로 착각하는 어머니에게 내가 형인 '성준'이 되어 응답하는 장면은 어쩔 수 없이 곡진한 울림을 남긴다. 그러므로 '마음의 부력'이란 어머니가 큰아들에게 느끼는 '죄책감(회한)'이기도 하겠지만, 독자에게는 이 순간의 포화 상태를 뜻하는 게 아닐까. 즉, 이 소설은 한恨을 녹여내는 방식을 보여주고 있다 하겠다. 그 방식은 어머니와 아들의 마음이 극적으로 하나 되기에 이름이다.

동시대를 살아가면서 동료·선후배 작가들의 신작을 읽는 일은 언제나 긴장되면서도 행복한 일이다. 나는 최종적으로 논의된 위 작품들을 두고 감히 우열을 가릴 수 없다고 생각했다. 그러나 수상작을 가려야 하니 결국 〈마음의 부력〉으로 결정됐고, 심사위원들의 의견이 이쪽으로 쏠렸다는 것을 밝혀두고 싶다. 수상을 축하드린다.

가족 사이에 생긴 부채감을 섬세한 결로 풀어낸 중후한 작품

전경린 · 소설가

본심에 올라온 11편의 후보작들을 짧은 시간에 집중해 읽는 동안 이 비슷비슷한 세계에서 작가 한 명 한 명의 세계와 작품은 놀랄 만큼 다르다는 사실을 새삼 확인했다. '중심은 어디에나 있고 원주는 어디에도 없다'는 보르헤스의 신비로운 통찰은 소설에도 꼭 맞는 말이다. 다양한 중심과 공감을 향한 미학적 확장성이 소설의 건강함인 것이다. 코로나에 뒤덮여 삶의 형식이 무너지고 생활의 루틴이 와해돼 이대로 일상의 몸짓과 감정을 회복하지 못하고 다른 세계로 등 떠밀려 갈 수도 있겠다는 위기감과 섬뜩한 상실감이 번져나간다. 이런 때에 몸과 마음과 일상성으로 다양한 차이들을 만들어내며 존재의 메시지를 형상화하는 소설의 효용성과 의미가 더욱 빛나는 것 같다. 후보작들을 신중하게 읽은 뒤 박형서의 〈97의 세계〉와 윤성희의 〈블랙홀〉과 이승우의 〈마음의 부력〉, 이 세 편을 좀 더 자세히 살폈다.

박형서의 〈97의 세계〉는 입체 거리 191미터를 97초를 한 주기로 내달리기만 하는 무한 반복을 구조화해 한 편의 소설을 쓴 대담한 착상과 성실한 집중력이 감탄스러웠다. 0.1초 단위를 단축하려는 정교한 계산 위에서 외부의 적인 변수와 상수를 피하는 새로운 경로를 모색하고, 내부의 적인 체력과 경험에서 오는 타성과 죽음의 일반 상식을 이겨내며 절망과 희망을 변주해 소설적 긴박감을 고조시켰다. 이러한 영감이 어디에서 왔든, 그것을 소설에 안착시켰다는 점만으로도 새롭다. 읽다 보면 니체의 영원회귀가 떠오르고, 13인의 아해가 무서워하며 질주하는 막다른 골목(이상의 〈오감도〉)이 떠오르는 것도 이상한 일이 아니다.

하나의 순간이 영원히 되돌아오고 무한히 반복된다면 시간도 무한할까? 소설에서는 아니라고 한다. 시간은 쌓이는 기억의 무게를 이기지 못한다. 기억은 멀쩡한 다리에 신경증적 통증을 악화시키고 지나간 절망을 현재화하는 방식으로 존재를 제 안에 못 박는다. 그대로 가다간 얼마 지나지 않아 첫 폭발음만 들어도 머리를 싸안고 주저앉을 것이다. 성범수는 자신을 가로막는 상대들을 전부 죽여서라도 딸을 구하는 궁극의 방정식을 구하려 한다. 그러나 딸을 구하는 궁극의 방정식은, 타인을 해쳐서라도 자기 해를 얻으려는 본성을 뒤집어야만 열리는 창조적 세계다. 저마다 자기 아이를 구하기 위해 날뛰며 서로를 방해해온 건물 안의 모든 변수와 상수들을 공동의 방정식으로 묶어 자신의 본능을 누르고, 각자 구할 수 있는 가장 가까운 아이를 구해 궁극적으로 모두를 구하는 꿈의 방정식은 실행 가능할까?

"왜 자꾸 여기를 지옥이라고 하는 거죠? (……) 여기선 그래도 뭐든 해볼 수 있잖아요."

마침내 소설이 눈을 뜨고 다른 해의 가능성을 찾아 다시 움직일 때, 기발한 자학과 같은 반복을 인내하며 동참해온 독자의 정신에도 새로운 희망의 근육이 생겨난다. 실패해도 자신이 구할 수 있는 아이는 구함으로써 자기 안에 영원히 붙박이는 지옥에선 벗어날 수 있을 것이다. 처음과 같은 상황인데도 헛수고의 과정이 아니어서 소설의 마지막 말은 경쾌하게 들린다. "이제 우리 뭐라도 좀 해봅시다."

〈블랙홀〉은 윤성희 소설답게 특유의 서술이 종횡무진 상상력의 가지를 치며 걷잡을 수 없다는 듯 뻗어나간다. 기본적으로 순발력 있는 서술 자체가 재미있다. 엄마가 살인미수로 수인이 된 비극적 상황에서도, 막내딸인 화자의 발화는 거침없고 명랑하기까지 하다. 마치 표면만 허용된 운동장에서 빠르게 튀는 공을 차며 방향 없이 내달려가는데 공이 떨어지는 지점마다 저릿한 울림이 인생의 흙먼지처럼 일어나는 식이다. 문제는 공이 떨어지는 지점이 너무 많고, 울림도 너무 많다는 점이다.

연결점이 넘쳐나다 보니 읽는 사람마다 한 편의 소설에서 다른 무늬를 기억하게 될 것 같다. 내게는 쌍둥이 언니와 오빠가 스웨터를 입었던 어린 날의 작은 사건과 그 옷을 입은 꿈을 반복적으로 꾸며 길몽으로 해석하는 언니와, 언니가 시골집을 정리하며 사진들을 태우다 아마도 스웨터를 입은 쌍둥이가 찍혀있을 사진

한 장을 슬며시 빼내 주머니에 넣는 장면이 패턴을 이뤄 (주변적 이야기임에도) 소설의 중심 이미지로 남는다. 엄마의 집을 정리하러 간 오빠가 김치가 맛있어서 돌아오지 못하자 자매들이 찾아가 김치를 다 먹어 치우는 결말은 웃음과 슬픔과 김치 냄새가 뒤범벅되어, 가족 소설과 수다의 과잉에 저항하는 일말의 거부감을 제압하고 만다. 수다가 지방층처럼 소설을 따뜻하게 덮고 있지만, 그 안쪽엔 끄기와 켜기의 장치가 잘 계산돼 작동한다. 다만 한 편의 소설에 이렇게도 많은 화제가 필요했는지는 생각해볼 일이다.

이승우의 〈마음의 부력〉은 작가가 오랫동안 천착해온 종교적 세계관과 부조리 구조의 핵심을 응축해 지금, 여기, 지극히 일상적인 이야기에 편안하게 녹여냈다. 담백한 서술 속에서 말과 내용은 한 몸인 듯 자연스러워 문장의 외피 없이 진솔한 내용만 다가오는 느낌이다. 슬프게도 인간의 사랑은 편애다. 애도를 통해 거듭 자신을 부정하는 탈각의 과정은, 어머니와의 통화에서 죽은 형의 음성이 되는 결말과 조응하며 두 사람의 마음을 짓누르던 바위를 가뿐히 들어 올린다.

소설이란 원래 그런 것이지만 어머니와 아들이 마주 서서 직설적으로 말하지 않고, 에두르고 어긋나고 회피하고 되돌아가는 우회를 통해 이 소설은 부피와 깊이와 내적 연결 통로를 만들어 간다. 일찌감치 내쳐져 가족에게 얽매이지 않고 집 밖을 헤맨 형의 모습 못지않게 사랑에 길들어 사랑의 노동을 감당하는 화자의 모습도 처연하다. 그는 하고 싶은 일과 하기 싫은 일을 분간하지 않기 위해, 하고 싶어 하거나 하기 싫어하지 않기 위해 자신에게 무뎌지고 삶에 태만해지며 의욕도 사랑도 없이 성실함에 기대 살아온 것이다. 그것은 사람의 몫을 하며 대를 이어 가족의 근간을 유지해온 문명화된 인간성이기도 하다. 집 밖을 떠돈 형을 애도하면서, 가족 사이에 생긴 부채감을 섬세한 결로 풀어낸 중후한 작품이다. 수상을 축하드린다.

한국 소설의 심줄 혹은 문장의 가치

정과리 · 문학평론가

지금 한국 소설은 어디로 가고 있는가? 가만히 들여다보면 한국 소설은 점점 독자들의 취향이 유효한 힘을 발휘하는 경향에 휩싸여있는 듯하다. 그것은 고급 독자들이라 할 수 있는 비평가들의 비평적 활동 및 파장 범위가 현격히 약화된 반면, 일반 독자들의 다양한 감상들이 유사성의 증대를 통해 몇 종류의 트렌드를 이루면서 독서 시장에 영향을 미치고, 다시 출판사를 매개로 한 작가들이 그 영향에 부응하면서 독자들의 움직임이 아예 플랫폼화하고 있는 현상을 가리킨다.

이 과정에서 심각한 것은 작가와 독자들 사이의 역동적인 '경쟁'이 사라지고 한쪽으로의 일방적 흡수가 진행되는 현상이다. 이 흡수는 감염적이어서 독자들의 취향들조차 특정한 추세의 지배 쪽으로 흘러갈 수도 있다. 예전에 작가 쪽에서 일어나던 현상이 이제 독자 쪽에서 일어날 수도 있다는 것이다. 그리고 그런 현상의 강화는 궁극적으로 문학의 생명력을 저하시키는 결과를 가져올 것이다.

문학의 저하를 보여주는 현상은 단순히 취향에 그치는 것만이 아니다. 후보작들을 검토하면서 디테일 부정확성의 정도가 심해지고 있다는 것이 유별나게 눈에 띈다. 현실의 맥락과 무관하게 주관적 공상 속에서 창조된 세계가 현실의 이름을 달고 제출되고, 그 안에 그 역시 주관적인 세계 인식들이 사회적 풍경으로 묘사되는 경우를 자주 목격하면 근심이 쌓일 수밖에 없다. 혹시나 내가 작가들의 깊은 뜻을 헤아리지 못한 게 아닌가 싶어서 여러 번 생각하지만, 그쪽으론 괘가 나오질 않는다. 그나마 중견작가들, 이승우·윤성희·천운영의 소설들에서 문장이 크게 안정돼 있는 걸 보면서 안도를 한다. 문장의 안정성이란 글을 단순하게 쓰는 것과는 다르다. 헤밍웨이처럼 단순하게 쓸 수도 있고 조이스처럼 복잡하게 쓸 수도 있으나, 어느 경우든 그들의 문장은 의미 혹은 느낌과 맺는 긴장의 선이 탄탄한 심줄을 이루고 있다. 그 심줄의 질김의 정도가 불필요한 해독의 혼란을 떨쳐버리고 세상의 쇄신을 지향하는 진짜 혼돈을 만들어낼 수 있는 척도다. 그걸 다른 말로 바꾼 게 바로 문장의 안정성이다.

장은진의 〈나의 루마니아어 수업〉은 연약한 사람, 눈에 띄지 않는 존재, 부적응자들에 대한 얘기다. 그런 사람들은 '사회'라는 이름의 무리 안에 안착하지 못한다. 그러면서 약한 자들의 공동체를 떠나려 한다. 그래서 두 사람이 만난다.

이런 구도는 낯설지가 않다. 어쩌면 상투적이라고까지 할 수 있다. 그럼에도 불구하고 이 작품은 중요한 통찰을 하나 건지고 있다. 그것은 외로운 자들은 끝끝내 외로울 수밖에 없다는 것이다. 다시 말해 외로운 자들의 공동체란 없다. 그럼에도 불구하고 외로운 자들은 그들의 연대를 꿈꾼다. 왜냐하면 그것이 유일한 생존의 계기기 때문이다. 만일 그들이 이 생존의 고리에 매달리지 않는다면 우리는 더 이상 외로운 자들을 보지 못할 것이다. 하물며 그들의 사연이랴! 그렇게 절실하게 추구되는 외로운 자들의 공동체는, 그러나 원천적으로 불가능하기 때문에 그것은 아득히 멀어져가는 신기루의 방식으로 존재한다. 그것에서 결코 눈길을 떼지 못하는 인물의 모습은 독자를 처연한 느낌에 사로잡히게 한다. 그것이 이 작품의 애틋함의 근원이면서 동시에 이 작품을 아주 작은 소품으로 만든다.

박형서의 〈97의 세계〉는 자식을 구하기 위해 치열한 생존 게임을 벌이는 일을 '타임 루프'를 탈출하는 게임의 형식으로 보여주고 있다. 이런 구성을 통해 작가는 삶의 현장에서 '필사적인 생존 게임'을 하는 사람들의 모습을 사실적으로 보여주는 대신, '생존은 필사적인 게임'이라는 메시지를 전달하면서, 그것을 게임을 통해서 모의실험 하는 일에 초대하고 있다. 삶은 그것이 생존 게임일 때도 그냥 겪고 치르는 것이다. 그런데 게임은 그것이 삶을 무대로 하고 있을 때도 게임이기 때문에 치열한 머리싸움을 필요로 한다. 그러다 보니, 이 게임화된 삶은 무척 어려운 것이 됐다. 이 어려움이 '사는 건 어렵다'는 뻔한 지식을 전달하는 것 이상을 노린다면 두 가지 조건이 요구된다. 하나는 이 롤플레잉이

국면마다 지적 호기심을 유발해야 한다는 것이다. 이 작품은 유사한 유형의 영화 〈엣지 오브 투모로우〉(2014)만큼 때마다 흥미를 자아내는 아이디어와 알고리즘을 가지고 있는가? 그다음은, 여하튼 소설은 게임에 대한 게 아니라 우리의 각박한 삶에 대한 것이다. 그렇다면 게임이 끝난 뒤, 그것은 어떻게 삶에 쬐어질 것인가? "우리 뭐라도 좀 해봅시다"라는 막연한 말의 되풀이는 이 작품이 타임 루프 게임을 다룬 소설이라기보다 게임이라는 타임 루프에 걸린 것이 아닌가? 를 궁금하게 만든다. 무척 공들여 쓴 소설이지만 또한 무척 아쉬워서 미련을 남기는 소설이다.

천운영의 〈아버지가 되어주오〉는 기계적 구도로 보면 네 세대의 여인들에 관한 이야기다. 그 사이에 '아버지'라는 매개 항이 끼어들어 그 개입 방식에 따라 네 세대 여인들의 비중에 가감이 주어지고, 동시에 여인들의 삶에 변화가 일어나게 된다. 핵심이 되는 인물은 세 번째 세대인 '명자'고, '명자'-아버지와 '명자'-남편의 관계 차이를 중심으로 드라마가 전개된다. 꽤 극적인 사연들을 담고 있는 게 이 작품을 흥미롭게 하는 장점이라면, 이 관계들의 양상은 독자에게 여러 가지 생각을 하게 한다. 우선 '명자'-아버지, '명자'-남편의 관계가 특별한 성질을 갖는 반면 (명자) 아버지-아내, 아버지-어머니(화자인 딸의 증조할머니), 딸-남편의 관계는 무의미하게 혹은 '도구적으로'(특히, 증조할머니의 경우) 처리됐다는 점이 작품에 불균등한 굴곡을 형성하는데, 이 불균등성이 강점인지 약점인지 알려면 다음 문제를 검토해야 한다. 즉 '명자'-

아버지의 관계가 각별하고 소중하게 조명되는 반면, '명자'-남편의 관계는 그 주제적 무게에 비해 의도적으로 은폐됐다(남편의 폭력적 성격이 암시될 뿐이다)는 점이다. 바로 이 관계 기술의 차이는 궁극적으로 명자로 하여금 아버지의 권유를 따라 남편의 아버지 역할을 하게끔 하는 원인으로 작용한다. 따라서 이 인과율은 핵심인물 명자의 삶에 각별한 의미의 무게를 싣는다. 그러나 그 과정의 특수성으로 인해 다른 인물들의 삶을 반비례의 방식으로 무가치하게 만드는 작용을 한다. 그리고 그것은 거꾸로 명자의 삶 자체의 성격을 아리송하게 만들고 있다. 결과적으로, 흥미진진하면서도 그 의미의 반향력에 의혹을 품게 하는 소설이다.

윤성희는 수다의 대가다. 수다의 문학적 효과는 무엇인가? 수다는 기본적으로 근친近親들 사이에서 쉴 새 없이 오가는 언어의 급류다. 통상 우리가 언어를 의미 전달의 도구라 할 때, 그 의미 전달은 두 낯선 타자를 전제로 한다. 언어가 없으면 서로를 전혀 이해하지 못할 상태라는 것이다. 물론 언어를 고립시켜서 그 존재 이유를 생각할 때 그렇다는 얘기다. 그런데 수다는 낯선 이들을 만나게 하는 수단이 아니라 익숙한 이들이 푸는 것이다. 언어의 목표는 만남이지만 수다의 목표는 그게 아니다. 그렇다면 무엇인가? 그 양태는 작가마다 다를 것이다.

내가 생각하기에 윤성희보다 더 강한 수다꾼은 조너선 프랜즌Jonathan Franzen이다. 그의 작품에 나오는 인물들은 말뿐만 아니라 생각, 눈길 등 모든 감각적 행위들이 수다의 형식을 띠고 있다.

프랜즌의 수다는 미국 사회가 자질구레한 욕망들의 집적체라는 걸 우리에게 알려주면서 그 사회를 움직이는 정치적 원리인 민주주의와 종이 한 장 아래에서 법석거리는 민주화된 욕심들, 다시 말해 민주사회를 사유화하려는 욕망 사이의 상호 조응과 어긋남, 그리고 조절의 문제에 대한 칡넝쿨 같은 질문들을 더듬어간다.

윤성희의 수다는 그와 유사하면서 동시에 다른 특성을 가진 듯하다. 우선 프랜즌에게 수다스러운 존재가 인물들이라면, 윤성희에게는 화자가 수다쟁이라는 게 기본적인 차이다. 프랜즌의 화자는 인물들과 떨어져있기 때문에 수다 상황에 대한 객관화가 그의 임무다. 반면 윤성희 작품에서는 화자가 수다쟁이기 때문에 객관화가 아니라 차라리 근친화가 그것의 기능이다.

그렇다면 독자는 이 근친화라는 기능의 까닭을 묻지 않을 수 없는데, 내용을 보면 이 근친화는 한국 사회의 근본적인 상호 몰이해, 즉 몸의 교류는 있으나 정신의 소통은 없는 부락적 사회에 이해의 격자를 설치하고자 하는 욕망의 표현이다. 화자의 개입은 그렇게 해서 가족과 이웃들 사이의 온갖 불화를 '지지고 볶는 이야기'로 만들어주는 역할을 한다. 사건을 이야기로 바꾸면서, 불화의 표징인 사건을 화해 가능한 것으로 바꾸는 것이다.

이런 구도를 통해 윤성희는 한국 사회의 근본적인 몰이해성이 언어의 불충분한 축적에 있다는 통찰을 보여준다. 그러면서 동시에 그것을 해결하려는 언어, 즉 수다의 불충분성으로 인한 위기를 정직하게 보고한다. 그 불충분성은, 언어의 두께가 언어의 수량적 증대로 충족되는 게 아님에서 온다. 그런데 그 정직성은 오로지 그가 거기에 매달리기 때문에 발생하는 것이다. 그의 언어는 외줄기 길처럼 무작정 흘러가면서 즉석에서 소비된다. 그것은 그의 작품 세계가 더 넓어져야 한다는 권유의 원인이 된다고 할 수 있다.

이승우의 〈마음의 부력〉은 작게는 형제간의 우열 관계로 인한 심리적 갈등에 대한 이야기며 크게는 인간사회에서 의도하지 않아도 끊임없이 진행되는 비교와 선망과 상처 주기와 상처 받기, 그리고 이 불가피한 불균등성들을 감싸 안으며 함께 사는 길이란 무엇인가에 대한 사색이다.

왜 이런 소설이 필요했는가? 이 소설의 촛불은, 사람과 사람 사이의 관계가 능력과 성취와 근면과 성실만으로 판정되는 게 항상 정당하진 않다는 각성을 두르고 피어오른다. 이러한 각성은 인류의 진화사에서 중요한 변화의 계기 앞에서 인류가 거듭 좌절하고 만 사연 속에서 자라난 것이다.

근대사회가 성립된 이후 가장 강력한 행동 지침을 작용한 것은 사회진화론의 강령, 즉 '아我와 비아非我의 투쟁에서 승리하라'는 촉구다. 근대사회는 이 강령을 통해 물질적 풍요를 가속화한 반면, 지구상의 모든 관계를(인간뿐만 아니라 생명 일반에 대한) 도구적 이성의 지배하에 놓음으로써 미래사의 심부에 자멸성을 심어놓게 했다. 그에 대한 반성을 독촉하는 외침들과 대안들이 수도 없이 출현했지만 지금까지 실질적으로 유효성의 수치가 충분한 선을 넘어선 예는 없다. 그나마 드문드문 보이는 헌신과 희생들이 턱걸이를 하려고 안간힘을 쓰고 있을 뿐이다. 그러나 그럼에도 불구하고 이 관계의 형질을 변화시키기 위한 노력을 멈출 수 없는 것은, 인류 발전의 최종적 결과로서 절멸을 맞이할 수도 있기 때문이다. 그런 점에서 소설은 모든 영혼의 자유를 추구하는 그 본래적 성질에 의해 아/비아의 이분법적 갈등 관계 너머를 탐색하는 최전선의 장이 될 수 있을 것이다. 지금껏 이승우의 모든 소설들은 실상 거기에 투신해온 것이라 해도 과언이 아니다.

〈마음의 부력〉은 그 문제의 바다의 유영을 위해 정교하게 설계된 모형선이다. 한편으로 부부의 설정을 통해 항상 합리적으로 판단하는 사람과 꺼림칙한 무언가를 안고 사는 사람 사이를 대비시키며, 꺼림칙한 것의 존재 이유를 시나브로 다져나간다. 다른 한편으로는 '죄의식'이라는 매개 항을 통해서 그 극복의 가능성을 점친다. 옳고 그름을 일도양단할 수 없는 까닭은, 옳아서 우위에 놓인 자는 그 결과로 상대방을 상처 입히는 작은 폭력을 행사하게 되기 때문이다. 반면 낮은 위치로 전락한 사람은 그 전락의 원인이 자신이라는 사실 때문에 죄의식에 사로잡힌다. 더 나아가 그 둘 사이에 벌어진 파동을 보살펴야 하는 사람은 그 보살피는 손길이 개입할 때마다 꺼림칙함을 남긴다. 그렇게 해서 이 소설은 죄의식의 다면체를 구축하면서, 그것들을 회전시키면서 독자에게 관계의 복잡성을 차근차근 따져볼 기회를 갖게 한다. 하지만 이 회전목마는 어지럼증을 유발할 뿐이다. 작가는 이 수평의 소용돌이에 성서 속 야곱의 일화를 줌으로써, 해결책은 아니지만 인류의 오랜 숙제로서의 문제임을 환기시키며, 이로써 인류 보편의 과제에 대한 믿음을 부여한다.

이 작품의 최종적인 미덕은 독자에게 삶의 복잡성을 깨닫게 하는 동시에 옹골찬 사색 속으로 끌어당기는 유인력에 있다. 그 덕분에 독자는 평생을 고민하면서 살 수도 있으리라. 그러나 그 고민으로 인해 독자의 정신은 거듭 드높아질 것이다. 이 작품을 대상 수상작으로 적극 추천한 소이가 이와 같다.

해체된 세계 너머로의 한 걸음

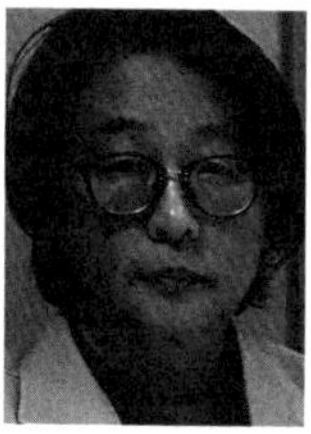

채호석 · 문학평론가

모든 소설은 시작할 때 기본값을 갖는다. 이야기가 시작되자면 어쩔 수 없는 일이다. 이미 구성된 조건이 있고, 소설의 인물들은 그 조건의 제약 속에서 움직일 수 있다. 이미 주어진 값은 소설에서 바꿀 수 없다. 뿐만 아니라 작가가 세상을 보는 방식 또한 소설에서의 기본값이리라. 소설을 읽는 행위는 이러한 기본값을 받아들이는 데서 시작해, 이 기본값을 문제 삼는 데까지 나아갈 수 있다.

이승우의 〈마음의 부력〉은 죄와 죄책감에 관한 이야기다. 어머니는 '나'를 사랑했고, 형은 죽어 없다. 어머니는 죽은 형에 대해 죄책감을 가지고 있다. 살아있는 나 또한 '사랑받은 자'로서의 죄책감을 가지고 있다. 살아있다는 것은 죄일까? 그럴지도 모른다. 존재 자체의 죄. 이건 〈마음의 부력〉의 기본값이다. 하지만 죄를 짓지 않은 사람은 없다느니, 모두가 죄인이라느니 하는 말은 의미가 없다. 그 속에서는 어떤 차이도 발견될 수 없고, 더 이상 나아갈 길이 없기 때문이다. 그러니 중요한 것은 어떤 죄인가고, 그보다 더 중요한 것은 죄의 인식, 그리고 그로부터 오는 죄책감이다. 죄책감은 어디서 올까. 그것은 나에게서 출발해 나 아닌 다른 존재를 헤아림에서 온다. 어머니는 뒤늦게 형의 마음을 헤아리고, 나는 자기 자신과 형의 마음을 헤아리고, 그리고 어머니를 헤아린다. 〈마음의 부력〉은 그 헤아림의 갈피를 세세하게 뒤적인다. 이 이야기의 끝은 쉽게 예상된다. 그리고 소설 또한 예상에서 벗어나지 않는다. 작가가 미리 깔아놓은 '어머니의 착각'을 '나'는 받아들인다. '나'는 '나'가 아니라 '형'으로 어머니를 대한다. 그것은 점차 현실에서 멀어져가는 어머니를 위로하는 방식이고, 어머니가 죄책감에서 벗어날 수 있도록 하는 일이다. 그러나 이 소설에서 중요한 것은 그런 눈에 보이는 결말이 아니라, '소심한' 아들의 자의식 속에서 그 '죄'와 '죄책감'을 살피는 일이다. 그리고 그 가운데서 '타인'을 헤아린다. 그래서 무엇이 가능할 것인가는 이 소설이 말하고자 하는 바는 아니다. 현실주의자로서 우리는 이 소설의 마지막에 대해 '그래서?'라고 물을 수 있다. 이 소설은 거기까지 가지 않는다. 갈 필요가 없을 것이다. 왜냐하면 '그래서'는 이 소설의 다음 이야기고, 우선 중요한 것은 나의 존재 가능성, 내가 어떤 조건 속에서 어떻게 이 '현실'을 살고 있는가를 묻는 일이기 때문이다. 자신의 존재 가능성을 되돌아보기. 〈마음의 부력〉은 그 자리에 있는 듯하다.

박형서의 〈97의 세계〉 역시 기본값을 가지고 있다. 〈97의 세계〉가 설정해놓은 '타임 루프', 집요한 무한 반복의 세계. 폭발 사고 속에서 아이를 구하려는 아버지의 노력은 이 무한한 타임 루프

속에서 반복된다. 그러나 '97초'의 반복은 그저 단순한 반복은 아니다. 매번 처음으로 다시 되돌아가는 것처럼 보이지만 실상은 그렇지 않다. 나는 이전 반복의 '기억'을 가지고 있고, 새로운 97초의 반복 속에는 반복 이전에 했던 행위들의 결과가 존재한다. 그러니까 반복은 반복이지만, 새로운 반복이라고 할 수 있다. 이 새로운 반복에 변화의 가능성이 생긴다. 변화는 내가 원하는 바에 '직접적'으로 나아가는 것이 아니라, 그러니까 아이를 구하기 위해 바로 아이에게 달려가는 것이 아니라, 아이를 구할 수 있는 조건들을 만들어나가는 것이다. 직접적으로는 절대로 아이를 구할 수 없는 상황 속에서, 반복의 조건들을 변화시키면서 비로소 목적에 다다르는 것이다. 그렇게 나는 타인에게 손을 내밀고, 이 행위는 소설의 시작에 누군가가 나에게 제안한 일이기도 하다. 오랜 반복 속에서 비로소 나는 깨닫는다. 어쩌면 〈97의 세계〉는 우리 삶의 알레고리일지도 모른다. 각자도생의 무한 반복의 세계 말이다. 그래서 이 소설은 이렇게 읽힌다. 이 무한 반복'처럼' 보이는 세계 속에서 살아 나갈 수 있는 가장 '이기적'인 방법이 바로 손을 내미는 일이라고.

그래서 윤성희의 〈블랙홀〉이나 천운영의 〈아버지가 되어주오〉도 이런 해체 속에서의 재구성의 지난한 노력을 보여주는 작품으로 읽힌다. 〈블랙홀〉과 〈아버지가 되어주오〉 모두 '가족', 그러나 더 이상 가족이라고 말하기 힘든 해체된 가족을 바탕에 두고 있다. 〈블랙홀〉은 그 해체된 존재들의 이야기들을 차곡차곡 쌓아나간다. 무관해 보이는 이야기들이 윤성희 소설 속에서는 차곡차곡 쌓인다. 직접적으로 인과관계를 갖고 있는 것 같지만, 사실은 연관이 없는 일들이 차곡차곡 쌓인다. 그것이 윤성희 소설의 세계처럼 보인다. 그러나 그렇게 쌓이는 사실들, 그 누적 속에서 비로소 하나의 '가능성'을 낳는다. 모든 존재는 다 구멍을 하나씩 가지고 있다는 것, 그리고 그것은 '가족'이란 이름으로는 채울 수 없단 사실은 변하지 않지만, 그 구멍들을 확인함으로써 비로소 따뜻한 연대의 가능성(비록 연민에 지나지 않는다고 말할 수도 있지만)이 생긴다.

천운영의 〈아버지가 되어주오〉는 좀 더 복잡한 텍스트다. 소설 내부에 서로 다른 지향이 존재하기 때문이다. 아버지를 부정하는 딸, 그리고 아버지의 '아버지'로서 살아온 엄마. 소설은 딸에 의해 부정된 엄마의 세계를 재구성해낸다. 그리고 그것은 딸이 보는 것과는 전혀 다른 세계다. 부정적이기만 했던 아버지를 견뎌낸 엄마의 삶이 아니라 사랑을 받아보지 못해 사랑을 할 수 없는 존재를 보듬어올 수 있게 했던 엄마의 어느 아름다웠던 날의 기억. 자칫 지나간 것은 모두 아름다웠다는 통속성으로 해석될 수도 있는 이 작품을 살아있게 하는 것은 그럼에도 불구하고 해소되지 않는 엄마와 딸의 차이다. 소설은 끝까지 '딸의 동의'를 보여주지 않는다. 엄마의 아름다운 어느 봄밤이 있었다고 하더라도 딸은 그것을 받아들일 수 없다. 이 '차이'의 인정이야말로 이 소설에서 미처 제대로 드러나지 못한 '가능성'으로 보인다.

이런 모습들을, '나'로 해체됐던 존재들이 다시 '관계' 속으로 들어가는 일이라고 보는 건 너무 과장된 것인지도 모른다. 하지만 이번 후보작들을 읽으면서 가장 먼저 눈에 띄었던 것이 바로 이 점이었다. 이미 해체된 세계 속에서 살아남기 위해 '관계를 재구성하기'. 해체된 관계도, 재구성하는 방식도 다르지만 그러나 기본적인 방향은 같은 것이 아닐까. 부정성으로 가득 찬 현재를 그대로 받아들이는 데서 출발하기, 그리고 다음 한 걸음을 내딛기. 그다음 한 걸음에 모두가 동의하지 않는다고 하더라도 말이다.

주제의 관념성을 극복한 감동의 깊이

권영민 • 월간《문학사상》편집주간, 문학평론가

2021년 이상문학상 최종 심사에 올라온 작품은 모두 11편이었다. 중편소설이 포함돼있지 않다는 아쉬움이 있지만 모든 작품이 각각 개성적인 목소리를 지니고 있고 그 구성이 단단하다는 특징을 보여준다. 특히 일상적인 소재와 내용에도 불구하고 주제 의식을 깊이 있게 추구하는 힘이 돋보인다.

심사 과정에서 가장 주목했던 작품은 이승우의 〈마음의 부력〉, 장은진의 〈나의 루마니아어 수업〉, 천운영의 〈아버지가 되어주오〉, 박형서의 〈97의 세계〉, 윤성희의 〈블랙홀〉 등이었다. 그리고 한유주의 〈눈과 호랑이와 고양이가〉와 한지수의 〈야夜심한 연극반〉도 몇 차례 되풀이해 읽었다. 〈눈과 호랑이와 고양이가〉의 경우는 시간과 공간의 거리를 뛰어넘는 몇 개의 장면이 이야기 속에 뒤섞이면서 환상의 리얼리즘을 실현한다. 그러나 그 실험성에도 불구하고 서사의 해체 방식에 대한 설득력이 부족하다는 느낌이다. 〈야夜심한 연극반〉은 중편소설로 구상하지 않은 점이 아쉽다. 사실적 설명을 위해 군데군데 주석을 붙인 것이 오히려 읽기를 방해한다. 〈97의 세계〉는 SF의 장면을 생각나게 하는 서사적 시간의 재해석을 진지하게 시도하고 있다. 하지만 이야기 방식에서 서술 구조의 변화에만 집착하고 있다는 느낌을 버릴 수 없다. 최종 심사를 위해 후보작 3편씩을 추천하는 단계에서 나는 이승우의 〈마음의 부력〉, 장은진의 〈나의 루마니아어 수업〉, 천운영의 〈아버지가 되어주오〉를 골랐다. 그런데 〈나의 루마니아어 수업〉은 전체 심사위원들이 압축한 최종 후보작 3편에는 들지 못했다. 이 작품은 세련된 문체가 돋보인다. 이야기 자체는 아름다운 연애의 추억담처럼 읽히지만, 루마니아어라는 이질적 언어의 습득 과정에 사랑의 발견이라는 의미를 덧붙임으로써 서사적 감응력의 깊이를 더하고 있음을 밝혀둔다.

대상 수상작을 결정하는 최종 단계에서 자연스럽게 남겨진 작품은 윤성희의 〈블랙홀〉, 이승우의 〈마음의 부력〉, 천운영의 〈아버지가 되어주오〉 등 3편이었다. 이 작품들은 일상적 삶에서 흔하게 찾아볼 수 있는 가족 이야기라는 공통점을 갖고 있는데, 소설적 주제와 그 지향 자체는 서로 다른 특징을 보여준다.

〈아버지가 되어주오〉는 딸의 관점에서 노부모의 위장 이혼을 놓고 벌이는 논란으로 이야기를 시작한다. 딸은 독선적이고 폭력적이었던 아버지를 비판하는 동시에 모든 힘든 일을 혼자 감내하고 순종적이었던 어머니의 태도에도 불만을 표한다. 하지만 이러한 딸의 비난에 어머니는 자신이 성장하면서 봤던 친정아버지의 모습을 통해 포용과 사랑, 존경과 믿음의 자세를 키웠음을 밝힌다. 어머니는 모진 풍파를 헤치고 홀로 자라난 남편의 어두웠던 성장 과정을 돌아보면서 스스로 남편을 위해 '아버지 되기'를 실천하고자 했던 것이다. 그리고 그 자신의 삶이 비록 힘들었지만, 결코 쓸쓸하고 허망한 것은 아니었다는 점을 강조한다. 이 작품은 '아버지 되기'라는 주제를 통해 어머니의 세대가 누렸던 삶의 의미와 딸의 세대가 요구하는 가족의 역할이 서로 다를 수 있다는 사실을 설득력 있게 보여준다. 소설적 감응력에도 불구하고 서두의 위장 이혼 부분이 전체 이야기 내용과 제대로 어울리지 못한 채 그 긴장을 잃고 있다는 아쉬움이 남는다.

〈블랙홀〉은 이야기를 이끌어가는 힘이 느껴질 정도로 호흡이 빠르지만 서술 자체가 복잡하다. 소설 속의 이야기는 작중화자로 등장한 딸의 입을 통해 가난한 노부모가 귀촌하는 사연부터 시작되는데, 이것은 문제의 발단에 불과하다. 시골로 내려간 부모의 삶은 아주 사소한 문제에서부터 뒤틀리기 시작해 점점 더 헤어날 수 없는 무서운 구렁으로 빠져든다. 이웃과의 사소한 불화로 감나무를 잘라내다가 사고를 당해 자리에 눕게 된 아버지가 결국 세상을 떠난 후 어머니는 스스로 자신의 내부에서 폭발한 분노를 조절하지 못한 채 살인미수로 검거돼 감옥에 갇힌다. 아들딸 삼남매는 이 갑작스러운 변고를 놓고 각자의 관점에서 그 연유를 따져나간다. 이 과정에서 숱한 사건과 에피소드가 이어지면서 여러 방향의 판단과 결론이 제시된다. 인간 사회는 타자와의 관계에서 비롯되는 사소한 다툼이나 갈등이 자칫 돌이킬 수 없는 원한처럼 커지고 마음을 제대로 다스리지 못하는 사이에 거대한 소용돌이에 빨려들 듯이 걷잡을 수 없는 충동에 휩싸인다. 작은 다툼이 갈등으로 이어지고 증오를 키우면 충동적인 행동이 무서운 폭력과 범죄를 만들어내기도 하는 것이다. 이러한 문제적 징후들은 사람이 살아가는 사소한 일상에 널려있다. 이 작품의 결말 부분에서 삼 남매가 모두 가슴에 생겨난 각각 서로 다른 커다란 구멍을 지니고 있음을 확인하는 장면은 설득적이며 감동적이기도 하다. 하지만 노부부의 귀촌 이후 일어나는 사소한 사건들이 잇달아 불운으로 치닫는 과정은 이야기의 개연성을 약화시킨다. 특히 너무도 많은 삽화가 흔하게 뉴스로 접했던 주변의 사건들을 끌어모아 나열하고 있다는 인상이 강하다.

〈마음의 부력〉은 소설적 구도와 성격의 창조라는 관점에서만이 아니라 그 치밀한 내면 묘사와 섬세한 문체에서 단편소설 양식의 전형을 잘 보여준다. 이 작품은 일상적 현실에서 흔히 볼 수 있는 짤막한 가족 이야기를 담아내고 있다. 일인칭 화자로 등장하는 아들과 시골에서 혼자 지내는 어머니의 관계가 관심의 초점이 되고 있지만, 소설 속의 이야기는 노모가 며느리에게 걸어온 한 통의 전화에서부터 시작된다. 아들 내외는 주말에 어머니가 살고 있는 고향 마을을 찾는다. 이 귀향을 통해 작중화자는 자신이 성장해온 과거의 시간 속으로 회귀하면서 이미 세상을 떠난 형의 존재를 드러내고 어머니에게 일어나고 있는 변화의 낌새를 알아차리게 된다. 어머니는 죽은 큰아들에게 한 번도 제대로 그가 하자는 일을 밀어주지 못했다는 죄책감에 시달리고 있다. 그리고 그 안타까움 때문에 자신도 모르는 사이에 며느리에게 전화를 걸어 큰아들에게 줘야 할 돈을 돌려달라고 요구한 것이다. 구약성서에 등장하는 야곱 형제의 이야기가 일종의 패러디 방식으로 녹아들어 있는 이 작품에서 어머니가 걸어온 전화는 어머니의 가슴속 깊이 묻어둔 한스러움인 동시에 치매의 단계에 접어들어 있는 어머니의 의식 상태를 암시한다. 소설의 결말에서는 다시 걸려온 어머니의 전화와 아들의 이야기가 더욱 깊은 감동을 일으킨다. 큰아들의 이름을 부르며 심중의 말들을 털어내는 어머니의 말씀 속에 소설적 주제가 집약된다. 특히 큰아들인 것처럼 전화를 받는 작중화자의 모습에서도 짙은 감정의 파문을 느낄 수 있다. 이 작품의 제목에서 쓰고 있는 '부력'이란 물속에 가라앉은 물체를 수면 위로 띄우는 작용을 말한다. 어머니와 아들의 마음속 깊이 숨겨졌던 안타까움과 아픔이 되살아나면서 그 치유의 방식까지 암시해주는 접근법이 인상적이다. 일상적 현실에서 흔하게 볼 수 있는 소재지만 주제의 관념성을 감동의 깊이를 통해 극복하고 있는 이 작품의 소설적 성취를 높이 평가할 만하다. 최종 투표에서 이 작품이 심사위원 전원의 지지를 얻은 것도 이러한 소설적 특징을 높이 평가했기 때문이라고 생각한다.

2021년 제44회 이상문학상 대상의 영예를 차지하게 된 이승우 씨에게 축하를 드린다. 코로나19의 어려운 상황을 훌륭한 작품으로 이겨내고 있는 작가 여러분께도 박수를 보낸다.

이상문학상의 취지와 선정 규정

한국의 가장 오랜 그리고 으뜸의 문학상으로 평가받는 것은 이 규정에 따른 심사의 공정성과 작품성에 있다.

1. 취지와 목적 : (주)문학사상(이하 주관사라고 한다)이 1977년에 제정한 '이상문학상李箱文學賞'(이하 '본상'이라고 한다)은 요절한 천재 작가 이상李箱이 남긴 문학적 유산과 업적을 기리며, 매년 가장 탁월한 소설 작품을 발표한 작가들을 표창하고, 《이상문학상 작품집》(이하 '작품집'이라고 한다)을 발행해 널리 보급함으로써, 한국문학의 발전에 기여할 것을 목적으로 한다.

2. 수상 대상 작품 : 전년도 본상 심사 대상對象 작품의 마감 이후인 발행일을 기준으로 해, 당해 1월부터 12월까지 발표된 작품을 모두 심사와 수상/선정의 대상對象에 포함한다. 문예지(월간지의 경우 당해 1월 초부터 12월 말일 이전에 발행된 것으로 하고 계간지도 포함한다)를 중심으로 해서, 각종 정기간행물 등에 발표된 작품성이

뛰어난 중·단편소설을 망라해 본심에 회부한다. 예비심사 과정에서는 심사 대상對象에 오른 작품이 대상大賞 수상작 또는 우수작으로 선정될 경우, 본상의 규정에 따른 수락 의사 유무를 직접 또는 간접적으로 확인한다. 중·단편소설을 시상 대상對象으로 하는 까닭은, 문학의 중심이 장편소설에서 점차 중·단편소설로 이행하는 추세를 감안하고, 작품 구성과 표현에 있어서의 치밀성과 농축성이 짙고 강렬한 소설 미학의 향기와 감동을 자아내게 한다고 믿기 때문이다.

3. 상의 종류 : 본상은 가장 뛰어난 작품에 대한 대상大賞 1명을 시상하고, 대상大賞 수상작에 버금하는 10편 이내의 우수작을 선정한다.

4. 예심 방법 : 예심은 (주)문학사상 편집진이 매해 각 매체에 발표된 작품을 선별하고, 주관사의 편집위원과 편집주간 및 임원으로 구성된 이상문학상 운영위원회에서 저명한 대학교수·문학평론가·작가·각 문예지 편집장·일간지 문학 담당 기자 등 약 200명에게 추천을 의뢰해 예비 심사를 진행한다. 이를 통해 선정된 작품을 예비 심사위원이 검토해 10~15편으로 추려 본심에 회부한다. 3회 이상 우수작으로 선정된 작가는 추천을 거치지 않고도 당해에 발표된 작품 중 뛰어난 작품을 선정해 본심에 회부할 수 있다. 이와 같은 독특한 예심 방법은 소수의

예심 및 본심의 심사위원이, 짧은 시일 내에 수많은 작품 속에서 본심에 회부할 작품을 선정하고 다시 본심 심사위원이 단시간에 여러 작품을 심사해 수상 작품을 선정하는 일반적인 문학상 심사제도의 단점을 보완하기 위함이고, 되도록 문학 발전에 관심이 깊고 전문 지식을 지닌 다수의 전문가에 여러 작품을 수시로 검토, 심사 대상對象에 망라함으로써 신중하고 치밀한 예심 과정을 진행하기 위한 것이다.

5. 본심 방법 : 예심을 거쳐 본심에 회부된 작품은, 권위 있는 평론가와 작가로 구성된 5~7인의 심사위원회에 넘겨지고, 수일간 개별적인 검토를 마친 후 본심위원회의에서 대상大賞 수상작과 우수작을 선정한다. 본심은 각 심사위원의 의견을 청취한 후 대체 토론을 통해 본심에 회부된 작품 가운데 10편 내외의 작품을 먼저 선정한다. 이 작품에 대한 심사위원들의 평가를 듣고, 1편의 대상大賞 수상작을 선정하고, 나머지 작품 중에서 5~7편의 우수작을 선정한다. 작품 결정에 있어 심사위원의 의견이 일치하지 않을 경우에는, 각 위원마다 3작품씩 추천하는 연기명 비밀 투표로써 최종 결정을 한다.

6. 저작권 : 수상 작품의 저작권은 창작자에게 있으며, 주관사는 대상大賞 수상작 및 우수작을 창작자의 동의 아래 1차 저작물인 종이책(작품집)으로 출판할 수 있는 권리만을 갖는다.

7. 이상문학상 작품집 발행 : 이 작품집은 본상의 공정성과 권위를 광범위한 독자에게 널리 알리고, 수록된 작품과 그 작가들에 대한 표창과 영예의 뜻을 담고 있다.

8. 이상문학상 운영위원회 : 주관사의 발행인을 위원장으로 하고 월간《문학사상》의 편집주간 및 이사회가 선임한 위원으로 구성되며, 본상의 운영에 관한 모든 업무를 관장한다.

9. 이상문학상 심사위원회 : 이상문학상 운영위원회는 각 연도마다 5~7인의 본상 심사위원을 위촉해 심사위원회를 구성한다. 동 심사위원회는 본상의 대상大賞 수상작과 우수작을 선정할 작품을 심의 결정한다.

(주) **문학사상**

이상문학상 운영위원회

제44회 이상문학상 작품집

1판 1쇄 2021년 1월 18일
1판 11쇄 2022년 3월 25일

지은이 이승우 · 박형서 · 윤성희 · 장은진 · 천운영 · 한지수

펴낸이 임지현
펴낸곳 (주)문학사상
주소 경기도 파주시 회동길 363-8, 201호(10881)
등록 1973년 3월 21일 제1-137호

전화 031) 946-8503
팩스 031) 955-9912
홈페이지 www.munsa.co.kr
이메일 munsa@munsa.co.kr

ISBN 978-89-7012-484-1 (03810)

* 잘못 만들어진 책은 구입처에서 교환해 드립니다.
* 가격은 뒤표지에 표시돼 있습니다.